내 이름 「나갈대」

내 이름 「나갈대」

펴 낸 날   2022년 7월 22일

지 은 이   임남웅
펴 낸 이   이기성
편집팀장   이윤숙
기획편집   이지희, 윤가영, 서해주
표지디자인 이지희
책임마케팅 강보현, 김성욱
펴 낸 곳   도서출판 생각나눔
출판등록   제 2018-000288호
주   소   서울 잔다리로7안길 22, 태성빌딩 3층
전   화   02-325-5100
팩   스   02-325-5101
홈페이지   www.생각나눔.kr
이 메 일   bookmain@think-book.com

• 책값은 표지 뒷면에 표기되어 있습니다.
  ISBN 979-11-7048-420-2(03810)

임남웅 장편소설

내 이름
「나갈대」

생각나눔

저자의 말

인간 사회에서 있을 수 있는 일을 꾸며 낸 삶의 작은 이야기가 소설(小說)이라고…! 그러나 그렇게 꾸며낸 작은 이야기 일지라 도, 인간 사회에서 있을 수 있는 가능성 의 세계라는 것이다. 곧 인물, 사건, 배경을 갖춘 객관적인 작은 이야기를 통해서 인간관계에 따라 대화나 문장의 형식으로 뜻 을 전달하는 문학이라고 볼 수 있을 것이다. 따라서 소설은 인생 의 진실(眞實)과 허구(虛構)를 추구할 수 있는 대표적인 문학이랄까. 「밀란 쿤데라」는 그의 『소설의 기술(민음사, 권오룡 옮김, 2021)』에서 말 하는 소설이란, 인간 존재에 대한 가능성을 탐구하는 것으로 정 의를 한다. 그래서 실존(實存)에 대한 가설(假設)을 통해 작은 이야 기의 영역은 인간의 삶이 이어지고 닿은 곳, 어디로든 확장이 가 능하다고 주장을 한다. 그렇게 인정을 하고 싶다. 내 이름 「나갈 대」, 이 소설 속에 주인공은 그의 삶을 통해서 현실의 문제점을 들추고 되돌아보게 하는 데 의미를 두어보았다.

강변이나 호수 주변에 사는 갈대(Reed)는 여러해살이 식물성 풀 이다. 모양은 벼처럼 생겼으며, 그 크기가 1~3m에 이를 정도로 무성하게 잘 자라는 식물이다. 흔히, 가을에 갈대는 풀밭을 이루면서 주변 환경에 아름다움을 보여주는 역할도 톡톡히 해내는 풀이라고, 사람들은 칭찬한다. 바람이 좀 심하게 부는 날에 유난히 잘 흔들리고, 아주 작은 바람에도 쉽게 흔들거린다. 갈대 줄기는 겉으로는 마디로 연결된 것처럼 보인다. 그러나 그 속은 비어있는 구조다. 비어있는 줄기 속에 공기가 채워져 있는 특성 때문에 바람이 살짝만 불어도 그 바람에 쓸려서 기울어지기는 하지만, 그렇다고 부러지거나 꺾여지지는 않는다. 바람이 그치는 순간 다시 자기 본래의 위치로 돌아와서 다음 바람을 또 기다린다. 정말, 알다가도 모를 정도로 갈대는 바람에 예민하다. 「펄벅」의 소설 『살아있는 갈대(1963)』에서 갈대는 바람에 시달리면서도 바람을 기다리고, 바람과 함께 산다고…. 어쩌면 갈대는 바람에 시달리는 것이 아니고 싫으면서도 좋아하는 관계일지도 모른다. 좋아하면서도 싫어하는 척하는 여자 마음이랄까? 여자의 마음이 순간순간 바뀌고, 정말 알 수 없다고 해서 갈대라고 비유를 했을 것이다.

이 소설 주인공의 이름은 「나갈대(羅葛大)」이다. 갈(葛) 자(字)는 칡나무 뿌리, 대(大) 자(字)는 크다는 뜻이다. 커다란 칡뿌리가 겨울에 더 강한 생명력을 갖듯이 겨울 같은 세상에 강인(强靭)하게 살아가라는 의미로 그의 아버지께서 지어준 이름이다. 그러나 「나갈대」의 인생살이는 바람에 흔들리는 갈대처럼 유혹(誘惑)이라는 세상바람에 항상 흔들리면서 살아왔고, 앞으로도 그렇게 살아가지 않을까? 그래서 강인한 칡뿌리 의미보다는 바람에 흔들리는 갯가에 갈대라는 의미가 더 크다. 곧, 나는 갈대다…. 「나갈대」!

「나갈대」의 인생 스토리는 크게 두 파트(Part)로 나눈다. 첫째 파트에서는, 국내 인생살이에서 흔들리는 「나갈대」의 작은 이야기와 둘째 파트에서는, 고달픈 미국 이민 생활에 「나갈대」의 작은 이야기가 들어있다. 첫째 파트에서는 경상도 거창 깊은 산골에서의 「나갈대」의 어린 시절, 서울에 유학 생활, 군(軍) 장교 생활, 건설회사 사원, 개척교회에서 만난 아내, 아파트 건설현장 소장, 미군 「쿡」 대위와 인연, 건설사와 하청업자 간에 복잡한 관계, 건설 발주자와 시공사 간에 부조리, 교회 분쟁에서 신앙적 갈등, 그로 인한 교회 목회자에 대한 실망 등을 담았다. 두 번째 파트에서는, 미국 텍사스 건설회사 취업 이민, 미국 건설회사에서 이민자로서의 정신적 갈등, 호텔 세탁물 아르바이트, 텍사스 건설현장의 노동자, 호텔 정원 청소부, 미국에서 가족 합류, 미국 텍사스

공대 입학, 석박사 학위 취득, 텍사스 공대 시간강사와 교수 임용, 그리고 '한국 스마트 대학교' 교수 부임, 「나갈대」의 기러기 생활 등을 담았다.

아버지는 왜(?) 하필이면 「갈대」라고 이름을 지으셨을까? 「나갈대」는 그렇게 많이 혼자 중얼거렸다. 차라리 흔들리지 않는 곧고 늘 푸른 소나무처럼 「나청송(羅靑松)」이라고 했으면 얼마나 좋았을까? 갈대는 줄기 속에 공기로 채워져서 바람에 흔들려도 쉽게 제자리에 돌아온다. 아마, 「나갈대」 마음속에 욕심(慾心)이라는 공기가 채워져 있기에 수많은 유혹(誘惑)에서 벗어날 수가 없어서 제자리에 돌아오지 못한 것이 아닌가. 욕심…! 이것이 바로 「나갈대」를 흔드는 원인일 것이다. 일찍이 그리스 철학자 「플라톤」은, 인간에 최대의 승리는 자기(自己)를 이기는 자(者)라 했다. 기원전 약 280년경, 고대 중국에 철학자 「한비자(韓非子)」도 이미 자기가 자기를 이길 수 없는 확률을 십중팔구(十中八九)로 예측하지 않았는가. 자기를 이길 수 있는 확률은 10~20%, 이길 수 없는 확률은 80~90%라고…. 이렇게 보면 거의 사람은 자기를 이길 수 없고, 흔들리는 존재가 아닐까? 「나갈대」의 인생살이도 갯가에 갈대처럼 흔들리면서 살아가는 일생이 아닐까…! 주인공 「나갈대」는 그의 인생 고민을 해가면서 살아갈 것 같다.

목차

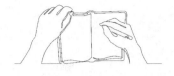

내 이름 「나갈대」

귀국(歸國)

따르릉…따르릉…전화벨 소리가 요란하다.

"네, 「나갈대」입니다."

순간 궁금증이 일었다.

칼칼한 경상도 사나이의 목소리가 들렸다. 누구일까? 도무지 누구인지 알 수가 없어 좀 머뭇거렸다. 그때는 점심 식사를 막 끝낸 오후 1시경이었고, 한창 컴퓨터 검색 중이었으니까 「기동찬」이를 금방 알아차릴 수는 없었다.

"실례지만… 성함이 「기동창」 씨라고요?" 그 사나이가 다시 큰 소리로 대답했다.

"내^라… 「동찬」이라…. 「기동찬」…."

그제서야 화들짝 놀라며 「기동찬」이를 기억하고 무척이나 반가웠다. 사실, 한 달 전 고등학교 동창회에서 「동찬」이를 딱 한 번 만났었지만, 28년 전에 고등학교를 졸업한 이후 처음 듣는 그의

내 이름 「나갈대」

목소리를 금방 알아챌 수가 없었던 것이다. 고등학교 때는 「기동찬」이라는 이름이 좀 특이해서 세게 부르면 「기똥찬」이었다. 어쨌든 반가운 친구 「동찬」이한테서 전화가 왔다. 더욱이 예전에 「나갈대」더러 "갈대… 흔들 놈!"이라며 놀려먹었던 「동찬」이가 말이다. 아마 「동찬」이는 그의 이름을 습지나 갯가의 갈대(Reed)로 오해를 하고 그렇게 불렀던 것 같다. 하기야, 그 당시 주먹깨나 쓰며 어깨를 으쓱이던 「남표창」이라는 놈은 항상 「나갈대」를 보고 "야! 억새!"라고 불렀으니…. 필시, 「표창」이는 주로 민둥산에서 억세게 흔들거리는 억새를 연상했을 것이다. 그럴 때마다 「나갈대」는 "야…! 임마… 너… 성(姓)을 나 씨로 고쳐봐…. 「나표창」이야! 그럼 너는 전교에서 일등이다!" 어렸을 때는 하필 자신의 이름을 「갈대」라고 지어준 아버지한테 불평하며 투정을 부리기도 했다. 그러던 어느 날, 아버지는 그의 이름을 한자로 풀면서 갈(葛) 자는 칡나무 뿌리, 대(大) 자는 크다는 뜻이라고 하셨다. 커다란 칡뿌리가 겨울에도 강한 생명력과 생장력으로 덩굴을 뻗어 여기저기 자생하며 고난 속에서 분투하듯, 때로는 춥고 삭막한 겨울 같은 세상에서 강인하게 살아가라는 바람으로 이름을 「갈대」라 지었다고 말씀하셨다. 이름을 가지고 농담하는 것은 삼가는 게 좋지만, 때로는 자신의 의지와 상관없이 이리저리 흔들리는 갈대를 상상하며 놀림감이 되기도 하는 터라 좀 불편했다. 그러나 아주 좋은 뜻이 담긴 이름이라며 아버지가 다독거리셨던 일도 있었다.

　「나갈대」는 미국 TIT(Texas Institute of Technology)에서 교수로 재직하다가 3년 전에 국내의 한국스마트대학교 교수로 부임했다. 정서가 맞는 고국에서 젊은 대학생들과 소통하고 후학을 양성하는 것에 보람을 느끼며 한국 생활에 만족하고 있었다. 「동찬」이가 전화한 이유는, 고등학교 동창 중 변호사, 교수, 공무원, 사업가, 군 장성, 은행 등에서 일을 하던 친구들끼리 여생을 즐겁게 지내자는 취지로 주선한 친목 모임에 초대하는 것이었다. 그 모임을 「동찬」이가 이끌고 있었다. 그러니까, 1965년 고등학교 졸업생들이니까 「동찬」이의 전화를 받은 날로부터 거슬러 올라가면 거의 30여 년 전의 친구들이다. 여전히 사회 활동을 하는 친구들도 있고, 군(軍) 장성이나 은행 근무자들은 이미 은퇴를 한 상태였다. 그 시절 꼬마 친구들이 이제 노년의 초입에 이르러 추억을 별미로 남은 생을 친목하며 지내자고 동창 친목 모임을 만든 것이다. 그 이름도 당당한 '고노모!(고등학교 동창들의 노년을 즐겁게 보내자는 모임)'이다. 「나갈대」는 무조건 그의 제안을 받아드렸다. 오랜 세월을 미국에서 찌들었고, 교수로 재직한 동안에도 보이지 않는 언어 장벽과 인종 차별로 인한 소외감 속에서 살아왔다. 그 느낌은 무의식중에도 항상 「나갈대」의 가슴을 짓눌렀다. 15년여 만에 귀국했지만, 옛 친구들과 거의 접촉하지 않고 오직 학교생활에만 집중하는 외톨이로 지내다가 '고노모'에 참석하라는 「동찬」이의 제안은 「나갈대」에게 적어도 특급 소식이었다. 30여 년 전의 친구들과 까까머리 청소년으로 돌아가 새로운 추억을 만들고 즐거운 시간을 가진다? 아… 얼마나 기쁜 일인가! 「동찬」이에게 그저 고마울 뿐이었다.

「나갈대」는 교수이자 학자이다. 학자삼다(學者三多)…! 학자는 독서, 이론, 저술의 3가지 요건을 갖추어야 한다는 의미이다. 일단 학자로서 이 3가지 요건을 갖추면서 학자다운 기풍을 유지해야 한다는 중압감이 늘 부담스러운 건 한국에서든, 미국에서든 마찬가지였다. 특히, 미국에서 학자다운 교수의 삶은 더 어렵고 힘들었지만, 희망과 용기로 버텼었다. 자신의 능력과 소양이 부족해서 부자유스럽다고 생각하는 「나갈대」가 미국에서 백인들과 경쟁하는 삼다의 길보다는 고국에서 느끼는 보람이 더 크다. 그렇다고 한국의 삼다 생활이 쉽다는 뜻이 아니다. 한국에서도 만만치 않게 노력을 해야 학생들로부터 인정받을 수 있고, 그 분야에서도 인정을 받을 수 있는 부담은 여전했다. 그렇다고 이제 와서 학자삼다의 길을 접고 다른 직업을 택한다? 그 또한 「나갈대」가 원하는 길이 아니다. 어쨌든, 미국에서 느꼈던 정신적인 중압감과는 비교가 안 될 정도로 한국에서의 삼다의 길에 만족하고 있었다. 「나갈대」는 막 산골에서 태어난 진짜 촌놈이다. 경상남도 거창의 오지에서 초·중·고등학교를 우수한 성적으로 졸업하고 서울 소재 대학에 입학한, 동네에서 소문난 학생이었다. 「나갈대」의 장래 희망은 고위 경찰이 되는 것이었으나 전문 분야의 기술자가 되기를 더 원하셨던 부모님의 바람으로 공과대학을 졸업하고 건설회사에서 입사하여 사회생활의 첫발을 내디뎠다. 건설회사 재직 중에도 항상 「나갈대」의 가슴 한복판에서 똬리를 틀고 있는 것이 하나 있었으니 그것은 바로 언젠가는 미국에 가서 박사 공부를 더 하는 것이다. 1970년경 한국 사회의 여건상 외국으로 특히, 미국 유학은 꿈같은 일이었고 감히 시도조차 하기가 어려운 때였다. 미국으로 유학을 가려면 국가 장학생, 미국 국무성 초청, 거대한 장학재단(예: 풀프라트 재단)의 선발 학생, 미국 어느 대학의 장학금(스칼라쉽), 유학비 자비 부담 등에만 가능했다. 자비 부담의 길은, 스스로 학비와 생활비를 조달해야 하므로 고달픈 생활을 할 수밖에 없다. 이른바, 아르바이트라는 노동을 하면서 돈을 마련해야 한다. 말이 아르바이트이지, 밑바닥 생활의 노동자를 의미한다. 예컨대, 파트타임 식당 종업원, 야간에 호텔 서비스, 주말에 세탁소 일 등, 미국 사람들이 기피하는 노동을 하면서 고학의 힘겨운 생활을 해야 한다. 그럼에도 불구하고 큰 뜻을 품은 한국의 청년들이 미국 유학을 꿈꾸며 길을 찾아내려고 애를 썼던 시절이었다. 지상낙원이라 불리우는 미국에서 공부한다? 「나갈대」도 그런 꿈을 꾸던 청년 중의 한 명이었지만, 군(軍) 복무, 돈, 영어… 어느 것 하나도 해결된 것이 없었다. 어디까지나 생각에 불과했지만, 언젠가는 꼭 미국 유학을 가겠다는 뜻은 굽히지 않았다. 한국 청년들의 병역의무는 그 과정에서 가장 큰 장애물이다. 군 복무 미필자는 원하는 일을 할 수가 없고 사회 낙오자가 된다. 더구나 남과 북이 여전히 휴전 상태일 뿐 아직 전쟁이 끝나지 않았다. 특별한 사유로 면제되는 경우 외에는 입대를 피할 수가 없었다. 「나갈대」는 군 복무와 관련 고민 끝에 병사보다는 장교로 입대하는 길을 택했다. 장교의 길은 병사보다 몇 배로 어렵고 복무 기간도 더 길었다. 그래도 그 길을 선택한 이유는 군 생활 동안 월급을 받을 수 있고, 장기 복무할 경우 장군까지도 진급할 수 있다는 막연한 꿈 때문이었다. 더구나 실력 있는 장교들은 국가에서 미국 유학을 보내준다는 소문도 있었다. 「나갈대」는 건설회사에 재직 중 육군 간부 후보생으로 자원, 입대를 했다. 몇 개월 동안 언제든 남과 북에 전쟁이 발발할 수 있는 상황이었고, 그 가능성에 대비하는 혹독한 훈련을 받았다. 몇 사람은 도중에 자진 퇴교도 했다. 훈련을 마치고 소위(少尉) 계급장을 받았을 때는 작은 성공을 이룬 성취감에 하늘을 날고 싶을 만큼 기뻤고, 그런 자신을 스스로 칭찬을 많이 했다. 그는 공병(工兵) 병과에 배속이 되었고, 그로부터 진짜 공병장교가 되기 위해 3개월 동안 특수교육도 받았다. 공병은 군의 건설을 담당한다. 군에서 토목, 건축, 기계, 전기 등에 관련된 시설물을 관리하는 것이다. 3개월 특수교육도 무사히 마쳤다. 그의 초임지는 강원도 진부령에 위치한 공병 부대였다. 당시 서울의 외곽 지역인 청평, 가평, 평창, 진부령은 북한 무장간첩들이 자주 출몰하는 위험 지역이었다. 「나갈대」가 배치된 OOO 야전공병 부대는 1군 사령부 직할 소속이었다. 그 부대는 전투와 공병 업무를 동시에 수행했다. 「나갈대」는 부대 인사 장교의 안내에 따라 밤늦게 현지 부대에 도착했다. 숲속에 자리 잡은 부대의 첫인상은 최전방 다웠다. 부대 진입 시 암호 교환, 위병소에서의 신분 조사, 야간 주변 사령의 점검 등 무언가 으스스한 느낌이 신임 소위를 긴장하게 했다. 그날, 「나갈대」가 막사 침상에 든 시간은 거의 자정 무렵이었다. 「나갈대」의 부대에 입소한 첫날은, 하루가 무척 길고 긴장감의 연속이었다. 막사 주변에 곤충들의 울음소리가 요란했다. 「나갈대」가 세상에 태어나서 가장 두려움을 느낀 순간 이랄까? 숙소라고 해봤자 마루 침상에 담요가 전부였다. 그래도 잠을 잘 잤다. 장병들은 아침 6시에 기상을 했다. 부대 연병장에서 병사들이 아침에 체력을 단련하며 지르는 고함이 산을 움직일 듯 우렁찼다. 부대 앞에는 공군 비행장이 있었고, 전투 비행기들이 가지런히 정렬되어 있었다. 말로만 듣던 최전방의 분위기가 실감 났다. 오전 10시에 부대장에게 신고식이 있었다. 작달막한 체구의 대대장! 그의 중령 계급장이 눈부시게 빛나고 하늘의 별처럼 반짝거렸다. 「나갈대」를 바라보는 그의 눈초리가 매서웠다.

"신고합니다. 소위 「나갈대」는 0000년 00월 00일 자로 부대 명을 받았습니다. 이에 신고합니다."

부대장은 부동자세의 「나갈대」 소위에게 소대장의 신분과 전방 부대 근무 수칙을 훈시했다. 「나갈대」는 제3중대 제3소대장 명을 받고 소대 막사로 이동했다. 40여 명의 소대 병사들이 차렷 자세에서 젊은 소대장을 맞이했다. 「나갈대」가 소대 막사에 도착하는 순간,

"차렷!"

선임 하사의 구령이 떨어졌다. 그는 소대 현황을 보고했다. 「나갈대」는 순간적으로 짜릿함을 느꼈다. 세상에 태어나서 이렇게 많은 부하를 거느린다는 사실과 그렇게 많은 사람이 「나갈대」에게 벌벌 떨면서 주목한다는 사실! 자신에 대한 긍지와 자부심이 충만해지는 걸 느꼈다. 제3소대는 1군 산하 부대 막

사 건설과 관할 지역 도로 정비 등이 주 임무였다. 콘센트 지붕에 시멘트 벽돌로 군인 막사를 짓는다. 주변 도로 정비는 도로의 폭을 넓히고 표면을 처리하는 작업이었다. 병사들에게 지급된 장비는 곡괭이 삽, 쇄석용 망치, 개인용 연장뿐이었다. 이 장비들도 미군의 군사용 물자들이다. 당시 한국 군대가 얼마나 가난했는지를 짐작할 수 있다. 중요한 건설공사에만 미군의 중장비 지원을 받았다. 병사들은 소대장의 명령에 복종했고, 그들에게 주어진 임무는 반드시 수행하는 군인정신에 감동을 받기도 했다. 소대장의 주요 임무는 병사들의 안전관리와 군인의 탈영 예방이었다. 탈영은 고참병들이 신병들에게 혹독한 기압과 주먹으로 군기를 잡을 때 생기는 군대의 전통적 악습이다. 수시로 발생하는 탈영병의 방지를 위해서 중대장은 항상 소대장들에게 주의를 당부했다. 「나갈대」는 신병일수록 군대의 상하 관계보다는 인간적인 면에 더 집중을 했다. 인간은 감정의 동물이다. 수시로 감정이 요동칠 때 외부의 자극으로 수동적인 힘이 순간적으로 촉발되면 너 죽고 나 죽자는 총기 사건이 여기저기서 발생하곤 했다. 인간의 감정이 이성을 이길 때 자기 정신을 잃는 법이다. 소대에서 총기 사건이 생기면 소대장은 헌병대의 수사를 받는다. 「나갈대」는 병사들과 상하 관계를 유지하면서 인간적인 관계에 정성을 들였다. 40여 명의 부하에다 통장에 꼬박꼬박 입

금되는 월급. 군 생활에 점점 흥미를 느끼며 늘 하나님께 감사
드렸다. 시골에서 농사일로 고생하시는 부모님께도 안부 인사를
잊지 않았다.

귀국(歸國)

인연(因緣)

　　「나갈대」의 소대장 시절, 미 군사고문단 장교들이 전방 공병 부대까지 파견이 되었다. 이들의 임무는 미국에서 지원하는 군사 물자들을 한국군이 어떻게 사용하는지를 관리 감독하는 임무였다. 이른바 군수물자 수령부터 사용처까지를 엄격하게 통제하였다. 그 외에도 미군 표준서에 따라 도로 작업을 하는지 군인 막사 공사 때 시멘트, 모래, 자갈을 표준대로 배합하여 벽돌을 제작하는지 확인하는 일이었다. 그 군사고문단 소속의 「쿡」 대위(Captain, John Cook)라는 장교가 가끔씩 「나갈대」의 작업 현장에 나타나서 표준서 이행 여부를 조사했다. 그런 인연으로 「나갈대」는 그를 자주 만나게 되었다. 그는 미국 뉴욕대 토목공학과를 졸업했고, ROTC 출신 공병 장교인데 어찌나 엄격하게 감독을 하는지 미군 표준서대로 하지 않으면 부대 전체가 흔들릴 정도였다. 「나갈대」는 대학에서 토목환경공학과를 졸업했다. 그래서 그와는 더 친했고, 기술적인 대화가 웬만큼 통하는 사이였다.

물론 능숙한 영어 회화는 아니었지만, 눈치, 표정, 몸짓으로 겨우 의사소통이 가능했다. 토목환경공학 중에서도 건설 재료는 서로의 관심 주제였다. 물자관리 장부에 대해 따지는 그의 질문에 「나갈대」가 진땀을 흘릴 때가 한두 번이 아니었다. 그토록 엄격하게 검열하는 이유는, 군수물자를 민간시장으로 빼돌린 게 적발되어 감옥에 가는 사건들이 많은 시절이었기 때문이다. 당시 한국 경제는 오늘날의 아프리카 수준? 미군 물자를 빼돌리는 사람들이 많다는 것을 그는 잘 파악하고 있었다. 그가 도로 작업 현장이나 군인 막사, 건설현장에 불쑥 나타나는 이유가 미 군수물자 사용 현황을 파악하기 위해서였다. 그가 현장에 나타날 때마다 「나갈대」는 작업 업무와 물자 사용 장부에 대한 설명에 최선을 다했다. 「나갈대」가 보기에 그는 폭넓은 기술지식과 예의를 갖춘 사람이었다. 도로 작업 시공에 대한 해박한 지식과 막사 건축에서 벽돌을 쌓는 방법부터 시멘트 몰탈까지 전반적으로 알고 있었다. 「나갈대」는 가능한 한 그에게 질문을 많이 했고, 그는 친절하게 대답을 해주었다. 그는 서울 용산구 미8군 숙소에서 생활을 했다. 그의 관할은 원주-횡성-강릉이었다. 대체로 그는 4~6주 간격으로 「나갈대」의 작업 현장을 점검했다. 「나갈대」의 마음속에 항상 선망의 대상인 '미국'이라는 신비의 나라! 가슴 한복판에서 밤하늘의 별처럼 반짝이며, 비록 멀고 손에 닿지 않는 꿈같은 곳이지만 힘껏 손을 뻗어 잡고 싶은 등불 같은 땅, 그 나라에서 건너온 「쿡」 대위에게 「나갈대」의 관심이 집중되는 건 당연한 일이었다. 「나갈대」는 그에게 공무가 아닌 개인적으로 접근하고 싶었다. 어느 날, 서울로 가려는 그에게 「나갈대」가 어렵사리 말을 건넸다.

"혹시 이번 주말에 서울에서 저녁 식사를 함께할 수 있을까요?"

설마 'Yes'라고 할까? 긴장하면서 용기를 내어 간청하듯 물어보았다. 뜻밖에도 그가 고개를 끄덕이며 자기를 만나려면 반드시 미리 약속 날짜를 정해야 한다고 말하는 게 아닌가? 아! 그것은 「나갈대」에게 가슴을 뛰게 했던 특급 사건이었다. 그의 친절한 태도에 감동이 밀려왔다. 언젠가는 미국으로 가겠다고 뜬구름을 잡고 있던 「나갈대」에게 그와의 만남은 행운의 여신이 짓는 미소 같았다. 그 이후에 「쿡」 대위가 현장에 왔을 때 서울에서 만날 시간과 장소를 정해주었다. 주말에 「나갈대」는 서울에 갈 수 있다. 그날을 손꼽아 기다리며 간단한 영어 회화를 준비했다. 드디어 그날이 왔다. 「나갈대」는 아침 일찍 원주-서울행 열차에 몸을 실었다. 그를 어느 식당으로 안내하고, 무슨 말을 해야 할지, 행여 말실수를 해서 그의 기분을 상하게 하지는 않을지, 꼬리를 물고 이어지는 염려와 기대감에 취해있는 동안 어느새 기차가 용산역에 도착을 했다. 미8군 기지는 용산역에서 가깝다. 미군 장교와 식사를 한다는 것 자체가 영광스러웠을까, 발걸음도 가벼웠다. 위병소에서 「쿡」 대위와의 면회를 신청하려 했을 때 이미, 그가 위병소 대합실에서 기다리고 있었다. 이것 역시 상상조차 할 수 없던 그의 배려였다. 미국 사람들의 매너는 다 그런 걸까? 놀라면서 그와 악수를 했다. 그는 「나갈대」를 미군 장교 클럽으로 데리고 가서 차 한 잔을 마신 후에 식당으로 안내를 했다. 그의 친절한 안내를 받으며 감탄하지 않을 수 없었다. 식당에는 미국식 하얀 보가 덮인 테이블들이 있었고, 그 위에 와인 잔, 포크와 나이프가 가지런히 놓여있었다. 「나갈대」는 그 모든 것이 신기하고 어리둥절했다. 음식 이름도, 와인 맛도 모르는 채 식사를 마쳤다. 식사 대화 중 그에 대해 몇 가지 사실을 알게 되었다. 그는 곧 군 복무를 마치고 미국으로 돌아가서 결혼할 예정이며, 부모님은 뉴욕에 계시다고 했다. 그리고 그동안 한국에서 보고 느낀 점들을 얘기했다. 그가 느낀 한국은 참으로 가난하며, 그 가난을 극복하기 위한 노력이 인상적이라고 했다. 그는 「나갈대」가 알아들을 수 있도록 천천히 반복적으로 설명을 했다. 만나자마자 이별이었다. 그가 미국으로 돌아간다고 하니 몸에 힘이 빠지고 기대가 실망감으로 변했다. 한국에서 좀 더 가까이 지내며 도움을 받고 싶었는데, 그 꿈이 무너지는 느낌으로 마음이 혼란스러웠다. 그러나 그는 다행히도 자신의 미국 연락처를 알려주는 배려도 잊지 않았다. 너무나 고마웠다. 희망과 실망이 교차하는 마음을 안고 용산역을 향했다. 하지만 뉴욕 주소를 알게 된 것만으로도 위로는 되었다. 그 이후에도 그는 원주에 오면 「나갈대」한테 들러서 이것저것 업무를 살펴보았고, 주말에는 외롭다며 「나갈대」에게 말을 건네기도 했다. 그럴 때면 이태원, 명동, 종로의 유명 식당에 가거나 쇼핑할 수 있는 기회를 안내했다. 그는 고마워했고, 점점 두 사람 사이가 가까워졌다. 그가 바빠서 「나갈대」의 부대를 방문하기 어려울 때는 연락하여 안부를 묻기도 했다. 미국을 알고 싶어하는 「나갈대」의 입장에서 그와의 인연은 인생에 전환점이 될 수 있는 사건이었다. 미국 사람들을 만나는 자체를 두려워했던 그 시절에 그 사람과 그렇게 소통한 이유는 미국에 대한 끊임없는 동경 때문이었을 것이다. 그는 미국으로 떠나면서 「나갈대」에게 안부 메시지를 보내왔다.

산골 촌놈

　　「나갈대」에게는 부모님과 두 명의 누나, 형 그리고 동생이 있었다. 5남매 중 넷째다. 부모님은 논밭 농사와 돼지를 사육하는 전업 농민이었다. 자식들의 교육에 관심이 많았지만, 농부의 수입으로 자식들을 도시에서 공부를 시킬 수가 없었다. 그저 마음뿐 실천은 언제나 불확실했다. 농사일에 쫓기면서도 부모님은 교회에 열심히 다니셨고, 항상 자식들에게 교회 출석을 독려하셨다. 부모님이 자식들의 교육에 관심을 가진 이유 중 하나는 아이들이 공부를 잘했기 때문이다. 특히, 「나갈대」가 공부를 아주 잘했고, 이상할 정도로 교회 주일학교에도 열심히 출석을 했다. 어느 부모가 그렇게 공부 잘하는 자식을 농사꾼으로 두려 하겠는가? 아버지는 가끔씩 "망아지를 낳으면 제주도로 보내고, 자식을 낳으면 서울로 보내야 한다."라고 말씀을 하시곤 했다. 자식들을 농사꾼으로 두지 않으려는 그의 의지를 보인 것이다. 「나갈대」가 어렸을 때는 아버지의 그런 말씀이 잘 이해되지 않았지만 그렇게 표현하신 속마음이 나중에는 이해가 되었다. 「나갈대」가 아버지의 농사일을 도우며 시골에 남을 생각을 할 때마다 아버지는 논이든, 밭이든, 돼지든 뭐든 팔아서라도 그를 대학에 진학시킬 테니 열심히 공부하라고 용기를 주셨다. 다행히도 누나들은 일찍 대학을 포기하고 취직을 해서 아버지를 돕게 되었다. 6·25 동란 이후의 한국 사회는 질서가 없었다. 도시의 거리에 노숙자와 깡패(불량 청소년들)들이 들끓었고, 주먹이 판을 치는 세상이었다. 시골의 공업학교나 상업학교 학생들이 불량배들과 잘 어울리는 경우가 많았다. 본인은 아무리 착한 학생으로 남고 싶어도 주위의 친구들이 놔주지 않는 분위기였다. 무질서한 한국 사회는 영리하고 공부를 잘하는 「나갈대」 형도 그냥 놔두지 않았다. 그는 불량배들과 어울리기 시작한 후 고등학교를 졸업하자 도시에서 장사를 해보겠다며 집을 떠났다. 그러나 돈 없이 무슨 장사를 하겠는가? 그 와중에도 부모님은 이것저것 팔아서 그를 도왔으나 본인의 고생과 부모님의 고통 속에 장사는 실패하고 말았다. 결국, 형은 시골에서 돼지 사육에 매달리다가 다행인지 불행인지 「나갈대」가 그토록 꿈꿔오던 서울에 대학 진학 기회가 찾아왔다. 그런데 문제는 「나갈대」의 실력이었다. 「나갈대」의 성적이 아무리 우수해도 시골 촌 학교의 실력에 불과했기 때문이다. 서울의 고등학교 우수생들과는 비교할 수 없을 정도로 차이가 컸다. "하룻강아지 범 무서운 줄 모른다."라는 속담처럼, 갓 태어난 강아지가 호랑이의 힘을 알 리가 없다. 「나갈대」가 서울의 명문 대학에 입학하려고 덤비는 것 자체가 바로 하룻강아지 범 무서운 줄 모르는 격이었다. 결과는 자명했다. 낙방이었다. 그냥 시골로 내려갈 수도, 재수할 수도 없는 처지가 되고 말았다. 「나갈대」가 선택할 수 있는 길은 후기 대학 진학뿐이었는데 다행히도 장학생으로 합격이 되었다. 그러나 내심 명문 대학으로 입학하지 못한 것이 아쉬웠다. 그렇다고 명문 대학 진학으로 다시 덤벼볼 처지도 아니었다. 「나갈대」는 한국일진대학교 공과대학 토목환경공학과에 입학을 했다. 미래에는 토목환경공학이 각광받을 거라는 고등학교 선생님의 조언에 따른 결정이었다. 1970년도에는 대학 교육의 질이 아주 열악했다. 교수님들은 대개 일본 식민지 시절에 배운 낡은 지식을 전달하는 수준이었고, 이른바 서양식 첨단공학 교육을 가르칠 수 있는 교수님은 드물었다. 그럼에도 불구하고 일부 학생들에게는 전망이 있는 전공으로 예측되는 분야였다. 「나갈대」도 4년 동안 장학생을 놓치지 않을 정도로 열심히 공부를 했다. 과외 교사도 하고, 부모님의 도움도 받으면서 어렵게 대학을 졸업했다. 학사모를 쓰던 날에는 부모님도 서울에 오셔서 축하를 해주셨다. 졸업과 동시에 「나갈대」는 국내 건설업계에서 5위권 이내에 속하는 대단히 큰 규모의 건설회사에 입사를 했던 것이다. 그러나 근무를 시작한 지 1년 후에 군 복무를 해야 할 나이가 되어버렸다. 그 당시에는 회사 재직 중에 입대하면 휴직 처리가 가능했다. 고심 끝에 「나갈대」는 장교 복무를 선택했고, 복무 기간이 일반 병사보다 길었지만 제대 후의 문제는 그때 생각하기로 했다. 「나갈대」는 5년 동안의 군 생활을 통해서 상하좌우 인간관계의 중요성을 배웠다. 특히, 가장 큰 수확이라고 할 「쿡」 대위와의 인연은 그가 미국으로 돌아간 후에도 계속이어졌다. 그는 미국 뉴욕 소재 건설기술회사에 근무 중이며, 결혼도 했다고 소식을 전해주었다. 그리고 「나갈대」의 중요 관심사인 미국 유학에 대한 안내도 잊지 않았다. 「나갈대」 스스로 자랑스럽게 여기는 것 중의 또 하나는, 중대장으로서 140여 명의 장병을 통솔했던 경험이었다. 그 경험을 통해 사람을 관리하는 방법을 배운 것이다. 5년 동안 무사고로 제대할 수 있어 하나님께항상 감사 기도를 잊지 않았다. 그런데 「나갈대」에게 어려운 일이닥쳤다. 군 복무 기간이 3년 이내이면 복직을 할 수 있지만, 그이상은 복직이 불가능하다는 회사 규정 때문이었다. 좌절감이 이루 말할 수 없었다. 그러나 뾰족한 방법이 없었다. 실업자 신세가된 것이다. 어느 시대나 청년들이 구직이 무척 힘들다. 특히, 돈없고 빽 없는 사람에게는 더욱 그렇다. 그러나 「나갈대」에게는 하나님께서 인도해 주실 거라는 믿음이 있었다. "하루하루 삶이 너무 버겁고 힘들더라도 하나님께서는 결코 우리를 놓지 않으신다는 믿음이 있어야 한다."라고 하시던 목사님의 설교가 힘이 되곤 했다. 세상의 모든 일을 하나님께서 주관하신다는 이른바 히즈윌(HisWill) 보컬 성가대의 가사처럼, 하나님의 인도를 믿고 교회 활동에 충실했다. 「나갈대」는 초·중·고 학교 시절에도 교회 생활에 충실했고, 고교 시절에는 봉사 활동에도 참여하는 믿음이 확실한 학생이었다. 교회 목사님께서 앞으로 목사가 되어서, 주님 사역에 큰 일꾼이 되라고 권하실 정도였다. 고등학교 때 바쁜 농번기 철에도 교회 봉사 일을 먼저 할 정도였다. 대학에 다닐 때도 교회 주일학교 교사, 청년회, 찬양대 외에 교회에서 필요한 일에 언제든 참여를 했다. 군대에서 주일 예배를 지키기 어려웠을 때도 교회 출석을 게을리하지 않았다. 어찌 보면 좀 덜떨어진 젊은 이로 보일 수도 있었겠지만, 생활 속의 모든 일을 교회와 연계하는 게 습관이 되어있었다. 「나갈대」의 신앙 중심에는 '인간은 하나님이 지으신 피조물이므로 하나님을 떠나서는 살 수 없다.'였다. 무엇을 하든 하나님이 중심이어야 한다는 확실한 믿음이 「나갈대」를 그렇게 만들었다.

산골 촌놈

개척교회

실업자 「나갈대」! 취업을 하려고 사방으로 노력해도 별 효과가 없었다. 취업 문제에 집중하는 동안 마침, 자취집 근처에 개척교회가 생겼다. 「나갈대」는 그 교회에 출석을 해서 찬양대, 청년 담당, 주일학교 교사로 봉사를 했다. 1960년부터 서울에서 여기저기 건설 개발 붐이 일어났다. 「나갈대」가 봉사하던 교회는 김포공항 근처의 등촌동이었고, 사람들이 몰려드는 알짜 지역으로 소문이 났다. 그 교회 목사님은 대구에서 목회를 하시다가 서울에서 교회를 개척하시겠다고 등촌동으로 올라오신 분이었다. 환갑에 가까운 나이었지만 그의 노력과 봉사는 어느 젊은이 못지않게 열정적이었다. 그는 어려운 일이 생길 때마다 「나갈대」를 찾았다. 그런데 목사님의 이름이 특이했다. 「고기다(高起多)」! 높을 고(高), 일어날 기(起), 많을 다(多), 한자의 깊은 뜻이 담겨있었다. 높이 일어날 일들이 많다? 그런데 아무리 좋은 뜻이 담겨있다 해도 왜 하필이면… 고기다, 밥이다, 국이다 무슨 음식 이름 같기도 해서 목사님을 뵐 때마다 이름을 고쳤으면 하는 생각이 들었다. 「고기다」 목사님은 경상도 사투리를 아주 심하게 쓰셨다. 그의 나이 58세이고, 슬하에 딸 하나, 아들 둘을 두셨다. 아들들은 가정을 이루어 분가했고, 딸은 아직 미혼으로 알려져 있었다. 솔직히 「나갈대」는 딸에 대해 더 궁금했으나 더는 알 수 없었다. 개척교회의 이름은 등대장로교회. 「고기다」 목사님에 의하면 등촌동에 있는 대구교회라는 뜻으로 등촌동 '등' 자와 대구의 '대' 자를 뽑았다고 하셨다. 과거에 섬기셨던 대구교회를 서울 등촌동에서 부흥시키려는 뜻이 담겨있다는 것이다. 「나갈대」가 그 교회에 처음 갔을 때는 개척 초창기라 몇 분의 장로님을 비롯한 교인 숫자가 50~60명 정도에 불과했다. 그중에 과거 일본에서 와세다 대학을 졸업한 장로님 한 분이 있었다. 해방 이후 고위직 공무원과 국영 기업체 사장으로 일하다가 퇴직하신 인텔리 「이병태(李炳太)」 장로님이었다. 이분 역시, 이름이 특이했다. 한자로는 빛날 '병(炳)', 큰 '태(太)'…. 아주 크게 빛나는 사람이라는 뜻일 것이다. 이름만으로 봐서는 최고다. 그렇지만 「이병태」와 이병신이 뭐가 다른가? 개척교회 목사님과 장로님의 이름이 괴상하다는 생각이 가끔씩 들었다. 「이병태」 장로님은 나이가 지긋하고 슬하에 아들 두 명에다 막내딸 하나가 있다. 아들들은 이미 분가를 했고, 막내딸의 이름은 「이기자(李技子)」. 부모님과 함께 살면서 개척교회에 출석하고 있었다. 그녀는 명화여자대학교 화학과를 졸업하고 서울 정화여고 화학교사로 재직 중이었는데, 그녀 역시 찬양대에서 봉사를 열심히 했다. 그녀는 「나갈대」와 대화를 잘하는 편이었다. 「나갈대」의 전공인 공학(工學)도, 기본적으로 화학에 기초를 두고 있기 때문이다. 그녀는 작달막한 키에다 통통한 몸매로 외모가 평범했고, 겉으로 보기에는 별로 매력이 없었다. 그러나 예의 바르고 상냥한 서울 말씨가 무척 매력적이었다.

매주 목요일 저녁에 교회 찬양대 연습이 있다. 그날에 「나갈대」는 거의 출석을 했고, 「이기자」 선생 역시 거의 출석하는 편이었다. 「나갈대」는 그녀와 허물없이 대화하며 미국 「쿡」 대위 소식을 들려주기도 했다. 그녀는 아주 흥미로운 표정으로 미국 유학에 대해 더 알고 싶어 했다. 그녀도 미국 유학을 꿈꾸고 있었던 건 아닐까? 「이기자」 선생은 볼수록 귀엽고 예쁘게 느껴지는 얼굴이라고 생각하며 스스로 의아하기도 했다. 직장이 없는 「나갈대」는 경제적, 정신적으로 많은 어려움을 겪고 있었다. 돈도, 배경도 없는 그가 할 수 있는 것은 하나님께 기도하는 게 전부였다. 하나님께 기도하면 반드시 원하는 대로 이루어지리라 믿고 있었기 때문이다. 실직한 지 1년이 되어가던 무렵, 과거 직장 동료였던 「설기종」이가 연락을 했다. 그는 다른 회사 토목부장으로 자리를 옮겼는데, 그 회사의 기술직 자리를 추천할까 했단다. 고맙게 도 그가 회사에 「나갈대」를 강력히 추천해서 어렵사리 취직을 하 게 되었다. 하나님의 은혜라고 생각을 했다. 성경(마 9:28~30)에, 시 각장애인의 믿음을 확인하신 예수께서 "네 믿음대로 되리라" 하 지 않았던가. 시각장애인이 눈을 뜰 수 없다고 스스로 포기하지 않고 예수님께 달려간 믿음의 결과처럼 모든 것을 하나님께서 해 결하시리라 믿은 결과라고 생각했다. 이번에도 역시 회사에 납품 하는 건설 자재를 시험하는 기술직이었다. 이 회사는 국내 20위 권 이내에 속하는 중견 건설회사였다. 회사에 납품하는 자재들 (예: 콘크리트, 철근, 목재, 기타)의 품질을 시험해서 납품 여부를 결정하 는 중요한 업무였다. 건설 자재의 품질이 양호하지 않은데도 적 당히 눈속임으로 납품을 하려는 고질적인 납품업자들의 치근덕 거림을 어떻게 관리하느냐가 관건이었다. 「나갈대」가 품질의 원칙 을 엄격하게 지키면 이 핑계, 저 핑계 이유를 대며 제날짜에 자재 를 납품하지 않을 경우, 공사 진행이 어려워진다. 공사가 지연되 면 법적, 재정적으로 회사의 손실이 엄청 커지기 마련이다. 그래 서 100% 원칙만을 고집할 수도 없는 실정이다. 그 시절에도 납품 업자들은 회사의 윗선에서 실무선까지 그들의 로비가 인맥으로 연결되어 있다. 어떤 이유로든 건설공사가 중단되지 않도록 자재 품질 관리의 책임은 「나갈대」의 몫이었다. 그러기 위해서, 품질이 좋은 자재, 원활한 자재 조달, 회사 높은 사람들의 뒷돈의 맛, 이런 것들을 고려해야 했다. 그러려면 납품업자들로부터 좋은 자재를 받아내고, 자재 담당자들에게 술값도 좀 집어줘야 하고, 납품업자들로 하여금 회사에 높은 사람을 찾아보도록 하게 해야 한다. 「나갈대」는 5년 동안의 군 생활을 통해 인간관계를 많이 배웠다. 즉, 인간은 사회적 존재로서, 태어날 때부터 타인과의 상호관계에 놓여있다는 것을 실제로 배웠다. 이 관계를 조화롭게 관리하는 것은 개인의 능력에 달려있다. 납품업자들에게 좋은 품질의 자재를 부탁할 때마다 위 3가지 조건에 만족하도록, 낮은 자세로 납품업자들을 관리했다. 「나갈대」 역시, 인간이라… 납품업체들의 물질적인 유혹에 넘어갈 가능성이 항상 열려는 있었다. 꾀어서 좋지 않은 길로 이끌리고 이끄는 짓이 유혹(誘惑)이 아닌가! 성경(창 3:1~10)에서, 하나님께서 따 먹지 말라고 했던 금단에 열매(善惡果)를 「아담」과 「이브」가 따 먹은 죄로 인해서 에덴의 낙원에서 쫓겨났다는 말씀이 있다. 하나님의 명령을 순종하지 않았다는 죄로 인해서 낙원의 아닌, 죄악의 세상에서 살게 되었다는 의미이다. 근본적으로…! 금단의 열매를 멀리할 수 없는 욕망(慾望)이, 처음부터 아담과 이브에게 들어있었다는 것 아닌가? 유혹이라는 실체를 들어낸 최초의 인류 사건이라는 것이 「나갈대」 생각이다. 인간이라면 누군들 그런 유혹을 물리칠 수 있을까? 그 질문에 대한 해답을 얻고자 할 때마다 「고기다」 목사님은 하나님께서 하신 일에 인간은 왈가왈부할 수 없다고 했다. 「나갈대」는 그 말씀에 수긍을 할 수 없었지만, 적어도 인간은 유혹에 시험을 당하면서 살아간다고 생각을 했다. 그 반증으로 성경(고전 10:13)에서, 인간에게 유혹의 시험을 피할 길도 주신다고 하지 않았던가? 유혹의 시험에 들지 않는다면 피할 길도 주지 않았을 것이다. 그래서 심령이 약한 우리 모두 그 유혹을 이기기 위해 계속 기도하라고 예수님이 가르치지 않았던가…. 「나갈대」는 그렇게 생각을 하고 싶었다(마태 26:41). 유혹의 시험에 들지 않도록 항상 깨어있으라는 예수님의 메시지로 해석이 된다. 그러나 인간은 태초에 에덴동산에서 쫓겨난 존재다. 어쩌면 인간은 유혹이라는 죄의 틀에서 영원히 벗어날 수 없다고 믿고 싶었다. 과연, 인간이 유혹의 틀에서 벗어나기 위해 하루 24시간을 기도에 매달릴 수 있을까? 어떤 유형의 인간이 그럴 수가 있단 말인가. 「나갈대」 의심이 풀리지 않았다. 여러 납품업체가 부정한 방법으로 경쟁하며 「나갈대」에게 접근하는 경우가 흔히 발생했다. 납품업체들 입장에서는 「나갈대」에게 비정상적인 방법으로 접근해서라도 돈을 벌려고 발버둥을 쳤다. 그럴 때마다 인간 「나갈대」도 원초적인 유혹의 손길로부터 초연하기가 쉽지 않았다. 차라리 직업 자체를 바꾸기로 마음을 먹었다. 언젠가는 학자의 길로 가야 한다고 생각을 바꾸기 시작한 것이다.

「나갈대」 머릿속에는 항상 미국 유학이라는 네 글자가 살아있었다. 언젠가는 하나님께서 유학의 길을 열어주시리라 믿고 기도할 뿐이었다. 현실적으로 「나갈대」의 처지에서 미국 유학은 가당치도 않은 일이다. 국내에서 교수가 되려면 우선 석, 박사 학위가 기본이다. 그 길을 위해서 이른바 국박(국내 박사)까지도 생각해 보았으나 여러 가지 문제가 있어 보였다. 첫째, 공정하지 못한 대학원 입학 과정과 둘째, 등록금이 비싼 데다, 셋째는 담당 교수에 대한 불필요한 예의 등이었다. 국내 대학의 대학원에 진학할 가능성은 거의 제로라고 생각을 했다. 납품업자들로부터의 유혹, 국내 대학원 진학 포기, 재정적인 어려움 등은 대학교수를 꿈꾸는 「나갈대」에게 한결같이 어려운 조건들이었다. 그럼에도 불구하고 그 희망만은 포기할 수가 없었다. 희망을 품고 노력하는 삶이 중요하다고 생각했다. 그렇다면 그 희망을 현실화하기 위해 무엇을 어떻게 해야 할까? 하나님께 기도로 간구했다. 쥐구멍에도 볕들 날이 있다고 하지 않았나. 희망이 마음속에서 떠나지 않았다. 그리고 유학이라는 새로운 학문의 대열에 동참하기 위해 영어 실력을 쌓기 시작했다. 국박보다는 외박의 꿈을 실현하기 위한 첫 단추였다.

내 이름 「나갈대」

맹렬한 신자

「나갈대」는 교회 찬양대에서 열심히 봉사하는 편이다. 찬양대원들은 매주 목요일 7시에 교회에서 찬양 연습을 한다. 부득이한 사정이 없는 한 「나갈대」도 출석했다. 「이기자」 선생도 찬양 연습에 거의 합류를 했다. 그런 어느 날, 갑자기 다른 사람이 찬양대에 합류를 했다. 그녀의 이름은 「맹신자(盟信子)」! 신명여대 영문과를 갓 졸업하고 김포동남중학교에서 영어 교사로 재직 중이었다. 그녀의 고향은 경기도 안성이고, 아버지는 교회 장로, 어머니는 교회 권사로 하나님을 열심히 섬긴다고 했다. 그녀는 신앙적인 가정에서 곱게 자란 듯했고, 사회초년생답게 활발하고 명랑했다. 교회 근처에서 자취를 하고 있어 자연스럽게 등대장로교회로 출석했단다. 그녀는 어려서부터 교회 활동을 많이 한 것 같았다. 찬양대, 주일학교 교사, 청년회 등이다. 그녀는 교회 활동의 경험을 증명이나 하듯 모든 면에서 신자다움을 보였다. 그래서 그녀의 이름이 「맹신자」일까? 이 세상의 모든 일이 하나님 뜻 가운데 이루어진다는 그녀의 태도가 신기할 정도로 맹렬했다. 새파랗게 젊은 여자가 어쩜 저렇게도 신앙에 흠뻑 젖어있을까? 말끝마다 '하나님'과 '기도'라는 단어를 빼놓지 않았다. 처녀, 총각들이 모이는 곳은 어디나 이성적인 감정이 섞인 대화가 나오기 마련이다. 교회라고 예외가 아니다. 배우자 선택, 직장, 문화, 예술, 운동… 가깝게 지내다 보니 헛소문도 돌아다니곤 했다. 각별히 조심해야 할 곳이 바로 교회 환경이다. 그러던 어느 날, 또 다른 여자 한 명이 나타났다. 「고기다」 목사님의 딸이었다. 방학을 이용해 대구에서 올라왔다는데, 쟁반 위를 구르는 유리알처럼 낭랑한 그녀의 대구 사투리가 아주 매력적으로 들렸다. 얼마 후 그녀가 대구로 돌아간다는 것이 좀 아쉬워서 스스로에게 물었다. '왜 아쉽냐'고 아쉬운 만큼 한동안 그녀 생각이 날 것 같았다. 그녀가 대구로 내려간 이후에는 소식을 들을 수 없었다. 찬양대의 총인원은 아저씨, 아주머니, 총각, 처녀를 합해서 15명이다. 아저씨 한 분은 주한 미국 원조기관(USOM)의 통역 담당으로 일하는 유명한(柳明漢) 장로님이었다. 그는 아주 젊은 나이에 장로 피택을 받았을 정도로 신앙심이 깊었고, 당시 한국 사회의 최고 엘리트 직장인이었으며, 그의 부인은 음대 성악과 출신으로 찬양대를 이끌고 있었다. 그녀의 소프라노 실력은 아주 훌륭했다. 시간이 지날수록 찬양대원들끼리 서로 자연스럽게 친해졌다. 「나갈대」 나이 27세, 인생의 반려자를 생각해 볼 나이였다. 그래서인지 때때로 자신에게 물어보기를, 만약 「이기자」 선생이나 「맹신자」 선생 중 한 사람을 배우자로 선택한다면 누가 더 좋을까? 두 사람 모두 「나갈대」를 거절할 수도 있고, 좋다고 할 수도 있다. 두 사람 모두 좋다고 할 경우엔 누구를 선택할 것인지를 생각해 보았다. 우선, 나이로 보면 이기자 선생은 27세 동갑이었는데, 그 당시 한국 사회의 통념상 동갑내기 결혼은 환영받는 혼사가 아니다. 그러나 그녀는 대학교 화학과 출신답게 공대 출신인 「나갈대」와 어느 정도 대화가 잘 통했다. 작달막한 키에 귀여운 얼굴이고, 남한테 지지 않으려는 성격이 뚜렷했다. 그래서 '이기고 보자.'라는 뜻으로 「이기자」라는 이름을 지은 걸까? 훌륭한 가정교육, 좋은 대학, 여학교 교사, 예의 바른 언행…. 「나갈대」에게 과분할 정도로 좋은 여자임이 틀림없었다. 그리고 나이 22세인 「맹신자」 선생, 나이가 적당했다. 무엇보다도 기독교 가정에서 성장하여 신앙심이 돈독하고, 활발하고 친화력 있는 성격, 영문과 졸업, 훤칠한 키, 계란형 미인, 모두 매력적으로 느껴졌다. 하지만, 「나갈대」의 결혼 상대가 누구든 미국 유학의 뜻을 함께할 수 있는 사람을 택하고 싶었다. 이 두 사람을 대상으로 혼자 상상하는 것만으로도 행복감을 느끼곤 했다. 그러나 문제는, 교회 내에서 남녀 교제가 쉽지 않다는 점이다. 교회는 신자들끼리 말도 많고, 오해도 많은 곳이다. 자칫 행동을 잘못해서 목사님을 비롯한 어른들의 구설수에 오르면 교회를 떠나는 것도 감수를 해야 한다. 그럼 그냥 떠나면 될 것 아닌가? 그렇다고 쉬이 떠날 수도 없는 곳이 교회다. 사람들은 「나갈대」를 당시 미남 영화배우였던 「김진규」를 닮았다고들 했다. 육군 대위 출신, 건설회사 기술사원, 남자다운 외모… 사람들이 농담 반 진담 반으로 「나갈대」를 중매하겠다고 했지만, 항상 그의 마음속에 걸리는 것들이 있었다. 시골 촌놈, 농사꾼 자식, 돈 없는 청년, 하찮은 기술사원… 일종의 열등의식 같은 것이 있어서, 「이기자」 선생이나 「맹신자」 선생에게 다가가기가 어려웠다. 그러나 직감(直感)적으로 두 여자 모두 「나갈대」를 별로 멀리하지 않는 것도 같았다. 심리학적으로 직감이 거의 90% 적중한다는데, 그 직감을 즐기는 것도 「나갈대」에게는 행복했다.

어느 무더운 여름날이었다. 찬양 연습을 마친 후 서로 인사를 하던 중 갑자기 소나기가 쏟아졌다. 우산도, 우비도 없는 사람들은 비가 그칠 때까지 출입문에서 서성거렸는데 우연히 「나갈대」바로 옆에 「맹신자」 선생이 서있었다. 「맹신자」 선생 옆 한 사람건너 「이기자」 선생도 보였다. 「맹신자」 선생이 「나갈대」에게 무언가를 물어보려고 주춤거릴 때 「나갈대」가 입을 먼저 열었다.

"뭐… 좋은 일이 있으신가 봐요?"

「나갈대」가 그녀를 쳐다보며 또 한마디 덧붙였다.

"뭐… 제가 잘못한 게 있나요?"

어색한 분위기를 알아차린 「나갈대」는 몇 마디를 더 했다.

"소(cow)를 걸고 내기를 한 게 소내기가 되었고, 다시 소나기로 변했다지요? 곧 그치겠지요 뭐!"

그녀는 의아한 듯 대답을 했다.

"그래요? 재미있는 설명이네요!"

어색한 분위기가 풀렸다. 사실 좀 전에 「맹신자」 선생이 물어보려 했던 것은 「나갈대」가 직장에서 어떤 업무를 하는가였다. 회사 상호는 '한국상호건설주식회사'이고, 건물 신축과 주택 건설이라고 「나갈대」가 설명하고 명함을 꺼내 주었다.

"무슨 좋은 건설 정보라도 있습니까? 건설 업무라면 무엇이든…"

「나갈대」의 말이 끝나기도 전에 그녀가 대답을 했다.

"저… 사실은, 우리 학교에 건물 보수공사가 있대요. 그래서 혹시나 하고 물어봤어요."

그녀의 얼굴 표정이 밝고 목소리도 상냥했다. 「나갈대」는 「이기자」 선생을 포함하여 다른 찬양대원들에게도 명함을 돌렸다. 「맹신자」 선생에 대해 다른 오해를 사지 않기 위해서였다. 비가 억수로 퍼붓더니 두 사람의 대화가 한창 무르익을 때 그쳤다. 모두 집에 잘 들어가라는 인사하는 소리가 여기저기서 들렸다. 사실 「나갈대」도 신앙심이 깊은 가정에서 자랐다. 아버지는 교회 장로님이셨고, 어머니는 집사. 바쁜 농촌 생활 속에서도 교회일 만큼은 적극적이셨다. 왜 그렇게 교회 일을 열심히 하냐고 물으면 어머니의 대답은 의외로 간단했다.

"하나님께서 복을 주신다."라고….

교회 일을 하면 복을 받는다는 것이다. 세상에! 교회에 가면 복을 받는다? 어머니께서 가장 간단하고 명료하게 교회의 뜻을 가르쳐 주신 거였다. 복을 주시는 분이 하나님이라는 「나갈대」의 확고한 믿음에 누가 감히 그의 교회 생활을 방해할 수 있겠는가? 그런 환경에서 「나갈대」는 습관적으로 교회에 다니게 되었다. 주일에는 교회와 학교, 학생회 참여가 거의 전부였다. 서울로 유학을 와서는 교회 청년회에 출석하고, 목사님 설교 듣고, 교회 찬양대 봉사하고…. 그런 것들을 습관적으로 해야 복을 받는다고 믿었다. 「나갈대」가 교회 찬양대에 열심히 참여하는 것도 몸에 밴 일종의 습관 때문이었다.

경상도에서 서울로

　　「나갈대」의 직장 생활이 1년을 지날 무렵, 집안에 아주 커다란 변화가 생겼다. 오래전부터 부모님은 농촌 생활을 끝내고 싶어 하셨고, 결국 모든 것을 정리하고 서울 등촌동으로 이사를 하셨다. 「나갈대」의 주거지가 등촌동이라는 이유도 있었지만, 서울 근교 신도시 개발붐의 영향도 컸다. 1970년경의 등촌동 지역은 허허벌판이었다. 논밭농사는 물론이고, 닭과 돼지를 기르는 축산 농가들이 많은 지역이었다. 그러나 「나갈대」의 부모님은 등촌동에서 도시 개발이 더 일어날 거라 전망하고 결정하셨다. 등촌동에 자리를 잡은 「나갈대」 부모님은 자연스럽게 등대장로교회를 다니셨고, 점점 교회 생활에 적응을 하셨다. 「나갈대」 역시, 교인들과 가까워지면서 교회 생활에 열심이었다. 교회 생활에 만족하던 그 시기에 「맹신자」 선생이 찬양대에 합류를 한 것이다. 그래서 「나갈대」는 그녀에 대해 잘 몰랐고, 그녀가 「나갈대」의 회사에 관해서 물어본 것도 좀 뜻밖이었다. 그녀가 왜 그런 질문

을 했는지 무척 궁금했지만 일단 자신의 명함을 그녀에게 주었다
는 것만으로도 만족을 해야 했다. 그러던 어느 날 오후 늦은 시
간에 「나갈대」의 책상 전화벨이 요란하게 울렸다. 납품 물건들 시
험 결과를 알아보려는 업자들의 전화려니… 그렇게 생각을 하고
수화기를 들었다.

"네, 시험실 「나갈대」입니다."

그런데 저쪽에서 웬(?) 여자 목소리가 들렸다. 상당히 익숙하고
차분한 목소리였다. 혹시 「맹신자」 선생? (그녀는 찬양대에서 소프라노 파
트였음.)

"여보세요…? 안녕하세요. 저…「맹신자」예요."

「나갈대」는 놀랍고 반가웠다.

"네? 「맹신자」 선생?"

설마… 어떻게 말을 이어갈지 목소리가 떨렸다.

"어이구…, 어쩐 일로… 전화를 다 하셨어요?"

잠깐 말문이 막힌 상태에서 다시 말을 이었다.

"많이 바쁘시지요? 아니…, 지금 몇 시인데 이 시간에 학교에
계세요?"

교사들은 대개 오후 3시에 수업이 끝난다. 잡무를 한다 해도
퇴근할 시간이었다. 「맹신자」 선생은 여전히 밝은 목소리로, 잡무
가 많아서 학교에 남아있다고 했다. 「나갈대」는 정시에 퇴근하는

경우가 거의 없다. 저녁 식사도 사무실에서 하는 편이라 「맹신자」 선생의 퇴근 시간이 그렇게 부러울 수가 없었다. 「나갈대」가 그녀에게 다시 물었다.

"아니… 그런데… 어떻게 저한테 전화를 다 하시고?"

그녀가 명랑한 목소리로 대답을 했다.

"사실은… 요…. 우리 학교 교감 선생님께서 학교 건물들 보수공사하고 싶어 하세요. 혹시 한국상호건설주식회사에서 그런 공사에 관심이 있는지 알고 싶어서요…."

「나갈대」가 다니던 회사는 중대형급의 꽤 규모가 큰 건설회사이고, 주력 사업은 아파트 건설이다. 학교 보수공사 정도는 수주 대상이 아니다. 「맹신자」 선생이 건설 사업에 대해 알 리가 없다. 그러나 그녀는 건설회사에 다니는 「나갈대」에게 한 번은 물어보려 했다는 것이다. 어쨌든 「나갈대」는 그녀가 고마웠고, 학교 보수공사는 안 된다고 잘라서 말하기도 어려워 입장이 난처했다.

"우리 회사에서 직접 보수공사를 하지는 않아요…. 그러나 우리 회사의 협력 회사를 소개할 수는 있습니다. 그러나 저러나… 교감 선생님을 한 번 만나서 말씀을 좀 들어보았으면 합니다만…." 라고 하자 그녀가 가볍게 대답을 했다.

"그래요! 시간을 정해주시면 저희 교감 선생님께 말씀드릴게요."

그녀의 시원한 성격대로였다. 「나갈대」가 잠깐 그녀를 오해했던 게 분명했다. 지난번 폭우가 쏟아져 교회 출입구에 서 있었던 날, 그녀가 친절하게 접근했던 것은 사적인 내용이 아니고 학교 보수 공사 건 때문이었던 것이다. 순간 기분이 허탈했다. 그러나 교감 선생님과의 미팅을 기대하며 말을 이었다.

"그러시다면… 이번 주 금요일 저녁으로 정해주시고 확인을 부탁합니다."

그렇게 종로구 청진동 뒷골목 꽁치구이 집에서 교감 선생님과 저녁 7시에 만나기로 약속을 잡았다. 「나갈대」가 먼저 도착을 했고, 교감 선생님께서 그녀와 들어오셨다. 교감 선생님이 「나갈대」에게 명함을 내밀었다. 김포동남중학교 교감 「강도길」. 키도 크고 덩치가 큰 편이었으며, 첫인상에서 건설업자의 이미지가 더 느껴졌다. 그는 「맹신자」 선생의 칭찬을 많이 했다. 학교 업무도 잘하고 학생들을 잘 가르치며, 교내 신우회(信友會)에서 교회 전도일도 열심히 한다는 등…. 그녀에 대한 보충 소개를 많이 했다. 본격적으로 학교 보수공사 대화를 시작하기 전 인사성 대화가 오고 갔다. 「나갈대」가 그녀에 대해 평소에 궁금했던 점들을 물었다.

"「맹」 선생님은 어떻게 등대 장로교회로 등록하시게 되었어요?"

그녀는 「고기다」 목사님이 먼 친척이고, 자신의 자취방을 주선해 주셨다고 했다. 그녀는 목사님의 가정사와 지난번에 대구에서 잠깐 올라왔던 막내딸도 잘 알고 있었다. 목사님의 딸은 대구 효진여대 4학년 재학 중이라고 했다. 「나갈대」는 그녀의 소식이 궁금했으나 더 묻지는 못했다.

식사 중에 교감 선생님이 학교 보수공사 얘기를 꺼냈다. 내용인즉, 교실 6개를 확장하면서 낡은 건물을 보수하겠다는 계획이다. 벌써 했어야 할 공사인데 교육청 예산이 늦게 집행되는 바람에 이제야 시작하게 되었다고 했다. 학교 보수공사가 늦어지면 6개월 후 신학기 학생들이 수업을 할 수 없기 때문에 당장 서둘러야 한다고 덧붙였다. 「나갈대」가 듣기에 빨리 착공해야 할 공사 같았다. 그 정도 공사는 「나갈대」가 다니는 회사 입장에서는 아주 작은 규모다. 회사 말단 사원으로서 공사 수주 여부를 대답할 수는 없었으나 회사에서 그 공사를 맡을 것 같지가 않았다. 「나갈대」는 교감 선생님에게 어떻게 설명해야 할지 좀 망설이다가 입을 열었다.

"글쎄요…. 우리 회사는 주로 대형 공사를 하지만, 협력 업체가 많습니다. 그중에서 가장 신뢰받는 회사를 소개하면 어떨까요?"

당시 건설업계에는 발주자와 시공자 사이에 남모르는 뒷거래가 아주 성행했다. 그런 악습을 잘 알고 있는 「나갈대」가 혹시라도 교감 선생님이 발주자로서 다른 생각을 하지 않도록 신뢰받는 회사라고 강조했던 것이다. 그렇다고 교감 선생님이 검은돈의 유혹을 물리칠 수 있을 것이라 생각하지는 않았다. 건설업계의 속성상 검은돈의 유혹이 항상 따라다닌다는 것을 잘 알고 있기 때문이다. 검은돈은 신발 바닥에 붙어다니는 껌딱지 같아서, 건설 발주자에서 떨어지지 않는 특성이 있다. 검은돈뿐만 아니다. 섹스, 권력, 인허가…. 셀 수 없는 검은돈의 유혹이 건설업계에 만연했다. 사람이라면 누구라도 그런 검은돈의 그늘을 벗어나기 어렵다고 「나갈대」는 생각을 하여 왔다. 유혹의 근원은 무엇일까? 남녀 간의 유혹에서부터 검은돈의 유혹까지…. 「나갈대」에게는 항상 궁금한 질문 중에 하나다. 유혹은 물리적인 힘이 아니라 심리적인 힘에서 나온다고? 유혹은 최초의 인간 아담과 이브의 인간 생존에 가장 원초적인 행동이라고?! 유혹은 하나님의 명령만큼이나 그 위력이 대단하다는 의미일 것이다. 결국, 창조주의 명령을 거역할 정도로 유혹의 힘이 대단하다는 뜻이 아닌가? 그런 유혹의 힘을 이겨낼 수 있는 사람이 이 세상에서 얼마나 있을까? 사람들은 물질욕, 명예욕, 성욕, 권력욕 등, 수많은 유혹을 받으며 살고 있고, 「나갈대」도 그중의 한 사람이다. 교감 선생님도 검은돈의 유혹에서 자유로울 수는 없다. 그러나 검은돈의 유혹은 「맹신자」 선생과는 상관없다고 믿고 싶었다. 하지만, 「맹신자」 선생이 「나갈대」에게 처음 학교 보수공사를 물어본 장본인이라는 점에서

두 사람 사이에 무언가 약속이 있지나 않을까 하는 말도 안 되는 의구심이 머리를 스치기는 스쳤다. 예컨대 교감 선생님 본인의 입으로 뒷돈을 요구하기가 민망하여 그녀의 도움이 필요할 수도 있다. 그렇지만, 아무리 보아도 그녀가 그런 유혹에 빠질 것 같지는 않았다. 결국, 「나갈대」는 협력업체를 소개하기로 교감 선생님에게 약속을 했다. 세 사람은 학교 보수공사 건을 시작으로 남녀의 결혼 문제, 인생 경험, 평교사에서 교감으로 승진하기까지의 교감 선생님의 인생살이 경험담 등 다양한 주제로 대화를 했다. 「맹신자」 선생은 아예 소주잔을 입에 대지도 않았고, 교감 선생님은 술을 잘 마셨다. 그는 정말 애주가였다. 「나갈대」도 박자를 맞추면서 주거니 받거니 시간 가는 줄 모르고 이야기를 나누었다.

1970년대는 야간 통행금지가 있어서, 이를 어겨 경찰에 적발되면 즉결 심판을 받아야 했다. 「맹신자」 선생과 「나갈대」는 등촌동 부근에 살아서 늦어도 밤 10시에는 출발해야 집에 도착할 수 있는데, 교감 선생님은 자리를 뜰 생각도 안 하고 술을 받아 마시고 있었다. 청량리 이문동에서 살고 있던 그는 시간에 쫓기지 않는 듯했다. 「나갈대」는 늦어도 11시 전에 택시를 타야 하고 시내버스를 이용하려면 10시에는 술좌석을 마무리해야 하는데, 교감 선생님 때문에 이러지도 저러지도 못하고 난감한 상황이 이어졌다. 등촌동으로 가는 버스 방향은 이문동과는 달랐다. 그 당시 강북과 강남을 연결하는 다리는 제1, 제2 한강대교 두 개였다. 종로에서 신촌-제2한강교-영등포-김포공항 노선의 버스를 이용해야 등촌동에 갈 수 있다. 그래서 종로-김포행 버스 운행이 종로에서 일찍 종료되었다. 이 버스 노선을 이용하는 주민들이 저녁 늦은 시간에 귀가를 하면 버스 안이 북새통을 이루고 아수라장이다. 그런 사정을 감안해서 겨우 10시에 술자리를 마무리했다. 통행금지 시간이 다가올수록 서울에서는 택시를 잡기가 너무 힘들었다. 훈련소 연병장에서 재빠르게 뛰는 훈련병처럼 이리저리 뛰어서 택시를 겨우 잡아 교감 선생님을 태워드렸다. 「나갈대」는 또 이리저리 뛰고 또 뛰어서 다행히 김포 방향에 택시를 잡았다. 택시를 잡았다 해도, 같은 방향으로 가는 손님들을 다 채워야 출발하는 불법 운행이 성행을 했다. 서울에 시골 동네 같은 등촌동 방향으로 가는 손님이 흔하지 않았다. 택시 불법 합승이 기승을 부려도 누구 하나 택시기사에게 불평을 하지 못했다. 「맹신자」 선생과 이런저런 이야기를 할 수 있는 택시를 타는 것은 하늘의 별 따기? 뛰고 또 뛰고…. 마침내 성공했지만, 이미 택시 안에 두 사람이 타고 있었다. 한 사람은 가양동, 다른 사람은 목동 방향이었다. 「나갈대」와 「맹신자」 선생을 태우면서 택시기사는 자리를 정리했다. 택시기사 옆 좌석에 목동 손님이, 바로 뒷좌석에

「맹신자」 선생, 그녀 옆에 「나갈대」, 그 옆에 가양동 손님을 배치했다. 택시기사의 말에 모두 잘 움직였다. 목동 손님이 제일 먼저 내리고, 다음에 가양동 손님, 「나갈대」가 세 번째, 「맹신자」 선생이 마지막 순서였다. 곧, 택시가 출발을 했다. 가양동 손님의 입에서 고약한 술 냄새가 나고 트림을 할 때마다 알코올과 김치 섞인 썩은 냄새 때문에 괴로웠다. 그래도 불평을 못 하고 택시는 아랑곳없이 빨리 달렸다. 비록 택시 안이지만 밤늦은 시간에 젊은 남녀가 무릎을 가까이 대고 바짝 붙어 앉아있는 자체가 「나갈대」에게 묘한 감정을 불러일으켰다. 안개처럼 보일 듯 말듯 몰려오는 이 감정은 무엇일까? 억제하기가 쉽지 않았다. 드디어 목동 손님이 내리고 택시기사가 다시 명령을 내렸다.

"가양동 손님…앞으로 오세요!"

그런데 술에 너무 취해서인지 그는 움직이지 않았다. 택시기사는 한 번 더 큰 소리로 말했다. 전라도 쌩 사투리였다.

"손님…, 앞으로 오랑께^요…!"

그제서야 그는 비실비실 일어나 자리를 옮겼다. 택시는 순간순간이 급하다. 많이 달려야 그만큼 돈을 더 벌 수 있기 때문이다. 택시가 다시 속도를 냈다. 사실 가양동 손님이 앞으로 자리를 옮기는 바람에 그녀 옆에 바짝 붙어 앉아있던 「나갈대」는 좀 서운했다. 목동에서 가양동까지는 몇십 분 거리다. 택시기사가 가양동에 도착했다고 알렸다.

"손님이요… 가양동이요… 잉?"

이제 뒷좌석에는 두 사람만 남았다. 이제는 어쩔 수 없이 「나갈대」와 그녀가 느슨하게 거리를 두고 앉았다. 어쨌든 그녀 옆에서 묘한 전율을 느끼기에는 충분했다. 전율! 옆에 바싹 붙어 앉아있다고 전율을 느낀다는 「나갈대」…. 「나갈대」 자신도 그 느낌이 뭔지 알 수는 없다. 두 사람은 말이 없다. 그래도 「나갈대」 마음에서는 그녀와 이런저런 이야기를 하고 가는 기분이다. 화곡동 입구를 지나 등촌동이 가까워질수록 아쉬운 마음이 점점 커졌다. 드디어 택시기사는 등촌동에 도착했다고 알려주었다. 등촌동에서는 「나갈대」가 먼저 내리고 그녀는 5~6km 더 가야 했다. 내리면서, 그녀에게 인사를 하자 그녀는 가벼운 미소로 답을 했다. 「나갈대」가 택시기사에게 「맹신자」 선생의 안전을 부탁했다. 집으로 가면서 막연한 기대감으로 설레는 감정을 달랠 길이 없어 발걸음이 무거웠다. 혼자 헛꿈을 꾸는 것 같았다. "떡 줄 사람은 꿈도 안 꾸는데 김칫국부터 마신다."라는 속담이 떠올랐다. 잠자리에 들려던 순간 쿵! 소리가 「나갈대」 뒤통수를 때렸다.

"너… 정신 차려 인마! 너… 지금 그따위 전율 같은 걸 느껴?"

「나갈대」 자신에게 후려치는 채찍 소리였다. 언젠가는 미국에 가서 공부를 마치고 대학교수가 되겠다는 목표를 가지고 있지 않은가? 반성과 꿈이 밤새 머릿속을 돌아다니며 잠을 이루지 못하게 했다.

다시 일상으로 돌아왔지만, 며칠 전 교감 선생님과 「맹신자」 선생을 만나서 나누었던 이야기들이 자꾸 떠올랐다. 「맹신자」 선생에 대한 알 수 없는 감정 때문에 일이 손에 잡히지 않았다. 잡념을 지우려고 애써 일을 찾아가며 바삐 움직였다. 그러던 어느 날, 미국에서 온 편지를 가져가라고 총무과에서 연락이 왔다. 필시 「쿡」 대위의 편지일 거라고 생각했다. 그동안 「나갈대」가 그에게 두 번이나 편지를 보냈지만 답장이 없어 무척 궁금하던 차에 온 것이다. 연락이 단절되는 게 아닐까, 걱정하던 중에 받은 편지라 더욱 반가웠다. 쏜살같이 총무과로 달려가서 편지를 움켜쥐었다. 편지 내용은 아주 간단했다. 아내와 이혼을 하고 뉴욕 생활을 접은 뒤 최근에는 텍사스 세구인(Texas Seguin)에 있는 아주 큰 건설회사로 자리를 옮겼다는 것이다. 그런 복잡한 개인 사정이 있어서 답장을 못 했다며 양해를 구했다. 「나갈대」가 알기로는 그가 대학 시절에 만난 여자 친구와 결혼했는데…. 어린 시절의 연애가 나이 들면서 행복한 결혼 생활로 이어지기 어렵다는 말이 생각났다. 「나갈대」도 언젠가 결혼을 해야 하니까 「쿡」 대위의 소식에서 교훈을 얻은 셈이었다. 찬양대 연습을 하는 목요일이 다가

왔다. 그런데 교감 선생님과 저녁 식사를 한 이후 웬일인지 몇 주 동안 「맹신자」 선생이 찬양 연습에 나타나지 않았다. 혹시 「나갈 대」가 어떤 실수를 한 건 아닐까 돌아보며 많이 궁금해졌다. 그다 음 주 목요일에도 그녀는 연습실에 나타나지 않았다. 「나갈대」가 찬양 연습보다 그녀의 불출석 문제로 신경을 더 곤두세우고 있을 때 드디어 그녀가 연습실에 들어섰다. 일단, 「나갈대」는 안도의 숨 을 쉬며, 잃어버렸던 소중한 것을 찾은 기분이다. 그녀는 자신이 좀 늦게 도착한 것을 찬양대원들에게 특유의 유머를 섞어가며 사 과를 했고, 「나갈대」에게 따로 인사하지는 않았다. 평소 좀 일찍 나와서 「나갈대」와 간단한 이야기를 나누던 사이였는데 그날은 「나갈대」에게 눈길 한 번 주지 않는 것도 이상하고 섭섭했다. 그 런 느낌이 찬양 연습에 방해가 되었고, 혼자 이해와 오해를 반복 하면서 연습이 끝났다. 집으로 돌아가는 중에도 그녀의 그런 태 도 때문에 마음이 편치 않고 생각이 복잡했다.

다음 주일이었다. 찬양대원들이 성가대 가운으로 갈아입기 위 해 미리 준비실에 모였다. 「맹신자」 선생은 예전처럼 반갑게 인사 를 했다. 「나갈대」는 그녀의 변덕스러운 태도를 도무지 종잡을 수 가 없다. 교회 본당에 들어가기 직전에 찬양대원들끼리 잠깐 이 야기를 나누는 시간이 있어서, 그녀에게 조용히 교감 선생님 안 부를 물었다. 대답이 아주 간단했다. 교감 선생님께서 학교 보수공사에 대해 한 번 더 논의를 해보겠다고 하셨단다. 그리고 그날 밤 택시기사가 자기 자취집까지 잘 데려다주었다고 덧붙였다. 그동안 그녀가 찬양 연습에 나타나지 않은 것에 대해 「나갈대」가 이런저런 생각을 한 것은 오해(誤解)에 불과했다. 「이기자」 선생이 「나갈대」 앞에 와서 한마디 거든다.

"뭐 좋은 일 있어요?"

두 사람한테 물어보던 순간 모두 본당으로 들어가야 할 시간이 되어 버렸다. 오해? 착각(錯覺)? 어느 쪽인지는 몰라도 「나갈대」가 그녀에 대해 무언가 오해하거나 착각하고 있는 중이었다. 「맹신자」 선생이 「나갈대」에게 오해를 살만한 언행을 한 것이 전혀 없다. 「나갈대」 혼자서 그녀에 대해서 이상한 감정을 갖고 있다는 것 자체가 오해일 것이다. 그렇다면, 착각? 「나갈대」가 그녀에 대해서 착각을 하고 있는지도 모른다. 그녀는 「나갈대」에 대해서 전혀 이성적인 감정이 없는데도 불구하고 「나갈대」 혼자서 무엇인가 이성적인 감정을 갖는다면 그것이야말로 「나갈대」 혼자서 착각을 하고 있는 꼴이다. 그래서 착각은 오해와는 다르다. "착각은 자유다."라는 말도 있지 않은가? 월요일을 화요일로 잠깐 생각을 한다면 그것은 착각에 불과하다. 아마, 「나갈대」가 그녀에 대한 묘한 감정이 바로, 월요일을 화요일로 잠깐 착각하는 짓에 불과한 경우랄까? 그러나 월요일인데도 계속해서 화요일이라고 생각을 한다면 그거야말로 정신이 온전치 못한 사람일 것이다. 「나갈대」는 그녀에 대한 오해가 그저 착각에 지나지 않기를 바라면서 예배를 드렸다. 그러나 이상하게 착각이라 생각하면서도 매주 목요일 찬양 연습시간을 기다린다. 그렇게 기다리는 마음…! 오해일까? 착각일까? 그녀에 대해서 오해하지 않기를 스스로 다짐을 하여보지만, 좀처럼 마음을 정리하기가 어려운 오해를 어떻게 지울까…! 그저 착각이라고 마음을 달래만 본다.

어느 목요일, 「나갈대」는 다른 목요일보다 좀 더 일찍 찬양 연습을 하러 갔다. 사실, 「맹신자」 선생과 짧게나마 대화의 시간을 갖기 위해서였다. 교감 선생님께서 「나갈대」를 한 번 더 만나보겠다고 한 후 어떻게 진행이 되고 있는지도 궁금했다. 그리고 좀 더 솔직히 말하자면, 교감 선생님을 핑계로 그녀에 대해서 오해인지 착각인지를 판단하고 싶었다. 서성거리고 있는 「나갈대」 앞에 예상대로 그녀가 나타났다. 그녀는 항상 찬양 연습 십여 분 전에 도착하여 여러 대원과 간단하게 대화하고 연습에 임했다. 「나갈대」에게도 평소처럼 명랑하게 인사를 건넸다. 이때다 싶어, 「나갈대」는 조용히 교감 선생님의 학교 보수공사 건에 관해 물어보았다. 기다렸다는 듯, 그녀가 대답을 했다. 교감 선생님은 교장 승진 발령을 받아 곧 다른 학교로 전근을 가신다는 것, 그가 학교를 떠나기 전에 보수공사 진행 여부를 결정할 예정이며, 빠른 시일 내에 약속 시간을 알려주시기로 했단다. 언제인지는 아직 모른다고 덧붙였다. 일단 그녀와 계속 연락할 수 있다는 점에서 안심이 되는 답변이었다. 거기까지 답을 들은 것만도 다행이다 생각하며 찬양 연습을 시작했다.

그러나 그 후에도 낮이나 밤이나 「나갈대」의 머릿속에서는 '오해'와 '착각' 네 글자가 서로 팽팽하게 맞서곤 했다. 오해라는 소리가 들려오는가 하면 어느새 착각이라는 소리로 반격을 한다. 유학의 목표를 이루기 위해서는 둘 다 아니라고 자신을 꾸짖는 소리까지 더해서 세 가지 소리가 머리를 짓누르고 있었다. 「나갈대」가 무엇보다도 알고 싶었던 것은, 건설하고 전혀 관계가 없는 그녀가 왜(?) 「나갈대」와 연결을 시켰을까 하는 것이었다. 평소, 그녀가 「나갈대」에게 전혀 관심이 없었다면 학교 건설공사와는 아무런 연관이 없을뿐더러 그녀에게 오해이니 착각이니 하는 잡생각이 생겨날 이유도 없을 일이다. 그 의구심만 풀어도 머릿속이 훨씬 맑아질 것 같았다. 언젠가는 그녀를 조용히 만나야겠다고 결심을 했다. 또 목요일 찬양 연습 시간이 다가왔다. 「나갈대」, 「맹신자」 선생, 「이기자」 선생, 모두 연습실에 모였다. 「나갈대」가 가끔 「맹신자」 선생과 사적인 대화를 나누면 「이기자」 선생이 눈여겨보는 걸 느꼈다. 그녀는 평소에 말이 없고 언행이 얌전하다. 「이기자」 선생이 「나갈대」에게 한마디 던졌다.

"요즘 미국 유학 건이 잘 진행되고 있어요? 좋은 소식이면 저한
테도 좀 알려주세요."

「나갈대」가 언젠가는 미국에서 공부를 더 하고 싶은 꿈을 가지
고 있다는 것과 「쿡」 대위와 편지를 주고받는 것을 「이기자」 선생
은 알고 있었다. 「이기자」 선생 자신이 유학을 간다 안 간다 말을
한 적은 없었지만, 그녀가 미국 유학에 대해 관심이 있다는 것을
「나갈대」도 알고 있었다. 다음 날 회사에 출근한 「나갈대」는 「맹
신자」 선생과 통화할 생각에 일이 손에 잘 잡히지 않았다. 그녀의
점심시간에 전화를 걸 생각이었는데 어찌 그리도 시간이 더디게
만 가는지. 수화기를 들었다 놨다 여러 번 반복을 한 끝에, 학교
교환수를 통해 그녀와 겨우 연결이 되었다.

"저, 「나갈대」입니다."

뜻밖에 「나갈대」의 전화를 받은 그녀는 깜짝 놀라는 목소리였다.

"아니…, 웬일이세요?"

「나갈대」가 그녀에게 사적인 전화를 한 적이 없었기에 더욱 놀
란 듯했다. 「나갈대」가 입을 열기 전, 그녀가 먼저 며칠 내로 교
감 선생님과 약속 시간을 정하겠다고 했다. 「나갈대」 실망이 컸
다. 막연한 기대가 실망감으로 바뀌며 더 이상 그녀와 다른 대화
를 하고 싶은 마음이 사라져 버렸다. 조용히 만나 자신의 감정을

전하려 했는데 그 희망이 무너져 내리며 더 이상 그녀를 만날 이유를 찾지 못했다. 그러나 기왕 이렇게 된 거 자신의 감정이 오해인지 착각인지 전화로라도 확인하고 싶은 생각이 들었다. 안부인사가 잠시 이어지고 나서 「나갈대」가 마음속에 묻어왔던 질문을 했다.

"「맹」 선생님…, 내가 평소에 궁금했던 것 한 가지를 물어봐도 괜찮을까요?"

그녀는 뭐든지 좋다고 흔쾌히 대답했다. 「나갈대」는 솔직하게 물었다.

"건설 분야와 전혀 관련이 없는 「맹」 선생님이 왜 학교 건설 일을 저한테 소개를 하시게 되었어요?"

그녀의 대답은 의외로 간단했다. 같은 교회 교인이고, 「나」 선생께서 건설회사에 다닌다고 해서 기왕이면 서로 연결하는 게 좋을 것 같았다는 것이다. 「나갈대」도 그렇게 생각은 해왔지만, 그녀는 더 이상 어떤 의미를 주지 않았다. 결국, 그녀에 대한 「나갈대」의 상상은 착각에 불과했다. 그녀는, 보수공사를 진행하더라도 자기와는 전혀 관계없이 교감 선생님이 직접 알아서 하실 거라고 했다. 이것으로 더 이상 개인적인 감정에 휩쓸리지 않게 되었고, 그녀를 만나려던 목적이 수포로 돌아가서 못내 아쉬웠지만, 한편으로는 마음이 후련했다. 한마디로 시원섭섭했다. 학교 보수공사 때문에 교감 선생님과 연결은 되었지만, 「맹신자」 선생에 대해 품었던 호감은 아주 멀어져 버렸다. 지금 생각해 보면 그녀에 대한 그의 사랑은 짝사랑 같은 것이었다. 그녀를 장래 배우자로 상상했던 첫 번째 이유는, 명랑한 성격과 원만한 대인관계가 무척 마음에 들었기 때문이었다. 모든 찬양 대원이 그녀를 좋아했고, 목사님도 그녀에게 교회 일을 맡길 정도로 신뢰하고 있었다. 두 번째 이유는, 그녀의 가족이 철저한 신앙생활을 하며 부모님으로부터 가정교육을 잘 받았다고 느꼈기 때문이다. 또한, 그녀의 신앙심이 돈독하여 이름처럼 맹렬한 신자이다. 그녀와의 모든 대화는 성경과 연결된다고 해도 과언이 아닐 정도다. 더욱이 그녀는 새벽기도까지 열심히 출석했고, 현실적으로 믿기 어려울 정도로 행동이 유별났다. 영어 실력도 뛰어난 듯했다. 「나갈대」가 「맹신자」 선생과 결혼해서 미국 유학 생활을 할 경우 그녀는 든든한 동반자가 될 수 있을 것 같았다. 구덩이에 빠진 소(Cow)도 비빌 언덕이 있어야 비비고 올라선다는 말처럼, 그녀가 「나갈대」의 언덕이 되어줄 수 있다고 생각한 것이다. 그런저런 이유로 그녀에게 관심이 많았기 때문에 오해와 착각을 반복하며 마음을 쉽게 접을 수가 없었다. 매주 목요일의 찬양 연습을 기다렸었는데, 이제는 출석을 하는 마음이 무거웠다. 그녀의 관심 밖 인물로 확인된 이상 찬양대에 더 참여하고 싶지도 않았다. 별 볼 일 없는 인간 「나갈

내 이름 「나갈대」

대」가 된 기분이었다. 교회에 충성을 하고 남을 미워하지 말아야 한다는 「나갈대」의 평소 신앙이, 갯가에 갈대처럼 흔들리고 있었다. 그런데 그런 일로 찬양대 봉사를 그만두는 것 자체가 마음에 걸리기도 했지만, 그래도 마음에 저항은 여전했다. 「나갈대」는 이른바 여자 시험에 들고 만 것이다. 더 깊은 수렁에 빠지지 않도록 기도로 이겨내려 해도 그 또한 쉽지 않았다. 기도란, 개개인이 믿는 신(神)에게 무엇인가를 간청하는 행위라고 「나갈대」는 생각을 해왔다. 사람이 무엇인가 스스로 해결을 할 수 없는 막바지 일이 닥쳤을 때 사람에 의지를 감정으로 표현하는 행위랄까? 하찮은 짝사랑 때문에 하나님을 욕되게 할 수 없다는 생각이 평정심을 잃지 않게 해주었다. 하나님께 기도하면서 다시 마음을 추스르기 시작했다. 찬양 연습하는 목요일이 이전처럼 기다려지지는 않았지만, 기도 덕분일까? 마음을 평정하고 교회로 발길을 돌렸다. 찬양대를 떠날 생각까지 할 정도로 갈등을 겪었던 「나갈대」가 좀 어색한 마음으로 교회에 들어섰다. 그러나 그 모든 것은 스스로 만든 하찮은 오해에서 비롯된 자작극이었다. 찬양 대원들은 학교 보수공사, 개인적인 전화 연락, 교감 선생님과 저녁 식사…. 그런 사실을 전혀 모른다. 「나갈대」의 어색한 행동은 도둑이 제 발 저린 꼴일까? 자신의 마음이 들통날까 봐 슬금슬금 눈치 봐 가며 속으로 좀 우습기도 했다. 「맹신자」 선생은 언제 그런 일이 있었냐는 듯 평소처럼 상냥하게 「나갈대」를 대했다. 「이기자」 선생과 다른 찬양 대원도 마찬가지였다. 「나갈대」의 기도에 대한 응답이었을까? 성경(눅 18:1~7)에, "하나님께서 그 밤낮 부르짖는 택하신 자들의 원한을 풀어주지 아니하시겠느냐". 물론 무엇이든(하찮은 일까지도) 기도하고 낙망치 말아야 한다는 뜻이지만, 이런 하찮은 일까지도 기도로 해결할 수 있다면 기도 안 할 사람이 있겠는가? 신기하게도 「나갈대」의 마음이 편안했다.

회사에 출근하자마자 외부 전화가 걸려왔다. 「강도길」 교감 선생님이었다. 그는 학교 보수공사 건에 대해 간단하게 설명하면서 자기는 교장으로 승진되어 곧 다른 학교로 전근을 가게 된다며, 떠나기 전에 시간을 내어 그 문제를 협의하자고 했다. 「맹신자」 선생의 말과 같았다. 막상 그런 제안을 받고 나니 이제 양심적이고 신뢰할 만한 회사를 찾는 일이 급해졌다. 물론 몇몇 회사를 염두에 두고는 있었지만 워낙 믿을 수 없고, 어수선한 세상 분위기인지라 선뜻 추천하기가 어려웠다. 건설업계야말로 집어주고 나눠 먹으면서 날림공사로 인한 고소, 고발 사건이 여기저기에서 난무하는 세상이었다. 잘못 소개했다가는 자신에게도 간접적인 책임이 따르는 일이다. 하기야 「나갈대」는 처음부터 보수공사보다는 「맹신자」 선생에게 더 관심이 있었던 게 사실이다. 그래도 이미 약속을 했으니 중, 소형급 건설회사를 알아보기로 마음을 굳

했다. 또 미국 텍사스에서 「쿡」 대위의 편지를 받았다. 그동안 몇 번 소식을 들었지만 그의 편지를 받을 때마다 「나갈대」가 부탁한 미국 취업 소식이 항상 관심의 초점이었는데, 이번에도 그런 언급은 없었다. 지난번 그의 편지에서 그는 텍사스에 잘 정착을 하였고, 새로 만난 여자 친구와 주말에 애리조나주 여행도 다녀왔다고 했다. 새 여자 친구는 일본계 미국인 2세. 그가 한없이 부러웠다. 휴식과 여유로운 여가 시간을 즐기는 그의 생활뿐만 아니라 그가 미국인이라는 점 때문이었다. 「나갈대」는 '나도 미국인으로 태어났으면 얼마나 좋을까?' 하는 허황한 생각도 했다. 「나갈대」의 머릿속은 온통 '어떻게 하면 미국에 가서 공부를 더 할 수 있을까?' 그것이 전부였다. 그러나 앞이 보이지 않았다. 미국에서 취업하기도 어렵고, 미국의 대학에서 장학금을 받을 수도 없고, 경제적인 여유 자금도 없고…. 아무것도 할 수 없는 환경을 원망할 수도 없는 입장이다. 그저 하나님께 간구하고 기도하는 방법 외에는….

매주 목요일에 찬양 연습에 그전처럼 참여를 했다. 학교 방학 때에 「맹신자」 선생은 시골에 내려갔다. 그녀가 없는 목요일, 아쉬운 생각 들었다! 아직도 계속 혼자만의 착각에 빠져서 허우적거리는 「나갈대」! 「이기자」 선생은 목요일 찬양 연습에 열심이었다. 그녀는 항상 말이 없고 얌전하고 현모양처(賢母良妻)의 전형이다. 「나갈대」가 그녀에 대해 알고 있는 한 가지는 그녀 역시, 미국 유학에 관심이 많다는 것. 그래서 가끔 「나갈대」에게 미국 유학에 대해 물어보기도 했다. 그녀는 「나갈대」와 비교도 할 수 없을 정도로 경제적으로 여유롭다. 어찌 보면 차라리 「이기자」 선생처럼 경제적으로 넉넉한 사람과 결혼해서 미국 유학에 도움을 받는 게 더 낫지 않을까 싶기도 했다. 솔직히 미국 유학에 도움이 될 수 있다면 무엇이든 선택하고 싶은 심정이었다. 또, 떡 줄 사람은 꿈도 안 꾸는데 김칫국부터 마시는 「나갈대」다. 이것도 욕심(慾心)일까? 욕심은 무엇인가 바라는 것을 얻고자 하는 마음이라는데…. 사실, 욕심은 누구에게나 있기 마련이다. 그런 욕심이 탐욕이나 허욕으로 넘어갈 수 있는 존재가 인간이라는 점이고, 그 점이 가장 취약한 부분이란다. 그래서 성경(약 1:14~15)에서는 탐욕과 허욕을 가장 경계하라고 하지 않는가? 죄는 탐욕과 허욕에서 시작되어 결국 사망을 초래한다고 했다. 과도한 욕심이 문제라는 것이다. 「나갈대」가 「이기자」 선생으로부터 경제적인 도움을 받으려 하는 마음은 분명히 과도한 욕심일 것이다. 「나갈대」는 욕심이 더 커지기 전에 더 이상 그런 생각을 하지 않기로 마음을 가다듬었다.

「강도길」 교감 선생님과 약속한 협력업체 소개 건을 매듭지어야겠다고 「나갈대」는 생각을 해왔다. 사실, 「맹신자」 선생에게 그 얘기를 꺼낼까 말까 여러 번 망설였다. 속담에 "떡 본 김에 제사(祭祀) 지낸다."라는 말이 있는데, 우연히 운 좋은 기회가 닿으면 하려던 일을 해치운다는 뜻이다. 그녀가 학교 공사에 대해서 말 한마디만 하면 덩달아서 협력업체 건을 끄집어내려 했으나 그녀는 떡 같은 소리는 일절 하지 않았기 때문에 기회를 얻지 못하고 있었다. 생각 끝에 「강도길」 교감 선생님한테 직접 전화를 걸었다. 그는 기다렸다는 듯 반갑게 전화를 받았다.

"아… 「나」 선생…. 사실 나도 전화 통화를 하고 싶었어요."

교장 승진에 따른 인수인계에 때문에 바빠서 연락을 못 했다며 사과를 했다. 그런 사정을 전해달라고 「맹신자」 선생한테 부탁을 했단다. 그런데도 그녀는 「나갈대」한테 그런 얘기를 하지 않았다. 그녀가 학교 보수공사에 더 관여하지 않겠다는 확고한 의지를 보인 걸까? 사실 그녀는 두 사람을 소개하는 역할까지만 하고 나머지는 둘이 알아서 하라고 처음부터 강조는 했었다. 교감 선생님은 「나갈대」로부터 건설회사를 소개받고 싶었던 게 분명했다. 지난번에 종로에서 만났을 때 「나갈대」에 대한 느낌이 좋지 않았으면 「맹신자」 선생 편에 그렇게 전했을 리가 없다. 「나갈대」는 어느 정도 자신감이 생겨서 그에게 대답을 했다.

"교감 선생님, 제가 좋은 협력업체를 찾으려다 이렇게 늦었습니다. 드디어 좋은 협력업체를 찾았습니다. 지금 전화상으로는 설명하기 어렵고, 시간을 내주시면 협력업체 사장을 소개하겠습니다."

그는 기다렸다는 듯 날짜와 시간을 정해주셨다. 장소는 지난번에 셋이 만났던 종로구 청진동에 그 음식점이었다. 「나갈대」는 평소 잘 알고 지내던 「이청빈」 건설회사 사장과 약속 장소로 갔다. 그런데 저만치 구석 자리에 교감 선생님과 「맹신자」 선생이 함께 앉아있는 게 아닌가? 그녀는 학교 보수공사 건에 더 이상 관여하지 않겠다고 하지 않았던가? 당황스러웠다. 사실, 그날은 남자들끼리 건설공사가 얘기가 전부일 텐데… 왜(?) 그녀가 이런 자리에 나왔을까? 놀랍기도 하고, 반갑기도 했다. 그렇지만 그녀가 동석할 자리는 아니라는 생각이 계속 꼬리를 물었다. 어쨌든 네 사람이 만났으니 "새우는 못 잡아도 새우망은 제자리에 치라"고, 먼저 청빈건설주식회사 「이청빈」 사장을 소개했다. 본인 이름으로 지은 회사 상호다. 「맹신자」 선생은 동행을 극구 사양했는데 자신이 권유해서 함께 나왔다는 것이 「강도길」 교감 선생님의 설명이었다. 하긴 직속상관인 교감 선생님의 권유를 하급자인 「맹신자」 선생이 거절하기가 어려웠을 것이다. 그런데, 참석하지 않겠다는 「맹신자」 선생을 굳이 데리고 나온 그의 의도는 무얼까? 순간적으로 판단이 서질 않았다. 그 시절, 건설공사를 주문하는 발주자(發注者)와 건설을 실시하는 시공자(施工者) 사이의 뒷돈 거래는 으레 있는 일이다. 혹시 교감 선생님이 그녀를 억지로 동행시켜 자신이 뒷돈을 받으려고 잔머리를 굴리는 게 아닐까 하는 의심도 「나갈대」에게 들었다. 그 이유로 첫째, 그가 건설 공사비에 대해 불필요한 질문을 많이 했고, 둘째, 실제 공사비를 약간 부풀려서 청구하는 방법까지도 암시를 했다. 그의 암시를 「맹신자」 선생이 「나갈대」에게 간접적으로 전달하는 창구 역할을 시키려는 의도가 있을 수도 있다고 느꼈다. 때때로 그의 언행에서 뒷돈을 챙기려는 냄새가 솔솔 나기도 했다. 예를 들면, 당구의 쓰리쿠션 같은 방법이다. 상대를 직접 공격하지 않고 제3의 공이나 당구 틀을 이용해서 공격하는 방법이다. 건설 공사비와 관련, 교감 선생님은 슬쩍 뒷돈 애기를 흘려놓고 나머지는 「맹신자」 선생이 「나갈대」를 통해 적당히 처리하길 바라는 것? 두 사람을 이용해 「이청빈」 사장으로부터 뒷돈을 받는다? 그의 이름대로 「강도길」, 그는 권총 없는 강도의 길을 가려는 걸까? 비록 학교 공사의 발주자가 정부 산하 교육청이지만, 공사를 관리 감독하는 곳은 학교다. 「강도길」 교감 선생님은 교육청을 대신하는 발주자의 위치에 있다. 특히 관급공사에서 「강도길」 교감 선생님의 비리가 적발되면 그는 파면에 가까운 처벌을 받을 수 있다. 그것을 모를 리가 없는 그가 순진한 「맹신자」 선생을 이용할 수 있어서 염려스러웠다. 그러나 「나갈대」가 믿는 것은, 「이청빈」 사장이 뒷돈 같은 부정 거래를 하지 않는 청빈한 사람이라는 것. 실제로 그의 회사는 가난하다. 「나갈대」는 그의 청빈성을 알기에 그런 일이 없을 거라 생각하고 그를 추천한 것이다. 「이청빈」 사장의 융통성 없는 사업 수단으로 회사가 번창하지 못하고 가난에 허덕이는 것을 「나갈대」는 잘 알고 있었다. 「나갈대」가 그를 좋아하는 몇 가지 이유가 있었다. 첫째, 그의 시공 기술은 거의 완벽할 만큼 탁월하다. 둘째, 공사비를 부풀리지 않는다. 그래서 그가 수주하는 공사비는 다른 회사보다 항상 저렴하다. 셋째, 「이청빈」 사장을 전적으로 신뢰를 한다. 「이청빈」 사장은 그런 청빈한 정신을 행동으로 실천하면서 생활을 하고 있다. 사실, 신뢰란 상대자가 어떻게 행동을 할 것인가를 믿고 그렇게 상대방을 기대하는 것이다. 만약 「강도길」 교감 선생님이 「나갈대」와 「맹신자」 선생을 뒷돈 연결의 창구로 생각했다면 아주 큰 오산이다. 「나갈대」는 앞으로 교감 선생님에 대해 두 가지를 경계해야겠다고 생각을 했다. 첫째는 그가 「맹신자」 선생을 억지 동행시킨 점과 노골적인 뒷돈 언행이다. 교감 선생님의 뒷돈 언급은 교육자라는 탈을 쓴 위선적인 행위로 보였다. 좋은 목적이라도 이기적이면서 그 형태를 선(善)으로 둔갑하였을 때를 위선으로 보는 것이다. 겉으로만 교육자인 체하지만 실제로는 옳은 교육자가 아닐 수도 있는 교감 선생님이다. '만약 그런 위선적인 교감 선생님이라면 과연 진정한 교육자일까?'라고 「나갈대」는 의심스러워 했다. 아마 「맹신자」 선생도 그렇게 느꼈을런지도 모른다. 건설업계에 종사하는 「나갈대」의 입장에서 볼 때 「강도길」 교감 선생님은 한국의 건설업계에 대해 너무나 모른다는 생각이 들었다. 어쨌든 건설 공사비에 관한 대화가 어느 정도 끝날 무렵에 맛있는 생선구이와 소주잔이 들어왔다. 「이청빈」 사장은 술을 좋아하지 않았지만 사업상 어쩔 수 없이 마시는 사람이다. 「맹신자」 선생 역시 술을 마시지 않았고, 「나갈대」는 술을 좋아하는 편이지만 많이 절제하고 건설업자들을 만날 때 분위기를 맞출 정도는 된다. 「강도길」 교감 선생님은 애주가이고 술자리 분위기를 능숙하게 이끌었다. 「이청빈」 사장과 「나갈대」는 그의 흥을 맞추기에 급급했다. 「맹신자」 선생은 여전히 교감 선생님의 눈치를 살피는 것 같았다. 직속 상전의 눈치를 안 볼 수는 없을 것이다. 「맹신자」 선생을 제외한 세 사람은 소주잔을 주거니 받거니 하면서 점점 목소리가 커져갔다. 「강도길」 교감 선생님은 자신이 평교사에서 교장으로 승진하기까지 고생도 많이 했고 능력껏 살아왔다는 것이 대부분이었다. 또, 그는 스스로 불교 신자임을 강조했다. 서울 근교의 유명 사찰들을 찾아 부처님께 정성껏 불공드리고 수양한다며 열을 올렸다. 「이청빈」 사장은 천주교 신자이고, 「맹신자」 선생과 「나갈대」는 개신교 신자들이다. 어쩌다 불교, 천주교, 개신교 신자들이 한자리에 모여 보기 드문 대화의 장이 꾸려진 셈이다. 화제는, 술을 마시는 것이 종교적 죄에 해당하는가. 천주교에서는 포도주나 가벼운 알코올 정도는 마셔도 된다고 하지만 개신교와 불교 신자는 술 마시는 것을 원칙적으로 금한다. 그렇지만 세 사람은 지금 소주잔을 주거니 받거니 하고 있다는 사실이다. 교감 선생님은 부처님께, 「나갈대」는 하나님께, 「이청빈」 사장은 천주님께 오늘만 좀 봐달라고 사정하는 듯했다. 부처님께나, 천주님께나, 하나님께 오늘만 좀 봐달라는 게 정상적인 신자(信者)들일까? 그렇게 좀 봐 달라는 것은 분명히 그들의 신앙에 대한 이율배반(二律背反)적 행동이다. 「나갈대」는 세 사람의 기분을 살리면서 건설공사 대화도 잘 풀린다면 어느 정도의 음주가 허용되는 것도 좋다는 생각이 들었다. 사실, 이율배반이란 논리적으로, 사실적으로 동등한 근거가 정립하면서도 양립을 할 수 없는 모순된 두 명제의 관계가 아닌가. 물론 서양 선교사들이 한국에서 처음 기독교 선교를 시작할 때부터 했던 금주 교육이 영향을 미쳤을 것이다. 「나갈대」는 과거 군 생활 때 술에 대한 군목(軍牧)의 설교가 떠올랐다. 군목은 "포도주는 거만하게 하는 것이요, 독주는 떠들게 하는 것이니 여기에 미혹되는 자마다 지혜가 없는 자"라는 성경(잠언 20:1)을 인용을 한 적이 있었다. 말하자면, 이것에 빠지는 사람은 누구든 지혜롭지 못하기 때문에 하나님을 믿는 자는 술에 취하지 말아야 한다는 음주의 부당성을 강조한 것이다. 미혹되지 않을 만큼의 술, 그것은 어느 정도일까? 하나님 말씀대로 살아야 한다고 철저히 믿고 있던 「나갈대」가 풀어야 할 과제였다. 언젠가 교회 부흥회에서 부흥목사가 술에 대해 설교하던 내용도 떠올랐다(딤전 3:3~8). 교회에서 감독직의 자격은, 술을 즐기지 않고 술에 인이 박이지 않아야 한다고 열을 올리더니 「바울」 사도의 술 이야기를 꺼냈다. 「바울」 사도가 「디모데」에게 권하기를 교회 직분자라도 건강을 위해 포도주를 마실 것을 제안했다는 내용이다(딤전 5:23). 포도주가 「디모데」에게 보약이라는 의미일 것이다. 건강에 도움이 될 만한 술의 양을 적정량으로 본다면 차라리 완전 금주를 강조하기보다는 술을 건강 치료제의 개념으로 가르쳐야 한다고 「나갈대」는 생각한 적이 있었다. 결국, 그 적정량을 지킬 수 있느냐가 문제다. 술의 3단계란, 제1단계는 사람이 술을 마시고, 제2단계는 술이 술을 마시고, 제3단계는 술이 사람을 마셔버리는 것이다. 술은 교회 직분자이든 아니든 3단계까지 끌고 가려는 속성이 있는데, 그 속성에서 벗어날 수 있는 사람이 과연 얼마나 될까? 어찌 보면 천주교의 술에 대한 개념이 더 현명한 것 같았다. 불교에서는 취하지 않을 만큼 마시는 술을 음식이라는 관점에서 곡주(穀酒, 곡식으로 빚은 알코올 성분의 음료)라 한다. 곡주에는 정종, 소주, 청주, 막걸리, 백화주 등 종류도 많다. 물론, 불교 초기의 불경(阿含經, 아함경)에서 불교 재가자(在家者, 출가하지 않고 믿는 불자)도 지켜야 할 계율을 불음주라고는 했다. 출가하지 않은 불자라도 일단 술을 금하라는 것이다. 그러나 곡주라는 인식 하에 스님들은 술을 음식으로 즐기지 않는가? 옛말에 "소가 물을 마시면 젖이 나오고 뱀이 물을 마시면 독이 된다."라고 했다. 결국, 물도 누가 마시느냐에 따라 그 성분이 달라진다는 흥미로운 말이다. 어떤 사람이 술을 어떻게 마시느냐에 따라 술이 영양분으로 또는 독으로 변질될 수도 있다는 뜻일 것이다. 결론적으로 기독교, 천주교, 불교에서 공통적으로 생각하는 술에 대한 개념은, 꼭 필요할 때는 어느 정도의 음주가 건강에 도움을 줄 수도 있다는 것으로 「나갈대」는 이해를 하고 싶었다. 「이청빈」 사장과 「나갈대」의 주량은 2단계? 「강도길」 교감 선생님은 3단계로 보였다. 그의 목소리는 점점 커지고 자기 자랑이 심해졌다. 「맹신자」 선생은 술을 한 방울도 마시지 않으면서 교감 선생님의 술 취한 모습을 염려스럽게 지켜보고만 있었다. 술자리를 그만 정리하자고 그녀가 「나갈대」에게 눈치를 주었다. 「이청빈」 사장도 눈빛으로 수긍했다. 그러나 발주자인 교감 선생님의 술잔을 「이청빈」 사장이 거절할 처지가 아니었다. 밤 12시 통행금지 시간 내에 등촌동으로 가려면 늦어도 10시에는 출발해야 했다. 술을 더 요구하는 교감 선생님을 자제시키고 거의 강제로 자리를 정리했다. 「이청빈」 사장이 재빨리 계산하고 술 전투의 막을 내렸다. 「이청빈」 사장이 날쌘돌이처럼 이리저리 뛰어 이문동 방향의 택시를 잡아 교감 선생님을 태워서 보내드렸다. 「이청빈」 사장의 목적지는 등촌동이 아니었지만 김포 방향 택시를 잡으려고 열심히 택시 사냥에 나섰다. 이번에는 「나갈대」가 겨우 택시를 잡았다. 택시 요금을 네 사람분으로 맞춰야 움직이겠다는 운전기사의 요구를 「이청빈」 사장이 받아들였다. 운전기사 옆 좌석에 「이청빈」 사장이 앉고, 뒷좌석에 「맹신자」 선생과 「나갈대」가 앉았다. 밤 11시였다. 광화문에서 서교동, 제2한강교를 지나 영등포 로터리 근처에서 「이청빈」 사장이 하차했다. 「맹신자」 선생과 「나갈대」의 두 번째 택시 합승이었다. 두 사람은 한참 동안 말이 없다. 그래도 남자인 「나갈대」가 먼저 입을 열었다.

"교감 선생님이 무척 재미있는 분이네요…. 불심(佛心)이 깊은가 봐요."

그녀가 낮은 소리로 대답했다.

"네. 선생님들한테 잘 대해주시고… 술을 마시면 이런저런 얘기를 잘하시는 편이에요. 선생님들을 지적할 일이 생기면 술자리를 마련해서 분위기를 띄운 후에 얘기하는 스타일입니다."

「나갈대」가 그녀의 대답에 말을 이었다.

"그럼 교감 선생님과 자주 대화를 하시는 편인가요?"

그녀는 또 사무적인 어투로 대답했다.

"네, 뭐…. 중요한 일이 있으면 저를 잘 부르고, 이런저런 일을 시키기도 해요."

　그녀의 답변으로 보아 「강도길」 교감 선생님이 「맹」 선생을 꽤 신임하는 것 같았다. 사실, 「나갈대」와 그녀가 어떤 연인 관계가 아니라 해도 밤늦은 시간에 두 번씩이나 택시로 동행한 것을 다른 사람들이 알면 연인 사이로 충분히 오해할 수도 있다. 그러나 그녀가 「나갈대」를 그녀의 배우자로 만 분의 일만 생각했더라도 「나갈대」는 그녀를 포기한 지 꽤 오래되었다. 험난한 유학 생활을 상상해 보면 그녀처럼 곱게 자란 무남독녀가 그런 생활을 할 수 없을 것 같았기 때문이다. 그러면서도 완전히 포기가 안 되는 이 마음은 무엇일까? 짝사랑보다 더 깊은, 숨은 애정이랄까? 사랑을 느끼면서도 그 감정을 한사코 부정하면 증오라 하지 않은가? 증오는 애정의 일부라는데…. 숨은 애정을 차단하지 못해 생기는 증오스러운 미움이 「나갈대」에게서 떠나지 않는다. 숨은 애정을 차단시키는 방법은 무관심! 그것도 철저한 무관심이라야 가능하단다. 숨은 애정과 철저한 무관심과의 대결에서 「나갈대」의 고민은 택시 안에서도 계속되고 있었다. 그럴 때마다 「나갈대」가 마음속에서 외치는 것이 있었으니….

　"「나갈대」! 너… 인마! 너는 앞으로 할 일이 많은 놈이야! 숨은 애정이니, 짝사랑이니 배우자 어쩌구 그따위 것들을 생각할 때가 아니야!"

숨은 애정과 철저한 무관심이 서로 맞물려있을 때 그녀가 물었다.

"「나」 선생님은 부모님 집에서 계속 지내실 건가요?"

바로 대답하기가 부담스러운 질문이었다. 사실 부모님과 같이 사는 게 당연한 현실이었지만, 그렇게 묻는 그녀의 속마음을 알 수가 없었기 때문이다. 그녀의 질문을 억지로 해석해 보면 언제까지 부모님 곁에서 살 것이며 결혼할 생각은 없느냐는 뜻일 수도 있었다. 28세 청년 「나갈대」가 어색한 말투로 대답했다.

"글쎄요…. 언젠가는 결혼도 해야 하고, 부모님 곁을 떠나야겠지요."

그러면서 「나갈대」는 쑥스럽게 말을 이어갔다.

"아직 결정된 것은 아무것도 없습니다."

「나갈대」는 좀 부끄러웠고 멋쩍었다. 그녀가 다시 「나갈대」의 말을 이어받았다.

"아니, 직장도 있고 나이도 적당한데…. 무슨 특별한 신붓감을 고르시는 거 아닌가요?"

그녀의 질문에 분명히 뼈가 있는 듯했다. 여기서 대답을 잘못하면 그녀가 오해할 수 있겠구나 생각하며 그녀에게 말을 건넸다.

"글쎄요…. 저에게 꿈이 있습니다. 그 꿈을 실현할 때까지 결혼 같은 것… 생각조차 해본 적이 없습니다."

그녀는 「나갈대」의 대답이 끝나기도 전에 무슨 꿈이냐고 물었다. 이쯤 되면 「나갈대」가 대답을 미룰 이유가 없다. 어쩌면 평소 마음에 담아두었던 포부를 알릴 필요가 있다는 생각이 번쩍 들었다. 「나갈대」는 미국에 가서 좀 더 공부하고 국내 대학의 교수가 되는 거라고 했다.

"아이고…. 대단한 꿈이시네요…."

그렇게 반응할 줄 알았는데…. 아니었다. 대단한 꿈을 가진 청년이라는 답변을 예상했던 「나갈대」의 기대와는 거리가 멀었다. 그녀의 반응이 무척 실망스러웠다. 하기야 당시에는 미국 유학을 한다는 자체가 일종에 말장난으로 알아들을 수도 있고, 허황한 꿈에 불과하던 사회적인 분위기로 볼 때 그녀도 「나갈대」의 꿈이 뜬구름 잡는 허풍쟁이로 여겨졌을 수 있다. 더구나 「나갈대」는 미국 유학의 조건을 한 가지도 갖추지 못한 상태였으니까. 괜히 얘기를 했나…. 후회하는 동안 등촌동에 도착했다. 「나갈대」가 먼저 내려야 했다. 이 늦은 시간에 그녀 혼자 가라고 하기엔 「나갈대」 마음이 무거웠다. 그래서 택시 기사에게 「맹신자」 선생을 먼저 내려달라고 했다. 택시기사도 여자 혼자 태우고 가는 게 부담스러웠을까. 그는 흔쾌히 수락했다. 「맹신자」 선생과의 2라운드는 만남은 그렇게 끝났다. 지난번 1차 만남 때와는 달리 그날은 금방 잠이 들었다.

「이청빈」 사장을 「강도길」 교감 선생님한테 소개한 후, 그 일이 어떻게 진행되고 있는지 「나갈대」는 알고 싶지 않았다. 예정대로 순탄하게 잘 진행되면 좋고, 아니라 해도 어쩔 수 없는 일이니 마음의 문을 닫았다. 개인적인 일은 아니었지만, 「맹신자」 선생과 두 번씩이나 식사를 하고 나니 교회에서 그녀의 얼굴을 마주하기가 어쩐지 불편하게 느껴졌다. 특히, 목요일 저녁 찬양 연습시간에 그녀의 얼굴을 쳐다보기가 어색했다. 양심의 가책? 뭐라 말할 수 없이 마음속에 찔리는 게 있었다고 할까? 어느 목요일 저녁, 찬양 연습 전에 대원들이 모여서 이야기를 하고 있을 때였다. 「이기자」 선생이 느닷없이 「나갈대」에게 말을 던졌다. 정말, 예상치 못했던 그녀의 물음이었다.

"아니, 「나」 선생님, 미국 유학 준비 중이라면서요. 가능하면 저한테도 그 방법 좀 알려주실 수 있어요?"

「나갈대」는 깜짝 놀랐다. 「맹신자」 선생한테 몇 마디 했을 뿐인데 어쩌자고 그 얘기가 찬양대까지 퍼졌을까. 몹시 당황스러웠다.

"아니, 누가 그래요? 글쎄요… 준비요? 그저 꿈만 꾸고 있는 걸요! 글자 그대로 꿈같은 이야기입니다."

그렇게 얼버무리고 말았다. 그렇다면 「장연옥」, 「허영심」, 「정대결」 등 많은 찬양 대원들이 알고 있을 것이 아닌가. 「맹신자」 선생을 따로 만나 입단속을 해야겠다는 생각에 며칠 속을 끓이면서도 차마, 그녀를 만날 용기가 나지 않았다. 계속해서 속을 끓이면

서 지내는 것보다는 차라리, 그녀를 만나서 속 시원하게 이야기
하는 게 나을 것 같았다. 어느 수요일 오후에 그녀의 학교에 전
화를 걸었다. 그야말로 최고의 긴장 상태였다. 전화 벨소리가 요
란하게 울렸다.

"네. 김포동남중학교 교무실입니다."

전화를 받는 여성의 목소리가 상냥했다. 「맹신자」 선생 좀 바꿔
달라고 하면서 가슴이 두근거리고 숨소리까지 거칠어졌다.

"누구시라고 전해드릴까요?"

「나갈대」는 딱히 누구라고 대답하기가 망설여져서 주저주저하
다가 등대교회 「나갈대」라고 대답했다. 수화기를 든 상태에서 잠
깐이라도 고민스러웠던 것은 전화를 건 용건이 얼른 떠오르지 않
았기 때문이다. 이윽고 익숙한 여자 목소리가 들렸다.

"네. 「맹신자」입니다."

「나갈대」는 머뭇거리며 어설프게 입을 열었다.

"저, 「나갈대」입니다."

깜짝 놀란 그녀가 꽤 큰 소리로 대답했다.

"어머… 웬일이세요?"

그녀의 애교스러운 목소리가 마치 기다리던 사람의 전화를 받
은 것처럼 반가워했다. 예상 밖의 친절한 대답에 그저 할 말을 잊
어버린 듯한 「나갈대」…. 그녀의 입단속을 위해 만나려고 했던 말

이 입에서 나오질 않았다. 그래서 엉겁결에 나온 말이다.

"지금 안 바쁘세요?"

그녀가 거침없이 대답했다.

"지금 수업 끝나고 학생 생활기록부 정리하는 중이에요. 별로 바쁘지 않아요…."

아직도 전화 건 이유를 말하지 못하고 있는 「나갈대」에게 무슨 일이냐고 그녀가 물었다. 이런 상황에서 미국 유학에 대한 입단속을 말하기가 더 어려워졌다. 머릿속이 더 복잡해졌다. 궁여지책으로 그녀에게 대답을 했다.

"아, 「강도길」 교감 선생님의 학교 건설공사 건이 어떻게 진행 중인지 궁금해서…요."

마음에도 없던 말을 불쑥 내뱉는 지경에 처하게 된 것이다. 그렇게 궁상스러운 변명을 해놓고도 다음 대화가 또 걱정이었다. 그녀는 그 일에 대해 아는 게 없다고 간단하게 대답을 했다. 예상대로였다. 건설공사 건에 관심이 있었다면 교회에서 무언가 힌트는 주었을 것이다. 교감 선생님께 직접 문의할 수 있도록 그의 직통 전화번호를 알려주었고, 그리고 전화 통화는 끝이 났다. 사실 「나갈대」가 직접 물어볼 정도로 개인적으로 연관된 일도 아니었는데…. 대화가 전혀 엉뚱한 방향으로 흘러버려서 마음이 몹시 언짢았다. 어쩌면 발주자와 시공자 사이에서 이른바 검은 커미션을 챙기는 브로커로 그녀가 오해할 수도 있는 상황이 되어버린 것이다. 몇 날 며칠 동안 고심 끝에 어렵사리 전화한 게 물거품이 된 이상, 더 이상은 대화할 필요가 없게 되었다. 학교 업무 잘하시라는 덕담을 남기고 힘없이 수화기를 내려놓았다. 스스로 참한심한 인간이라고 자책하면서 그녀에게 양쪽 뺨을 맞은 듯한 후폭풍이 가슴속에서 맴돌았다. 입단속을 하려다 오히려 입을 닫는 지경이 되었으니⋯. 어떻게 수습해야 할까? 머릿속이 먹통이 되어버려서 다음 단계를 생각할 수도 없다. 마치, 토끼 사냥꾼의 덫에 사냥꾼 자신의 발목이 걸리고 만 처지가 되어버린 격이다. 회사 납품용 여러 건설 재료를 시험해야 하는데 손에 잡히지 않았다. 일을 하는 둥 마는 둥, 붕 떠있는 마음을 추스르지도 못한 채 「나갈대」는 문득 자신이 불쌍하다는 생각이 들었다.

「맹신자」 선생은 교회에서 여전히 「나갈대」에게 친절하게 대했으나 「나갈대」는 왠지 행동이 자연스럽지 못하고 어색해지곤 했다. 「나갈대」의 어색한 행동, 입단속을 위한 전화, 건설공사의 검은돈 등으로 「맹신자」 선생이 오해를 할까, 도둑이 제 발 저리듯 「나갈대」의 언행이 자유롭지 못했다. 그녀에 대한 「나갈대」의 숨은 애정 때문이었을까. 숨은 애정과 철저한 무관심의 대결로 또 머릿속이 어지러웠다. 언젠가는 그녀의 입을 단속할 기회가 오겠지. 「맹신자」 선생 생각을 완전히 끊을 수 있는 방법이 무엇일까? 「나갈대」가 할 수 있는 것이 아무것도 없다. 그녀를 잊으려 해도 잊히지 않는 것은 상사병의 일종일까. 일상생활이 눈코 뜰 새 없이 바빠야 잊을 수 있을까? 마음을 추스리며 회사 업무에 집중하고, 앞으로 미국 유학이 성사될 경우를 대비해 영어 공부에도 박차를 가하면서 바쁜 생활에 빠려들었다.

회사에 납품할 물품에 대한 시험보고서를 작성하기 위해 아침 일찍 출근을 했다. 오전 10시경이었을까? 총무과「이순길」대리한테서 전화가 왔다.「나갈대」가 전화를 받자마자,

"형님, 축하해요! 과장 승진입니다! 너무 빠릅니다. 한턱 내세요! 00일 00시에 총무과로 오세요."

생각보다 빠른 진급이었다. 진급하면 월급이 약간 인상되니 그것 역시 기분 좋은 일이고,「나갈대」의 직속으로 여러 명의 부하도 생겨 그들을 관리한다. 어쨌든 진급 소식은 입단속 전화 건으로 마음이 무겁던「나갈대」에게 활력소는 되었다. 이 기쁜 소식을 그녀에게 전하고 싶은 것도 숨은 애정 때문이겠지. 다시 무관심으로 돌입해야 하는 마음이 좋을 리가 없다. 관심이 강제로 버려지는 것도 아닌 것을. 그동안 소식이 뜸했던「쿡」대위한테서 편지가 왔다. 새 가정을 꾸려 행복하다는 소식, 일본인 아내는 여러모로 자기를 잘 돌봐주어 아무 문제가 없다고 자랑하며「나갈대」에게 결혼을 권유하기도 했다. 머잖아 일본에 출장이 있을 것

같다며 그때 한국도 방문하고 싶다고 했다. 그러나 「나갈대」가 그 토록 원하는 미국에서의 취업, 미국 대학 입학에 대한 언급은 없어서 못내 아쉬웠다. 「쿡」 대위는 참으로 좋은 사람이다. 미국 사람들은 다 그럴까 하는 의심도 들었다. 1970년대 한국 사람들은 가난에 허덕였다. 대부분의 사람들이 일정한 수입과 정년이 보장되는 직업을 원했지만, 그보다 더 선망하는 직업은 한국에 주재한 외국 기관들이었다. 한국 주재 외국대사관, 유엔 산하 국제기관, 미국과 연계된 기관, 외국계 대형 무역회사들이었다. 그중에 USOM이라는 곳이 있다. 그곳은 6·25 전쟁 이후 폐허가 된 한국을 재건하기 위한 미국의 원조 기관이다. 등대교회 찬양대장으로 봉사하는 「유명한(劉明漢)」 장로님이 그곳에 근무하고 있었다. 그는 교회 봉사뿐만 아니라 교인 누구에게든 도움을 주고 싶어하는 분이다. 그의 영어 실력이 뛰어나다고 소문이 자자했다. 그는 교회에서 사람들을 만날 때 미국 사람처럼 행동도 한다. 「나갈대」가 군 복무 시절 「쿡」 대위와 약간씩 영어로 소통했던 것과는 비교할 수 없다. 「나갈대」의 롤모델이었다. 그 당시에는 누구든 영어를 잘하면 일단 출세의 문이 열릴 가능성이 아주 컸다. 그는 「나갈대」를 만날 때마다 간단하게 영어로 말했고, 한두 마디씩 내뱉는 말에 「나갈대」도 빠짐없이 영어로 대답하는 사이였다. 그분의 부인은 음대 성악과 출신답게 가끔 독창으로 교인들에게 위안을 주고 있어서 모범적인 가정으로 여겨졌다. 때로는 그분이 찬양 대원들을 중화요리 집에 초대하여 자비로 대접하는 경우도 많았다. 어느 날 찬양대원들의 단체 식사 때 우연히 「나갈대」가 그 장로님의 옆자리에 앉게 되었는데, 농담 반 진담 반으로 「나갈대」에게 말을 건넸다.

"「나」 선생, 이제 교회를 위해서 좀 더 큰일을 해야지요."

「나갈대」는 무슨 뜻인지 이해가 되지 않았다.

"아… 네, 큰일이 무엇인데요? 뭐… 제가 무슨 큰일을 할 수 있겠어요?"

「나갈대」는 웃으면서 반문을 했다. 그는 교회 직분을 맡아서 교회 운영에 참여하라는 제안이었다. 그동안 「나갈대」는 찬양대에 참여하는 것만으로도 교회에 봉사하는 거라고 생각해 왔다. 그런데 그렇게 중요한 제안을 그분이 하리라고는 전혀 예상을 못 했다. 그의 제안을 초기에 거절하지 않으면 계속 강조할 것 같아서, 자기는 머잖아 미국에 가서 공부를 더 할 계획이 있다고 대답을 해버렸다. 그러니 교회에서 어떤 직분도 맡을 수 없다는 의미였다. 주변의 몇 사람 정도만 들을 수 있는 정도로 조용히 대화를 주고받았다. 「이기자」 선생이 두 사람을 유심히 보고 있었다.

"장로님… 아직 꿈같은 이야기입니다만 언젠가는 미국으로 유학을 가려 합니다. 교회 운영같이 중요한 일에 참여할 정도는 못

됩니다."

그는 「나갈대」를 쳐다보면서 말을 이어 갔다.

"뭐, 국가 장학금이나 특별한 유학 안내를 받으셨어요? 아니면…."

「나갈대」가 여기서 대답이 막혔다. 그러면서 대답을 했다.

"그건 아니고, 여러 방법을 알아보는 중입니다. 미국에 취업도 알아보고 있고요." 「쿡」 대위와의 관계도 설명을 했다. 그는 「나갈대」에게 충고 한마디를 더 했다.

"미국 사람들은 남을 도와주는 교육이 잘되어 있어요. 그분과 계속 연락하세요."

「나갈대」는 계속 유학에 관한 얘기를 이어갔다.

"우선, 미국 어느 대학 입학허가서를 받고 미국에 가서 아르바이트를 하며 공부를 해볼까 합니다."

정말 꿈같은 일이고, 현실적으로는 말이 안 되는 계획을 그에게 설명했다. 그가 다시 「나갈대」에게 물었다.

"그럼 대학은 결정했어요?"

그 물음이 제법 심각하게 느꼈다. 그리고 궁색하게 대답을 했다.

"네, 아직은… 생각만 하고 있습니다. 사실, 어느 대학을 어떻게 접근할지도 모르고 있고요."

미국 유학에 대해 잘 알지도 못하면서 더 이상은 대화가 어렵겠다고「나갈대」는 생각했다. 그는 USOM 도서관에서 미국 대학에 관한 모든 자료를 얻을 수 있다고 했고, 그것은「나갈대」에게 중요한 정보였다. 미국 대학들의 주소와 담당 부서 등 여러 정보를 알아볼 수 있다고 해서 며칠 후에「나갈대」가 그의 USOM 사무실을 찾아갔다. 사무실은 세종로 정부청사 옆 건물이었다. 그는 아주 친절하게 본인의 사무실로 안내했다. 여기저기 미국 사람들이 지나다녔다. 마치 한국 속에 있는 미국 같다는 생각이 들었다. 그는 커피와 비스킷도 가져왔다. 부럽기 짝이 없는 직장으로 보였다. 나도 언제나 이런 건물에서 자유롭게 직장 생활을 할 수 있을까?「나갈대」는 그가 한없이 부러웠다. 그는 한국 전쟁 복구 사업과 관련 USOM의 역할과 여러 홍보 자료들을 보여주었다. 꿈속에서나 그려보던 미국이라는 나라에 대한 사진첩들도 보여주었다. 70년대의 미국! 지상낙원으로 알려져 있었다. 어떤 목적이든 미국으로 간다는 사실만으로도 일단 성공한 사람으로 간주하던 시절이었다. 미국에 가서 청소를 하든, 호텔 지하에서 짐 꾸러미를 나르든, 세탁 일을 하든 그런 것들은 전혀 문제가 되지 않았다. 한국에서 영양가 없는 보리밥에 김치, 깍두기 먹으며 사는 것보다는 빵과 버터만이라도 영양가 있는 음식을 먹고 사는 부자 나라로 다를 가고 싶어 했다. 그의 안내를 받아 도서관으로 가보니 수없이 많은 미국 대학들의 소개서가 비치되어 있었다. 뭐가 뭔지 감을 잡을 수도 없을 만큼 방대한 자료들이었다. 우선, 「쿡」 대위가 살고 있는 텍사스를 중심으로 대학들의 자료들을 수집했다. 어느덧 미국 대학에서 공부할 생각에 한껏 부풀어있는 「나갈대」였다. 미국으로 가고 싶은 생각에 마음이 더 복잡해졌다. 회사에 죽어라 충성해서 최고로 직위가 높아진다 해도 술 상무까지다. 한국에서 술 상무 후에는 미래가 보장되지 않을 것이 훤히 보였다. 건설공사 수주전쟁에 뛰어들어 밤마다 술 상무 역할을 한다는 게 두렵고 건강을 잃을 게 뻔했다. 미래를 보장받지 못한다면 미국 유학의 꿈을 접을 수 없었다. 장소를 가리지 않고 영어 공부에 매진했다. 「나갈대」의 영어 실력을 어느 정도 인정을 한 걸까? 회사에서 영어 번역이 있을 때 「나갈대」를 불러들이기도 했다.

등촌동 미국 사람

　　등촌동은 사실상 서울 시골이다. 소나무가 띄엄 띄엄 서있는 야산에 둘러싸여 있었고, 김포대로에서 등촌동으로 가려면 폭이 좁은 도로가 있다. 등촌동 입구의 왼쪽 야산 부근에 비싸 보이는 집이 몇 채 있었는데 그중에서도 가장 아름다운 양옥집에서 사는 대머리 미국인이 검은색 캐디락 자가용을 타고 출퇴근하는 모습이 가끔씩 눈에 띄었다. 그는 항상 선글라스를 끼고 운전했다. 당시 유명했던 미국 영화배우 「율 브리너」 같았다. 「나갈대」가 출근하려면 김포대로와 맞닿는 등촌동 입구 삼거리까지 집에서 20여 분을 걸어야 한다. 그 삼거리 버스정류장에서 광화문행 좌석버스를 이용했는데, 퇴근길에도 같은 경로였다. 더위가 기승을 부리던 어느 여름날, 「나갈대」가 출근을 서둘렀다. 뜨거운 햇살과 만원 버스의 번잡함을 피하기 위해서였다. 발걸음을 재촉하고 있을 때 「나갈대」의 등 뒤에서 갑자기 자동차 클랙슨(경적음)이 울렸다. 검은색 캐더락 세단 차였다. 선글라스를 끼고 운전하던 바로 그 대머리 미국인이었다. 그는 「나갈대」 옆에 차를 세우더니 뭐라고 말을 건넸는데 「나갈대」의 어설픈 영어 듣기 실력으로는 제대로 알아들을 수 없었으나 손가락으로 서울 방향을 가리키는 거로 보아 「나갈대」가 서울 시내 쪽으로 가느냐고 물어보는 것 같았다. 「나갈대」의 대답은 무조건 "예스. 예스." 였다. 그는 조수석 문을 열어주면서 차에 타라고 손짓했다. 「나갈대」는 얼른 차에 올랐다. 그가 뭐라고 말을 했지만 다 알아들을 수 없었다. 대충 이해하기로는 그가 용산 미8군 기지로 출근하는 중이며, 날씨가 매우 덥다는 몸짓을 했다. 빈 차에 「나갈대」를 태워주려고 한 것 같았다. 그때 「나갈대」는 할 수 있었던 말인 "땡큐! 땡큐!"를 연발하며 콩글리쉬 실력을 발휘했다. 회사 위치가 광화문이니 용산으로 들어가기 전, 서울역 부근에 내려달라고 말해야 했으나 그 표현이 쉽지 않았다. 어디에서 내릴 거냐고 미국인이 다시 물었다(Please, tell me where to go). 시간은 급하고 엉겁결에 서울역(Seoul Railway Station)이라고 대답했는데, 그렇게 말한 이유는 서울역 근처에서 내려 광화문 방향 시내버스를 갈아타기 위해서였다. 그는 고개를 끄덕였다. 70년대에는 권력기관, 고급 공무원, 부자들이나 주로 외국인들이 자가용을 가지고 있었다. 그날 탔던 미국산 캐더락의 내부 장치는 뭐라 표현하기 어려울 정도로 복잡하고 요란하고 서울의 택시와는 비교를 할 수가 없다. 게다가 캐더락이 달리는 소리는 너무나 조용했다. 미국인이 자기 명함을 「나갈대」에게 주었다. 「나갈대」도 그에게 회사 명함을 건네주는 사이 어느새 서울역에 도착했다. "땡큐!" 차에서 내려 그의 명함을 꼼꼼히 보았다. 'Mr. Robert M Bush, Chief Manager, Employment & Human Resources Division, 8th US Army, Young San Camp, Korea' 용산 미8군 사령부 군속이고, 인사담당 책임자였다. 그 무렵, USOM으로부터 미국 대학에 대한 정보도 얻을 수 있었고, 뜻밖에 다른 미국인을 또 만나게 된 것도 「나갈대」에게 큰 행운이었다. 하나님의 뜻이라고 믿었다. 성경학자들은 하나님께서 우리를 여러 가지 방법으로 인도하신다고 주장을 한다. 첫째, 우리가 원하는 대로 인도하지 않고 하나님께서 상황을 만들어 그곳으로 인도한다는, 이른바 천명(Decree)이라는 것이다. 「바울」 사도가 감옥에 갇힌 것은 「바울」 자신의 뜻이 아니라 하나님의 계획이라는 것을 예로 들었다(행 16:2434) 둘째, 하나님께서 무엇을 해야 할지, 하지 말아야 할지를 지시(Direction)하시면서 우리를 인도한다는 것으로 십계명을 예로 들었다. 셋째, 하나님이 기뻐하시는 것이 무엇인지 분별(Discernment)을 해야 하나님께서 인도를 하신다는 것이다(롬 12:2). 넷째, 무엇을 해야 할지 하나님께서 직접 말씀(Declaration)을 해주신다는 것이다. 어떤 사람에게는 성령을 통해 인도하신다는 것을 예로 들었다(행 8:26~29).

등촌동 미국 사람

어떤 경우든, 「나갈대」는 자신의 앞길을 하나님께서 인도하실 거라고 믿고 싶었다. 「나갈대」는 USOM 도서관에서 얻어온 모든 자료를 참고하며 몇 개의 미국 대학에 입학 문의를 시작했다. 우선, 세계적인 유명 대학보다는 인지도가 없는 대학들을 살펴보았다. 그러나 미국이라는 나라 자체에 대한 정보가 취약했다. 한마디로 뭐가 뭔지 알 수 없는 깜깜 한밤중 같은 답답함에 우선 「쿡」 대위가 살고 있는 텍사스 지역을 중심으로 정보를 수집했다. 그래도 마찬가지였다. 생각 끝에 지난번에 서울역까지 차를 태워 주었던 등촌동 그 대머리 미국인의 도움을 받아볼까 하는 생각이 들었다. 그가 명함을 주면서 필요하면 언제든 연락하라고 했기 때문이다. 그러나 막상 전화를 하려니 어떻게 해야 할지, 뭐라고 용건을 얘기해야 할지 도저히 용기가 생기지 않아서 포기하고 말았다. 그리고 여전히 매주 목요일 찬양 연습에는 참여를 했다. 「맹신자」, 「이기자」, 「허영심」 등을 비롯한 남자 대원들도 열심히 참석을 했다. 어느 날 그 장로님께서 USOM 도서관의 자료가 도움이 되느냐고 지나가는 말로 물었다. 물론 도움이 되지만 미국 자체도, 미국 대학도 잘 몰라서 앞으로 어떻게 해야 할지 답답하다고 했다. 비밀이 없는 자연스러운 인사성 대화였다. 그러나 「맹신자」 선생을 포함한 다른 찬양 대원들이 듣기에는 「나갈대」가 마치 금방이라도 미국 유학을 가는 것처럼 오해할 수도 있는 일이었다. 「나갈대」의 머릿속은 등촌동 대머리 미국인과 어떻게 접촉할 수 있을지 그 생각뿐이었다. 결국, 그에게 편지를 보내기로 결정했다. 영문 편지를 쓰는 것은 큰 어려움이 없었다. 「쿡」 대위와 편지로 소통하여 왔기 때문이다. 「나갈대」는 본인 소개와 토목공학을 더 공부하기 위해서 미국 유학을 준비하는 사람으로 자신을 소개했다. 더불어 몇 년 전 한국 주둔 미 군사고문단에서 임무를 마치고 현재는 미국 텍사스에 살고 있으며 세계적으로 유명한 건설회사에 근무 중인 「쿡」 대위와의 관계에 관해서도 썼다. 미국을 잘 모르기 때문에 「Mr. Bush」의 조언을 듣고 싶다는 내용이었다.

언젠가 미국 유학 입단속을 하려고 「맹신자」 선생에게 전화했다가 실패한 이후부터 그녀를 볼 때마다 도둑이 제 발 저리듯 마음이 편치 않았다. 한편으로는 USOM 도서관 자료에 관해 장로님과 대화 나누는 것을 어렴풋이 들었을 그녀의 반응이 궁금하기도 했다. 「나갈대」의 말이 허풍이 아니었음을 그녀가 좀 알았으면 싶었다. 「이기자」 선생도 「나갈대」를 대하는 태도가 좀 달라진 느낌이 들었다. 분위기가 이쯤 되니 이제 미국 유학을 포기할 수도 없는 입장이 된 것이다. 그때 미국의 「쿡」 대위한테서 편지가 왔다. 일본 출장을 마치고 며칠 동안 한국에 머물 예정이라는 반가운 소식이었다. 한국 방문까지 한 달 정도 여유가 있었다. 그를 만나서 미국 유학이나 취업에 대해 물어볼 참이다. 그 무렵, 고운 목소리의 여자한테서 전화가 왔다. 「나갈대」를 확인한 후 그녀는 용산 미8군 「Mr. Bush」의 비서라고 하며 전화를 바꿔주었다. 바로 등촌동 대머리 미국인이었다. 「나갈대」는 어쩔 줄 몰라 했고, 그도 반가워했다. 「나갈대」의 편지에 대한 화답성의 전화였다. 미국에 대해 궁금한 부분은 언제든 대화가 가능하다며 미리 연락해 주면 약속할 수 있다 하고 전화를 끊었다. 「나갈대」는 대단한 성과라고 자평했다. 선진국 미국 사람들은 다 이렇게 좋을까? 좀처럼 흥분이 가시지 않았다. 교회에서 자주 만나는 여러 찬양 대원들 사이에서 「나갈대」가 머잖아 미국으로 유학을 간다는 소문이 돌았다. 「나갈대」의 입장에서는 정말 터무니없는 억측이었다. 떡 줄 사람은 생각도 않는데 김칫국물부터 마신다더니, 준비된 것도 없는 데 마치 금방 유학길에 오를 것처럼 오해받으니 적잖이 당황스러웠다. 「나갈대」 자신은 한 번도 그렇게 말한 적이 없었기 때문이다. 사람들의 입소문이 이렇게 빠른지를 미처 몰랐다. 심지어 교회 목사님까지 그렇게 알고 계셔서 자세히 설명하며 오해를 풀었다. 유학 소문이 도는 중에도 「나갈대」의 관심은 「맹신자」 선생이 어떻게 생각하고 있을까(?)였다. 유학 소문이 「나갈대」의 숨은 사랑에 특효약이 될 수는 있을까? 입으로만 떠벌이는 허풍쟁이라고 생각하지는 않을까? 이런저런 생각에 젖어있을 때 실험실에 노크 소리가 들렸다. 「이청빈」 사장이었다. 오랜만이라 반가웠다. 그는 학교 보수공사를 잘 마치고 인사차 왔다고 했다. 「나갈대」 역시, 그 일의 진행 상황이 궁금하던 차였다. 학교 보수공사 건에 대해 언급하기 싫어하는 「맹신자」 선생에게 물어볼 수도 없었기에 더욱 반가웠다. 그는 그 공사로 큰 이득을 본 건 없지만, 관급 공사여서 현금 결제가 도움이 되었다고 했다. 보수공사가 잘 끝났으니 「강도길」 교감 선생님 함께 저녁 식사를 하자고 했다. 공사를 잘 끝냈으면 그것으로 끝이지만, 사업을 하는 한국 사람들의 정서상 「이청빈」 사장 입장에서는 그냥 넘어갈 수도 없는 일이다. 「나갈대」 역시 소개자로서 그런 식사 제안을 거절하기가 어려웠다. 「나갈대」가 시간을 정해주면 교감 선생님은 언제든 좋다고 했단다. 「나갈대」의 예상으로 세 사람의 저녁 식사가 순수하게 끝날 자리가 아닌듯했다. 「이청빈」 사장의 끈질긴 요청으로 약속은 했지만, 그러나 어떤 경우에도 불필요한 유혹에 넘어가지 않겠다고 몇 번이나 마음속으로 다짐을 해보았다.

찬양대 지휘자

여전히 목요일 찬양 연습에 참여하던 중 어느 날, 찬양 연습실에 「허영심」, 「배신자」 대원들이 보이지 않았다. 「이기자」 선생은 보였으나 「맹신자」 선생도 없었다. 그런데 찬양대 준비실 코너에서 「허영심」, 「배신자」 두 사람이 「심술보」 찬양대 지휘자와 무언가 열나게 이야기를 하고 있었다. 여자들의 목소리가 높았다. 「심술보」 씨는 찬양 대원들에게 인기가 있는 지휘자는 아니었다. 그는 합창대 중에 솔로이스트를 선택할 때마다 「배신자」 대원을 지명했다. 2중창 또는 4중창 때도 그녀를 꼭 포함시켰다. 그래서 다른 찬양 대원들로부터 오해를 받기에 충분했다. 물론, 지휘자가 「배신자」 대원의 성악 실력을 인정해서라고 생각은 했지만, 아무리 특출한 실력자라도 때로는 다른 사람에게 기회를 주는 지휘자의 아량이 필요해 보였다. 지휘자의 아량도 문제이지만 좀 더 생각해 보면 「배신자」의 욕심과 「허영심」의 질투로 인해 말다툼으로까지 발전된 지경이었다. 말하자면, 「배신자」에 대한 「허영심」의 부러움이 미움으로 변해서 생긴 일이었다. 십계명에서 남을 시기하거나 탐내지 말라고 했는데, 세 사람의 얘기를 듣다 보니 크게 다툴 일도 아니었다. 「심술보」 지휘자의 편파성을 「허영심」이 지적했을 뿐이었다. 12월 크리스마스 예배 때 특별 찬양(Come, Emmanuel, 오소서 임마누엘)을 준비하는 과정에서 벌어진 일이었다. 사실, 이 곡(曲)은 상당한 수준이 되어야 부를 수 있는 곡이다. 찬양 대원들의 실력으로는 쉽지 않다. 그럼에도 불구하고 지휘자는 그 곡을 강행하면서 특출한 솔로이스트로 「배신자」를 고집하고 있었다. 지휘자라는 행동에서 자신을 과시하려는 의도가 느껴졌다. 자기 존재를 인정받기 위해서 부리는 교만하고 오만한 태도로 「나갈대」는 보았다. 「심술보」 지휘자는 이른바 일류 '너울대' 음대 출신이다. 그는 적당한 직업이 없고 부모 덕에 살고 있었는데, 그래서 더더욱 자기를 드러내고 싶어 한다. 아마도 심리적 보상일 것이다. 그의 고집스러운 행동은 사실상 자기과시(?) 내지는 교만(?) 같은 그런 것? 사실, 작은 교회에서 일반 찬양 정도 부르는 대원들을 상대로 대곡을 하겠다는 지휘자가 문제라면 문제다. 교회가 무엇인가? 구주 예수를 믿는 기독교인들의 '사랑의 공동체'가 아닌가. 비록 지휘자의 자기과시와 「배신자」의 욕심, 「허영심」의 질투가 섞였다 해도 서로를 미워할 수 없는 곳이다. 모든 것을 사랑으로 덮어야 한다고 성직자들이 가르치는 곳이다. 사랑으로 덮지 못하게 하는 존재가 사탄 마귀의 활동이라고 그들은 가르친다. 성경(마가 3:23)에서, 사탄 마귀는 하나님을 반역하는 대적자로 되어있다. 대적자(들)의 복수가 아니고 대적자의 단수라는 것에 의미가 있다고 했다. 복수가 아니고 단수 개개인이 사탄 마귀가 된다는 뜻일 것이다. 성경(행 5:3)에서, 개개인이 하나님의 반역자로 변질되면 성도들을 거짓말로 유인해서 고소하고 참소하게 된다고 했다. 결국, 사탄 마귀의 근원은 유혹이라는 뜻이다. 그 세 사람의 갈등이 모두 사탄 마귀의 짓으로 보였다. "울면서 겨자 먹는다."라는 속담처럼, 사랑의 공동체 내에서 찬양 대원들끼리의 다툼, 시기, 참소를 울면서 겨자 먹는 심정으로 참는 것도 사실상 고통이다. 20여 명이 모여 있는 조그마한 세상에서조차 서로 감정이 상하고 화목을 이루기가 이토록 어려운데, 더 넓은 세상에서야 오죽하겠는가? 번뇌와 오욕의 세상을 등지고 산속으로 들어간들, 평생 마음이 평화로 울 수 있을까? 인간이 살아 숨을 쉬는 한, 유혹이라는 마귀는 제거될 수 없다고 「나갈대」는 생각을 해왔다. 그것은 신발 바닥에 붙은 껌과도 같다. 돌, 자갈길 인생을 살면서 과연 누가 껌이 붙지 않은 신발로 그 험한 길을 갈 수 있을까? 「나갈대」는 껌처럼 사람에게 붙어다니는 유혹에 대해 한두 번 고민한 게 아니다.

「나갈대」가 퇴근하고 집으로 돌아와서 손발을 씻고 있을 때, 아버지가 그를 안방으로 불렀다. 평상시에는 식사할 때나 몇 마디 하는 정도였는데 분위기가 예전 같지 않아 의아해하면서 안방으로 들어갔다. 아버지는 천천히 말씀을 하셨다. 「나갈대」의 결혼 문제였다. 29세를 바라보는 노총각인 그가 가장 듣고 싶지 않은 이야기다. 그 당시의 사회적 인식으로 결혼이 많이 늦어진 상태다. 부모님의 입장에서 노총각 아들의 결혼이 당연한 걱정거리였다. 그러나 미국 유학에 대한 「나갈대」의 결심이 확고한 이상, 결혼 같은 것은 생각도 해본 적이 없었다. 그러니 아버지의 그런 말씀이 불편할 수밖에 없고, 아버지는 「나갈대」의 결혼이 늦어져서 동생의 결혼도 미루어지고 있다며 질책을 하셨다. 아들이 미국으로 가더라도 결혼은 하고 가야 한다는 것이다. 두 사람의 목소리가 점점 높아졌다. 「나갈대」의 태도가 누그러지지 않으면 아버지의 언성이 높아졌다. 이제 좀 진정하고 아버지의 의견을 들어봐야겠다는 생각이 들었다. 「나갈대」가 아버지에게 물었다.

"도대체 말씀하시려는 처녀가 누구예요?"

맙소사! 웬일인가! 바로 「이기자」 선생이 아닌가…. 그야말로 놀라운 사건이다. 평소 교회에서 아버지와 「이병태」 장로님이 가깝게 지내시는 것을 여러 번 목격한 적은 있지만 설마, 결혼 얘기까지 할 줄은 꿈에도 생각을 못 했다. 「이기자」 선생의 어머니는 교양 있는, 소위 인텔리 여성이고, 시골에서 나고 자라 서당에서 한

글 정도 깨친 「나갈대」의 어머니와는 비교가 되지 않는다. 가끔, 두 분이 얘기하는 모습을 보기도 했다. 전에 어머니가 아들에게 대학에서 어떤 공부(전공)를 했는지 물어보셨다. 생전 그런 질문을 한 적이 없는, 무관심한 분이라서 좀 의아는 했었다. 다시 생각해 보니 두 아버지가 혼사 얘기를 했을 시점과 「나갈대」의 어머니가 느닷없이 그런 질문을 던진 때가 일치했다. 만약 두 사람이 결혼한다면 「나갈대」에게는 더 이상 좋을 수 없는 대단한 집안의 딸과 결혼하게 되는 것이다. 미국 유학의 꿈만 키우고 있었을 뿐 막상 돈 한 푼 없는 처지에 미국을 간다 해도 상상도 못 할 고생이 따를 게 뻔하다. 그런 점에서 「이기자」 선생과의 결혼 문제를 의논해 보는 게 좋겠다는 생각도 들었다. 그때부터 「이기자」 선생과의 혼사 문제가 머릿속을 떠나지 않았다. 그러나 「이기자」 선생은 나이가 동갑이고, 키도 작고 예쁘지 않은 외모 등이 걸림돌이었지만 진짜 걸림돌은 「맹신자」 선생에 대한 숨은 사랑이 사라지지 않은 점이었다. 아버지의 주장대로라면 당장 결혼을 서두르실 것 같고, 아직 그건 이르다는 생각에 아버지에게 시간을 달라고 하면서 다른 사람들한테는 일체 그 얘기를 하지 마시라고 당부를 드렸고, 그리고 그날은 그렇게 저렇게 아버지와 얘기가 끝이 났다.

강도길 교장

　　　　　강도길 교장 선생님과 「이청빈」 사장을 만나 식
사하기로 한 날이 다가오고 있었다. 마음이 내키지는 않았다. 그
러나 「이청빈」 사장에게 두 번이나 약속 확인을 해준 이상 지켜야
했다. 한편으로 Arizona대학에 보낼 서류 준비도 서둘러야 했다.
「나갈대」 나름대로 서류를 검토한 바로는 석사 입학이 거의 불가
능해 보였다. 무엇보다 한국 대학의 학사 학위를 인정받으려면 그
들의 입학 허가 기준의 통과를 전제로 했기 때문이다. 그 기준에
따르면, 대학에서 요구하는 영어 시험에 통과를 해야 하고, 둘째
는 영어 시험 통과를 전제로 학부 3학년과 4학년 과정의 몇 과
목을 이수해야 한다. 셋째, 그 과목들이 최소한 Credit 이상(70%
이상)의 점수를 받아야 석사 학위 입학 자격이 주어진다. 학사 인
정 코스에서 과목 Pass(60~70%)만으로는 석사 입학 자체가 불가
능했다. 즉, 영어코스 통과, 학사과정 이수에서 과목당 70% 이
상의 점수, 졸업한 대학의 책임교수 의견서, 또 한 사람의 추천장

을 요구했다. 여러모로 「나갈대」에게 불리한 조건들이라, 미국 유학을 꿈꾸는 일이 시간 낭비로 느껴졌다. 그렇다고 이 시점에서 유학을 포기하기도 아쉽고 도대체 무엇을 어떻게 해야 할지 도무지 아이디어가 떠오르지 않으니 가슴만 답답할 뿐, 「이청빈」 사장과의 저녁 약속이고 뭐고 다 귀찮았다. 그냥, 미국에 꿈을 접을까 아니면 한 번 덤벼볼까. 온종일 고민한들 아무것도 나올 방법이 없다. 결국, Arizona대학의 요구 조건을 맞출 수 없다는 결론을 내리고 포기하는 쪽으로 마음을 굳혀갔다. 그렇다면 차선책은 무엇일까? "못 먹는 감 찔러나 본다"는 속담처럼 어차피 못먹을 감이라면 한번 찔러나 보자는 한국 사람 특유의 오기(傲氣)가 차선책이 아닐까? 능력은 부족하면서도 남에게 지기 싫어하는 생각이 바로, 오기라는 것이다. 불가능하더라도 한번 덤벼보지도 않고 포기하는 것은 「나갈대」 자신에게도 부끄러울 일이다. 다시 마음을 고쳐먹기로 가닥을 잡고, 서류 준비를 시작했다. 우선 「Waterwood」 교수에게 감사 답장을 보냈다. 서류가 완비되면 입학 절차를 밟겠다고 썼다. 필요하면 등촌동 미국인(「Mr. Bush」)을 만나고 「쿡」 대위의 조언도 받을 생각이었다. 무엇보다도 가장 먼저 해야 할 일은 광화문 근처에 있는 영어 서비스 회사를 알아보는 것이었다. 「유명한」 장로님께 부탁을 하는 것은 교회 내에 소문이 퍼질 우려가 있어서 생각을 접었다. 「이청빈」 사장과 약속한

내 이름 「나갈대」

장소인 청진동 생선구이 집으로 갔더니 「이」 사장이 먼저 와서 조용한 코너에 앉아있었다. 그가 반갑게 「나갈대」를 맞이하는 중에 「강도길」 교장 선생님과 「맹신자」 선생이 들어왔다. 엉? 이 무슨 시츄에이션!? 설마 그녀가 나타날 줄은 생각도 못 했는데…. 설레기도 하고 놀라웠다. 다시 네 사람이 반갑게 인사했다. 그러니까 그녀를 개인적으로 세 번째 만나게 된 날이다. 「강도길」 교장 선생님은 자신이 「맹」 선생을 초청한 이유를 계면쩍은 표정으로 설명했다. 「맹」 선생이 「나갈대」를 통해 좋은 건설회사를 소개받았다는 게 첫 번째 이유였고, 그 덕분에 건설공사가 아주 잘 마무리되었다는 게 두 번째 이유였고, 마무리도 잘해보자는 취지로 그녀를 초청했다는 것이 세 번째 이유였다. 「나갈대」는 마음속으로 만세삼창을 외치고 싶었다. 어쨌든 얘기하고 싶었던 그녀가 느닷없이 앞에 앉아있으니 만세삼창이 아니라 만세육창이라도 부르고 싶은 심정이 아니겠는가? 역시 꽁치구이, 우거지국, 소주 등이 들어오고 소주잔을 주거니 받거니 하는 동안 교장 선생님과 「이」 사장은 건설공사 건에 관해 이야기를 나누었다. 교장 선생님이 다른 학교로 전근을 가게 되었지만, 앞으로도 그런 공사 건이 생기면 「이청빈」 사장에게 발주하겠다는 내용이었다. 「이청빈」 사장이 무척 마음에 든 것 같았다. 그런데 건설공사만 그의 마음에 들었을까? 흔히 말하는 건설 발주자와 시공자 간의 숨은 뒷거래가 더 마음에 들지 않았을까? 그런 뒷거래가 없었다면 그렇게 침이 마르도록 칭찬을 하지 않는 것이 일반적이다. 단정할 수는 없지만, 뒷치레 돈 받았을 가능성이 크다는 것이 「나갈대」의 추측이다. 건설공사가 아주 잘 끝났다고 하는 바람에 「나갈대」 역시 평소보다 소주를 더 마셨다. 「맹신자」 선생은 소주잔을 입에 대지도 않았다. 독실한 크리스천이기 때문일까. 이름처럼 맹렬한 신자다웠다. 교장 선생님도 취하고 있었고, 「이」 사장도 흥이 나 있었다. 빈 소주병이 하나둘 늘어갈수록 교장 선생님도 점점 입담을 늘어놓았다. 또, 주로 자신이 평교사에서 교장에 오르기까지의 인생 스토리였다. 그전에도 같은 이야기를 했었다. 「나갈대」도 취해 갔다. 점점 취기가 올랐을까? 세 사람은 말이 많아졌다. 「맹신자」 선생이 지루해하는 것 같아서 「나갈대」는 「이」 사장한테 술자리 정리를 부탁했다. 그렇게 성공적인 건설공사 식사가 마무리되었다. 교장 선생님을 태워드릴 택시를 잡으려고 「이」 사장이 재빨리 움직였다. 어렵게 택시를 잡아 교장 선생님을 보내고 김포 방향 택시를 잡기 위해 그가 또 뛰었다. 「나갈대」도 바쁘게 움직였다. 드디어 「이」 사장이 택시를 잡았는데 택시 안에는 이미 손님 한 분이 앞좌석에 앉아있었다. 지난번 저녁 식사 후 귀가하던 상황과 똑같았다. 택시 기사 뒷자리에 「맹신자」 선생, 그 옆에 「나갈대」와 「이청빈」 사장이 앉았다. 택시는 제2한강교 방향으로 달렸다. "술이 취해도 정신은 말짱하다"는 한국 속담과 "술에 취해도 정신은 말짱해서 원수를 욕한다"는 중국 속담이 떠올랐다. 비록 술에 취해도 정신은 살아있다는 속담이 한국과 중국에 있다는 말이다. 술에 취한 사람은 헛소리인 줄 알면서도 술 핑계를 대면서 의도적으로 헛소리를 하기도 하는데 「나갈대」도 숨은 애정을 그녀에게 표현할 수 있는 절호의 기회가 왔다고 생각을 했다. 이번 기회를 놓치면 두고두고 후회할 것 같았다. 택시가 커브를 돌 때마다 「나갈대」의 몸이 왼쪽에 있는 그녀에게로, 오른쪽의 「이」 사장에게로 기울이기도 했다. 왼쪽으로 기울 때는 술이 깰 정도로 흐뭇했으나 「이」 사장에게로 기울 때는 재빨리 원위치로 돌아왔다. 제2한강교를 지나 영등포 로터리 근처에서 「이」 사장은 내릴 준비를 했다. 그가 내리면서 왼손으로 「나갈대」의 오른쪽 포켓에 무엇인가를 재빨리 집어넣고 나가버렸다. 순식간에 일어난 일이었다. 금일봉인 것 같았다. 그러나 「맹신자」 선생에게는 아무런 말도 할 수 없었다. 택시는 등촌동 방향으로 계속 달려 10여 분 후에는 「나갈대」가 먼저 내려야 한다. 무언가 그녀에게 결정적인 한마디를 해야 할 때가 다가왔다. 가슴이 두근거렸다. 이제 시간이 얼마 남지 않았고, 술기운도 가라앉고 있었다. 드디어 입을 열었다. 가까운 시일 내에 저녁 식사할 시간이 있는지 물었더니 그녀는 마치 기다렸다는 듯(?) 선뜻 대답하며 무슨 일이 있느냐고 물었다. 즉답을 하기가 어려워 현재 추진 중인 미국 대학 입학에 관한 것이라고만 했다. 간신히 그녀가 'Yes'를 했다. 「나갈대」 심장이 멈추는 듯했다. 택시가 등촌동으로 진입하자 이전처럼 그녀를 먼저 집에 내려준 뒤에 귀가를 했다. 「이」 사장이 찔러준 봉투를 꺼내보니 '감사하다'는 메모와 함께 십만 원권 자기앞 수표 2장이 들어있었다. 관급 공사는 어음이 아닌 현금 처리를 한다. 그래서 불필요한 어음 경비를 줄일 수 있었고, 그 돈이(현금) 회사 운영에 많이 도움이 되었다고 고마움을 잊지 않겠다는 내용이었다. 당시 일반 직장인들의 평균 월급이 약 삼만 원 정도였으니 무려 6~7개월 치 월급에 해당하는 큰돈이다. 「나갈대」는 그 돈을 어떻게 처리해야 할지 순간적으로 고민스러웠다. 그냥 모른 척 받아 챙길까? 아니면 되돌려 주어야 할까? 분명히 그 돈은 부정한 방법으로 받은 것이 아니지만, 공식적인 수입이 아니라는 점에서 검은돈의 성격을 띠고는 있었다. 검은돈이라면 당연히 돌려줘야겠지만 「이」 사장의 성의라고 표한 돈이라면 검은돈이라고 볼 수도 없다. 굳이 돌려줄 이유가 있을까? 「이」 사장이 고마운 마음으로 정성껏 건네준 선물 같은 돈을 되돌려 준다? 그것은 그분의 성의(誠意)를 거절하는 것이고, 정성(精誠)을 무시하는 것이다. 과연 그렇게 성의를 거절하고 정성을 무시하는 행동이 인간관계에서 온당한 짓일까? 돈을 돌려준다면 인간관계를 거절하는 모양새가 될 것이고, 돌려주지 않으면 검은 유혹에 말려 들어가는 꼴이다. 다만 그가 당당한 방법으로 돈을 건네지 않은 것이 문제라면 문제다. 그러나 떳떳하게 돈을 건넬 경우 「나갈대」가 받지 않을 게 뻔하지 않은가? 그렇다면, 「이청빈」 사장이 「나갈대」를 꾀어 나쁜 길로 이끄는 검은 유혹일까! 성경에서 검은 유혹의 미끼는 사탄이고, 하나님과 대적하는 악(惡)의 존재라고 했다. 「이청빈」 사장이 「나갈대」에게 어떤 유혹을 한 적도 없고, 나쁜 길로 인도한 적도 없는데…. 그의 성의적인 돈이 검은돈일까? 아니면 하얀 돈일까? 둘 다 아니라면 회색 돈일까? 도덕적인 면에서 검은돈에 가깝지만, 인간관계에서 볼 때는 성의를 표시한 하얀 돈에 속한다고 보았다. 그러나 도덕적도 아니고 인간관계도 아니라면, 회색 돈은 받아도 될까? 그야말로 바람에 나부끼는 갯가에 갈대처럼 마음이 흔들렸다. 이 고민스러운 돈을 어떻게 처리해야 할지 이런저런 생각에 시달리다 답을 얻지 못하고 잠자리에 들었다.

미국 대학

「나갈대」는 Arizona대학 입학 서류를 준비하기 위해 서울시청 근처에 있는 영어 서비스 회사들을 찾아갔다. 조선호텔(현 롯데호텔) 옆에 있는 회사가 마음에 들었다. 여사장이 성의껏 설명을 해주었다. 그녀는 약 2주 정도 시간이 걸린다며 예상보다 훨씬 비싼 견적서를 내밀었다. 결국, 이런 일에 경험이 많다는 그녀에게 일을 맡겼다. 이제 추천장이 문제였다. 등촌동 미국인(《Mr.Bush》)을 찾아가기로 했다. 만약 그가 만나줄 경우, 「맹신자」 선생과 동행하면 분위기가 훨씬 좋을 것 같았다. 어느 날 오후에 좀 떨리는 마음으로 그녀에게 전화를 걸었다. 교무실 직원이 얼른 바꿔주었다. 그녀가 반갑게 전화를 받았다. 「나갈대」는 대략적으로 미국 유학 준비 과정을 설명하고 등촌동 미국인을 만날 때 동행할 수 있겠냐고 물었다. 역시 그녀는 시원하게 'Yes'로 답을 주었다. 이어 「쿡」 대위한테 그 상황을 설명하고 추천장을 부탁하는 편지를 보냈다. 지난번 편지에서 그가 일본 출장이 있을 거라며 시간이 되면 서울에 들르겠다고 했었다. 「나갈대」는 떨리는 목소리로 「Mr. Bush」 사무실로 전화를 걸었다. 전화상으로 미국인과 대화하는 것이 결코 쉽지 않은 일이다. 여비서가 전화를 받았다. 「나갈대」가 서툰 영어로 입을 열었다.

"Hello…. my name is Mr. Gal Dae Ra. May I speak to Mr. Bush(여보세요…. 내 이름은 「나갈대」입니다. 부쉬 씨와 통화하고 싶습니다)?"

여비서가 뭐라고 물었으나, 대충 알아듣기로 「Mr. Bush」와 왜 통화를 원하는지 묻는 듯했다. 「나갈대」가 머뭇거리고 있을 때 그녀가 또 뭐라고 말을 이었다. 「나갈대」의 짐작으로, 미8군은 보안이 철저해서 통화 이유를 확실히 알아야 한다는 내용 같았다. 「나갈대」는 용기를 내서 말을 이어 갔다.

"I live at Dueng Chon Dong in Seoul. Often, I have met him. Whenever I met him, he told me that I could contact him when necessary(저는 서울 등촌동에 살고 있습니다. 가끔 내가 그를 만날 때마다 필요할 때 언제든 연락해도 좋다고 그가 말을 했습니다)."

그녀가 「나갈대」의 말을 알아들은 듯했다. 잠시 후에 「Mr. Bush」의 목소리가 들렸다. 그는 「나갈대」의 목소리를 금방 알아듣고 친절하게 인사하며 무슨 일로 전화했는지 물었다. 「나갈대」의 대답은 궁색했지만, 미국 Arizona대학 입학 서류에 대해 조언을 원한다고 했다. 사실, 그를 두 번째 만났을 때 미국 유학에 대해 대화했고, 자기 도움이 필요하면 언제든 얘기하라고 했으니 예의에 어긋나는 것 같지는 않았다. 그는 등촌동 집에서 만날 날짜와 시간을 정해주었다. 와! 대단한 성공이었다. 그 시절에 감히 미국 사람 집에 초대를 받다니! 일반인들은 상상도 못 할 일이다. 「나갈대」는 「맹신자」 선생에게 「Mr. Bush」 집 방문 날짜와 시간을 알려주었다. 그녀는 기꺼이 동행할 것을 다시 약속을 했다. 하늘을 날 것 같은 기분이 계속되었다. 미국인의 집을 방문하는 것도 성공인 데다 숨은 애정의 여인과 함께한다?! 돌 한 개를 던져 새 두 마리를 잡는다는 일석이조(一石二鳥)의 성과였다. 그런데, 「이청빈」 사장이 건네준 돈 때문에 「나갈대」의 마음이 편치는 않았다. 「이청빈」 사장의 성의를 생각해서 그냥 하얀 돈으로 넘어가고 싶으면서도 양심상 그것이 하얀 돈이라고 쉽게 받아들여지지 않았다. 하얀 돈으로 받아들인 후에 스스로 부끄러운 마음이 사라지지 않을 것 같았다. 도덕적으로 용납하기 어려웠다. 사실 「나갈대」는 미국 유학 서류를 준비하는 과정에서 많은 돈이 필요한 시점이었다. 도덕적 가치고 뭐고 그 돈으로 경비를 지출하고 싶었지만 「이청빈」 사장한테 최소한에 양심적 소리는 내고 싶었다. 「이청빈」 사장에게 전화를 걸었다. 그는 반갑게 인사하더니 곧바로 "지금은 너무 바빠서 다시 전화하겠다"는 말을 남기고는 전화를 끊어버렸다. 이전에는 그가 「나갈대」의 전화를 먼저 끊은 적이 없었던 것으로 봐서, 자기가 건네준 돈 때문에 전화를 한 것으로 알아챈 듯했다. 그러나 그 이후에도 그의 전화는 오지 않았다. 그가 일부러 답을 하지 않는 것이다. 평소 「나갈대」의 행동으로 봐서 그 돈을 돌려줄 거라 생각하고 한동안 연락을 피하려는 의도로 짐작되었다. 요즘처럼 문자 메시지를 주고받을 수 있는 시대도 아니었다. 「나갈대」가 「이청빈」 사장을 만나려면 그의 회사로 찾아가야만 했다. 그러나 그가 다시 전화하겠다고 약속했으니 언젠가는 만날 수 있으리라 믿고 기다렸다.

영어 서비스 회사로부터 서류가 완성되었다는 연락을 받았다. 예상대로 상당한 비용이 들었다. 「Mr. Bush」를 만나기 전에 모든 서류를 돌려받았다. 스스로 검토해 보니 준비가 잘된 듯했다. 「Mr. Bush」의 집을 방문하는 날이다. 「나갈대」는 2시간 전에 영등포 로터리 찻집에서 「맹신자」 선생을 만나기로 약속했다. 평소에 입던 작업복에서 말끔한 신사복으로 갈아입었다. 훤칠한 키, 보라색 넥타이, 짙은 남색 신사복…. 찻집을 향한 발걸음이 빨라졌다. 「Mr. Bush」를 만나는 일도 중요하지만, 그녀를 만난다는 생각에 더더욱 마음이 설렜다. 나비가 꽃 만나러 가는 길이 아닌가? '묵' 다방에 도착했다. '묵' 자를 거꾸로 쓰면 '놈'이다. 이름이 특이해서 자주 이 찻집을 이용해왔다. 한쪽 코너에 자리를 잡고 그녀를 기다렸다. 숨이 막힐 정도로 두근거리는 가슴을 진정시키고 있을 때 그녀가 들어섰다. 하늘색 투피스 정장 차림이었다. 왼쪽 가슴에 꽂힌 우유색 브로치가 형광등 불빛에 반사되어 살짝 눈부신 느낌이 들고 빨갛게 익은 앵두빛 입술! 게다가 당시 미국 할리우드 여배우 「로산나 포데스타」 헤어스타일이었다. 아니 그 여배우와 비교할 수 없을 정도로 예뻤다. 「나갈대」가 벌떡 일어나서 그녀를 맞았다. 그녀는 마치 오래전부터 사귀어온 남자를 만나는 것처럼 아주 자연스럽고 애교스럽게 스커트 자락을 접으며 자리에 앉았다. 두 사람은 오래전부터 만나온 사이처럼 다정하게 인사말을 나누었다. 그녀의 솔직하고 재치 있는 입담에 「나갈대」가 빠져들고 있었다. 「나갈대」는 「Mr. Bush」를 만난 동기와 Arizona대학 입학에 필요한 그의 추천장 등 몇 가지를 그녀에게 설명했다. 이런저런 대화가 오간 지 1시간밖에 안 되었는데도 마치 10여 분 정도 지난 것처럼 느껴졌다. 얼마나 기분이 좋았으면 1시간이 10분처럼 지나갔을까? 이날은 분명히 「Mr. Bush」의 날이 아니고 「나갈대」의 날이었다. 영등포 로터리에서 등촌동까지는 택시로 십여 분 정도 걸리는 거리였다. 두 사람은 약속 시간 10분 전에 「Mr. Bush」의 집 앞에 도착했다. 미국 사람과 약속을 하면 정각에 맞춰야 한다는 것을 「쿡」 대위에게서 들은 적이 있었다. 오후 7시 정각에 초인종을 눌렀다. 대문에서 「Mr. Bush」가 맞았고, 마루에서는 한국인 부인이 우리말로 인사를 했다. 「나갈대」는 엉겁결에 「Mr. Bush」 부부에게 「맹신자」 선생을 소개했다.

"This is my fiancee… Miss. Shin Ja Meng(내 약혼자 맹신자 양입니다)."

그만 약혼자로 소개하고 말았다. 사실, 「나갈대」가 마음속으로 준비했던 인사말은 'This may be my fiance. Miss. Shin Ja Meng(저의 약혼녀가 될지도 모르는 맹신자 양입니다).' 이렇게 농담으로 소개를 하려고 했었다. 그렇게 하더라도 「맹신자」 선생한테 잠시만 양해를 구할 생각이었는데 너무 긴장한 나머지 깜박 잊고 순간적으로 엉뚱하게 말을 한 것이다. 「맹신자」 선생한테 큰 실수를 저지르고 말았다. 「Mr. Bush」 부부는 원더풀 커플이라고 하면서 언제 결혼할 거냐고 물었다. 그녀에게는 기가 막히고 남에 처녀 장래를 망치는 소리이기는 했지만, 한편으로 들려주고 싶은 말이기도 했다. 어쨌든 그녀에게 많이 미안했다. 이 실수를 언제 어떻게 해명해야 되나(?) 그녀의 눈치 살피기에 바빴다. 그녀는 영문과 출신답게 「Mr. Bush」와 영어 대화를 잘 이어갔다. 식탁 테이블에는 희고 큰 접시에 닭고기 살코기, 버섯 요리, 호박 수프, 익힌 당근, 버터와 식빵이 놓여있었고, 레드 와인 1병과 와인글라스도 따로 준비되어 있었다. 메인 요리가 끝날 때쯤 달콤한 케이크 조각과 아이스크림, 마지막으로 커피가 나왔다. 「나갈대」에게는 익숙하지 않은 음식들이었지만 「맹신자」 선생은 양식을 아주 잘 먹고 있었다. 다행히 「나갈대」가 전에 「쿡」 대위와 미8군 장교식당에서 식사할 때 나이프, 포크, 티스푼의 위치를 알아두었기에 큰 실수는 하지 않았다. 그러나 이상스럽게 그녀는 양식 칼질을 하는 게 전혀 어색하지 않았다. 식사가 끝난 후 「나갈대」는 「Mr. Bush」에게 Arizona대학 입학 서류를 보여주었다. 그는 고개를 끄덕이며 서류를 살펴보았다. 이어서 자기가 무엇을 도와주어야 하느냐고 물었다. 서류 작성이 잘 되었는지 확인해 줄 것과 그의 추천장을 부탁했다. 그의 대답은 간단했다. 서류를 검토할 시간을 달라는 것과 겨우 몇 번 만난 사람한테 선뜻 추천장을 써줄 수 없다고 했다. 「나갈대」는 맛있게 먹은 음식을 토하고 싶었다. 속이 불편했지만, 이 순간을 잘 이겨내야 한다고 다짐하면서 이야기를 계속했다. 군 장교 복무 시절에 「쿡」 대위를 만났던 일과 그와 지금까지 연락을 한다고 설명했다. 뜻밖에 그는 놀라면서 더 자세히 그와의 인연을 물었다. 「나갈대」는 그가 미군 군사고문단에서 복무하던 시절부터 알았고, 그의 초청으로 미8군 장교식당에서 같이 식사했다고 했다. 예편 후 뉴욕에서 살다가 지금은 텍사스에 있는 큰 건설회사에 근무 중이라고 했다. 그가 업무상 조만간 서울에 올 것 같다고 하자 「Mr. Bush」가 또 한 번 놀랐다. 자기 자신도 그를 알고 있다며, 현재 그의 직속상관인 「David Brown」 중령도 「쿡」 대위와 미 군사고문단에서 함께 근무했다는 사실을 알려주었다. 「David Brown」 중령은 시카고 주립대학 ROTC 출신으로 「쿡」 대위와 각별한 사이라고 했다. 「David Brown」 중령은 미8군 장병 및 군속 인사 담당 총 책임자이고, 「Mr. Bush」는 그의 밑에서 군속 부서를 담당하고 있었다. 「Mr. Bush」는 30여 년의 군 생활을 특무상사 계급을 끝으로 한국에서 제대하고 미8군 군속으로 취직을 했단다. 그리고 한국인 부인과 살고 있다고 했다. 모든 사실이 흥미로웠다. 이런 인연이 또 있을까? 인연이란 것이 이렇게도 기묘한 것인가! 불교에서는 인(因)이라는 직접적인 원인과 연(緣)이라는 간접적인 원인이 합해진 결과를 본다 하지 않은가? 예를 들면, 장미꽃은 장미씨앗이 직접적인 원인이고 땅, 물, 햇빛, 바람 등이 간접적인 원인이 되어서 직접 원인과 간접 원인이 합(合)해서 얻은 결과물로 해석을 한다. 사람의 인연도 마찬가지라고 「나갈대」는 생각을 했다. 미국 사람이든, 한국 사람이든 '사람'이라는 직접적인 원인과 '군대'라는 간접적인 원인이 합해서 이뤄진 두 사람의 인연으로 보았다. 기독교에서는 이것을 하나님의 섭리라고 해석을 한다. 불교나 기독교를 떠나서 어떻든, 이렇게 「쿡」 대위를 통하여 여러 미국인과 만나는 것도 「나갈대」에게는 보통 인연이 아니었다. 「Mr. Bush」는 서류 검토와 추천서 문제에 대해 다시 연락을 하겠다고 했다. 그렇게 하고 저녁 식사는 끝이 났다. 「나갈대」는 「Mr. Bush」의 추천서를 받을 수 없어 마음이 몹시 불편했다. 그러나 거기까지가 전부다. 그녀의 집까지 아무리 천천히 걸어도 10여 분 이내의 거리다. 「나갈대」는 에스코트를 자청했다. 먼저, 그녀를 fiancee(약혼녀)로 소개한 것을 사과했다. 농담이었으니 이해 좀 해달라고, 미리 얘기하지 못해 미안하다고 거듭 사과했지만, 그녀는 말이 없었다. 이제 몇 분만 더 걸어가면 그녀의 집이다. 「나갈대」의 불안감이 커져갔다. 무슨 말을 한마디라도 해주면 좋으련만! 그녀는 계속 듣고만 있었다. 그녀의 집 앞에 도착했을 때야 비로소, 즐거운 시간이었다고 한마디를 했다. 그리고 대문 문고리를 잡으면서 조심히 집에 잘 들어가시고 교회에서 보자는 한마디만 남기고 집 안으로 들어가 버렸다. '닭 쫓던 개 지붕 쳐다본다?' 딱 그 짝이었다. 「나갈대」가 진심으로 사과를 했지만 그에 대한 대답이 없었으니, 발걸음이 무거울 수밖에…. 집에 들어서자마자 「나갈대」의 아버지가 그를 안방으로 불렀다. 보나마나 「이기자」 선생과의 결혼 문제 때문이라고 생각했다. 그러나 아버지의 궁금증을 풀어드릴 확실한 해답이 아직 그의 마음속에 없었다. 그렇다고 그녀와의 결혼 문제를 없던 일로 하자고 할 수도 없는 입장이다. 예상대로였다. 「나갈대」는 미국대학 입학문제가 어느 정도 정리될 때까지 좀 더 시간을 달라고 아버지한테 사정하다시피하고 잠자리에 들었다. 「Mr. Bush」의 추천장 거절과 「맹신자」 선생의 냉랭한 태도에 잠이 올 것 같지도 않았다. 그러나 「Mr. Bush」로 인해 「Brown」 중령까지 만나볼 수도 있으리라는 희망을 가지며 엎치락뒷치락 억지로 잠을 청했다. 「나갈대」는 여전히 매주 목요일 찬양 연습을 위해 교회에 갔다. 지휘자를 비롯하여 대원들이 모여들기 시작했다. 「이기자」 선생과 「유명한」 장로님 내외분은 이미 와있었고, 한참 뒤에 「맹신자」 선생이 들어왔다. 그녀는 여전히 명랑하게 「나갈대」와 인사를 했다. 닭 쫓던 개 신세가 되었다고 자책을 했던 「나갈대」의 혼자 고민이 무색할 정도다. 사실, 「Mr. Bush」 집을 다녀온 이후 그녀에게 불만이 있었으나 그녀가 평소처럼 인사를 하는 순간, 그 불만은 햇살에 눈 녹듯 사라져 버렸다. 일본 속어로 '히야까시'일까. 물건을 사지도 않을 거면서 가격을 계속 내리려고 가게 주인을 조롱할 때 쓰는 말이다. 혹시 그녀가 「나갈대」의 접근을 조절하기 위해서 그 수법을 쓰는 걸까? 머릿속이 또 복잡해졌다. 찬양 연습보다 그녀의 속마음을 짐작해 보는 일이 더 머릿속을 채우고 있었다. 연습이 끝난 후에도 그녀는 간단한 인사만 하고 나가버렸다. 동시에 「나갈대」는 「이기자」 선생의 특이한 모습도 지켜봐야 했다. 「이기자」 선생 역시 어색한 모습은 보이지 않았다. 분명히 결혼 얘기를 들은 것 같지는 않았다. 「나갈대」는 「맹신자」 선생에 대한 그의 숨은 애정을 밖으로 끌어내기 위해서 그녀의 '히야까시' 가능성을 파악하는 게 우선이라고 생각을 했다. 말하자면, '히야까시' 진위를 파악하려는 마음과 숨은 애정의 전쟁이 「나갈대」에게 시작된 셈이었다. 치열한 전쟁 중 승리가 불확실할 때는 휴전이라는 중간 전략이 필요한 법이다. 휴전은 전쟁 중에 일단 적대 행위를 중단하는 군사적 정전상태다. 정전과 휴전 과정 없이 적과 나 사이에 평화를 얻을 수 없다. 숨은 애정과의 전쟁에서 그녀의 모호한 태도에 잠시 휴전이 필요하고, 휴전을 통해 평화가 오면 숨은 애정을 밖으로 드러낼 생각이다. 만약 그렇게 되지 않을 경우에는 다람쥐가 겨울 양식인 도토리를 땅에 묻고 나서 그 장소를 잊어버리듯 그녀에 대한 생각을 모두 지워버릴 생각이다. 숨은 애정의 휴전을 위해서 「나갈대」가 먼저할 일은 그녀에 대한 무관심으로 마음을 바꾸는 것이었다. 교회 찬양 연습 때도 그녀한테 인사 외에는 접근을 하지 않았다.

「나갈대」 책상 위에서 전화벨 소리가 요란했다. 「이청빈」 사장이었다. 업무가 바빠서 나중에 전화하겠다고 한 후의 연락이다. 그는 늦게 전화해서 미안하다고 몇 번이나 사과를 하면서 함께 저녁 식사를 제안했다. 그렇지 않아도 자기앞 수표를 돌려주려던 참이라 다행이었다. 이번에는 영등포시장 골목의 고깃집을 제안했다. 「나갈대」는 흔쾌히 약속을 정했다. 며칠 후 다시 「이청빈」 사장을 만났다. 반가웠다. 돼지 삼겹살 구이에 소주가 빠질 리 없다. 「나갈대」는 「이청빈」 사장을 천주교 신자답게 정직한 사업자로 생각해 왔고, 그래서 「강도길」 교장님께 소개를 했던 것이다. 두 사람은 소주잔을 주거니 받거니 하면 취했다. 「나갈대」가 수표를 돌려주려고 기회를 엿보았지만 그럴 틈이 보이지 않았다. 그가 열을 내며 계속 말을 이어갔기 때문이다. 「강도길」 교장님이 총 공사비 중 몇 퍼센트 정도의 뒷돈을 요구했다고 했다. 예상대로였다. 그 요구에 대해서 「나갈대」의 조언을 구하고 싶었으나 차마 그렇게 할 수가 없었단다. 「강도길」 교장님은 자칭 불교의 참신한 불자다. 「이청빈」 사장은 천주님을 믿는 천주교 신자다. 불법으로 뒷돈을 요구하는 불자, 부정하게 뒷돈을 건네주는 천주교 신자, 두 사람 모두 죄에서 자유롭지 못했다. 「나갈대」도 수표를 받았다. 기독교 신자로서 옳지 않은 행동이다. 「이청빈」 사장은 건설공사 수주를 위해서 어쩔 수 없이 뒷돈을 주어야만 했고, 「강도길」 교장님은 그 기회를 이용해 돈을 챙겼고, 「이청빈」 사장의 감사 표시라는 이유로 「나갈대」도 용돈이 생겼다. 그렇게 「강도길」 교장님에 대한 불만을 토로하는 「이청빈」 사장에게 수표를 되돌려준다? 그와의 인연을 끊자는 얘기다. 결과적으로 세 사람 모두 부정한 짓을 한 것이다. 자칭 열성 불자인 「강도길」 교장님은 불교 5계율 중 2번째(도둑질하지 말라.)를 어겼고, 「이청빈」 사장과 「나갈대」는 하나님, 천주님의 십계명 중 제8계명(도둑질하지 말라.)을 어긴 신자들이다. 세 사람이 모인 좁디좁은 세상에서도 탐욕의 죄에서 벗어날 수 없다면 더 큰 세상에서는 얼마나 많은 사람이 탐욕을 부리며 살고 있을까? 결국, 탐욕에서 벗어날 수 없는 죄는 인간의 본성(本性), 곧 성품(性品)에서 기인되는 게 아닐까? 성경에서, 하나님으로부터 분리하려는 인간의 성품이 하나님의 명령을 거역하는 것이 죄라고 했다. 불자, 기독교 신자 누구를 막론하고 인간의 본성은 크고 작은 죄에서 자유로울 수 없음을 보여주는 사례였다. 아담과 이브가 에덴동산에서 선과 악을 알게 하는 금단의 열매를 따 먹고 쫓겨난 사건도 인간의 본성 때문일 것이다. 그 본성이 있는 한 하나님을 거역하는 죄에서 누군들 자유로울 수 있을까? 그 본성이 죄를 짓게 하는 유혹의 덫일 것이다. 물고기가 좋은 미끼를 보고 돌아설 수 없다. 미끼 속에 무서운 낚싯바늘이 들어있다는 걸 물고기는 알 수가 없다. 그 미끼를 삼키는 순간 물고기는 죽음이다. 인간의 본성이 온갖 유혹(미끼)에 끌리면서 죄를 지으며 살고 있다고 봐야 하지 않을까? 「나갈대」, 「이청빈」 사장, 「강도길」 교장, 이 세 사람은 결코 돈이라는 유혹의 미끼에서 자유롭지 못하면서도 자유롭게 산다고 생각하는 것…. 물고기가 낚싯바늘이 들어있는 사실을 모르고 미끼를 무는 경우가 아니겠는가?

잠을 자는 것 외에 「나갈대」의 머릿속은 온통 미국 생각으로 가득 채워졌을 뿐이다. 그러면서도 「맹신자」 선생에 대한 그 무엇이 가슴 한구석에 남아있었다. 사실 그녀와 거리를 둔다는 것이 괴로웠다. 그러나 먼저 교회 찬양대와 거리를 두기 시작했다. 지휘자는 물론 「유명한」 장로님도 「나갈대」가 왜(?) 찬양대 연습에 불참하는지 이유를 물었다. 드디어 목사님까지 그 이유를 알고 싶어 하셨다. 숨은 애정을 품고 있는 「나갈대」의 마음이 더 심란해졌다. 고의적인 무관심으로 그녀의 '히야까시' 수위를 파악하기 위해 억지로 찬양대를 멀리하는 것도 괴로웠다. 그러던 어느 날 「Mrs. Bush」로부터 연락이 왔다. Arizona 대학 입학 서류에 대한 「Mr. Bush」의 검토가 끝났으니 적당한 시간에 찾아가라고 했다. 「Mr. Bush」의 추천장 이야기는 없었다. 서둘러 서류를 돌려받았다. 「Mr. Bush」의 간단한 메모가 들어있었다. 영어 서비스 회사가 완성한 서류에서 미국 사람들이 이해하기 어려운 단어들의 수정이 필요하다는 조언이었다. 덧붙여 「쿡」 대위가 서울에 출장 오면 함께 만나자고 했다. 이 정도면 절반 이상 성공이라는 생각에 만족스러웠다. 그러나 추천장이 문제였다. 「유명한」 장로님의 도움이 필요하다고 생각하고 그의 USOM 사무실을 찾았다. 「나갈대」는 그동안 진행한 일들과 「Mr. Bush」의 도움에 대해서도 얘기했다. 추천장을 부탁하자 그는 흔쾌히 수락을 했다. 또 큰 과제 하나가 해결된 것이다. 그러면서 숨은 애정을 가슴속에 감추어 둔 채, 찬양대 불참 이유를 회사의 바쁜 업무 때문으로 변명하고 말았다. 그런데, 그분과의 대화에서 뜻밖의 소식을 듣게 되었다. 교회에서 「이병태」 장로님 세력과 「고」 목사님을 지지하는 교인들 간의 분란이 심각하다는 것이다. 「이병태」 장로님을 비롯한 일부 교인들이 집단으로 교회를 떠날 수 있다고 했다. 「유명한」 장로님은 교회의 분란을 막으려고 부단히 노력하고 있지만 뾰족한 해결 방법이 없다는 것이다. 최소한, 교회에서는 교인들끼리의 다툼과 미움이 없을 것이라 생각했던 「나갈대」에게 충격적인 사건이다. 만약 교인들이 갈라서면 찬양 대원들도 흩어질 것이 뻔했다. 그럴 경우 자신이 어떻게 행동해야 할지 난감했다. 「이기자」 선생은 아버지를 따라 자연스럽게 교회를 떠나겠지만, 「맹신자」 선생은 어느 길을 택할지 마음이 착잡했다. 교회가 두 개로 쪼개지는 상황에 이르기까지 교인들끼리 평화를 이룰 수 없다? 아무리 생각을 해봐도 도저히 이해가 되지 않았다. 1년에 52주, 목사님의 설교 때마다 '사랑'이란 단어가 빠지지 않는다. 하나님은 '사랑'이시고, '믿음, 소망, 사랑'이 3가지는 항상 있을 것인데 그중에 제일은 '사랑'이라고! 이것은 성경(고전 13:13)에서 가장 아름답고 고귀한 본문으로 불리는 이른바, '사랑'장이라고 수없이 강조하지 않는가? 그토록 귀가 아프게 들어온 교인들이 서로 찢고 찢기며 미워할 수 있을까? 그 3가지 중에 왜 하필이면 '사랑'이 제일이라고 「바울」 사도는 강조를 했을까. 이미 그는 교인들끼리 서로 사랑할 수 없다는 걸 예측했단 말인가? 교회가 갈라설 때 「맹신자」 선생도, 「이기자」 선생도 모두 헤어지게 될 것에 「나갈대」는 분노가 치밀었다. 그런 중에도 「쿡」 대위의 추천장을 기다리는 간절한 마음과 「이청빈」 사장의 이상한 돈을 돌려주어야 겠다는 생각은 여전했다. 지난번 「쿡」 대위의 소식으로 보아 아마 일본 출장이 있을 시기였다. 「유명한」 장로님의 추천장은 이미 받았다. 「쿡」 대위의 추천장만 받으면 Arizona 대학의 입학을 위한 모든 서류는 갖추어진다. 그러나 차일피일 시간이 지나면서 「이청빈」 사장한테서 받은 이상한 돈을 서류 준비에 써버리고 말았다. 「이청빈」 사장에게 그 이상한 돈을 돌려주지 못한 이유를 설명하기 위해 전화를 걸었다. 그는 그 돈에 대해 말도 못 꺼내게 하며 더 도와주지 못해 미안하다고 「나갈대」를 오히려 다독거렸다. 「나갈대」는 그에게 고맙고 미안한 마음으로 그 이상한 돈에 대한 생각은 접고 말았다. 세상이 다 그런 게 아닌가!

교회 분란

       교회의 혼란이 더 심해졌다. 주일 예배 후 교인들이 여기저기 떼로 몰려다니며 소란을 떨었다. 최근에도 「고」 목사님은 '하나님은 사랑이시라(요일 4:16)'며 수차례 '사랑' 설교를 진행하였다. 「고」 목사님과의 갈등(葛藤)을 계속하는 「이병태」 장로님을 지지하는 세력들에게 그런 설교가 귀에 들리기나 할까? 오히려 불난 집에 부채질하는 꼴이었고, 갈등을 부추기는 모양새였다. 갈등은 칡뿌리와 등나무를 뜻한다. 칡뿌리는 왼쪽으로 덩굴을 감으며 올라가고, 반대로 등나무는 오른쪽으로 덩굴을 감으며 올라가기 때문에 이 두 나무가 얽히면 풀리지 않는다. 일이 꼬여서 풀 수 없을 때 쓰는 말이다. 갈등 구조에서 사람들의 혀는 마치 휘두르는 칼과 같아서 잔인한 싸움이 될 수밖에 없다고 「나갈대」는 생각했다. 사실, 2천 년 전에도 교회 싸움은 있었다. 성경(행 15:36~41)에서, 믿음의 대인(大人)이던 「바울」과 「바나바」가 다퉜던 역사가 좋은 예다. 그렇게 훌륭한 믿음의 사도들조차 "심히 다

투어 피차 갈라섰다"고 하지 않는가. 교회 싸움은 과거에도 있었고 현재도 계속되고 있다면, 「바울」 사도가 '믿음, 소망, 사랑' 중에 왜 '사랑'이 제일이라고 주장했는지 이해할 수 있을 것 같았다. 엊그제까지 형제자매처럼 지내던 교인들이 일단 교회 싸움에 휘말리면 그다음 주일부터 포악스러운 살쾡이로 돌변하여 도끼눈으로 덤비고 서로 마귀 새끼라며 으르렁거린다. 심지어 그 폭력 현장을 보도한 신문기사도 「나갈대」는 본 적이 있다. 오죽하면 "분쟁하는 기독교인들처럼 사나운 들짐승들은 없다."라고 했을까. 그렇게 잔인한 교인들의 싸움을 아는 「바울」 사도 자신의 경험으로 '사랑'이 제일이라'고 강조를 했을 것 같았다. 「바울」 사도가 염려한 것처럼 사람은 사랑할 수 없는 존재가 아닐까? 머잖아 교회가 두 쪽으로 갈라진다는 예측이 가능해졌다. 「나갈대」의 관심사는 「맹신자」 선생의 선택이다. 「나갈대」의 부모님은 「이병태」 장로님의 그룹에 합류하지는 않을 것 같았다. 날이 갈수록 「나갈대」의 머릿속이 복잡해졌다. 미국 문제, 「이기자」 선생과의 혼사 문제, 「맹신자」 선생의 교회 선택 문제! 모든 일이 가슴을 짓누르고 있을 때, 을지로 3가에 있는 '라보떼' 호텔에서 전화가 왔다. 호텔 안내양이 「나갈대」의 신분을 확인하고 누군가에게 전화를 바꾸어 주었다. 이게 웬일인가? 바로 「쿡」 대위가 서울에서 연락을 했다. 일본으로 출장을 오면 가능한 서울에 들르겠다는 연락을 받은 지 꽤 되었다. 「쿡」 대위는 3일 전에 한국에 와서 사업 미팅을 했고, 앞으로 서울에서 며칠 더 머물 예정이라고 했다. 또한, 그는 「나갈대」가 원하는 추천장을 전해주고 싶어 했다. 희비의 쌍곡선이다! 「쿡」 대위의 연락은 너무나 기뻤지만 동시에 교회가 두 쪽으로 갈라져 「맹신자」 선생을 포함한 여러 사람과 생이별을 앞두고 있는 상황은 슬프기만 했다. 이튿날 「나갈대」는 약속 시간에 맞춰 「쿡」 대위가 묵고 있는 '라보떼' 호텔 로비에서 기다렸다. 드디어 그가 늠름한 모습으로 나타났다. 이럴 때 적절한 영어와 몸짓을 알면 좋으련만…. 그것을 알 수 없는 「나갈대」는 그저 간단한 영어 인사와 악수 정도에 그칠 수밖에 없어서 아쉬웠다. 「쿡」 대위가 반갑게 「나갈대」를 안았다. 그는 일본 출장 직전에 「나갈대」의 편지를 받았고, 어차피 한국에 들를 예정이라 직접 전달하려 했단다. 세상에! 미국 사람들은 이렇게도 친절하고 빈틈이 없을까. 한국 엽전들 같으면 도저히 상상할 수도 없는 그의 책임감에 감탄사가 절로 나왔다. 눈물겹도록 고마웠다. 성의껏 식사 대접을 하고 싶어서 그에게 저녁 식사를 하자고 했다. 아울러 「Mr. Bush」와의 만남을 통해 「David Brown」 중령도 알게 되었다고 전했더니 그도 깜짝 놀랐다. 그는 「Brown」 중령을 아주 잘 알고 있고, 한 번 만나보면 좋겠다고 했다. 「쿡」 대위는 자신이 직접 그에게 연락해서 그 가능성을 알아보겠다고 약속했다. 만약 그를 만날 수 있으면, 그에게 「나갈대」를 소개한 뒤에 출국하겠다는 것이다. 만약 「Brown」 중령과 만나게 된다면 「Mr. Bush」와도 함께 만날 것을 「나갈대」가 제안을 했다. 그는 흔쾌히 수락하면서 연락을 기다리라 하고 헤어졌다. 「쿡」 대위가 한국에서 머무는 3일 이내에 그들과의 만남이 성사될까? 「나갈대」는 만약의 경우를 대비해 최고급 식당에 예약을 해두었다. 만반의 준비를 끝내고 「쿡」 대위의 전화를 초조하게 기다렸지만 이틀이 지나도 그에게서 연락이 없었다. 드디어 퇴근 무렵에 '라보떼' 호텔에서 전화가 왔다. 「나갈대」는 흥분한 상태로 수화기를 들었다. 호텔 안내양이 신원을 확인한 후 「쿡」 대위를 바꾸어 주었다. 그는 미8군 장교식당 'S Hall'에서 오후 7시에 셋이 만나기로 정했다고 알려주었다. 위병소에서 미군 병사가 「나갈대」를 안내할 거라며 짧게 말하고 전화를 끊었다. 「나갈대」가 성의껏 준비한 고급식당 예약은 부득이 취소를 해야 했다. 「쿡」 대위에게 고마움을 표하려던 「나갈대」의 노력이 수포가 되고 말았다. 순간적으로 「나갈대」는 「맹신자」 선생이 떠올랐다. '히야까시' 정도를 파악하기 위해 일부러 무관심 상태를 이어왔지만 왠(?)지 미국 사람들과의 저녁 식사에 그녀와 동행하고 싶었다. 그녀에게 연락을 할까 말까 오랫동안 망설였다. 그러나 더 이상 망설일 시간이 없다. 이미 교직원들이 퇴근할 시간이었으나 혹시나 하는 마음으로 다이얼을 돌렸다. 전화벨 소리가 요란하게 울렸으나 아무도 받지 않았다. 「나갈대」는 최후 수단으로 학교 경비실에 전화하여 경비원에게 교무실에서 전화를 받을 사람이 있냐고 물었다. 경비실 직원은 교무실에 아무도 없다고 대답했다. 그러면서, 급한 일은 자기들이 의무적으로 연락을 해주는데, 개인의 전화번호는 알려줄 수 없다고 했다. 「나갈대」는 어떻게 대답해야 할지 잠시 머뭇거리다가 용감하게 이유를 밝혔다. 「쿡」 대위, 「Mr. Bush」, 미8군 「David Brown」 중령과 내일 저녁 식사 약속이 잡혀있다고 그녀에게 연락해 줄 것을 부탁했다. 그리고 「나갈대」의 집 전화번호를 알려주었다. 그녀가 갑자기 경비실 직원의 메시지를 받고 얼마나 황당할지 상상이 되었다. 그러나 시간이 없다. 먼저, 일을 저지를 수밖에 없는 상황이다. 퇴근하고 집에 와서 목이 빠지도록 전화 소리에 귀를 기울였으나 끝내 전화벨은 울리지 않았다. 순간, 개망신을 당한 기분이었고, 그녀로부터 무시당한 모욕감에 분하고 마음이 아파서 뜬눈으로 새벽을 맞았다.

이튿날, 「나갈대」는 회사납품용 재료시험 결과를 윗선에 보고하려고 아침부터 서둘렀다. 더구나 오후에는 일찍 퇴근을 해서 미국 사람들과의 저녁 식사를 위해 양복으로 갈아입어야 했다. 그때 실험실 저쪽에서 전화벨 소리가 울렸다. 「김」 대리가 수화기를 든 채 상대방과 대화하는 모습이 보였다. 「김」 대리가 수화기를 책상 위에 놓고 「나갈대」를 향해서 오더니, 어떤 여자한 테서 전화가 왔다고 보고를 했다. 아침부터 여자 전화? 그런 전 화를 받아본 적이 없기에 어쩌면 「맹신자」 선생일 수도 있다고 생 각을 했다. 역시, 그녀였다. 그녀는 경비원의 연락을 받았다며 밤 늦은 시간에 집으로 전화하기 어려워서 아침에 사무실로 전화를 했단다. 「맹신자」 선생답게 밝고 명랑한 목소리였다. 어젯밤에 잠 을 설쳐 돌덩어리 같던 머릿속이 갑자기 맑아지는 느낌이다. 미국 사람들과의 저녁 식사 약속이 어떻게 정해졌는지 그녀가 물었다. 당연한 질문에 자초지종 얘기해 주었다. 다음 날 「쿡」 대위가 미 국으로 떠나기 때문에 할 수 없이 다급하게 약속을 했다고 덧붙 였다. 그래도 그녀는 즉답을 하지 않았다. 그녀가 머뭇거리든 말 든 「나갈대」는 말을 이어갔다.

"「맹」 선생님의 참석 여부를 「쿡」 대위한테 바로 알려주어야 합 니다. 너무 급작스럽기는 하지만…."

그녀는 잠시 대답이 없다. 즉답을 하기에는 무리인 것은 분명했 다. 그녀가 머뭇거리고는 있었지만, 거절은 아닌 게 확실하다고 「나갈대」에게 느낌이 들었다.

"네, 알겠어요.! 몇 시에 어디로 가면 되지요?"

목소리가 부드러웠다. 그녀의 '히야까시' 여부를 파악하려던 「나 갈대」의 작전이 성공을 한 것 같았다. 드디어 「맹신자」 선생의 허락이 떨어졌다. 「나갈대」는 미국인들과의 약속 한 시간 전에 용산 미8군 근처에 있는 '길' 다방에서 그녀와 만나기로 했다. 「나갈대」의 양쪽 어깨가 날아갈 듯 가벼웠다. 콧노래도 흘러나왔다. 곧바로 「쿡」 대위에게 전화해서 그날 저녁 식사 자리에 그의 약혼녀와 같이 가도 되느냐고 물었다. 그는 대환영을 연발했다. 자기도 한번 만나보고 싶다고 했다. 「나갈대」는 이제 모든 시나리오가 완성된 것에 대해 자신을 극구 칭찬하기에 이르렀다. 업무가 밀려있었지만 퇴근을 서둘렀다. 「이성길」 부장으로부터 조퇴 허락을 받았다. 재빨리 움직였다. 그녀보다 먼저 가서 기다려야 했다. 「나갈대」가 '길' 다방에 도착하고, 곧 그녀가 들어왔다. 이제 적어도 염려하던 '히야까시'는 아니었다. '히야까시' 가능성은 처음부터 없었던 일이다. 이 전쟁은 「나갈대」의 지레짐작이었고 넘겨짚는 억측에 불과했다. 정해진 시간에 그녀가 들어왔다. 그녀는 짙은 남색 원피스를 입었는데, 목에 걸린 진주목걸이가 유난히 반짝거렸다. 게다가 왼쪽 가슴에 꽂은 은색 브로치가 은은한 진주목걸이와 잘 어울렸다. 계란형의 갸름한 얼굴에 옅은 크림색 화장이 예뻐 보이고, 지적인 분위기의 그녀 모습이 참으로 아름다웠다. 분홍색 립스틱을 바른 입술은 더욱 '섹시'스러웠다. 늘씬한 키에 하이힐, 풍만한 가슴과 적당한 사이즈의 히프, 그녀에게 푹 빠질만했다. 「나갈대」는 그녀가 참석해 주는 것에 대해 거듭 고마움을 표했다. 오히려, 그녀는 그렇게 중요한 저녁 식사 자리에 자신이 초대된 것을 고마워했다. 「나갈대」는 그의 숨은 애정을 밖으로 꺼낼 시간이 머지않은 듯해 용기가 생겼다. 그녀에게 미리 한 가지 양해를 구했다. 이미 「쿡」 대위에게 그녀를 본인의 약혼녀(Fiancee)라고 소개했고, 「Brown」 중령에게도 그렇게 소개할 거라고. 이미 「Mr. Bush」에게 그렇게 소개해 버린 상황에서 어쩔 수 없는 일이라고 거듭 이해를 구했다. 이런 것을 선의의 거짓말이라고 하는 걸까? 선의의 거짓말은 상황에 따라 허용되기도 하지 않는가. 자기방어를 위해서 악의가 없는 거짓말은 할 수도 있다고 「나갈대」는 생각을 하여왔다. 그녀는 그의 얘기에 미소로만 답했다. 그녀의 미소에 힘을 얻은 「나갈대」는 그의 숨은 애정을 노출해야겠다는 자신감이 다시 강하게 생겼다. 약속 장소인 미8군 위병소에 가니, 미군 병사와 「쿡」 대위가 「맹신자」 선생과 「나갈대」를 기다리고 있었다. 「나갈대」와 「쿡」 대위는 악수를 하면서 서로 부둥켜안으며 반갑게 인사를 나눴다. 「쿡」 대위에게 「맹신자」 선생을 'Fiancee'로 소개를 했다. 그는 깍듯이 예의를 갖추어 그녀와 악수하며 인사를 나누었다. 그는 "원더풀."을 연발했다. 「쿡」 대위가 다음 날 한국을 떠나야 해서 급히 식사 약속을 한 것에 양해를 구했다. 그녀는 「쿡」 대위와 자연스럽게 이야기를 주고받았다. 미군 사병이 미8군 장교식당 S Hall로 세 사람을 안내했다. S Hall

입구에서 미군 복장의 「Brown」 중령이 기다리고 있었다. 그의 복장 가슴 쪽에 꽤 많은 훈장이 달려있었다. 그는 늠름한 군인으로 보였다. 「쿡」 대위가 「Brown」 중령과 힘주어 악수를 했다. 「쿡」 대위가 「Brown」 중령에게 두 사람을 소개하면서 「맹신자」 선생은 「나갈대」의 'Fiancee'라고 얘기했다. 「Brown」 중령이 세 사람을 식탁으로 안내하는 중에 「Mr. Bush」도 나타났다. 「Mr. Bush」가 「나갈대」와 맹신자 선생과 반갑게 인사를 했다. 미군 장교식당은 한국의 여느 고급식당 못지 않게 조용하고 화려한 분위기였다. 사방에 걸려있는 조명등의 은은하면서도 환상적인 분위기 속에 미국 사람들이 왔다 갔다 했다. 어디에서도 큰 소리가 들리지 않았다. 「Brown」 중령이 「맹신자」 선생한테 깍듯이 예의를 갖추면서 이야기를 주고받았다. 한국 엽전들 세계에서는 볼 수 없는 품격이었다. 「맹신자」 선생을 테이블 의자에 먼저 앉게 한 후 남자들이 자리를 잡았다. 이른바 First Lady의 실제 상황을 「나갈대」는 처음으로 목격을 했다. 이것 역시, 한국 엽전들 세계에서는 보기 드문 장면이었다. 테이블 위에는 와인 잔과 유리컵이 있었고, 가운데에는 크고 흰 접시가 포개져 있었으며 그 양옆에 포크, 나이프, 스푼이 차례로 놓여있었다. 지난번에 「Mr. Bush」의 집에 초대받았을 때보다 규모가 커 보였다. 주로 미국 사람 세 명이 대화를 나누며 웃거나 손짓하면서 즐거워했다. 「쿡」 대위는 가끔 「나갈대」와 「맹신자」 선생한테 간단하게 말을 건네기도 했다. 「쿡」 대위가 「나갈대」의 Arizona대학 입학에 관해 설명했다. 아직 입학원서를 보내지도 않았는데 마치 입학이 다 된 것처럼 들렸다. 「맹신자」 선생이 듣기에 「나갈대」가 머잖아 미국으로 떠날 것 같은 오해를 할 수 있을 정도였다. 그럴 때 제대로 해명할 수 없는 영어 실력이 문제였다. 「맹신자」 선생이 「쿡」 대위의 말을 잘 알아듣고 오해가 없기를 바랄 뿐이었다. 식사가 시작되었다. 소프트 드링크부터 시작해서 애피타이저, 버섯 수프, 빵, 샐러드, 삶은 감자와 스테이크, 후식, 커피 순으로 마무리되었다. 「나갈대」는 난생 처음 그런 풀코스 요리를 먹어보았다. 코스요리가 그의 입맛에는 별로였지만, 그녀는 만족해했다. 「나갈대」는 그보다 된장국, 김치, 밥이 더 생각이 났다. 한 시간가량 대화를 나눈 식사 모임이 끝났다. 「쿡」 대위가 「나갈대」와 맹신자 선생에게 각별하게 이별 인사를 했다. 그가 「나갈대」한테 마지막으로 남긴 말은 "굿럭(Good Luck)."이었고, 계속 연락하자면서 발길을 돌렸다. 「나갈대」는 마치 절친한 친구를 잃어버린 듯 마음이 허전했다. 언제 또 그를 만날 수 있을지 무척 아쉬웠다. 「나갈대」와 그녀는 미국식 저녁 식사, 친절한 「쿡」 대위, 늠름한 「Brown」 중령, 쾌활한 「Mr. Bush」에 대해 이런저런 얘기를 나누며 용산역을 향해 걸었다. 누가 봐도 두 사람은 연인 같았다. 용산역에서 김포 방향 택시를

교회 분란

쉽게 잡을 수 있었다. 등촌동에서 그녀를 먼저 내려주고 집으로 들어갔다. 「쿡」 대위와 「맹신자」 선생의 모습이 머릿속에서 맴도는 가운데 잠자리에 들었다.

「나갈대」는 Arizona대학 입학 서류를 서둘러 등기우편으로 발송했다. 금전적으로는 아무 준비도 못 한 상태였지만, 일단 합격이 되면 어떤 고생이 따르더라도 박사 학위 공부를 할 생각이다. 「나갈대」는 목요일마다 다시 찬양 연습에 참여를 했다. 찬양 대원들의 행동이 그 이전 같지 않았다. 「이병태」 장로님 그룹과 「고」 목사님 추종자들과의 갈등이 심상치 않았다. 「이기자」 선생의 표정이 별로 밝아 보이지 않았으나 애써 감추려는 모습이 역력했다. 「맹신자」 선생은 여전히 명랑했다. 혹시 지난번 미국인들과의 식사 후에 「나갈대」의 소식을 알고 싶은지 그를 대하는 태도가 친절하면서도 거리를 두는 듯 아주 모호했다. 그녀가 미국 유학에 대해 궁금할 거라 생각은 했으나 곧바로 자세한 내용을 말하지 않은 「나갈대」의 속셈이 따로 있었다. 그 궁금증을 풀어준다는 핑계로, 그녀를 따로 만날 계기를 만들기 위해서였다. 만약 그녀를 따로 만날 기회가 생긴다면 그 시점에 자신의 숨은 애정을 밖으로 끌어낼 작정이다. 교회에서는 주일 예배가 끝나기가 무섭게 교인들이 여기저기서 웅성웅성 떠들고 있었다. 역시 두 그룹 간의 갈등이 심하게 노출되고 있었다. 때로는 큰 소리가 들리기도 하고, 머잖아 교회가 두 개로 갈라지리라는 예감이 들었다. 6개월 전에 15개 미국 대학에다 입학문의를 했던 대학 중 13번째가 Arizona대학이고 14번째와 15번째 대학에서도 마지막으로 답장이 왔다. 그중 한 군데는 역시 노(NO)였고, 다른 한 곳은 University of Wyoming(UOW)이었다. UOW는 고려해 보겠다고 했으나 입학조건으로 보아 Arizona대학보다 훨씬 복잡했다. 그 까다로운 조건 중의 하나가 UOW의 영어 시험을 통과해야 한다는 전제 조건이 붙어있었다. 영어 시험에 불합격하면 입학 서류 접수조차 불가능하다는 설명이었다. 「나갈대」는 그 영어 시험에 합격할 자신이 없다. 결국, UOW 서류 준비는 포기하고 말았다. 이제 Arizona대학의 입학 여부에 따라 「나갈대」 유학의 꿈이 기로에 놓인 상황이 되었다.

교회 분위기가 더욱 혼란스러워져 갔다. 어느 주일 예배에는 전체 교인의 절반 이상이 출석하지 않았다. 「이기자」 선생도 안 보였다. 「나갈대」는 교회에서 왜 불화(不和)가 일어났는지 알아보고 싶었다. 「나갈대」가 알아본바, 「고」 목사님은 설교 시간만 60여 분인데, 이것저것 순서를 추가해서 무려 90여 분이 걸린다는 것. 이것이 큰 문제였다. 게다가 그의 반복적인 설교 내용도 불만이었다. 그런 예배가 일 년 52주 동안 계속되고 있기 때문에 이른바, 지식인들에게는 예배시간이 아니고 울화통을 참고 견뎌야 하는 훈련이라는 불평이 오래전부터 있어 왔었다. 「나갈대」 역시 「고」 목사님의 설교에 불만이 많았지만, 언젠가는 미국으로 갈 거라는 생각이 있기 때문에 교회를 떠나야 하는 처지에서 개인적으로 문제를 삼고 싶지는 않았다. 사실 「나갈대」도 「고」 목사님의 지루한 설교에 울화통이 터질 때 가 한두 번이 아니었다. 그의 예배 진행 방식과 설교 내용에 대한 「이병태」 장로님의 생각에 공감을 했다. 「이병태」 장로님이 예배 방식을 바꾸라고 수없이 건의를 했지만 「고」 목사님이 묵살을 해왔다는 것이다. 「이병태」 장로님이 건의할 때마다 「고」 목사님은 '하나님께서 기름 부은 종'을 함부로 건드리면 안 된다고 설교를 통해서 강조를 하였다. 교인들이 싸워서 교회가 쪼개지는 판에 서로 사랑하라는 그의 설교는 그야말로 끓는 국에 국자를 휘젓는 것과 뭐가 다를까. 「고」 목사님을 지지하는 교인들은, 기름 부은 하나님의 종을 함부로 건드려서는 안 된다는 것이고, 기름 부은 종은 하나님만 치리(治理)할 수 있다는 주장이었다. 말하자면, 인간이 감히 주의 종에게 달려들 수 있느냐는 것. 우선, 「나갈대」는 종(從)이 무엇일까를 생각해 보았다. 종은 주인에게 복종하는 하인, 심부름꾼이다. 하나님의 종이기 때문에 감히 인간이 그 종을 건드릴 수 없다고? 성경(롬 1:1)에서 「바울」 사도 자신이 예수그리스도의 종이라고 소개를 했다. 무슨 뜻일까? 「바울」이라는 한 인간이 예수그리스도의 복음을 전파하기 위해 부르심을 받은

즉, 성령 받은 종으로 자신을 소개했을 뿐이다. 그 복음전파의 사명을 감당하는 '심부름'꾼을 사도(使徒)라고 하지 않았는가? 그렇다면 「바울」 사도가 말한 종의 개념은 성령께서 함께하는 사람이라는 의미일 뿐이다. 「고」 목사님이 하나님의 종이기 때문에 교인들에게 무조건 자신의 방식을 따르라고 한다면 「바울」이 자신을 소개했던 것과는 전혀 의미가 다르다는 것이 「나갈대」의 생각이다. 성경에서, 구원받은 하나님의 자녀들도 동일하게 하나님의 종이라고 했다. 「고」 목사님이 주의 종이기 때문에 그가 하는 일들이 무조건 옳다고 믿는 것이 싸움의 원인일 것이다. 「이병태」 장로님도 하나님의 종이고, 「고」 목사님도 하나님의 종이다. 교인들이 교회를 위해서 올바른 건의를 하면 「고」 목사님이 고집을 부릴 것이 아니라 성령을 받아 「고기다」 사도로 변해야 하지 않겠는가. 서울 용두동의 어느 교회에서 예배 도중에 장로파와 목사파가 서로 주먹다짐을 하려 마이크를 꺼버렸다는 신문기사를 「나갈대」는 읽은 적이 있다. 「고」 목사님처럼, 자신만이 주의 종이고 다른 교인은 주의 종이 아니라는 생각은 어디서 올까? 성경 한두 구절 좀 더 안다고 '나는 옳고 너는 틀리다?!' 이런 수학적인 공식을 교회에 가져오는 방식은 끊임없이 교인들 간의 싸움이 끊어지지 않을 것이라고 「나갈대」는 생각을 했다. 하나님은 사랑이시라고 아무리 목청 높여 외친들, 두 그룹이 서로 사랑할 수 있다고 「고」 목사님은 생각하는 걸까? 인간의 본성 자체가 사랑을 할 수 없는 존재 같기도 했다. 교회에서 싸우고 있는 두 그룹이 충분히 증명하고 있지 않은가! 미국 사람들과 식사를 한 후 「나갈대」는 「맹신자」 선생이 미국 유학에 대해 몹시 궁금할 거라고 생각을 했다. 교회는 여전히 시끌시끌했고 찬양대 역시 두 그룹으로 나뉘고 있었다. 머잖아 크게 터질 것 같은 예감이 들었다. 무엇보다 「이기자」 선생의 교회 출석 빈도가 예전 같지 않았다. 교회 분쟁이 심각한 상태에서도 「나갈대」는 온통 「맹신자」 선생 생각뿐이다. 언제 연락을 해야 할지 결정을 못 하는 자신이 불쌍하다는 생각이 들을 정도였다. "매도 먼저 맞는 놈이 낫다."라는 속담처럼. 기왕 맞을 매라면 마음 졸이며 기다리는 것보다 빨리 맞는 게 나을 것 같았다. 아무리 어렵더라도 숨은 애정을 밖으로 끌어내는 결단을 해야 마음이 홀가분할 것 같았다. 어차피 겪어야 할 과정이라고 마음을 다잡기 시작했다. 어느 날 오후 3시, 학교수업이 끝나는 시간에 그녀에게 전화를 걸었다. 가슴이 쿵쾅거렸다. 교무실 여직원이 전화를 받았다.

"네…, 김포동남중학교입니다."

갑자기 「나갈대」의 말문이 막혔다. 목청을 다듬고 다시 말을 이었다.

"저… 어… 어…, 「맹신자」 선생님… 좀… 바꿔… 주시겠습니까?" 여직원이 다시 물었다.

"누구시라고 전할까요?"

계속 물어보는 여직원이 정말 얄미웠다.

"등대교회 「나갈대」라고 전해주십시오." 그제서야 그녀는 기다리라고 했다.

"네…, 전화 바꿨습니다." 그녀는 여전히 명랑하게 인사했다.

"아, 「맹」 선생님…. 「나갈대」입니다. 갑자기 전화해서 미안합니다. 사실은… 「맹」 선생님과 저녁을 좀…."

그렇게 그녀에게 저녁 식사를 제안했다. 뜻밖의 제안에 당황했는지 대답을 안 하고 머뭇거리는 동안, 「나갈대」가 이어 미국 사람들과 식사한 이후에 그녀와 유학 관련 의논할 일이 있다고 했다. 사실 「나갈대」가 얘기하겠다는 내용은 「맹신자」 선생과는 전혀 관련이 없는 일이다. 만나기 위한 구실에 불과했다. 저녁 식사 제안이 실패로 끝날까 두려웠다. 여기서 밀리면 끝날 수도 있는 것이다. 일방적으로 00일 저녁 7시에 종로 '건강 식당'에서 기다리겠다고 하고는 전화를 끊었다. 두근거리는 가슴을 진정시키며 전화가 근처를 서성거렸다. 혹, 그녀가 즉시 거절 전화를 하지 않을까 한참 동안 염려했으나 1분, 5분, 10분, 30분이 지나도 전화가 오지 않았다. 어느 정도 안심이 되었다. 퇴근길 버스에서도 혹시 집으로 거절 전화가 올까 봐 걱정하면서 귀가를 했다. 「맹신자」 선생한테 만나자고 한 날은 아직 며칠 남아있었다. 여전히 회사 업무에 쫓기면서도 그녀한테 거절 전화에 대한 두려움으로 온통 신경이 예민해졌다. 약속 날짜가 다가올수록 「나갈대」의 마음이 한없이 따뜻해져 갔다. 그런 어느 날, 퇴근하고 집에 들어온 「나갈대」를 아버지가 불렀다. 또 「이기자」 선생과의 결혼 문제일 것이다. 분위기가 심상치 않았다. 역시, 아버지의 첫마디는 그녀와의 혼사 문제였다. 어머니도 그녀를 많이 칭찬했다. 「나갈대」에게 아주 불리한 상황이다. 아버지는 교회 문제도 또 말씀하셨다. 교회가 곧 갈라질 텐데, 아버지는 「이병태」 장로님 그룹에 합류하지 않겠다는 것이다. 아버지도 「고」 목사님의 황소고집과 설교 문제를 인정은 했다. 그렇지만, 기름 부은 하나님의 종에게 인간들이 그렇게 저렇게 할 수 없다는 이유가 컸다. 도대체 목사들이 교인들에게 하나님의 종에 대한 교육을 얼마나 했으면 그렇게 한결같이 같은 목소리를 내는 걸까. 하나님의 종을 건드리면 벌 받는다는 걸까? 「나갈대」는 하나님의 종을 함부로 할 수 없다는 주장에 대해 아버지와 대화를 하고 싶지 않았다. 하나님의 종을 인간이 어찌할 수 없다는 믿음을 버리라고 하기에는 분위기가 녹록지 않았다. 부모님의 판단에, 교회가 갈라진 후에는 「이기자」 선생과의 결혼이 성사되기 어렵다고 보시는 것이다. 교회가 갈라지는 날까지만 잘 버티면 그녀와의 결혼 문제는 자연스럽게 해결될 것 같았다. 「나갈대」는 미국 유학 문제가 해결되는 대로 답변하겠다는 걸로 일단 위기를 모면했다. 부모님과의 대화가 끝날 때까지도 「맹신자」 선생으로부터 식사 거절 전화가 없어서 마음은 편했다. 「이기자」 선생과의 결혼 문제는 이제 시간만 적당히 질질 끌면 될 일이라는 것이 「나갈대」의 판단이다. 그런데 막상 「이기자」 선생을 더 이상 볼 수 없을 거라 생각하니, 마음 한구석에 서운함이 사라지지는 않았다. 교회가 두 개로 갈라서는 날, 그녀뿐만 아니라 여러 찬양 대원들과 생이별을 하게 된다. 사랑이 먼저이고 최고라는 교회에서 특별한 이유도 없이 서로 미워하며 생이별을 하는 것이 과연 하나님은 사랑이시라고 늘 강조하던 것과 일치하는가? 그것도 당사자들 간의 어떤 다툼이 아니라 하나님의 종을 함부로 할 수 없다는 그야말로 말도 안 되는 믿음으로 생이별하는 사건을 어떻게 해석해야 할까? 하나님의 종은 누구도 어떻게 할 수 없다는 성경적 오해를 목회자 스스로 바로잡지 못하는 한, 그런 생이별은 교회 내에서 사라지지 않을 것이라고 생각했다. 하나님의 종이 된 것을 일종의 벼슬로 착각하고 있는 목회자들이 과연 바로 잡을 수 있을까? 잠자리에 들기까지 속칭 하나님의 종이라는 그 사람들의 믿음을 증오하는 마음이 「나갈대」에게 솟구쳤다.

숨은 사랑

아침부터 「나갈대」의 마음이 가벼웠다. 약속 당일 아침까지 그녀의 거절 전화가 오지 않았다는 것은 「나갈대」가 일방적으로 정해놓은 시간과 장소에 가기만 하면 된다는 뜻이다. 회사 출근길에도 발걸음이 가볍고, 실험실 업무도 잘 처리되고 있었다. 이 모든 것은 그녀로부터 거절 전화를 받지 않았기 때문이다. 「김」 대리가 「나갈대」의 평소 작업복과는 다른 신사복 차림을 이상한 듯 쳐다보았다. 그러거나 말거나, 오후 시간이 지루하게 느껴져 좀 일찍 퇴근해서 약속 장소로 향했다. 마음이 설레고 몸도 가벼웠다. 혹, 헛걸음이 된다 해도 희망을 갖고 싶었다. 식당 예약문화가 없던 시절이었다. 「나갈대」가 약속 장소에 일찍 도착한 이유는 분위기가 좀 더 아늑하고 좋은 자리를 차지하기 위해서였다. 마음에 드는 자리를 찾아 입구 쪽으로 시선을 집중했다. 약속 시간은 7시. 그 시간에 그녀의 그림자도 보이지 않았다. 5분, 10분이 지나도 그녀는 나타나지 않았다. 연락할 방법도 없다. 어깨의 힘이 점점 빠져나갔다. 30분이 지나도 안 오면 그녀를 완전히 잊어야겠다고 생각하던 순간 아, 「맹신자」 선생의 모습이 보였다. 약속 시간 7시를 지나 17분에 온 것이다. 「나갈대」에게는 17분이 170분만큼이나 애가 타는 시간이었다. 그녀가 17분 후에 나타난 것은 흔히 말하는 남자 길들이기로 여겨졌다. 「나갈대」는 재빨리 입구로 다가가서 그녀를 맞이했다. 「나갈대」의 인생에서 역사적인 순간이었다. 그녀는 지난번에 미국 사람들과 식사했을 때처럼 화려한 의상은 아니었지만, 화사한 얼굴 화장은 여전했고 핑크색 립스틱에 매력이 넘쳤다.

"아휴… 좀 늦어서 죄송해요, 시간에 맞추려고 했지만… 택시를 잡기가 너무 힘들었어요!"

여기까지 와준 것만으로도 감지덕지(感之德之)! 「나갈대」에게 그것은 전혀 문제가 되지 않았다. 두 사람은 창가에 앉았다. 은은하게 흐르는 슈베르트의 「세레나데」 선율이 한층 분위기를 띄웠다. 늦은 저녁에 사랑하는 사람의 집 창가에서 사랑을 고백하기 위한 '세레나데' 선율답게 창가에서 그녀를 마주 보는 「나갈대」 가슴은 한없이 뜨거웠다. 무슨 말을 해야 할지 가슴이 뛰고 뛰었다. 교회에서의 공식적인 만남과는 전혀 다른 개인적인 만남! 숨은 애정이 깊이 스며있는 만남! 설마 개인적으로 만나줄까 걱정과 조바심 속에서 이루어진 만남! 「나갈대」의 설렘이 말로 표현하기 어려울 정도였다. 그동안의 미국유학 진행과정과 「쿡」 대위와의 인연, 「Mr. Bush」 집에 저녁 초대를 받은 동기까지도 설명을 했다. 그녀는 고개를 끄덕이면서 가끔 미소로 화답했다. 평상시 그녀의 명랑한 모습과는 달리, 제법 심각하게 듣고 있었다. 그녀는 Arizona가 미국 어디에 있는지도 모른다고 했다. 「나갈대」가 지도에서 얻은 지식으로 얘기했다. Arizona는 주(州, State) 이름이고, 미국 남서부에 위치해 있으며 캘리포니아 주와 경계에 있으며, '그랜드캐니언' 국립공원으로 많은 관광객을 유치하여 부유한 지역이라고 알려주었다. 만약 Arizona대학에 입학하게 되면 어떤 노력을 해서라도 공학박사 학위까지 받는 것을 목표로 정했다고 했다. 그런 사적인 일들을 왜 자기한테 설명하느냐고 물을 법도 했지만, 그녀는 묻지 않았다. 「나갈대」의 설명을 귀 기울여 듣는다는 것은 그녀도 그만큼 「나갈대」의 목표에 관심이 있다는 의미일 것이다. 식당에 들어와서도 「나갈대」의 이야기가 이어지는 동안 그녀의 표정은 차분해 보였다. 맛있는 음식이 나왔다. 그녀는 「나갈대」가 권하는 소주를 두어 잔받았다. 놀라웠다. 그녀의 소주잔은 무엇을 의미할까? 벌써 두어 시간이 지났다. 일어나야 할 시간이었다. 아쉽고 또 아쉬웠다. 그러나 다음 기회가 또 있으리라. 여전히 숨은 애정은 「나갈대」의 가슴속에 꽁꽁 숨어있으니까….

부산 발령

　　「나갈대」가 회사에 출근하자마자 총무과에서 연락이 왔다. 회사의 건설공사 총괄 상무실로 들어오라는 것이었다. 혹시 「맹신자」 선생과의 약속 때문에 상부의 허가도 없이 일찍 퇴근한 것에 문제가 생긴 걸까? 걱정하면서 「한상길」 상무실 문을 노크했다. 여비서에게 호출 이유를 조용히 물었다. 여비서는, 아마 인사 발령 때문일 거라고 귀띔을 해주었다. 「한상길」 상무가 그를 기다리고 있었다. 평소에 얼굴 보기가 쉽지 않을 만큼 직위가 아주 높은 사람이다. 「한상길」 상무는 이런저런 회사 운영에 대해 얘기해 주며 부산에서 진행 중인 대형 아파트 공사 현장소장이 사퇴하게 되었다며, 그 공사 현장소장으로 「나갈대」를 내정했다고 통보를 했다. 마른하늘에 날벼락이 떨어진 것처럼 청천벽력 같은 소식이었다. 이제 막 「맹신자」라는 마음속에 연인의 관계가 좀 진전되려는 상황이고, 미국 유학 준비를 위해 모든 힘을 쏟아부어야 할 시점에 부산으로 내려가라니! 큰 사고를 당한 사람처럼 앞이 캄캄했다. 「한상길」 상무는 「나갈대」가 회사 내에서 업무처리 능력이 있다고 판단을 해서 내린 특별 케이스라고 열변을 토했다. 대형공사 현장소장은 부장급이나 고참 차장급에게 해당하는 인사 발령이지만 과장에서 차장으로 승진함과 동시에 대형 아파트 공사 현장소장으로 발탁했다는 것은 그만큼 회사에서 「나갈대」를 크게 주목하고 있었다는 증거랄까? 그러나 「나갈대」 개인에게는 치명적으로 불리한 인사 발령이었다. 그렇다고, 당장 그 발령을 거부할 배짱은 없다. 건설공사 현장소장의 역할은, 건설현장의 설계도면 이행을 위해서 공사 기간, 안전, 품질, 공정, 원가, 인사, 고객 등을 관리하는 관리자이면서 공사의 총책임을 지고 있는 중요한 직책이다. 어느 건설공사든 현장소장은 출퇴근 시간이 따로 없을 정도로 현장에 매달려야 한다. 정말 기가 막혀서 말이 안 나왔다. 사표? 부산? 숨이 막혀 시간이 어떻게 흘러가는지 실감이 나지 않았다. 「한상길」 상무는 「김인철」 전무에 이어 「최명청」 사장에게 「나갈대」를 소개했다. 그들은 이미 「나갈대」의 배경을 총무과에서 보고받았다고 했다. 특히, 「최명청」 사장은 「나갈대」에게 회사를 위해 적극적으로 노력해 줄 것을 당부했다. 「나갈대」는 아무리 생각해도 부산으로 내려갈 생각이 없다. 새로운 직장? 그 길이 너무나도 험난하다는 것을 이미 경험을 통해서 잘 알고 있다. 이른바 진퇴양난(進退兩難)! 이러지도 저러지도 못하는 어려운 처지에 놓이게 된 「나갈대」이다. 「최명청」사장실에서 돌아온 「나갈대」는 책상 위에 엎드려 하나님께 간절히 기도했다. 성경(시 121:5~8)에서 "여호와는 너를 지키시는 이시라 여호와께서 네 오른쪽에서 네 그늘이 되시나니 낮의 해가 너를 상하게 하지 아니하며 밤의 달도 너를 해치지 아니 하시리 로다 여호와께서 너를 지켜 모든 환난을 면케 하시며 또 영혼을 지키시리로다 여호와께서 너의 출입을 지금부터 영원까지 지키시리로다". 정말!? 여호와 하나님은 불분명한 길을 분명하게 갈 수 있도록 지켜주실까? 그렇게만 해주신다면 며칠 끼니를 굶어서라도 하나님께 기도하고 싶은 마음이 절박했다. 이 문제를 누구하고 의논할까? 아무리 생각해 봐도 하나님께 사정하는 것 외에는 다른 묘안이 떠오르지 않았다. 분명히 하나님의 뜻이 있으실 것이라 믿고 마음을 추스르기 시작했다. 집에 돌아와서 깊은 잠을 잘 수가 없었다. 사표? 또 생각하고 생각해 보았다. 목구멍이 포도청이라고 다시 실직 생활을 할 수는 없다. 당장 먹고사는 문제가 우선이라고 마음을 달래고 달래며 부산으로 내려가기로 마음을 정리하기 시작했다. 부산 건설현장 소장 발령 사실을 부모님께 말씀드렸다. 부모님은, 「이기자」선생과의 혼담을 더 이상 거론할 수 없게 된 것에 대해 실망을 하셨다. 「맹신자」선생한테도 전화로 그동안의 일들을 모두 얘기했다. 그녀도 몹시 당황스러워하고 놀라는 말투였다. 당시, 서울—부산 간의 교통은 통일호 기차로 5~6시간 운행이 있었다. 서울에서 부산으로 간다는 것은 그녀와 아주 이별을 하게 되거나 일시적인 이별이 될 수 있는 일이었다. 「나갈대」의 가슴 깊이 묻혀있는 사랑이 더 깊은 곳으로 들어가 영원히 가슴속에 남아있는 한 여인으로 끝날 수도 있었다. 부산으로 가기 전에 그녀한테 저녁 식사를 하자고 했다. 마지막으로 그녀의 의중을 살피기 위해서였다. 만약 「나갈대」의 식사 제안을 받아들인다면 그녀의 마음속에도 무언가 숨어있는 애정이 싹트고 있다는 증거가 아닐까? 사실 「나갈대」가 부산에서 생활하면 돈이 많이 들 것 같지 않았다. 현장 내의 무료 숙소에서 기거할 것이고, 아침 식사는 간단하게, 점심은 현장 인부들에게 제공하는 식사로 해결하고, 저녁 식사는 고객들과 어울리는 시간이 대부분일 것이다. 게다가 월급 이외에 지방 특별 수당이니 뭐니 해서 받는 돈이 서울에서보다 훨씬 많아 보였다. 악착같이 저축하면 미국 정착에 필요한 돈이 어느 정도 마련될 것도 같았다. 어쩌면 이번 부산 발령이 「나갈대」에게 전화위복의 계기가 되지 않을까. 부산으로 내려갈 준비를 마치고 「한상길」 상무를 찾아갔다. 그의 여비서가 승진을 축하하며 상무실로 안내했다. 그는 가벼운 인사와 함께 금일봉이 들어있는 하얀 봉투를 내밀었다. 그리고 안전 관리에 각별히 신경 써줄 것과 시행사로부터 공사비 수금에 적극적으로 임해줄 것을 주문했다. 현장소장으로서 해결할 수 없다고 판단되면 즉시, 자기와 상의해 달라고 했다. 아마 공사현장에 불쑥불쑥 나타나는 권력기관원들이 이것저것 요구할 때 어려움이 있을 거라는 염려와 경고로 느껴졌다. 한편으로 그가 「나갈대」를 왜(?) 그렇게 배려를 하는지 궁금하기도 했다.

　「나갈대」가 부산으로 떠나기 이틀 전 식당에서 「맹신자」 선생과 마주 앉았다. 교회에서는 그녀를 쉽게 볼 수 있지만, 개인적으로 만나는 일은 앞으로 드물 것이라고 생각을 했다. 어쩌면 마지막이 될 수도 있다. 이번에는 그녀가 적극적으로 「나갈대」에게 물어보는 것들이 많았다. 그녀가 가장 궁금하게 생각하는 것은, 왜(?) 부산으로 좌천(左遷)성 인사를 당했냐는 거였다. 요직에서 한직으로 떨어지는 그녀의 의미가 담겨있었다. 「나갈대」는 이번 인사가 좌천성은 아니고 회사에서 앞으로 더 크게 써먹기 위해 아주 젊은 나이에 영전(榮轉)을 시켰다는 「한상진」 상무의 말을 인용해서 대답을 했다. 대형 건설공사 현장소장은 입사 경력 10여 년이 훨씬 넘는 부장에게 주는 벼슬에 해당하는 직책이다. 「나갈대」는 회사에 입사한 지 고작 5년 정도 되었고, 과장직에서 차장으로 고속 승진하면서 동시에 현장소장으로 발령받은 것이 회사 입장에서 파격적인 처우라고 설명을 했다. 그녀의 얼굴 표정이 조금씩 변했다. 계속해서 그녀는 「나갈대」의 미국 유학에 대해 물어보았다. 그는 앞으로 회사에서 어떤 벼슬을 준다 하더라도 미국에 가서 공학박사 학위를 취득하고 귀국하여 후진을 양성하는 게 그의 최종 목표라고 했다. 설사, 미국 Arizona대학에서 입학 결정을 하더라도 당장 미국으로 떠날 돈이 없다고 했다. 그리고 부산에서 좀 더 저축할 수 있을 가능성에 대해서도 설명을 했다. 부산에서 몇 년 만 고생을 하고 미국으로 떠날 수 있는 돈이 마련되면 바로 사표를 내겠다고 했다. 그녀가 「나갈대」의 장래 문제를 진지하게 물어보는 것은 그녀 역시 이성으로서 「나갈대」에게 애정을 느끼는 걸까? 「나갈대」는 그렇게 믿고 싶었다. 이번에도 그녀에게 소주잔을 건넸으나 마시지 않았다. 그녀의 독실한 신앙은 여전히 그녀 자신을 엄격하게 다스렸다. 이럴 때는 좀 마셔주면 얼마나 좋을까? 서양 선교사들이 처음 한국에서 포교를 시작할 때부터 음주를 금했다. 처음에는 사람이 술을 마시지만, 차츰 술이 술을 마시고 결국 술이 사람을 마시기 때문이라고 선교사들은 가르쳤다. 그렇다면 술에 대한 선교사들의 신앙적인 해석이 옳은 걸까? 술에 취하면 절제력이 없어지고, 부끄러움과 죄의식을 못 느끼고, 방탕한 생활에 빠질 수도 있으니 그것을 금하는 것이라고 나름 이해하고 싶었다. 그러나 적절한 양의 음주는 사람이 사는 사회에서 필요하다는 「나갈대」의 설명에 그녀는 그것조차도 안 된다고 했다. 12월의 쌀쌀한 날씨였다. 소주 몇 잔에 약간 취기가 돌면서 그녀와 함께 걷고 싶었다. 「나갈대」는 그녀의 차가운 손을 꼬옥 쥐고 자신의 코트 주머니에 넣었다. 그녀 역시 아무런 저항이 없었다. 두 사람은 광화문에서 사직공원까지 말없이 걸었다. 「나갈대」의 숨은 애정이 뜨겁고 행복한 사랑으로 현실화되고, 그녀가 그렇게 인정하는 순간이었다. 두 사람은 김포 방향 택시를 탔다. 그대로 그냥 부산까지 달리고 싶었다. 등촌동에서 그녀를 먼저 내려주고 집으로 들어갔다. 뜨거운 사랑의 감정이 잠 못 이루게 하는 밤이었다.

「나갈대」는 부산으로 내려가기 위해 여러 가지 일들을 정리해야 했다. 무엇보다 중요한 일은 퇴임하는 현장소장의 회계 처리를 인수받는 데 시간이 오래 걸렸다. 물론, 모든 회계 처리는 본사에서 관리하지만, 현장에서 지출하는 소액 현금은 현장소장이 직접 관리를 한다. 떠나는 현장소장이 자의든 타의든 현금영수증을 부정하게 부풀린 것이 드러나면 신임 현장소장이 책임을 져야 한다. 인수인계가 힘들게 끝났다. 「나갈대」는 찬양연습 날에 교회를 찾았다. 여전히 찬양 대원들의 분위기가 싸늘했다. 「유명한」 장로님과 찬양 대원들에게 부산 발령 소식을 알렸다. 모두 놀라며 섭섭해 했다. 「맹신자」 선생, 「이기자」 선생과도 인사를 나누었다. 「고」 목사님도 몹시 서운해하면서 어디서든 교회를 위해 열심히 봉사할 것을 당부하셨다. 교회 분위기로 봐서 머잖아 교인들이 갈라설 것 같은 예감이 들었다. 교회에서 교인들끼리 싸우는 것은 이유를 막론하고 목회자의 책임이라는 생각이 들었다. 이번 경우에도 「고」 목사님의 황소고집과 비타협적인 태도가 주원인이라고 「나갈대」는 생각을 했다. 교회 내의 싸움은 세상의 방식이 아닌 성서의 지혜로 풀어야 한다고 「고」 목사님이 예배 때마다 설교하면서도 정작, 자신은 「이병태」 장로님과 성서의 지혜로 타협하지 못한다? 어쩌면 그의 설교는 그저 말장난에 불과하지 않은가. 왜(?) 성서적인 타협이 불가능할까? 그것은 목회자들의 하잘것없는 권위의식과 교회의 재정적 권한을 내려놓지 않으려는 욕심 때문일 것이다. 목사로서의 분수를 넘어선 욕심을 버리지 않는 한, 불협화음이 계속될 것이다. 그토록 넓은 바다도 흙과 돌로 메울 수는 있지만 사람의 욕심은 끝이 없어서 메우기 어렵다는 중국의 명언이 있다. 즉, 욕심은 사람의 본성이라는 뜻이다. 「고」 목사님은 「나갈대」에게 어느 곳에서나 교회를 위해 열심히 봉사하라고 당부했지만, 싸움하는 교회에서 열심히 봉사할 필요가 있을까? 누구를 위해서? 부산에서도 잡음이 있는 교회에 나가게 될까 봐 걱정이 앞서기도 했다. 개척교회 때부터 봉사해 온 교회가 두 개로 갈라지는 현실에는 결코 「나갈대」 마음이 편치 않았다. 목회자들도 인간이라는 점을 강조한다. 그들은 왜 그것을 그렇게 강조할까? 그들도 일반 사람들처럼 인간답게 살고 싶다는 주장이다. 그런데 그런 주장을 하기 전에 그들은 거룩함과 성서적 도덕성을 가진 목회자가 되겠다고 이미 하나님께 약속한 것을 잊어서는 안 될 사람들이 아닌가? 아무나 할 수 없는 목회자의 길! 예수님처럼 살겠다고 서약한 삶을 받아들일 수 없다면 차라리 그 길을 떠나는 것이 더 낫지 않을까!? 「나갈대」는 그렇게 생각 들었다.

「나갈대」가 부산 건설현장에 도착했을 때는 1월 중순경이었다. 서울은 영하 7~8도의 아주 추운 날씨였지만, 부산은 그리 춥지 않았다. 건설공사 현장은 부산 사하구 지역 다대포항 근처의 허허벌판이다. 다대포항은 흰 모래사장, 얕은 수심과 따뜻한 수온, 낙동강 하구와 바닷물이 만나는 곳으로 생선 요리가 유명하다. 40대의 현장소장이 떠나고 30대의 젊은 현장소장이 부임했다고 소문이 났다. 그 당시에는 부산—서울 간에 전화 통화를 하려면 부산 중앙체신국에 시외전화를 신청하고 기다려야 했다. 언제 통화가 연결될지 알 수 없는 것이다. 전화 신청자는 많은데 회선은 부족했기 때문이다. 「나갈대」는 부모님과 겨우 통화를 했다. 부모님께서는 세끼 식사에 각별히 신경을 쓰라고 당부를 하셨다. 「맹신자」 선생한테 전화를 하고 싶었으나 통화가 가능한 정확한 시간을 알 수 없었다. 자칫 수업 중에 연결될 수도 있고, 그녀가 퇴근한 후일 수도 있다. 그녀는 남의 집 문 칸 방을 얻어 자취를 하고 있다. 물론 숙소에 전화도 없다. 결국, 「나갈대」는 그녀에게 안부 편지를 보냈다. 「나갈대」의 독신용 숙소에는 간단한 식사 준비를 할 수 있는 부엌 도구들이 마련되어 있었다. 간이 침실이 있고, 다른 편의시설도 갖추어져 있었다. 독신자가 살기에 문제가 없어 보였다. 경리 여직원, 장비 담당자, 납품재료 시험기사, 노무와 총무 담당, 대외 영업 직원들이 「나갈대」를 도왔다. 각 부서장의 나이가 「나갈대」보다 많았다. 건설공사 현장은 전쟁터와 같은 곳이다. 현장소장의 절대적인 권위로 현장을 통제하지 않으면 언제든 안전사고가 발생할 수 있는 곳이다. 군대는 명령 체계가 있으나 건설현장에는 명령으로 일을 할 수 없는 특수한 체제다. 노련한 기술 숙련공들을 비롯하여 건설장비들을 운행하는 이른바 기름쟁이(일명 달구지: 운전/정비기술자)들의 관리는 명령으로 되는 관계가 아니다. 술을 사주면서 달래기도 하고 사정도 하면서 그들과 가까워져야 한다. 「나갈대」가 현장에 도착했을 때는 터파기 공사가 한창이었다. 터파기 불도저의 하루 임대료는 상상할 초월할 정도로 비싸다. 불도저 운전기사가 하루만 펑크를 내도 회사에 미치는 손해가 이만저만이 아니다. 터파기 공사가 끝날 때쯤 파일 기초공사를 서두르면서 콘크리트 타설 준비를 해야 한다. 작업의 연속성을 유지하는 일이 현장소장의 중요한 업무다. 불필요한 건설공사 기간을 최소한으로 줄이는 것이 곧 회사의 이익이다. 한국 사회의 고질적인 인간관계에서 문제가 되는 것 중의 하나는, 나이가 많고 적음에 연관된 일이다. 부하 직원이지만 나이가 한살이라도 많은 사람한테는 함부로 대할 수 없는 것이 한국 사회의 특징이다. 그것이 걸림돌 중의 하나다. 그래도 공(公)과 사(私)는 엄격하게 구별해야 한다. 「나갈대」는 군대 중대장 출신답게 부하직원들 관리에 들어갔다. 약 150여 명의 병사들과 4명의 장교를 통제했던 지휘관의 경험을 살려서, 나이가 많은 사람들에게 최대한 예의를 갖추면서 현장을 관리했다. 때로는 다대포 해변가 생선회집에서 단합대회로 인적단결을 추진해 나갔다. 시공 일정에 따라 현장관리가 잘 이루져 갔다. 건설현장 하청업자들이 여기저기서 「나갈대」에게 상담하는 일이 많았다. 대개, 그들은 저녁 식사 대접을 하고 싶다며 시간을 내달라고 부탁하기 위해서였다. 현장소장의 결제 없이는 누구에게도 회사 돈이 지출될 수 없다. 현장소장이 흑심을 품고 결제를 미루는 것이 아니라, 하청업자들이 반드시 해야 할 일을 안 하거나 미루면서 대금 결제를 요청할 때도 많았다. 그러나 「나갈대」는 하청업체들에게 미리 대금을 지출하는 것은 불가능하다는 원칙을 고수했다. 현장소장의 행동에 자칫 모략과 음해가 일어날 수도 있었다. 게다가 인근 기관원들(인근 파출소, 교통경찰, 보안대, 소방서)이 생트집을 잡고 작업을 지연시킬 가능성도 현장소장이 사전에 막아야 한다. 「한상길」 상무께서 어려운 일이 생기면 자기와 상의하라고 한 말이 기억났다. 기관원들은 대개 소액의 용돈을 요구하는데 그렇다고 그들에게 그런 원칙을 적용할 수는 없다. 예를 들어, 교통경찰이 공사 현장에 들락거리는 트럭을 붙잡아 이런저런 이유를 대며 운행을 지연시키거나 불필요한 제재를 해서 생기는 손해가 건설공사 기간에 큰 영향을 준다. 「나갈대」는 그들에게 최대한 편의를 제공해 주는 게 회사를 위하는 일이라고 생각을 했다. 「나갈대」의 저녁 식사는 하청업체 임원들과 일주일에 서너 번 꼴로 이루어졌다. 그들을 멀리할 수 없는 가장 중요한 이유는, 그들이 이런저런 사정을 설명해 가면서, 물품 조달을 늦추거나 기술자 투입을 늦추어 공사 기간이 늦어지면 회사가 곧 피해를 입는다. 그래서 공사 진행 원칙에 크게 벗어나지 않는 한, 그들의 형편을 고려하면서 지불 결제를 해주는 것이 회사에 이익이라고 「나갈대」는 생각을 했다. 사실, 「나갈대」가 하청업체 사람들과 저녁 식사를 할 때 소주잔을 피할 수가 없다. 거의 매일 술을 마시는 것, 「나갈대」에게 신앙적으로나 일상의 삶을 어지럽게 하는 요인이다. 그러나 어쩌겠는가? 현장 책임자로서 차질 없이 공사를 진행하려면 하청업체 임원들과 소주잔을 맞대며 가까워질 수밖에 없는 것을. 그런 전략 덕분인지, 공사를 진행하면서 발생하는 어려운 문제들이 해결되는 경우가 점점 많아졌다. 소주잔을 피하지 못하는 「나갈대」가 신앙적 양심에 가책을 받지만, 술 마시기를 거절할 때 식사 분위기를 깬다는 한국적인 술 문화를 이겨낼 수도 없다. 터파기 흙을 실어 나르는 덤프트럭 「고영신」 사장은 회사직원들의 임금 지불이 극도로 어려웠을 때, 「나갈대」의 신속한 지불 결제로 때문에 회사를 살리게 했다고 항상 고마워했다. 그는 「나갈대」에게 여러 번 저녁 식사 제안을 했었다. 현장에 쌓여가는 흙을 밖으로 퍼내지 못할 경우에는 전체 현장의 작업이 중단된다. 그렇게 중단되지 않도록 도와준 「고영신」 사장한테 「나갈대」가 오히려 고마운 입장이었다. 그런데도, 「고영신」 사장은 자기가 식사를 대접하고 싶어 했고, 「나갈대」는 그것을 거부할 수가 없었다. 어느 날, 두 사람이 다대포 해변 횟집에서 함께 저녁 식사를 했다. 「나갈대」는 술에 취하지 않겠다고 스스로에게 다짐을 하고 나갔었다. 그런데 신선한 생선회가 소주 한두 잔으로 끝나게 해주지를 않았다. 객지 생활의 외로움, 「맹신자」에 그리움…. 한 잔, 두 잔에서 다섯, 일곱 잔으로 올라갔다. 「나갈대」의 신앙적 양심은, 강압적인 술 마시기 한국 문화를 벗어나지 못하고 그렇게 취하고 있었다. 술을 마시지 않겠다고 자신과 했던 약속을 스스로 깨버린 것이다. 그것이 술의 위력일까. 정신이 해롱해롱할수록 그녀가 더 보고 싶어질 때마다 한 잔씩 더해서 열 잔이 되었다. 아프도록 그리운 마음을 적시고 12잔째에 몽롱한 정신이 되었을 무렵, 「고영신」 사장은 더 이상 소주잔을 「나갈대」에게 권하지를 않았다. 「나갈대」
는 그와 헤어지고 밤늦은 시간에 적막하기도 하고…. 쓸쓸하기도
하고…. 그런 숙소로 돌아왔다. 그녀를 그리워하는 밤이 깊어만
갔다. 내가 왜(?) 이렇게 부모 형제 한 명도 없는 객지에서 외롭게
지내야 하는지, 그녀와의 사랑에 꽃이 막 피려 할 때 부산으로
왔고 만날 수도 없게 된 처지에 「나갈대」의 눈시울이 붉어져 갔
다. 사랑은 눈물의 씨앗…. 사랑은 타오르는 불길…. 「나갈대」에
게는 엎치락뒤치락 잠 못 이루는 밤이었다.

　이튿날, 「나갈대」는 작업을 지시하기 위해 아침 일찍부터 서둘
렀다. 그런데 「나갈대」가 작업복을 걸치자마자 왼쪽 주머니에 두
툼한 봉투가 들어있었다. 어젯밤 「고영신」 사장이 감쪽같이 넣어
둔 게 틀림없다. 고맙다는 메모와 함께 현금이 들어있었다. 그의
메모에는 감사하다는 표현이 거의 전부였다. 「나갈대」는 좀 당황
스러웠다. 부정(不正)스러운 돈이 분명하지만 그의 마음을 헤아려
볼 때 과연 뇌물일까? 「나갈대」가 그를 매수해서 받은 돈도 아님
에도 불구하고, 정의(正義)에 반하는 범죄 행위뇌물에 해당하는 돈
일까(?) 잠시 「나갈대」에게 고민이 들었다. 그의 회사가 부도나기
직전에 「나갈대」가 지불 결제를 좀, 빨리 해주어 회사도 살리고
고용인들이 살게 해주었다는 감사가 전부인데…. 그것이 뇌물스
러운 검은돈일까? 그런 것 같지는 않았다. 지극히 어려움을 당하

내 이름 「나갈대」

고 있는 회사를 살려냈다는 점에서 일종에 재물 보상일 듯도 싶었다. 하나님은 기도하는 자에게 재물을 주시고 감사하는 자에게 재물의 축복을 주신다고 하시지 않았나. 「나갈대」도 기도하며 어려운 현실에서 자책하거나 불만을 갖지 않고 감사하게 살아왔다. 유대인의 탈무드 지혜서에서, 재물은 하나님께서 주시는 선물이라 했다. 우리가 기도하고 간구하며 바라는 것이 그런 선물이 아닐까? 그 선물을 잘 받고 올바르게 살아가기를 하나님께서 바라시는 거라고, 「나갈대」에게 그런 생각이 자꾸 들었다. 문제라면, 결제한 돈이 현장소장 개인의 것이 아니고 회사의 공금이라는 점이다. 그러나 현장에서 일어나는 모든 일의 결제 행사권을 이미 본사로부터 받았다. 결정권 행사는 현장소장 개인의 것이나 마찬가지다. 어쨌든 그 돈을 어떻게 처리할 것인지 머리가 복잡해졌다. 교회 헌금? 자선단체? 직원들에게 공평하게 분배? 아니면 미국 유학비? 일단 교회 헌금으로는 명분이 없다. 설사, 그렇게 헌금을 한다고 하더라도 서울에 있는 등대교회에 해야 하는데, 이미 교인들끼리 싸워서 갈라서는 그런 교회에 헌금을? 그러나 자선단체에 기부하는 것은 의미가 있다고 생각을 했다. 어린이 구호단체에 기부하는 게 좋을 것 같았다. 직원들에게 나누어주는 것은 아주 위험한 일이다. 직원 중 누군가 돈 액수를 문제 삼을 수도 있고, 불평으로 비화될 경우 「나갈대」의 신상에 좋을 리가 없다. 사실, 「나갈대」에게는 미국 정착금을 마련하는 게 절체절명의 과제였다. 「나갈대」에게 그 부분을 도와줄 사람이 없다. 성경(행 27:13~26)에서, 그런 절체절명의 위기를 극복한 사례가 나온다. 「바울」 사도를 싣고 로마로 압송하던 배가 광풍을 만나, 바다에 침몰할 위기에 처했을 때 하나님께서 그의 기도와 간구를 들어주셔서 사투에서 살아났다고 했다. 「바울」 사도처럼 「나갈대」도 하나님께 기도와 간구를 하면 미국 정착 문제가 해결되리라 믿고 있었다.

부산에 내려온 이후 월급과 특별수당은 거의 저축을 했다. 서울에서 근무할 때보다는 훨씬 많은 돈이었지만 미국 유학 정착금으로 턱없이 부족했다. 「고영신」 사장이 건네준 돈도 일단 저축을 하고 보았다. 시간이 지날수록 이런저런 이유로 여러 하청 회사 사장들이 사례금 조로 용돈을 넣어 주곤 했다. 전임 「석대두」 현장소장 시절에는 어떤 사연이 있었을까. 그들은 왜(?) 정상적으로 결제하는 「나갈대」에게 고마워할까? 그들의 불만을 종합해 보면 전임소장은 당연히 제때 결제해야 할 돈을 차일피일 미루었다는 것이다. 결제가 늦어질수록 회사의 형편이 위기에 몰리고, 그 위기를 모면하기 위해서 이른바 검은돈을 현장소장한테 전달한 회사는 쉽게 지불 결제를 받을 수 있었단다. 그런데도 이렇게 불순한 현장소장을 본사나 경찰에 신고를 할 수 없는 근본적인 이유가 있었다. 본사에 고발하면 건설공사 하청을 계속 받을 수가 없고, 경찰에 고발하면 사건에 대한 조사가 종결될 때까지 몇 개월이 걸리기 때문이다. 건설공사 하청업체들은 처음부터 큰 자본 없이 시작하는 가난한 회사들이다. 몇 개월씩 경찰 조사를 받고 서울 본사까지 가서 조사를 요구할 정도로 여유 있는 회사들이 아니다. 부당하게 결재하는 현장소장에게 불만이 가득하고 속이 타들어 가는 상황에서 먹고살기 위해 어쩔 수 없이 검은돈으로 타협해 왔다는 것이다. 경험이 많은 부장급 현장소장을 사퇴시키고 「나갈대」처럼 젊은 사람을 현장소장으로 임명한 이유를 이해할 수 있었다. 건설공사 진행에 문제가 없는 한, 결제 일에 정확하게 약속을 지키는 「나갈대」에게 고마운 것은 당연한 일이다. 우편물은 본사에서 한꺼번에 부산 현장으로 보냈다. 우편물에는 본사와 현장 간의 공문이 대부분이었다. 이번에는 「쿡」 대위의 편지도 들어있었다. 기다리는 「맹신자」 선생의 편지는 없었다. 「쿡」 대위에게 부산 현장으로 왔다고 알려준 「나갈대」의 편지에 대한 그의 답장이었다. 「쿡」 대위도 건설공사 감리 관계로 Chicago에 있다고 했다. 그는 Arizona대학 입학 진행 상황도 물어보았다. '정말 좋은 미국 사람이구나!'라고 몇 번이나 생각을 했다. 「맹신자」 선생의 소식이 없어서 어깨가 축 늘어진 그에게 「쿡」 대위의 소식은 단비 같았다. 「나갈대」가 「맹신자」 선생에게 편지를 보낸 지 꽤 되었는데도 그녀에게서 답장이 없다. 혹시 오해를 살만한 내용이 있었나? 모든 게 짜증이 났다. 그녀의 학교로 전화해 볼까? 부모님이 아프시다고 핑계를 대고 서울에 잠깐 다녀올까? 온갖 시나리오를 꾸며보아도 현장 사정상 도저히 자리를 비울 수가 없다. 그런 어느 날, 우체국 집배원이 우편물 몇 개를 현장사무실에 배달했다. 고정적으로 배달되는 우편물이라서 「나갈대」는 별로 신경을 쓰지도 않았다. 그런데 웬걸? 여직원이 한 통의 반송편지를 「나갈대」에게 내밀었다. 얼마 전에 그녀에게 보냈던 편지가 수취인 부재라는 이유로 되돌아왔다. 「나갈대」의 정신이 아찔했다. 수취인 부재? 왜 편지가 되돌아왔을까? 아무리 생각해도 이해할 수가 없었다. 무척 당황스러웠다. 당장 서울로 출발하고 싶었으나 그럴 수도 없고, 결국 본사 시험실 「오기호」 과장의 도움을 받기로 하고 그에게 전화를 걸었다. 「오기호」 과장은 얼마 전까지 「나갈대」의 부하직원이었다. 그는 재치가 있고 착한 사람이다. 그는 반갑게 전화를 받았다. 「나갈대」가 전화 용건을 짧게 얘기를 했다. 시외전화는 통화가 길어질수록 요금이 많이 올라간다. 그래서 업무용 시외전화라도 반드시 장부에 기록을 하고 결제를 받도록 되어있다. 「나갈대」가 그에게 부탁한 내용은, 「맹신자」 선생이 그 학교에 근무 중인지, 만약 다른 학교로 전근이 되었다면 새로운 학교 이름과 주소를 알아봐 달라는 것, 두 가지였다. 그는 알

내 이름 「나갈대」

아보겠다고 흔쾌히 약속을 했다. 「오기호」 과장으로부터 연락을 받기 전에는 아무 일도 하고 싶지 않았다. 부산에 내려온 지 3개월이 다 되도록 그녀와 연락이 끊어져 있는 것을 생각하면 화가 치밀고, 자신의 무능을 한탄할 수밖에 없었다. 점심시간쯤에 그의 전화가 걸려왔다. 「나갈대」의 가슴이 뛰고 또 뛰었다. 그가 알아본 바, 「맹신자」 선생은 두 달 전에 안성중학교로 발령이 났다며 새로운 학교 주소와 전화번호까지 알려주었다. 안성은 그녀의 고향이다. 결국, 그녀는 부모 곁으로 내려간 것이다. 여기에 더해 「오기호」 과장이 그녀와 직접 통화까지 했다는 게 아닌가! 「나갈대」가 그녀에게 보낸 편지가 수취인 부재로 반송된 사실도 전했다고 했다. 이 얼마나 영리한 「오기호」인가! 그뿐만이 아니다. 「나갈대」의 전화번호를 그녀에게 알려주었고, 오후 3~4시 사이에 「맹신자」 선생의 전화를 기다리겠다고 압박까지 했단다. 통쾌한 메시지였다. 오후 3~4시까지 기다리는 시간이 마치 3~4일처럼 길고도 길게 느껴졌다. 오후 4시쯤 여직원 책상 위의 전화벨이 울렸다. 부산 전신전화국 교환수가 「나갈대」를 확인하고 시외전화를 연결했다. 여전히 명랑한 그녀의 목소리에 「나갈대」는 북받쳐 오르는 흥분을 억누를 수가 없었다.

"아유… 저… 「맹신자」예요. 요즘 건강은 어떠세요?"

말문이 막혀있던 「나갈대」의 대답이 의외로 간단했다.

"진짜 오랜만입니다. 예… 건강합니다…. 덕분에….""

무엇보다도 그녀가 「나갈대」의 건강을 우선적으로 물어본 것이 마치 멀리 떨어져 있는 남편한테 물어보는 것처럼 가슴이 뭉클했다. 「나갈대」의 복잡한 생각이 순식간에 사라졌다. 그녀는 「나갈대」의 편지가 수취인 부재로 반송된 이유를 설명했다.

"사실은…요…. 「나」 선생님이 부산으로 출발한 3주차에 저는 안성으로 발령이 났어요. 그래서… 급히 이삿짐을 꾸렸고, 친정에서 출퇴근 거리가 멀어 평택시에 자취방을 얻느라 시간이 많이 걸렸어요."

학교 발령, 이사, 학급 배당, 수업 준비…. 한 달 동안 눈코 뜰 새 없이 바빴다고 했다. 「나갈대」가 그녀에게 편지를 보낸 무렵에 그녀도 그런 일들로 경황이 없었던 것이다. 그 정도 설명으로도 충분히 이해가 되었다. 「나갈대」가 분기마다 본사에 현장 관리 보고하러 서울에 가야 한다. 몇 주 후에 출장 가면 그때 만나기로 했다. 전화를 끊고 나서, 그 어느 때보다 후련한 마음으로 일을 했다.

"역시… 똑똑한 놈… 「오기호」! 너 같은 놈 몇 명만 같이 있어도 현장 업무가 문제없을 텐데…."

「오기호」 과장과 소주잔을 길게 꺾고 싶은 마음이 굴뚝같았다. 서울본사 출장준비에 들어갔다. 그녀에게도 일정을 알렸다. 참고

해서 그녀의 일정도 조정해 달라는 의미였다. 목요일 오후에 부산에서 출발해서 밤늦게 서울에 도착해서 등촌동 부모님께 인사를 드릴 예정이다. 이튿날에는 본사에서 온종일 업무를 해야 하고, 저녁에 「한상길」 상무의 저녁 초대가 있다. 「나갈대」 생각에는 「한상길」 상무고 뭐고 바로 안성에 내려가서 그녀를 만나고 싶은 생각이 간절했다. 역시, 목구멍이 포도청이라 직속상관인 「한상길」 상무의 저녁 초대를 피할 수는 없는 일이다. 그다음 날(토요일) 오전에는 경리부 「김동길」 부장과 회의를 하고, 「오」 과장과 점심식사 약속이 잡혀있다. 가능한 점심 식사를 빨리 끝내고 안성으로 내려갈 작정이다. 그런데 안성으로 바로 내려가는 교통수단이 없었다. 열차로 평택에 가서 안성행 버스로 갈아타야 했다. 시간 여유가 없다. 「나갈대」는 또, 「오」 과장의 신세를 지기로 했다. 「맹신자」 선생에게 전화를 해서 「나갈대」와 평택역에서 만날 수 있도록 약속해 달라고 하자, 그는 또 흔쾌히 받아주었다. 「나갈대」가 서울로 출발하기 이틀 전에 「오」 과장의 전화가 왔다. 그녀가 평택역 홈에서 기다리기로 했단다. 역시 「오기호」! 어쩜, 그리도 일 처리를 잘하는지! 서울에서 「오기호」 과장과 소주잔을 기울이지 못하게 된 것이 못내 아쉬웠다. 부산에 내려오고 3개월 만에 서울행 제12열차에 몸을 실었다. 「나갈대」의 머리끝에서 발끝까지 평택역 생각으로 꽉 차있었다. 평택역에서 그녀의 손을 잡아야 할지, 아니면 포옹을 해도 되는 건지, 표정관리는 어떻게 해야 할지…. 좀처럼 마음 관리가 되지 않았다. 사장님을 비롯한 중역들 앞에서 현장 보고를 잘할 생각은 하지 않고, 그녀를 잘 만나볼 생각에만 골몰하는 중에 열차가 군포역을 지나 안양역에 접근하고 있었다. 서울의 밤은 네온사인의 화려한 불빛 때문에 눈이 부셨다. 마치, 한낮의 뜨거운 에너지가 불빛으로 변한 듯했다. 서울을 떠난 지 3개월여 만에 참으로 반가운 서울역에 도착했다. 등촌동 집으로 가기 위해 김포 방향 손님들과 택시 합승을 했다. 이런 불법 택시 합승이 언제나 사라질까 한숨짓는 동안 4명의 손님으로 택시 안을 채워졌다. 밤늦게 부모님을 반갑게 뵈었다. 부모님은 몇 가지 말씀을 하신 후, 교회가 두 개로 쪼개진 소식도 전하셨다. 「이기자」 선생을 더 이상 볼 수는 없지만, 혼사 문제가 아직 종결이 안 된 상태라도 그녀의 부모님과는 연락한다고 하셨다. 부모님은 그녀가 그렇게 마음에 드신 걸까? 「나갈대」는 본사 업무가 너무 바빠서 집에 자주 올 수 없다고 말씀드리고 잠자리에 들었다.

아침 일찍 본사에 출근해서 「한상길」 상무실로 올라갔더니 그가 더 일찍부터 「나갈대」를 기다리고 있었다. 부산 현장에 온 신경을 집중하는 총괄책임자의 열정이 고스란히 느껴졌다. 「나갈대」는 수시로 그에게 현장 상황을 전화로 보고해 왔다. 공사가 일정대로 진행 중이고, 현장관리 경비도 이전보다 거의 10%가 감소했기 때문에 「나갈대」의 업무 능력을 그가 인정하는 편이다. 더구나 본사에 들어오는 건설 하청업자들의 불평, 불만이 거의 없다는 점도 새로운 성과였다. 그는 반갑게 「나갈대」를 맞이했다. 그는 「나갈대」가 현장소장의 업무를 잘 수행하고 있다면서 칭찬부터 하기 시작했다. 이미 「김인철」 전무와 「최명철」 사장에게 「나갈대」의 역할을 잘 보고했다고 했다. 따라서 이번 본사 중역회의에서도 부산 현장에 대해서 특별히 문제될 것이 없을 거라고 했다. 그는 「나갈대」와 중역회의실로 자리를 옮겼다. 그곳에는 벌써 다른 지역의 현장소장들이 와있었다. 대부분 나이가 지긋한 부장급들이다. 나이가 젊은 현장소장도 있었지만, 그들과 나란히 자리를 함께하는 것이 「나갈대」로서는 좀 어색했다. 드디어 「최명철」 사장을 비롯한 임원들이 입장했다. 총무상무의 회사 현황 설명에 이어 「서길순」 재무상무의 재정 보고가 있었다. 회사 재정이 녹록지는 않아 보였다. 「한상길」 총괄 건설상무의 건설공사 관련 진행 현황 보고가 이어졌다. 「나갈대」가 보기에 「한상길」 상무가 가장 간결하고 쉽게 보고하는 느낌이 들었다. 「최명철」 사장의 주재로 점심을 먹고 오후에 실무 책임자들의 현황 보고가 계속되었다. 총무부장을 시작으로 경리, 영업, 설계, 자재조달, 자재 담당에 이어 7곳의 현장소장 보고 순이었다. 「최명철」 사장을 비롯하여 중역들이 가장 관심을 가지고 있는 곳이 부산 현장이다. 「나갈대」가 나섰다. 우선, 현장 관련 포괄적인 설명에 이어 공사 진행, 인력과 노무 현황, 하청업체 관리, 중장비, 주변기관, 경비 절감 등 현장관리 업무를 쉽게 설명을 했다. 공사 일정을 좀 앞당길 수 있다는 말로 브리핑을 마쳤다. 건설공사 계약보다 기간을 앞당기는 것은 회사에 큰 이익을 가져다주는 것이다. 「나갈대」와 「한상길」 상무와 한식집에서 마주 앉았다. 그는, 규모가 상당히 큰 건설현장에 나이 어린 「나갈대」를 책임자로 지명하기가 두려웠지만, 공사 관리를 잘하고 있다며 칭찬을 이어갔다. 그는 이른바 일류대학 출신답게 두뇌가 명석한 사람으로 알려져 있다. 공사 현장 상황을 명쾌하게 설명하는 능력이 뛰어났다. 그러나 옛말에 "듣기 좋은 노래도 석 자리 반"이라고, 아무리 듣기 좋은 소리라도 세 번 이상 하면 듣기 싫다는 뜻이다. 사람을 칭찬하는 것도 마찬가지다. 그가 「나갈대」를 너무 칭찬하면 다른 현장소장들의 자존심을 상하게 할 수 있다는 걸 모르는 듯했다. 그와 소주잔을 주고받는 시간이 길어졌다. 술에 취한 듯한 「한」 상무가 뜬금없이 결혼 얘기를 꺼냈다. 자기 누나의 딸을 소개하고 싶다는 것이다. 그 조카는 4년 전 천안에 있는 한국시운대학교 경제학과를 졸업하고 현재 직장에 다니고 있으며 나이는 26세라고 했다. 그 당시에 그 나이는 노처녀에 속했다. 그는 계속 자기 조카 얘기를 했다. 혀가 꼬부라진 걸 보니 술에 많이 취한 듯했다. 대개 어려운 말을 할 때 맨 정신으로 하기가 힘들다. 자기 조카와 「나갈대」를 중매할 생각을 하면서 술을 더 마신 게 아닌가 싶었다. 그에게서 깜짝 놀랄만한 뉴스가 나왔다. 그의 누나는 「최명철」 사장의 부인이고, 그 조카가 큰 딸인데 경리부 자금 담당 「최경심」 계장이라고…! 다음 날 아침, 경리부 「김동길」 부장과의 회의에 그녀도 참석을 한다. 「나갈대」도 그녀와 부산 현장의 자금 때문에 수시로 전화 통화를 하는 편이다. 서울 본사에 근무할 때 가끔 인사도 나누던 사이였다. 겉으로 보기에 미인이라기보다는 깔끔하고 새침데기 같다고나 할까. 남자들이 쉽게 접근하기 어려운 스타일이다. 그녀는 사장의 큰딸이고, 건설 총괄 담당 「한상길」 상무가 「나갈대」의 직속상관…. 여러 사정으로 보아 그의 중매 발언을 바로 거절하기가 어려운 상황이었다. 「나갈대」는 좀 더 시간을 두고 생각해 보겠다고 했다. 「한상길」 상무와 대화하던 중에 「나갈대」를 회사 건설현장을 총괄하는 부서장으로 생각하고 있다고 한 그의 말이 귓속에서 사라지지 않았다. 사람의 마음은 죽이 끓는 것처럼 변할 때가 많다. 사람은 환경에 따라 변덕스럽다는 뜻이다. 바람에 날리는 갈대와 같이 항상 변하는 것이 여자에게만 있는 것도 아니고, 누구에게도 있다는 이야기다. 서울 본사로 돌아와서 회사 건설공사를 총괄 관리하고 「최명철」 사장의 사위가 되면 미국 유학의 길도 쉽게 열릴 것 같은 생각에, 바람에 날리는 갈대처럼 「나갈대」 마음이 흔들렸다. 하지만, 갈대도 순정은 있지 않겠는가. 아직 「나갈대」의 마음속에는 「맹신자」라는 여인이 깊이 자리를 잡고 있다. 최소한의 인간적인 양심, 신앙적 양심, 갈대의 순정이 자리를 잡고 있는 한, 그 순정을 돈에 팔아먹고 싶지는 않았다. 출세라는 유혹에 흔들리는 「나갈대」의 마음이 최소한의 신앙적 양심과 부딪치고는 있었다. 「최경심」 계장과의 결혼은 「나갈대」의 장래가 보장되는, 받아놓은 밥상이라는 생각이 쉬이 지워지지 않았다. 더구나 내일 평택에서 「맹신자」 선생을 만나기로 하지 않았나. 그 생각만 하면 마음이 한없이 따뜻해졌다. 취한 듯 안 취한 듯 그렇게 「한상길」 상무와의 저녁 식사를 마무리했다. 「최경심」 계장과의 결혼을 성사시켜보려는 「한상길」 상무의 미끼를 놓치기 아쉬운 마음에 잠을 이루지 못하고 뜬 눈으로 밤을 새우다시피 했다. 「나갈대」는 아침 일찍부터 「김동길」 부장과의 회의를 서둘렀다. 오전 9시에 회의가 시작되었다. 물론, 「최경심」 계장도 참석을 했다. 그녀는 「한상길」 상무가 언급한 혼사에 대해 전혀 모르는 게 분명했다. 평소처럼 그녀는 냉랭하고 새침한 태도로 「나갈대」와 인사를 나누었다. 「김동길」 부장은 회사의 전체적인 자금 흐름에 대해서 설명을 했고, 이어서 「최경심」 계장의 후속 설명이 있었다. 예를 들어, 부산 현장에서의 회계장부 정리방법, 경비지출 억제, 투명한 업무 추진비, 출장비 상세 내역, 그리고 잡무에 대한 회사 방침을 전달했다. "마음은 콩밭에 있다."라는 속담은 자신에게 흥미 있는 일에만 관심을 갖고 그렇지 않은 일에는 신경을 쓰지 않은 사람을 두고 하는 비유다. 그 비유가 꼭 「나갈대」를 두고 한 것 같았다. 그토록 진지하게 회의가 진행되는 동안에도 「나갈대」의 마음속에는 「오」 과장과의 점심 약속, 평택행 기차 시간, 「맹신자」 선생과의 만남…. 이런 일에 더 마음이 쏠렸다. 예상대로 회의는 오래 걸리지 않았다. 「김동길」 부장이 「나갈대」에게 점심 식사를 하자고 했으나 공손하게 사양하고 바로 실험실로 발걸음을 재촉했다. 「오」 과장이 기다리고 있었다. 참으로 반가웠다. 그는 진행 중인 건설 납품 재료 시험 상황을 설명하려 했지만, 평택행 기차 시간에 쫓기는 「나갈대」에게 그럴 시간적 여유가 없었다. 같이 지하식당으로 가서 그 동안 「맹신자」 선생 관련해서, 「오」 과장의 도움에 몇 번이나 고마운 마음을 전했다. 시간에 쫓겨 소주잔을 맞대지 못하게 된 아쉬운 마음과 함께 다음을 기약하고 헤어져 용산역을 향했다. 평택행 기차 출발 30여 분 전에 용산역에 도착했다. 난생 처음 가는 평택이었다. 서둘러 기차를 탔다. 이제 평택역 홈에서 그녀를 만날 일만 남았다. 마치 자신이 한 편의 영화 주인공이 된 기분이었다. 흐뭇했다. 그녀의 생기발랄한 모습이 떠오르면서 명랑하게 인사하는 목소리도 들리는 듯했다. 평택역에서 그녀를 만날 때 어떻게 표정 관리를 하고 악수를 해야 할지 아니면 하지 말아야 할지, 행동은 어떻게 해야 자연스러울지, 여러 가지 생각이 오락가락하는 동안 기차가 움직이기 시작했다. 그녀 나이 26세, 「최경심」계장과 동갑이다. 「최경심」계장이 집안 어른들로부터 결혼 압박을 받고 있는 것처럼, 그녀도 같은 입장일 수 있다. 이번 만남에서 「나갈대」가 가슴속에 숨어있는 사랑을 밖으로 끌어내지 못하면 그녀도 부모의 결혼압박을 받을 수 있겠다는 생각이 들었다. 사실, 「나갈대」도 사정은 마찬가지다. 「나갈대」의 부모님은 아들을 볼 때마다 나이 30살이 넘었다며 결혼을 독촉하기 일쑤였다. 결혼이 그렇게도 어려운 숙제일까. 한 남자와 한 여자가 가정을 이루는 것을 결혼이라고 보면 특별한 일은 아닌 듯하다. 그러나 결혼 당사자의 의견과 상관없이 부모가 정해주는 결혼을 할수는 없는 일이다. 그래서 결혼이 어렵다. 「맹신자」선생과의 결혼을 상상하는 동안 기차가 평택역에 접근하고 있었다. 「나갈대」는 이제 그녀를 차분하게 만나기 위해 마음을 추스렸다. 기차가 오후 4시에 평택에 도착했다. 내리는 사람들이 많은 데다 마중 나온 사람들까지 합쳐서 평택역 홈이 복잡했다. 문서 가방 한 개만 들고 평택역 홈까지 잘 빠져나왔다. 그녀를 만날 때 표정관리며 악수를 어떻게 할지 등을 까맣게 잊은 채 「맹신자」선생을 찾으려고 여기저기 두리번거리고 있을 때였다.

"잘 오셨어요?"

귀에 익숙한 여자 목소리가 들렸다. 그녀였다. 그녀가 먼저 「나갈대」를 찾아냈다. 너무 반가워서 「나갈대」는 그녀의 손을 꼭 잡았다. 그녀도 「나갈대」의 손에 잡혀주었다. 「나갈대」의 인생에서 그야말로 역사적인 순간이었다. 잡고 있는 손에서 그녀의 체온이 느껴졌다. 그녀와 모든 일이 잘될 것 같고, 예감이 좋았다. 서울에서 만났으면 감히 어떻게 그녀의 손을 잡을 수 있겠는가? 「나갈대」는 당장 그녀의 부모님께 결혼승낙을 받고 싶었다. 손은 잡았지만 그다음에 무슨 말을 해야 할지 말문이 열리질 않았다. 그때 그녀가 재치 있게 물었다.

"이 시간 이후 일정이 어떻게 되세요?"

「나갈대」가 물어야 할 말을 그녀가 먼저 물어온 것이 고마웠다. 그녀는 새로 부임한 학교는 안성이라기보다 평택에 더 가까워서 평택 시내에 자취방을 얻었다고 했다. 그리고 새 학교 부임, 평택에서 제일 큰 교회(그녀가 등록한 교회), 목사님, 새벽기도, 친정…. 참새처럼 말을 이어갔다. 「나갈대」가 놀란 것은, 여전히 그녀가 새벽기도에 참석한다는 것이었다. 이름답게 맹렬한 신자임이 분명했다. 그녀는 서울 등대교회 새벽기도에도 결석하지 않았다. 다른 젊은 사람들과는 비교할 수 없을 만큼 그녀의 신앙심은 두터웠다. 새벽기도를 좋아하는 사람은 별로 없다. 그럼에도 불구하고 새벽기도에 대한 믿음을 스스로에게 강요하는 사람들도 있다고 생각을 했다. 새벽기도는 특별한 신앙인이 아니면 정말 어려운 신앙적 행동이다. 아마도 새벽에 맑은 정신으로 하나님께 하루를 맡기고 소원을 빌어보는 영적인 훈련이 아닐까? 「나갈대」는 그녀의 신앙심이 그토록 깊은 이유를 알고 싶었다. 그녀가 잠깐 말을 멈추는 틈에 「나갈대」가 스케줄을 알려주었다. 저녁 식사를 마치고 8시 30분 서울행 기차를 타고 부모님과 하룻밤을 보내고 다음 날 오후에 부산행 열차를 탈 예정이라고 했다. 평택에서 그녀와 같이 있을 수 있는 시간은 약 3시간 정도. 금강산도 식후경이라… 먼저 식사부터 하자고 했더니 그녀가 또 시원하게 대답했다.

"이 근처에 있는 평택에서 가장 유명한 중화요리 집에 예약해 놓았어요. 그 집은 예약하지 않으면 안 되는 집이래요…"

이 얼마나 센스 있는 여자인가! 그녀는 토요일에는 안성에 계신 부모님 집에 가고, 다음 날은 주일 예배를 위해 평택으로 온다고 했다. 이런저런 이야기를 주고받는 사이 중화요리 집에 도착했다. 과연 규모가 대단했다. 안내원이 안쪽 방으로 안내했다. 커다란 식탁에 화려한 금빛 무늬 의자, 중화요리 집 특유의 아늑한 분위기에 두 사람이 차지하기에는 너무 큰 방이었다. 그녀를 보아하니 속에서 애정, 기쁨, 욕정 같은 게 느껴졌다. 오감을 자극하기에 충분했다. 그녀는 등대교회가 두 개로 쪼개졌다는 소식도 들려주었다. 「나갈대」는 부모님을 통해서 이미 알고 있는 일이다. 그래도 「이기자」 선생에 대한 궁금증은 여전했다. 남자의 심리가 다 그런 걸까? 보고 싶고 사랑을 고백하고 싶은 여자, 결혼까지 생각하는 여자 앞에서 「이기자」 선생의 소식이 궁금한 그 마음은 도대체 뭘까? 그래서 남자는 다 도둑놈이라고 하나보다. 성경(마 7:15)에서, 늑대가 양의 탈을 쓰고 양 떼 속에 들어와서 양들을 넘보는 심리를 경고했다. 어쩌면 그 늑대의 심리가 「나갈대」라는 남자의 본성일 것이다 「나갈대」는 「이기자」 선생에 대한 소식을 묻지는 않았다. 식사 주문이 들어왔다. 그녀는 자기가 식사 대접을 하겠다며 맛있는 음식을 주문하라고 부추겼다. 「나갈대」는 그렇게 대접 받을 생각은 처음부터 하지 않았다. 숨은 사랑을 끌어내야 할 판에 식사 대접을 받는다고? 말도 안 되는 그녀의 호의를 일축해 버렸다. 그리고는 한마디를 던졌다.

"「맹」 선생한테 대접을 하려고 부산에서 평택까지 왔습니다."

그녀가 뭐라고 더 말을 할 것 같아, 또 한마디를 더 했다.

"앞으로 식사 대접 얘기를 한 번만 더 하시면 저는 서울로 갈 겁니다!"

그녀도 「나갈대」의 진심을 이해하는 듯 더 이상 토를 달지 않앉다. 몇 년 동안 참고 참아온 사랑을 고백하려는 순간에 식사를 대접할 수 있는 기회를 놓칠 수는 없었다. 어렵게 만들어진 식사 기회인 만큼 맛있고 비싼 요리를 대접하고 싶었었다. 소고기 덮밥, 돼지고기 야채 볶음, 생선찜에다 그녀는 짜장면을 주문했다. 그 정도면 두 사람 식사로는 충분했다. 「나갈대」는 의도적으로 고량주(빼갈)를 주문했다. 고량주는 마실 때마다 목구멍에서 불이 나는 것처럼 독하고 빨리 취하고 빨리 깨어나는 특징이 있다. 식사 후 서울로 가야 하니, 빨리 취하고 빨리 깨는 술이 낫겠다고 생각했다. 음식을 먹기 전에 술을 마시면 소장에서 알코올이 3~4배 빨리 흡수되고 혈중 알코올 농도가 급격히 높아져서 쉽게 취한다는 것은 일반 상식이다 「나갈대」는 몇 년 동안 가슴속 깊이 숨겨놓은 사랑을 맨 정신으로 고백하기는 어려운 일이다. 식사 전, 고량주 몇 잔으로 취기를 느낄 때, 숨은 사랑을 밖으로 꺼내고 싶었다. 빈속에 술을 마시는 것은 몸에 해롭다지만 이런 기회가 자주 오는 게 아니다. 음식이 들어왔다. 「나갈대」는 오랜만이고 특별한 만남이라는 점을 강조하면서 고량주를 주문한 것에 그녀의 양해를 구했다. 그녀는 미소로 답했다. 「나갈대」는 소주 2~3배나 도수가 높은 고량주 한 잔을 눈을 감은 채 들이켰다. 요리와 더불어 고량주를 한 잔, 두 잔, 세 잔, 네 잔쯤 마셨을 때 얼굴이 화끈거렸다. 그녀도 음식을 맛있게 먹고 있었다. 이번에는 「나갈대」가 입을 열었다. 부산 현장으로의 발령, 대형 건설공사 관리, 주변 관청들 관리, 하청업체 관리, 혼자 챙겨 먹는 아침 식사…. 이야기가 길어졌다. 잠깐 틈새에 그녀는 미국 「쿡」 대위 소식과 Arizona대학 입학에 관해 물었다. 분명히 「나갈대」의 미국 유학에 관심을 가지고 있었다. 「나갈대」는 「쿡」 대위의 최근 근황을 알려주면서 지금은 Chicago에서 공사 감리를 하고 있으나 머잖아 텍사스 본사로 갈 것이라고 했다. Arizona대학 입학 서류는 「나갈대」가 부산으로 내려오기 몇 주 전에 제출했기 때문에 답신이 오기에는 아직 이르다고 했다. 「나갈대」는 고량주 한두 잔을 더 마셨다. 입안이 얼얼했다. 어느 정도 술에 취했다는 신호다. 여기서 더 마시면 완전히 취해서 서울행이 불가능할 수도 있었다. 고량주 한 잔을 그녀에게 권했다. 그녀가 고량주를 마실 리가 없다고 생각하면서 권한 것이다. 그런데 이게 웬일? 그녀가 「나갈대」의 술잔을 받았다. 해가 서쪽에서 뜨는 경우도 있을까? 술을 입에 대지도 않는 그녀가 그날 「나갈대」의 술잔을 받았다는 것은 해가 서쪽에서 뜰 일이었다. 그것도 독한 고량주다. 드디어 숨은 사랑을 밖으로 끌어낼 타임이 왔다고 확신을 했다. 반쯤 떨리는 목소리로 숨은 사랑을 고백하고 그녀의 눈치를 살폈다. 그녀도 예상을 한 것 같았다. 그녀는 계속 수줍은 미소로 답했다. 늘 당당한 모습이던 그녀가 수줍은 미소로 답을 한다? 그렇다면 「나갈대」의 숨은 사랑을 받아들인다고 봐야 하지 않을까? 기차 시간이 다가오고 있었다. 자리를 정리할 시간이다. 3시간이 3분처럼 빠르게 지나갔다. 「나갈대」가 먼저 일어나서 그녀를 품에 안았다. 그녀도 「나갈대」의 품에 안겼다. 뜨거운 포옹으로 이어졌다. 「나갈대」의 입술이 어느새 그녀의 입술을 더듬었다. 미리 준비한 3돈짜리 황금열쇠를 그녀의 손에 쥐어주었다. 오랫동안 자물쇠로 잠가놓았던 그녀의 마음을 마침내 열었다는 증거였다. 두 사람은 평택역으로 발걸음을 재촉했다. 「나갈대」는 내일(주일) 그녀가 다니는 교회 예배에 참석하면 어떻겠냐고 물었다. 「나갈대」의 깜짝 제안에 그녀는 놀라면서 무척 반가워했다. 「나갈대」가 서울에서 아침 일찍 출발하여 오전 10시경 평택에 도착해서 11시 대예배에 참석하겠다고 했다. 그녀는 주저 없이 동의를 했다. 예배 후 서너 시간을 평택에 머물다가 거기서 부산행 야간열차를 타고 밤 10시에 부산에 도착할 예정이라고 하니, 그녀가 「나갈대」의 촉박한 일정에 건강을 염려했다. 운명적인 여자를 만난 「나갈대」에게 그건 염려거리가 되지 못했다. 이어서, 그녀가 심각한 얘기를 꺼냈다. 사실, 그녀가 친정을 떠나 평택에 자취방을 얻은 이유가 따로 있었다. 그녀의 부모님이 외동딸을 볼 때마다 결혼 얘기를 꺼내신단다. 나이 26세 노처녀 딸 때문에 교회와 동네에서 얼굴을 들고 다닐 수 없다며 성화를 하신다고 했다.

내 이름 「나갈대」

그동안 부모님의 성화에 못 이겨 몇 차례 선을 보는 척했다고 했다. 「나갈대」가 듣기에 그녀가 빨리 결혼할 수도 있겠다는 생각이 들었다. 예전에는 부모님들이 결혼 당사자들의 동의도 없이 결혼을 결정하는 경우가 많았다. 그런 경우에는 결혼 첫날밤에 비로소 서로의 얼굴을 보는 경우가 허다했다. 「나갈대」의 부모님 시절에는 대부분 그랬었다. 그런 방식에 따라 중매결혼으로 밀어붙인다면 그녀가 저항할 수 있는 최선의 방법은 빨리 그녀가 사랑하는 어떤 사람과 결혼을 서두르는 길밖에 없다. 「나갈대」는 가능한 빠른 시일 내에 그녀의 부모님을 뵙고 싶었다. 그런데 「나갈대」에게도 한 가지 깊은 고민이 있었다. 미국 유학 전에 결혼하는 것은 경제적으로 매우 어렵다. 그럼에도 불구하고 일단 그녀 부모님의 결혼 승낙을 받고 싶었다. 내일 교회 예배를 마친 후에 부모님께 인사를 드릴 수 있도록 해달라고 그녀에게 얘기했다. 서슴없이 "Yes."라고 대답하는 그녀가 고마웠다. "매도 먼저 맞는 놈이 낫다"는 속담처럼 어차피 해야 할 일이라면 빨리 해버리는 게 좋겠다는 생각이 들었다. 그녀가 계속 말을 이어갔다. 그녀의 부모님 성격, 교회 봉사 활동, 철저한 예배 원칙, 교회 헌금… 듣기만 해도 그들의 신앙생활을 짐작할 수가 있었다. 이제, 서울로 가는 열차가 홈으로 들어오는 시간이었다. 비록 내일 다시 만나기로 했지만, 그녀와 잠시도 떨어지고 싶지 않았다. 「나갈대」는 그녀의 얼굴을 한 번 더 사랑스럽게 내려다보면서 열차에 올랐다. 결혼? 그렇게 빨리해야 할까 ? 경제적으로나 시간적으로 너무 급히 서두르는 일이 아닐까? 「나갈대」의 머리가 복잡해졌다. 봄맞이에 나선 연록의 새순들이 창밖에서 「나갈대」에게 희망을 가지라며 손짓을 하는 것 같았다. 그러나 아무리 생각해 보아도 몇 개월 이내에 결혼까지는 못 할 것 같았다. 이유는 너무 간단했다. 모아놓은 돈도 없고, 결혼을 위해 준비된 것이 없었다. 매월 강제로 하는 저축도 미국 정착금에 훨씬 못 미치는 금액이었다. 그걸로 어떻게 셋방을 얻을 수 있으며, 무엇으로 결혼 예물을 준비한다는 말인가? 손가락을 빨면서 결혼 생활을 할 수는 없지 않은가? 미국 유학을 포기하면서까지 꼭 결혼을 해야 할까? 제발…! 현실적으로 좀 생각해 봐라! 또 다른 「나갈대」의 목소리가 진짜 「나갈대」에게 외치는 듯했다. 「맹신자」 선생과의 관계를 다시 더 생각 좀 해봐! 마음속에서 계속 같은 소리가 들렸다. 그의 복잡한 마음을 모르는 기차는 열심히 서울로 달렸다. 그러나 남아일언중천금(男兒一言重千金)! 사나이 대장부의 한마디 말은 천금보다 무겁고 가치가 있다는 뜻이다. 내일 그녀의 부모님을 뵙기로 한 약속은 사나이 대장부의 약속이다. 물러설 수 없는 일이라고 혼잣말로 중얼거렸다. 그렇게 다짐하고 또 다짐을 했지만 몇 개월 내로 결혼을 해야 한다면 미국이고 뭐고 다 틀어질 수도 있다는 두려운 생각이 좀처럼 없어지지 않은 채, 기차가 용산역에 도착을 했다. 김포 방향으로 가는 택시에 합승하는 일이 그리 쉽지는 않았다. 이리 뛰고 저리 뛰어도 어쩐 일인지 김포 방향의 택시 합승이 어려웠다. 겨우 합승에 성공했다. 기차에서도 그리고 택시에서도 보고 싶은 여자이지만, 결혼 생각을 하면 「나갈대」의 마음이 무거운 짐에 눌리는 느낌이었다. 내일 만나면 결혼 얘기가 나올 텐데, 지혜롭게 대비할 방법을 고민하던 중에 택시는 등촌동 입구에 도착을 했다. 등촌동 입구에서 집까지는 약 10분 정도 걸어야 한다. 「맹신자」 선생을 한없이 사랑을 하는 마음은 변함이 없지만, 어려운 여건 때문에 이 결혼을 못 할 경우도 생각을 해야 한다는 게 괴로웠다. 집 대문을 들어서자 부모님이 기다리고 계셨다. 내일 부산으로 내려가는 아들에게 건강에 주의하라고 당부하기 위해서일 거라 생각했다. 그러나 부모님이 그를 안방으로 불렀다. 서울로 출장 온 이후 「나갈대」는 부모님과 차분하게 대화를 한 적이 없었다. 부모님이 「나갈대」에게 부산에 있는 동안 건강에 각별히 주의하라는 당부를 하고 바로 「이기자」 선생과의 혼사 얘기를 꺼내셨다. 물론 나이 30이 훌쩍 넘은 아들의 결혼 문제를 걱정하는 것이 부모의 입장에서 너무나 당연한 일이다. 안 그래도 「맹신자」 선생과의 결혼 문제로 머리가 아프던 「나갈대」는 은근히 화가 치밀었다.

"아니…, 아무것도 준비를 안 해놓고, 무조건 결혼만 하라고 하면 어떡해요?"

화가 난 아들에게 부모님은 더 이상 말씀을 하시지 않았다. 침실로 들어와서 내일 「맹신자」 선생의 부모님을 뵐 때 결혼 얘기가 나오면 어떻게 대처할지 생각하니 좀처럼 잠을 이룰 수가 없다. 「나갈대」는 아침 일찍부터 가방을 챙겼다. 평택행 열차를 타기 위해서였다. 등촌동에서 택시로 용산역까지 가기에는 쉽지 않은 거리다. 김포대로까지 걸어가서 광화문행 급행버스를 타고 동아일보 사옥 앞 사거리에서 용산행 일반버스로 갈아타야 한다. 어머니는 아들의 아침 식사를 준비하기 위해 바쁘게 움직이셨다. 「나갈대」는 간단하게 아침 식사를 마치고 바로 김포가도로 걸음을 재촉했다. 광화문을 거쳐 용산역까지 잘 도착하여 평택행 기차에 몸을 실었다. 「나갈대」가 밤새도록 고민하여 얻은 결론은 아무것도 없었다. 결론이 없는 고민을 고민했던 것이다. 시골촌놈 「나갈대」가 처음 서울에 왔을 때 서울의 인심이 사납다는 말을 듣고 지레 겁부터 먹었던 생각이 났다. 그러나 살아가면서 극복하며 서울 생활을 잘해냈다. 전쟁을 해보기도 전에 겁부터 먹으면 처음부터 이길 수 없는 전쟁을 시작하는 꼴이다. 그녀의 부모님이 바로 결혼 얘기를 꺼낼 수도 있고, 안 꺼낼 수도 있다. 심지어, 「나갈대」가 그분들의 마음에 안 들 수도 있다. 오죽하면 "걱정해서 걱정이 없어진다면 걱정이 없겠네…." 그런 말도 있을까? 「나갈대」의 밤샘 고민은 바로 자기 팔자에도 없는 쓸데 없는 걱정에 불과 한 일이다. 일단, 인사부터 하고, 혹시 결혼 얘기가 나오면 그녀와 의논해서 대처할 생각이다. 평택역에 그녀가 마중을 나왔다. 수수한 회색 원피스에 얇은 베이지색 자켓을 입었다. 어제 복장과는 달리 의상이 점잖고 귀티가 나며 아름다웠다. 손을 잡을 수도, 얼굴을 맞댈 수도 없이 아주 어색한 몸짓으로 인사를 나눴다. 「나갈대」의 관심은 그녀의 부모님을 어떻게 잘 뵐 수 있을까에 집중되어 있었다면, 그녀의 관심은 「나갈대」의 피로에 대한 염려였다. 둘이 택시를 탔다. 택시 안에서 그녀가 먼저 부모님 얘기를 했다. 부모님과 대예배에 참석한 후 점심 식사가 예약되어 있다고 했다. 그녀가 자연스러운 면접 자리를 마련한 것이다. 「나갈대」는 아주 잘된 일이라며 동의를 했다. 교회 건물이 웅장했다. 교회 전면에 우뚝 서있는 첨탑은 이른바 고딕양식으로 뾰족한 아치형 지붕과 커다란 창문이 고풍스러웠다. 고운 한복차림의 여자분과 나이가 지긋해 보이는 남자분이 교회 정문에 서서 예배당 쪽으로 걸어오는 두 사람을 유심히 보고 있었다. 그녀의 부모님인 것 같았다. 아니나 다를까. 그녀가 그 두 분에게 「나갈대」를 소개했다. 어머니는 고운 자태의 미인이셨고, 아버지는 흰머리에 건장한 체격으로 온화해 보였다. 아버지는 장로, 어머니는 권사이고 열심히 교회에 다니시는 분들이셨다. 네 사람은 예배당 안으로 들어가서 나란히 의자에 앉았다. 마치 한 가족이 된 것 같은 분위기다. 예배가 시작되었다. 예배의 부름, 신앙고백, 공중 기도, 성경 봉독, 찬양대, 설교, 헌금, 광고, 축도로 예배가 잘 진행되었다. 목사님의 설교 제목은 '삶의 두려움(요 14:2)'이었다. 「나갈대」에게 관심이 있는 주제였다. 설교의 요지는, 삶의 두려움은 자기 확신과 신념이 결여되는 사람에게 성큼 다가오게 되고, 그 두려움의 노예가 될 때 무능한 사람이 된다는 거였다. 그러나 사람에게는 인간의 신념을 넘어서는 신앙이 있다는 것, 즉 하나님께서 우리를 사랑하신다는 믿음의 힘이 뒷받침 하고 있는 한, 모든 삶의 두려움을 이겨낼 수 있다고 결론을 내리셨다. 목사님이 비교적 젊어 보였다. 서울에 있는 등대교회의 나이 지긋한 「고기다」 목사님보다는 현대적 신앙 감각이 있었다. 예배가 끝나고 식당으로 갔다. 교회 근처의 유명한 한식당이었다. 「나갈대」는 먼저 두 분께 큰절을 올렸다. 식사 전에 이런저런 이야기가 시작되었다. 어머니께서는 「나갈대」에게 부산에서 혼자 자취 생활하느라 얼마나 힘들겠냐고 걱정을 많이 하셨다. 이어서 부모님, 가족관계, 직장, 교회 생활 등 꼼꼼히 물어보셨다. 하기야 외동딸을 넘겨주어야 할 남자한테 꼼꼼히 묻지 않는다면 그것이 더 이상한 일이지! 아버님은 별로 말씀이 없으셨다. 이어 잘 차려진 식사 한 상이 들어왔다. 몇 가지 음식이 밥상 위에 놓여있는지 알수 없을 정도로 반찬 가짓수가 많았다. 「맹신자」 선생은 아버지한테 각별히 신경을 쓰면서 애교스럽게 조잘거렸다. 그런데 이상하게도 미국 유학에 대해서는 한마디도 말씀을 안 하셨다. 어머니는 「나갈대」에게 반찬을 챙겨주시느라 바빴다. 식사가 거의 끝날 무렵에 아버님이 「나갈대」에게 장래 계획에 대해 물었다. 역시, 아버지로서 딸의 장래를 걱정하신 것이 분명했다. 「나갈대」는 미국 Arizona대학에 입학하는 대로 유학을 갈 생각이며, 최종 목표는 공학박사 학위를 취득하고 귀국하여 후학들을 양성하겠다고 말씀드렸다. 아버지의 얼굴 표정은 그리 밝아 보이지는 않았고, 어머니의 표정은 밝아 보였다. 어머니는 「나갈대」를 사윗감으로 정하신 것 같았다. 부산행 기차 시간이 점점 가까워지고 있었다. 아버지의 축복기도로 식사를 마치고 둘이 평택역으로 발걸음을 재촉했다. 「나갈대」는 그녀의 눈치를 살피고 그녀는 「나갈대」의 반응을 살피는 것 같았다. 아마, 아버지의 무거운 표정을 서로 다르게 해석했기 때문일 것이다. 아버님은 외동딸이 생판 모르는 미국에서 고생할 생각에 마음이 무거웠을 것이다. 한국에서 교사 생활을 하며 적당한 남자와 결혼하면 아무 고생 없이 잘 살 수 있을 텐데 왜(?) 사서 고생을 하려는 딸에 대한 염려로 느껴졌다. 부산행 열차는 아직 두어 시간 남아있다. 두 사람은 평택역 근처에 있는 다방으로 들어갔다. 커피 잔을 앞에 두고 행복감에 젖어들었다. 지금 부산에 내려가면 3개월 후에나 본사 출장길에 평택을 잠깐 들를 수 있다. 그때까지는 보고 싶어도 참아야 한다. 「나갈대」가 그녀에게 부탁을 했다. 매주 금요일 오후 4시에 전화를 걸어달라고! 「나갈대」가 그녀에게 전화를 하고 싶어도 그 시간에 그녀의 행방을 알 수 없기 때문이다. 그녀는 그렇게 하겠다고 흔쾌히 약속을 했다. 이제 부산행 열차가 평택역으로 들어올 시간이다. 이별 아닌, 이별을 해야 했다. 그녀가 눈물이 고이는지, 왼손은 입을 가린 채 오른손을 흔들어 보였다. 「나갈대」도 그녀에게 손을 흔들었다. 평택역 가로등 불빛이 두 사람의 아쉬운 이별을 함께 배웅하며 희미한 불을 밝히고 있었다. 무정한 열차는 눈물을 삼키며 헤어진 두 사람의 마음을 아는 듯 모르는 듯 기적소리를 울리며 부산으로 출발을 했다. 지난 이틀 동안 그녀와 평택에서 보낸 달콤하고 복잡한 감정을 실은 완행열차는 부산으로 달리고 또 달렸다. 그녀가 왼손으로 얼굴 반을 가린 채 오른손을 흔들던 모습이 내내 가슴속에서 지워지지 않았다. 부모님이 외동딸을 미국으로 못 보내겠다고 하시더라도 그녀는 「나갈대」를 따라나설 것 같았다. 흔드는 손이 그 징표로 느껴졌다. 「맹신자」를 생각하다가 졸다가 아무 생각도 안 하다가 그렇게 열차가 부산역에 도착을 했다. 방송과 함께 이별의 부산정거장 노래가 구슬프게 흘러나왔다. 「나갈대」는 가방을 챙겨 부산 역 홈을 빠져나왔다. 늦은 밤이다. 다대포에는 택시기사들이 가려 하지 않았다. 일단, 그곳에 들어가면 빈 차로 나와야 하기 때문에 그들에게 웃돈을 줘야 손님을 받는다. 「나갈대」는 더블페이 조건으로 택시를 탔다. 밤늦게 독신자 숙소의 문을 열었다. 냉기 가득한 텅 빈 방. 부산의 봄은 서울만큼 춥지는 않았지만 독신자 숙소 분위기는 한겨울처럼 차가웠다. 그러나 어쩌랴. 여기가 「나갈대」의 집인 것을! 늦은 시간이지만 난로에 불을 피웠다. 어느 정도 온기가 있어야 잠을 잘 수 있으니까, 방 안이 따뜻해지는 동안 이것저것 상념에 잠겼다. 미국에서 박사 공부, 「맹신자」 선생과의 결혼, 미국 정착금 마련, 그런 준비를 하나도 해놓지 못한 자신이 한심스러웠다. 그저 계획과 생각뿐이다. 누군가의 도움을 받아보고 싶은 생각이 갑자기 들었다.

"엣^다…. 그냥, 이런저런 복잡한 생각… 다… 걷어치우고 「최경심」 계장과 결혼하면 어때?"

마음에도 없던 말이 툭 튀어나왔다. 사실, 「최경심」 계장과 결혼을 하면 회사에서 출세는 물론이고, 미국 유학에 필요한 자금이 해결될 수도 있다. 정말, 인간은 본질적으로 이기적인 존재일까. 불과 몇 시간 전에 「맹신자」와 사랑의 교감을 가졌던 「나갈대」가 아니던가? 일찍이 「찰스 디킨스」(영국 옥스퍼드대 교수, 1976)는 그의 저서 『The Selfish Gene』에서 이 세상의 모든 생명체는 이기적인 행동의 존재라고 했다. 그중에서도 인간이라는 생명체가 가장 이기적이라고 장담을 했다. 결국 「나갈대」도 인간이라, 돈 때문에 사랑을 버릴 수도 있다는 엉뚱한 생각이 잠깐 들어 왔다 나갔다. 방 안의 공기가 따뜻해졌다. 이제 내일을 위해 잠자리에 들어야 했다.

「나갈대」는 아침 일찍부터 현장을 둘러보는 것으로 하루를 시작한다. 건물 기초공사가 마무리되면 콘크리트 타설이 예정되어 있다. 콘크리트 타설 작업을 위해서 현장 가설재(아시바)로 임시작업대를 설치하는 일이 매우 중요하다. 주로 철 파이프를 핀, 클립, 철사로 고정을 시키고 연결을 하면서 작업대를 만든다. 연결 파이프에 발판을 올려놓고 인부들이 그 발판 위에서 작업하는 구조물이다. 건물이 올라갈수록 발판을 계속 걸치면서 작업대가 점점 위로 올라간다. 인부들은 작업대를 오르락내리락하면서, 콘크리트 타설용 거푸집을 연속적으로 짓는다. 최종적으로 콘크리트 수립(Slip)을 거푸집에 부어가면서 건물이 넓어지고 높아진다. 일반적으로 가설재의 연결 설치가 완벽하지 않으면 발판이 약간 움직일 수도 있고, 파이프의 클립과 핀 사이에 틈이 생기면 발판의 고정이 느슨해진다. 파이프의 연결 부주의와 고정 느슨 현상이 생길 때, 순간적으로 발판이 움직일 수 있다. 이때 인부의 몸이 흔들리면서 안전사고가 종종 발생을 한다. 그래서 현장소장은 작업대 설치를 각별히 관리한다. 물론, 작업대 설치부터 인부조달까지 모두 하청업체에 책임이 있다고 계약이 되어있다. 그러나 낙상사고로 인부가 사망하면 현장소장과 「최명철」 사장까지도 형사고발을 당한다. 그래서 작업대 설치가 아주 중요하다. 콘크리트 타설용 작업대 설치가 여전히 잘 진행되고 있었다. 매주 금요일 오후 4시에 걸려오는 그녀의 장거리 전화가 「나갈대」에게 활력을 주었다. 지금까지 그녀의 소식에 의하면 아버님은 딸이 「나갈대」를 따라 생판 모르는 미국으로 가는 것을 달가워하지 않는다고 했다. 이미 아버님은 귀여운 외동딸의 고생을 예상하시는 거다. 「나갈대」가 예상을 한 대로였다. 그러나 어머님은 딸이 좋아서 결정하는 일에 굳이 반대를 안 하신다고 했다. 이쯤 되면 「나갈대」와 「맹신자」 선생의 결혼이 현실이 되는 듯했다. 그녀의 장거리 전화를 받을 때마다 「나갈대」 가슴에 뜨거운 열기가 휘감는 느낌이었다. 무엇보다도 「나갈대」는 그녀의 아버님을 안심시켜야겠다고 생각을 했다. 몇 주 후의 본사 출장 때 평택에 잠깐 들러 아버님을 뵙고, 보다 장기적인 계획과 포부를 말씀드리고 싶었다. 이 얘기를 그녀에게 전했더니 그녀 역시, 흔쾌히 찬성을 했다. 사실 결혼할 가능성이 있다는 것 자체가 「나갈대」에게 보람이었다. 철근을 비롯한 여러 건설자재가 현장에 무질서하게 놓여있다. 건설공사의 특성상, 자재들이 현장에 흩어져있기 마련이다. 현장소장이 아무리 단속해도 그 순간에는 정돈이 되는 듯하다가 다음 날에 또 흩어져 있다. 그것 때문에 가끔 안전사고가 발생을 한다. 안전사고가 안 나게 해달라고 「나갈대」는 매일 아침 하나님께 기도를 드린다. 사고 없이 하루 일과를 마치면 그저 감사한 마음뿐이다. 작업대의 설치와 노동인력 조달의 계약자는 '힘찬 건설'이다. '힘찬 건설'의 「허풍길」 사장은 공사 진행과 인부 조달에 대해 「나갈대」와 의논하고 식사도 자주 하는 편이다. 그는 여러 곳에 건설 현장을 두고 있다. 그의 별명은 '노가다' 대장이다. '노가다'는 일본 말이다. 건설현장에서 노동자를 총칭하는 말이다. 그들은 거친 행동과 욕설로 하루를 시작하고 끝낼 만큼 언행이 거친 사람들이다. 그렇게 거친 사람들을 관리한다고 그를 '노가다' 대장이라고 불렀다. 그는 별명답게 여러 현장에 인력을 배치하고 작업에 차질이 없도록 해주었다. 그러나 건설 인부들은 막노동꾼이 아니다. 오랜 경험과 그들 나름대로의 기술이 축적되어 있고 인적인 연결 고리가 있다. 그들을 머슴을 대하듯 하면, 작업의 품질에 영향을 줄 수 있고 중단할 수도 있을 만큼 성깔이 있는 사람들이다. 작업이 지연되거나 중단되면 회사에서 막대한 피해를 입는다. 「허풍길」 사장은 오랫동안 그들을 노련하게 관리해 왔는데, 그들이 황당한 요구를 할 때가 많다고 하소연도 한다. 그런저런 이유로 그들과 술을 자주 마시게 된다는 「허풍길」 사장도 가능한 그들의 비위를 건드리지 않는다. 하물며, 현장소장이 건설자재 좀 흩어진 것을 가지고 야단칠 수도 없다. 그래서 더 안전사고 가능성에 「나갈대」 마음 편할 날이 없다. 작업대, 거푸집, 인부 조달, 모두 「허풍길」 사장의 협조 없이는 공사를 진행하기가 어려울 정도다. 원활한 작업 진행을 위해서 「나갈대」가 그에게 식사를 대접하는 편이지만, 그때마다 그가 먼저 계산을 해버렸다. 그는 식사하면서 술을 많이 마시기도 했다. 건설노동자들을 관리하려면 때로는 말다툼, 폭력이 불가피하다고 가끔 애로 사항도 털어놓기도 했다. 어쨌든 「나갈대」의 목적은, 그와 좋은 관계를 유지해서 현장 작업 일정에 차질이 없도록 하는 것이었다. 그래도 하루 이틀 작업이 늦어질 때가 있다. 그럴 때는 회사에서 금전상의 손해는 물론 재료수급에 피해를 입게 된다. 무엇보다도 재료 수급과 인력 조달에 차질이 없도록 「나갈대」가 그에게 외교력을 집중하는 이유였다.

본사 출장 준비를 시작했다. 이번 출장 기간은 지난번보다 이틀을 추가했다. 원활한 건설자재 조달을 위해 충청북도 진천과 경기도 인천을 다녀올 예정이다. 본사에서 금요일과 토요일 오전까지 일을 마치고 「오기호」 과장과 저녁을 함께 하기로 일정을 잡았다. 이번에는 그와 소주도 한잔을 하고, 부모님께 「맹신자」 선생과의 결혼 얘기도 할 생각이다. 이튿날 일요일 아침에는 일찍 평택에 내려가서 그녀와 주일 예배를 드리고, 그녀의 부모님께 점심을 대접하기로 「맹신자」 선생한테 전달한 상태였다. 그분들을 뵙고, 다시 그의 미국 계획을 말씀드릴 참이다. 「나갈대」가 「이명구」 차장(현장 부소장)을 불렀다. 사고방지를 위해 만전을 기하라는 부탁을 하기 위해서였다. 「이명구」 차장은 「나갈대」보다 나이가 많다. 다른 사람들보다 진급이 늦고 일 처리가 매끄럽지 못한 편이다. 사적으로는 그를 깍듯이 모시지만 공무상으로는 공과 사를 분명하게 대했다. 「이명구」 부소장에게 현장 일을 맡기고 서울 출장길에 나섰다. 출장도 출장이지만 보고 싶은 그녀를 만날 수 있다는 생각에 가슴이 벅찼다. 일단, 부산 현장을 떠나면 「나갈대」와 현장과의 통신수단이 없다. 부산 현장뿐만 아니라 본사는 물론 부모님과 「맹신자」 선생과도 연락이 두절된다. 대전에서 충북 진천으로 가기 위해 버스로 갈아탔다. 시멘트의 안정적 공급을 위해 진천에 있는 대리점과 회의를 할 예정이었다. 진천에서 회의를 잘 끝내고 곧바로 대전으로 가서 하룻밤을 보냈다. 다음 날 새벽에 서울행 열차를 타고 용산역에 내려서 다시 인천행 열차로 갈아타야 했다. 방문하려는 회사가 동인천역 부근에 있었다. 오후 1시에 동인천에 도착했다. 그 회사는 콘크리트 거푸집을 제작하는 곳이다. 거푸집의 품질은 콘크리트 수립의 타설 안전에 매우 중요한 역할을 하는 물품이다. 거푸집의 품질도 확인하고 현장에서 얻은 기술적인 정보를 교환하기 위해서였다. 호사다마(好事多魔)? 흔히 좋은 일에는 방해하는 일이 생긴다는 불교적 성어이다. 항상 좋은 일만 있으면 얼마나 좋으랴! 인천 거푸집 회사에 들어서자 곧 서울 본사 「한상길」 상무한테 급히 전화하라는 전갈이 와 있었다. 그는 「나갈대」의 일정을 소상하게 알고 있다. 「나갈대」가 이동하는 동안 누구하고도 연락이 되지 않기 때문에 인천 거푸집 회사로 기별을 해놓은 것이다. 왠지, 예감이 좋지 않았다. 그에게 연락을 했다. 예상대로였다. 부산 현장에 안전사고가 발생했다는 내용이었다. 그는 가능한 빨리 부산으로 다시 내려가라고 지시를 했다. 「한상길」 상무 본인도 바로 부산에 내려가겠다고 했다. 그런데 아무리 서둘러도 부산에 당일 도착은 불가능했다. 하룻밤을 서울 등촌동 집에서 지내고 이튿날 새벽에 서울-부산행 열차를 타야 하는 상황이다. 그래도 부산에는 오후에 도착을 한다. 「나갈대」는 택시를 잡아서 인천전화국으로 향했다. 「맹신자」 선생에게 평택방문이 불가능하다는 것과 「오」 과장한테 이번에도 소주잔을 기울일 수 없게 되었다는 소식을 전하기 위해서였다. 오후 3시경 전화국에 도착했다. 「맹신자」 선생과 통화하려고 시외통화를 신청했다. 그 당시에는 큰 도시끼리는 시외전화 회선이 많아서 20~30분이면 연결이 가능했다. 그러나 시골인 안성은 달랐다. 시외전화 신청을 해도 언제 연결이 될지 알 수 없는 상황이었다. 그렇다고 무작정 기다릴 수 있는 입장이 아니었다. 다시 「오」 과장과의 통화를 신청했다. 서울과 인천 간의 시외전화는 10여 분만 기다리면 연결된다고 전화국 직원이 말했다. 정확히 15분 후에 그와 연결이 되었다. 「나갈대」는 부산 현장의 안전사고 소식을 그에게 전했다. 급히 부산으로 가야 하기 때문에 이번에도 소주잔을 기울일 수 없게 되었다고 양해를 구하며 또 부탁을 했다. 「맹신자」 선생과의 평택 약속을 취소하려고 안성으로 시외전화를 신청했지만, 언제 연결이 될지 알 수가 없다고 전했다. 내일(금요일) 중으로 「맹신자」 선생한테 전화 좀 해서 「나갈대」가 주말에 평택을 방문할 수 없다고 전해달라고 했다. 이번에도 그는 흔쾌히 'Yes'였다. 그리고는 부산 현장의 「이명구」 차장과의 전화를 신청하고 초조하게 기다렸다. 20여 분만에 그와 연결이 되었다. 그의 말에 의하면, 인부 한 사람이 등에 짐을 지고 작업대에 오르다가 발을 접질러 낙상으로 인한 뇌 중태라고 했다. 인근 병원에 입원을 시켰으며, 곧 응급수술을 받게 된다고 했다. 앞이 캄캄했다. 안전사고로 사람이 사망하면 아무리 하청업체 관할이라도 현장소장까지 책임을 면치 못한다는 「산업재해법」의 저촉을 받는다. 「나갈대」의 실망이 이만저만 아니었다. 무엇보다도 안전사고 처리가 급했다. 사고원인에 따라 자칫하면 「나갈대」도 법망에 걸려들 수 있었다. 미국 계획, 보고픈 맹신자 선생, 결혼 이야기, 양가 부모님의 상견례 등…. 「나갈대」의 가슴이 한껏 부풀었건만 모든 일이 한꺼번에 물거품이 되어버렸다. 이런 경우를 호사다마(好事多魔)라고 하는 걸까? 그러나 전화위복(轉禍爲福)? 화가 복이 될 수도 있고, 복이 화로 바뀔 수도 있다는 의미이다. 나쁜 일이 있더라도 좋은.일이 되도록 끊임없이 노력하고 힘을 쓰면 상황이 바뀔 수 있다는 뜻이다. 고생 끝에 낙이 온다는 말도 있지 않나. 하나님을 섬기면서 살겠다고 신앙생활을 하는 「나갈대」가 아닌가. 때로는 세상의 유혹에 흔들리며 살아오기도 했지만, 하나님께 더 가까이 다가가기 위해 노력하면 이번 안전사고 문제도 전화위복이 될 수 있다고 믿고 싶었다. 「나갈대」는 등촌동 집에 저녁 늦게 도착했다. 아들의 불안한 얼굴 표정을 어머니가 먼저 눈치를 채셨다. 「나갈대」는 부모님께 지나친 걱정을 드릴 수 있는 언행을 가능한 피했다. 그는 무리한 출장으로 인한 피로를 이유로 일찍 잠자리에 들었다. 아침 일찍부터 어머니는 아들의 부산 여정을 위해 식사 준비에 바쁘셨다. 식사 후 부모님께 간단한 인사를 드리고 김포가도로 발길을 재촉했다. 서울역에 가려면 택시보다 광화문행 급행버스를 타는 게 더 좋은 교통수단이다. 순조롭게 서울역에 도착했다. 부산행 차표를 구하는 것까지 성공했다. 이어 열차에 몸을 실었다. 부산에서 많은 어려움을 겪을 생각을 하니 가슴이 답답했다. 부산에서는 권력형 배경도 없다. 「나갈대」의 배경은 하나님뿐이다. 사고를 당한 사람의 생명이 무사하기를 하나님께 간절히 기도했다.

"야… 인마…, 너는 필요할 때만 하나님을 찾는 거야?"

어디선가 꾸짖는 소리가 들려오는 듯했다. 세상의 유혹에 흔들릴 때는 하나님을 모르는 척하다가 어려울 때만 찾는 기회주의 신앙자라는 양심의 소리 같았다. '갈대'라는 이름을 다른 이름으로 바꾸면 어떤 유혹에도 흔들림 없는 신앙인이 될 수 있을까? 하기야 이름을 바꾼다고 세상 유혹에 흔들거리지 않는다면 안 바꿀 사람이 어디 있으랴! 비록 중심을 잡지 못하고 이리저리 흔들리며 사는 「나갈대」라도, 하나님께서 보이지 않게 나와 함께 하신다는 믿는 '흔들이' 신앙인이 바로 「나갈대」 본인 같았다. 기회주의 '흔들이' 신앙인이든 아니든 간에, 사고를 당한 사람의 생명에 위험이 없기를 하나님께 간절히 기도를 드리면서 기차는 밤늦게 부산에 도착을 했다. 다대포 건설현장까지 더블페이 조건에 택시로 독신자 숙소에 돌아왔다. 아무도 없는 냉랭한 방 안 공기가 주인을 기다리고 있었다. 겨우겨우 잠을 달랬다. 동트는 새벽을 맞았다. 창밖에는 어느덧 여명이 밝아오면서 새로 시작되는 하루를 재촉하는 듯했다. 아침 햇살이 유난히 「나갈대」 얼굴에 빛이 감돌았다. 아침 식사를 간단히 끝내고 현장 복장, 안전헬멧, 안전

내 이름 「나갈대」

구두까지 모두 갖추고 일찍 현장 사무실에 출근했다. 곧, 경리 담당 미스 「리」가 들어왔다. 욕심 같아서는 「이명구」 차장이 일찍 출근을 해야 한다고 생각을 했다. 안전사고 현황을 듣기 위해 「허풍길」 사장한테 연락을 취하는 중에 「이명구」 차장이 출근을 했다. 정말 멍청한 친구라고 속으로 생각했지만, 얼굴에 내색을 할 수 없는 심정이 고달팠다. 「이명구」 차장으로부터 안전사고 경위를 보고받았다. 우선, 인부의 생명은 큰 지장이 없다고 했다. 목 부분과 허리뼈에 부상이 생긴 것이다. 천만다행이었다. 그가 목숨을 유지하는 것만으로도 문제를 해결할 실마리를 찾을 수 있을 것 같았다. 기회주의 '흔들이' 신앙인을 하나님께서 도와주시는 걸까? 그저 감사한 마음이 솟구쳤다. 「허풍길」 사장이 들어와서 안전사고에 관해 설명을 했다. 앞으로 경찰서 조사에서 매우 중요한 자료가 되는 부분이었다. 즉, 인부의 낙상사고는 오후 1시경에 일어났다. 그가 점심 식사 때 소주를 마신 것이 사고의 원인이라는 주장이다. 술이 완전히 깨지 않은 상태에서 건설자재를 운반하다가 그의 다리가 흔들리는 바람에 온몸이 건설자재와 함께 미끄러지게 되었다는 설명이다. 작업대 발판 고정의 실수가 아니었다. 현장 사고 직후 작업대와 발판 고정의 부실 여부를 사진으로 남겨놓았다고 「이명구」 차장이 말을 곁들었다. 「나갈대」는 「이명구」 차장을 칭찬해 주고 싶었다. 사고 경위로 봐서 「허풍길」

사장이나 회사에서 형사처벌을 받을 것 같지는 않았다. 이번 사태에 대해 회사에서 책임질 최상의 보상은 병원 치료비와 장기간 입원 비용을 「허풍길」 사장과 공동 부담하면 될 것 같았다. 「나갈대」는 두 사람과 작업대 조사에 들어갔다. 작업대와 발판 고정에는 아무 이상이 없었다. 하나님께서 「나갈대」 쪽으로 힘을 실어 주시는 듯했다. 또 한 번, 하나님께 감사한 마음이 온몸을 감싸고돌았다. 「허풍길」 사장과 병원으로 이동했다. 부상자가 움직일 수 없는 상태지만 생명에는 지장이 없을 것이라고 병원 관계자의 말이었다. 생명에 지장이 없다니 가장 기뻤다. 서울 본사 「한상길」 상무에게 안전사고 현황을 상세히 보고를 했다. 문제가 해결될 것 같으니 부산에 안 오셔도 될 것 같다고 했다. 그는 매우 만족해하며 수시로 상황을 보고해 달라고 했다. 이제부터 현장소장은 경찰서 조사에 적극적으로 협력하는 일이 남아있었다. 오후에 「오기호」 과장과 「맹신자」 선생한테 전화할 예정이다. 오후 2시 쯤? 사무실 미스「리」가 현장에 나가있는 「나갈대」를 찾았다. 경기도 안성에서 「맹신자」라는 분의 시외전화를 알려 왔다. 무척 반가웠다. 당시 시외전화는 통화 시간만큼 요금이 올라갔다. 아마 「오기호」 과장의 전화를 받고 놀라서 연락을 한 것 같았다. 사무실까지는 몇 초 정도의 거리였다.

"네. 「나갈대」입니다." 상대방의 음성이 들렸다.

"여보세요…. 저… 「맹신자」예요."

반쯤 울먹이는 목소리였다. 순간, 「나갈대」조차 그녀의 감정을 먹어 버렸다. "아침에 우는 새는 배가 고파서 울고, 저녁에 우는 새는 님이 그리워 운다."라고 했지…. 아마, 「나갈대」의 심정은 후자일 것이다. 우선 그녀를 안심시키는 대화로 시작했다. 사고 경위를 자세히 설명하고 머잖아 문제가 해결될 것이라고 했더니 그녀의 목소리가 밝아지기 시작했다. 사고 처리가 되는 대로 서울 출장길에 평택에서 만나기로 했다. 울먹이던 그녀의 목소리가 오후 내내 「나갈대」의 가슴을 뜨겁게 만들었다. 「오기호」 과장한테 전화해서 다음 기회에는 꼭 소주잔을 기울이자고 했다. 안전사고가 발생한 지 한 달 후, 「나갈대」는 경찰서 출석 통보를 받았다. 경찰서 조사를 받기 전에 「허풍길」 사장의 조언이 필요해서, 그와 다대포 유명 횟집에서 만났다. 그는 건장한 신사 한 명과 함께였다. 「나갈대」는 그가 명함을 주고받았다. 그의 명암에는 경찰서 형사과장 「배신남」 경감이라고 적혔다. 경감은 아주 높은 계급이다. 안전사고 담당 부서 책임자였다. 「허풍길」 사장이 그를 식사 자리에 초대했을 것이다. 그를 식사 자리까지 참석하게 한 것은 보통 사람은 할 수 있는 일이 아니다. 아마 「허풍길」 사장이 미리 그를 잘 주물러놓았다고 해야 할까. 「나갈대」는 그렇게 높은 경찰관을 만나본 적이 없었다. 「허풍길」 사장은 「배신남」 경감을 통해 이미 사고 처리를 마무리한 듯했다. 서로 소주잔을 주고받는 중에도 사고에 대해서는 전혀 언급이 없었다. 곧, 사고 처리가 됐으니 식사나 잘하자는 뜻이다. 두어 시간 잡담만 나누다가 「배신남」 경감이 먼저 자리에서 일어났다. 「허풍길」 사장이 「나갈대」에게 경찰서 출석 관련 조언을 해주었다. 경찰서 조사관의 질문에 사실대로 답변하면 된다고 했다. 모든 일이 다 정리가 되었다는 뜻이다. 「허풍길」 사장과 「배신남」 경감 사이에 어떤 로비가 있었는지는 알 수 없었으나 짐작건대 최고의 로비였을 것이다. 한편, 치료 중인 환자에게 어떤 불이익이 생기는 건 아닐까(?) 자꾸 「나갈대」에게는 염려스러웠다. 「나갈대」는 경찰서에 출석을 해서 안전사고 경위와 사후 처리에 대해서 사실대로 설명을 했다. 작업대와 발판 연결에 아무 이상이 없음을 증명하는 사진까지 제출을 했다. 이번 안전사고는 순전히 인부의 과도한 음주로 인한 실수라고 설명을 했다. 회사에서 도덕적인 차원에서 병원 치료비 일부는 부담할 것이라고 했다. 경찰서 조사관은 사건조서를 알아서 처리하겠다며 「나갈대」를 돌려보냈다. 속이 시원했다. 「한상길」 상무한테 경찰서에서 진술한 내용을 자세히 보고를 했다. 또한, 회사 산업재해보험으로 병원 치료비 일부를 부담하고, 나머지는 「허풍길」 사장이 감당하도록 건의를 했다. 그는 「나갈대」의 제안을 받아들였다. 오후 느즈막에 우편물이 배달되었다. 반가운 「쿡」

대위의 편지도 들어있었다. 그는 Chicago에서 텍사스 본사로 돌아왔고, 곧 아기 아빠가 된다고 썼다. 그리고 Arizona대학 입학에 대해서도 물었다. 「나갈대」는 Arizona대학 입학 문제는 아직 진행 중이라고 전하며, 아기 아빠가 되는 것을 축하했다. 「쿡」 대위는 정말 좋은 사람이다.

부산 현장에 내려온 지 반년이 훌쩍 지났다. 본사 2차 보고 출장이 다가오고 있었다. 현장에서는 콘크리트 타설 작업이 한창이다. 본사 출장 준비, 하청업체 관리, 현장 안전 관리 확인, 외부와의 전화 통화, 관공서 방문, 외부 손님들과의 저녁 식사, 독신자 숙소에 밀려있는 갖가지 일 등…. 하루가 어떻게 지나가는지 눈코 뜰 새 없이 바빴다. 부산은 이미 한여름 날씨의 7월 말이다. 넷째 주 금요일 오후였다. 부산에서 전화가 왔다며 여직원이 바꿔주었다. 경찰서?

"네. 현장소장 「나갈대」입니다." 침묵이 흐르더니 목소리가 들렸다.

"여보세요. 저… 「맹신자」예요!"

많이 들었던 명랑하고 씩씩한 목소리가 아니었으나 그녀가 맞았다. 그런데 부산에서? 그럴 리가 없다고 생각을 했다. 그러나 그녀는 분명히 부산에 왔다고 했다. 사람 잡는 설마였다. 그녀는 부산역에 도착했고, 다대포 건설현장으로 가는 택시를 잡기가 무척 어렵다고 했다. "할렐루야!" 도대체 어떻게 된 일인가? 다대포로 가는 택시가 거의 없으니 부산역에서 좀 기다리면 「나갈대」가 데리러 가겠다고 했다. 건설현장에는 짐을 나르는 소형트럭이 있다. 운전수 「서」 기사를 불러서 트럭을 타고 부산역으로 달렸다. 교통경찰에 잡혀도 할 수 없고 안 잡히면 더 좋다는 베짱이다. 트럭은 달리고 달려 무사히 부산역에 도착했다. 저 멀리 그녀가 시야에 들어왔다. 「나갈대」는 뛰고 뛰었다. 「나갈대」가 그녀 앞에 나타나자 그녀는 어쩔 줄을 몰라 했다. 반갑게 인사를 나누면서도 미국 사람들처럼 부둥켜안고 입도 맞추고… 그렇게 하지 못하는 한국 문화가 원망스러웠다. 그런데 이게 왠(?)일인가. 그녀의 짐이 한두 개가 아니다. 어쨌든 「서」 기사에게 짐을 챙기도록 했다. 운전석 옆에 「나갈대」가 앉고 그 옆에 그녀가 앉았다. 「서」 기사 때문일까? 그녀는 아무 말도 하지 않았다. 숙소에 도착했다. 짐을 방 안에 넣어준 뒤 「서」 기사는 빙긋이 웃으면서 자리를 떴다. 아마, 뭐 좀 잘해보라는 그의 암시인 듯했다. 먼저 그녀를 가슴에 품어 안았다. 몇 분 동안 그야말로 뜨거운 키스를 퍼부었다. 얼마나 기다려왔던 포옹이고 키스인가! 당장이라도 그녀를 정복하고 싶었다. 그녀 역시 정복을 당하고 싶어서 부산까지 오지 않았을까? 정복을 하고 정복을 당하는 것…. 두 사람이 서로 원하는 행복한 정복의 시간이다. 나이 서른이 넘은 젊은 남자의 정복과 27세의 노처녀가 정복을 당하는 전쟁은 그야말로 한치에 양보도 없이 한참 동안 계속되었다. 열정적인 사랑에 빠져 불길을 뿜어내는 순간들의 연속이었다. 절정에 이르고 잠시 휴식이 이어졌다. 두 사람은 알몸으로 천장만 바라보며 말이 없다. 마침내 마음의 평화가 왔다. 이 벅찬 평온함에 도덕과 비도덕 따위가 왜 필요하랴.

"오… 하나님! 죄송합니다. 오늘만 용서하여 주십시오."

그렇게 하나님께 통사정할 뿐이다. 혈기 왕성하고 정열이 넘치는 두 남녀의 욕정을 누가 무엇으로 막을 수 있단 말인가? 도덕성을 가르친 공자님이라도 불가능할 것이다. 하나님께서 이렇게 행복한 정복을 용서하실 수도 있으실까? 아마 양가 부모님들은 서로 사랑하며 잘 살라고 이 정복을 축하하여 주실 것이다. 젊은 기독교인들의 75% 이상이 사랑하거나 결혼을 약속한 사이에 혼전 성관계도 가능하다는 통계가 있지 않나. 이 두 사람도 그 75%에 포함된 평범한 인간이다. 결혼한 부부만 성관계를 갖도록 허락한다는 신앙적 요구에 들어가지 못한 것이다. 그렇다면, 과연 어떤 신앙인이 하나님의 요구를 만족시킬 수 있을까? 성자 「어거스틴」도, 종교개혁자 「마틴 루터」도 하나님의 요구에 인간의 한계를 고백했었다. 하물며, 송사리 같은 그리고 하찮은 이 두 사람이 하나님께서 요구하시는 벽을 넘을 수 있을까? 천만의 말씀이다. 또 한 번 '흔들이' 갈대를 「나갈대」는 확인을 한 셈이다. 두 사람은 어색하면서도 행복했다. 흩어진 옷을 주섬주섬 입기 시작했다. 그녀는 「나갈대」에게 여러 가지 중요한 얘기가 있다고 했으나, 「나갈대」는 오후에 일을 마무리하기 위해 현장으로 가야 했다. 그녀가 짐을 풀었다. 「나갈대」에게 맞는 캐주얼 옷, 밑반찬들, 미역, 김, 명태, 멸치, 명란젓…. 여기저기서 마구 쏟아졌다. 그런데 저장용 냉장고가 없던 시절이라 보관하는 게 문제였다. 그녀는 구석구석 처박혀있던 세탁물들을 꺼냈다. 거기서 괴상한 냄새가 진동했다. 며칠 동안 세탁을 하지 않아 묵은 냄새였다. 쌀독에서는 오래 묵은쌀 냄새가 코를 찔렀다. 그만큼 밥을 해먹지 않았다는 증거다. 그녀가 저녁 식사 준비에 들어갔다. 밥을 안치고 국거리가 없을 때는 멸치 넣은 된장국이면 최고라고 생각을 했다. 그녀가 저녁 식사를 준비하고, 사랑하는 사람의 옷을 자기 손으로 직접 세탁을 하는 것을 너무나 행복해했다. 「나갈대」가 숙소로 들어와 보니 냉기가 가득하던 독신자의 방에 온기가 돌았다. 여기저기 놓여있는 그녀의 선물들을 둘러보기에도 바빴다. 「나갈대」는 또 한 번 그녀를 끌어안았다. 아직 그의 정복이 끝나지 않은 듯…. 일단, 저녁 식사를 위해 휴전(?)으로 들어갔다. 그녀가 끓여놓은 된장국과 가방 속에서 꺼낸 여러 가지 반찬들과 갓 지은 밥맛을 어찌 말로 표현하랴! 꿀보다 달고 스테이크보다 부드러웠다. 그녀는 하루 더 머무르고 모레(일요일) 오후에 평택으로 가겠다고 했다. 일요일 오전에 부산역 근처의 어느 교회에서 함께 예배를 드리고 떠나기로 했다.

"사실… 회사 안전사고 때문에 평택에 오시지 못한다는 「오」 과장의 연락을 받았을 때 얼마나 놀랐는지…. 말로는 다 못해요."

감정이 복받치는지 그녀의 목소리가 높아졌다.

"특별히… 현장소장의 관리 소홀이 인정될 경우, 형사처벌이 가능할 수도 있다는 「오」 과장의 말에 앞이 캄캄했어요." 그녀는 잠시 긴 한숨을 쉬었다. 또 말을 이어갔다.

"그 소식을 듣고 며칠 동안 뜬눈으로 지새다시피 했지요."

애교스러운 그녀의 눈빛이 「나갈대」의 사랑스러운 눈빛과 마주친다. 결국, 그녀가 하고 싶었던 말은 「오」 과장이 전하는 소식만으로는 안심할 수가 없어서 직접 확인하고 싶었다는 것이다. 전에 「강도길」 교장님이 하신 말씀이 떠올랐다. 「맹신자」 선생은 무슨 일이든 적당히 처리하는 법이 없다고. 일을 시작하면 반드시 말끔하게 매듭짓는 사람이라는 것이다. 아마, 이번 그녀의 느닷없는 부산 방문도 두 사람 사이에 놓여있는 여러 가지 일들을 확실하게 정돈하려는 뜻이 담겨져 있었다. 그녀는 춤을 꼴깍 삼키면서 말을 이었다.

"며칠 후에 여름방학이 시작돼요. 답답한 가슴을 그때까지 참을 수가 없었어요." 「나갈대」가 걱정스럽게 그녀에게 물었다.

"그래서… 학교 업무는 어떻게 처리를 했어요?"

부득이한 개인 사정을 이유로 며칠 결근 신청을 했단다. 그녀는 다음 주 초에 학교에 출근해서 한 학기 행정업무를 마무리해야 한다. 「나갈대」는 그녀의 애틋한 심정을 이해했다. 「오기호」 과장이 좀 과장하여 소식을 전한 것 같기도 했다. 그리고 그녀의 아버지는 「나갈대」와의 결혼을 탐탁하게 여기지 않는다고 했다. 아무도 없는 미국 땅에 외동딸을 보내고 싶지 않다는 게 그 이유였다. 아버님은 최근에도 딸이 젊은 판사와 맞선을 보기를 원하시는데, 그녀가 여러 이유를 대며 피하는 중이라고 했다. 그러나 어머니는 딸이 원하는 결혼을 주장하는 중이었다. 두 분 사이에 자주 발생하는 의견 충돌 때문에 여간 곤혹스럽지 않다고 털어놓았다. 이번에 부산으로 와서 「나갈대」와 육체적인 결혼을 한 이상 「나갈대」와 결혼하겠다는 의사를 아버지께 분명히 밝히겠다고 했다. 그러니 「나갈대」도 부모님의 허락을 받으라고 다그쳤다. 양가 부모님의 허락을 받고 올해 결혼식도 서두르자는 것이다. 「나갈대」는 그녀의 말이 무척 좋기도 하고, 두렵기도 했다. 문제는 돈이다. 미국 정착을 위해서 악착같이 저축한 돈이 전부다. 결혼 비용에는 턱없이 모자라는 액수다. 그래서는 즉답을 피했다. 주춤거리는 「나갈대」를 그녀가 그대로 놔두지 않았다. 그녀가

「나갈대」의 경제적인 어려움을 알고는 있었다. 자기가 몇 년 동안 모아둔 돈으로 결혼식 비용과 미국유학 초기정착 비용을 감당할 수 있다고 했다. 미국에서도 「나갈대」의 성공을 위해 무엇이든 돕겠다고 했다. 그녀도 생각을 많이 한 것 같았다. 「나갈대」는 그녀가 비용을 부담하겠다는 말에 거절할 뜻도 없었지만, 선뜻 받아들이기에도 너무나 자존심이 상했다. 그렇다고 자존심이 밥 먹여주냐는 생각도 들었다. 자존심이 뭐길래! 그저 자신의 주관적인 생각에 불과했다. 「나갈대」는 자신이 유능하다고 생각한 적이 한 번도 없다. 일단, 그녀의 제안을 거부할 이유가 없다 생각을 하고 모든 제안을 받아들였다. 그녀의 세심한 배려에 고마운 마음뿐이었다. 밤이 깊어갔다. 두 번째로 정복하고 정복당하는 행복한 밤이었다. 「나갈대」는 온 정열을 바쳐 그녀를 사랑했다. 그치지 않는 그녀의 신음소리, 백 미터 단거리 선수가 내뿜는듯한 거친 숨소리가 독신자의 작은방에서 울려 퍼졌다. 두 사람은 알몸으로 서로를 부둥켜안고 떨어질 줄을 몰랐다. 그녀가 새벽에 먼저 일어났다. 아침 식사를 준비하기 위해서다. 7월 말의 더위가 만만치 않았다. 「나갈대」가 옷을 주섬주섬 입고 근처 우물로 향했다. 물을 길어 오기 위해서였다. 며칠 전에 길어놓은 물이 빨래와 청소하느라 거의 바닥이 났다. 물을 길어 나간 남편, 아침 식사 준비하는 아내, 누가 봐도 신혼부부임에 틀림이 없다. 이렇게 행복한

데 결혼 전 성관계가 무슨 죄란 말인가. 혼전 성관계가 그렇게도 중한 죄에 해당할까? 아침부터 「나갈대」의 머릿속이 복잡해졌다. 둥근 밥상에 두 사람이 마주 앉았다. 「나갈대」에게 진수성찬이었다. 열무김치, 맛있는 김, 담백한 명태국…. 분에 넘치는 밥상이다. 그녀의 음식 솜씨가 보통이 아니었다. 오늘은 토요일, 오전 업무를 마무리하고 그녀와 부산 구경을 나설 참이다. 안전모, 안전구두, 작업복으로 갈아입은 「나갈대」는 사랑스러운 그녀의 볼에 입을 맞추고 현장으로 향했다. 그녀는 조용히 그의 하루를 위해 하나님께 기도를 드린다. 그녀 역시. 혼전 성관계에 대해 하나님께 용서를 구하지 않았을까. 성경(고전 6:18-20)에서, 혼전 성관계는 죄라고 했으나 그로 인해 더 이상 하나님의 나라에 들어갈 기회가 없다는 의미는 아니라고 했다. 우리의 몸이 우리의 것이 아니라 하나님의 성전이라는 점에서 보았을 때, 너희 몸마저도 하나님께 영광을 돌리라는 「바울」 사도의 가르침에 저촉되는 죄이다. 다만, 혼전 성관계의 유혹에 대해 최대한 저항을 하고도 인간의 한계를 넘지 못했다면 하나님께 용서를 구하라고 했다. 결혼을 약속하고 행복한 가정을 꾸리기로 작정한 마음을 더 이상, 「바울」 사도 죄에 뒤집어씌우고 싶지 않았다. 「나갈대」 자신의 순수한 사랑을 하나님께서 용서하시리라 믿었다. 그녀는 점심 식사 준비를 서둘렀다. 식사 준비도 행복했단다. 곧, 「나갈대」가 들어와서 차려놓은 음식을 맛있게 먹을 모습에 가슴이 설렌다. 밥상에 마주 앉았다. 이것저것 입에 넣기 위해 바쁘게 젓가락을 움직이는 「나갈대」의 소박한 모습에서 「바울」 사도의 죄가 씻기고 있었다. 둘이 외출 준비를 서둘렀다. 「서」 기사에게 소형트럭으로 부산 번화가에 내려달라고 부탁을 했다. 그는 부산 서면 중심가에 내려주었다. 명문 부산상고, 서면시장, 문현리, 동래온천을 돌아보고 중구와 영도 간의 영도다리를 거쳐 해운대 모래사장을 거닐었다. 참으로 길고 넓은 해수욕장이다. 남포동 남항 바닷가에 있는 자갈치 시장에 왔다. 자갈치 시장은 해방 후에 남포동에서 해물로 시작한 곳이다. 자갈치는 '자갈밭'과 '곳'을 합친 말이다. '곳'은 장소라는 뜻이고, 한자로는 처(處)다. 경상도 사투리로 '처'를 '치'로 발음하기 때문에 '자갈치'로 불렀다는 이야기이다. 이 세상 모든 종류의 생선이 다 모여있는 듯했다. 대구탕과 대구회로 저녁을 맛있게 먹고 부산 시내 야경까지 둘러본 뒤에 숙소로 돌아왔다. 택시기사에게 더블 페이를 전제로 내일 아침 예약도 했다. 둘은 다시 알몸이 되어 가벼운 홑이불 속으로 들어갔다.

새날이 밝았다. 주일이기도 하고 그녀가 부산을 떠나는 날이다. 하나님께 기도로 어떤 고백을 할지는 각자의 몫이다. 그러나 여전히 「나갈대」에게 「바울」 사도의 죄에 대한 질문이 사라지지 않았다. 지구상의 인간을 포함한 모든 생물체는 원초적인 욕구(욕망)

를 채우기 위해서 살아간다. 수면욕, 식욕, 성욕, 이것들이다. 수면욕은 육체의 활력을 위해서, 식욕은 개체 보존을 위해서, 성욕은 종족 보존을 위한 욕구다. 사람이 살아가는 한, 이 세 가지 욕구는 사라질 수가 없다. 이미 「나갈대」는 그녀와 결혼을 약속했고, 서로가 원해서 결혼 전에 원초적인 성 욕구를 채웠을 뿐이다. 그게, 「바울」 사도의 죄에 해당한다? 「나갈대」는 쉽게 동의가 되지 않았다. 하나님께서 세상을 창조하신 여섯 번째 날에 남자와 여자를 만드시고, 그들에게 생육하고 번성하여 땅과 모든 생물을 다스리라고 하셨다(창 1:21~31). 인간에게 생육과 번성을 위한 원초적 욕구를 허락하셨다는 말씀이다. 그러나 그리스도인의 몸은 성전이기 때문에 몸에 죄를 범해서는 안 된다고 「바울」 사도가 지적했을 뿐이다. 몸은 성전이기 때문에 율법적인 결혼이 성립되었을 때만 성관계가 가능하다는 설명이다. 이는 생육과 번성의 원천적 욕구를 허락하신 하나님의 세상 창조 여섯째 날과 맥을 같이하지 않는다는 것이⋯ 「나갈대」에 의심이다. 어쩌면 「바울」 사도의 죄는 욕구에서 욕심으로 다시 유혹으로 가는 길을 차단하기 위한 율법적인 강제 수단이 아닐까? 그렇게 생각하고 싶었다. 「나갈대」가 그녀를 불법적이고 억압적으로 강간을 했거나 반대로, 그녀가 「나갈대」에게 그런 식으로 강간을 당한 거라면 이들의 몸은 「바울」 사도의 죄에 해당할 수 있다. 이들의 불법적 성관계는 성적 욕구 충족이 아니라 성적 유혹에 의한 성관계라는 점에서 이들의 몸은 성전이 될 수는 없다. 그러나 두 사람은 자연스럽게 서로의 감정에 충실했던 것이다. 그 순간, 자기들의 몸이 그리스도의 성전이라는 생각조차 하지 않았을 것이다. 도대체, 무엇이 무엇인지…. 「나갈대」 마음은 바람에 흔들리는 갈대 같았다. 예약된 택시기사가 밖에서 기다리고 있었다. 그녀는 가방을 챙기고 옷매무새를 가다듬었다. 부산역 근처에 있는 어느 교회 앞에서 내렸다. 그리고 교회 안으로 들어갔다. 교회는 아담하고 엄숙한 분위기다. 나이가 지긋한 목사님께서 강대상으로 올라오자 순서대로 예배를 진행했다. 설교가 시작되었지만 「나갈대」의 머릿속에는 「바울」 사도의 죄에 대한 답을 찾느라 설교가 귀에 들어오지 않았다. 예배시간이 한 시간 정도 걸렸다. 두 사람은 부산역으로 발길을 돌렸다. 아주 헤어지는 것도 아니고, 곧 본사 출장길에 평택에서 만나기로 약속하였지만 헤어지는 자체가 싫었다. 꿈처럼 지나간 이틀이라는 시간이 두 시간처럼 짧게 느껴졌다. 부산역 홈에서 그녀는 「나갈대」에게 아침 식사를 꼭 챙겨먹으라고 몇 번이나 당부를 했다. 「나갈대」는 이번 출장 때 부모님한테 결혼 허락을 받겠다고 약속을 했다. 그녀는 홈 안으로 들어가면서 돌아보지도 않았다. 아마 그 예쁜 두 눈에 이슬 같은 눈물이 서려서였을까? 「나갈대」는 그렇게 짐작을 했다. 기차가 떠나고 나서야 「나갈대」도 자기 가슴속에 눈물이 맺혀있었다.

「나갈대」는 본사 출장 준비를 서둘렀다. 브리핑 차트와 보고서 작성에 열중하던 중 평택에서 전화가 왔다며 미스 리가 수화기를 주었다.

"네. 「나갈대」입니다."

"여보세요? 「맹신자」예요."

귀에 익고 명랑한 그녀의 목소리! 언제 들어도 반가웠다. 학교에 잘 왔으며, 「나갈대」가 본사 출장을 마치고 부산으로 내려가는 길에 평택에서 그녀의 부모님과 주일 예배를 드리기로 했다는 소식이다. 그녀가 아버지의 허락을 받으려고 노력을 많이 한 것 같았다. 「나갈대」역시, 이번에는 부모님께 「맹신자」 선생과의 결혼 약속을 밝힐 참이다. 아침 식사를 잘 챙기라고 또 당부하고 그녀가 전화를 끊었다. 전화 수화기를 놓은 채 「나갈대」는 멍청하게 벽을 바라보았다. 모든 일이 그녀가 미는 쪽으로 밀려가는 느낌이다. 미국 유학을 위해서 모아둔 돈을 결혼 비용으로 쓴다? 그럴 생각이 없지만, 사정상 그녀의 제안을 거절할 필요는 없다는 생각도 들었다. 다시 본사 출장 준비에 들어갔다. 또 전화 벨 소리가 요란하게 울렸다. 미스 「리」가 「허풍길」 사장을 바꿔주었다. 그는 지금까지의 경찰서 조사와 부상자의 건강 상태를 알려주었다. 이번 안전사고의 걸림돌은 역시 눈처럼 불어나는 병원비였다. 부상자는 병원비를 감당할 능력이 전혀 없는 사람이다. 경찰서 조서에 병원비 처리에 대한 설명이 있어야 한다는 것이다. 「허풍길」 사장은 이 문제를 자기 혼자 힘으로 처리하기가 너무 어렵다고 불만을 털어놓았다. 그런데 「나갈대」가 그를 도와줄 수 있는 방법은 산업재해보험금을 받아내는 것이 전부다. 자칫 본사와 「허풍길」 사장 사이에 법적 분쟁이 생길 수도 있겠다는 생각이 들었다. 그의 목소리가 심상치 않았다. 그는 이름난 깡패 출신에다 부산 토박이다. 경찰서를 비롯한 권력기관들과 아주 잘 통하는 인물이다. 그를 건드려서 건설공사 관리가 쉽지 않다. 그가 골탕을 먹이려고 공사인부들을 이리저리 빼돌려 작업을 지연시키면 회사는 막대한 손실을 감수해야 한다. 「나갈대」는 그를 달래야 했다. 이번 본사 출장 때 그 문제를 윗분들과 의논해 보겠다고 하자, 그의 목소리가 잦아들었다. 출장 준비가 거의 끝나갈 무렵 「허풍길」 사장이 직접 현장 사무실로 찾아 왔다. 그는 「나갈대」에게 화를 낸 것을 사과하면서 저녁 식사를 하자고 했다. 놀라운 그의 처세술이다. 그를 멀리해서 회사에 득이 될 게 하나도 없다. 흔쾌히 수락하고 유명하다고 소문난 다대포횟집으로 자리를 옮겼다. 두 사람은 화기애애한 분위기에서 소주잔을 주거니 받거니 하며 오래전부터 알던 사이처럼 친해졌다. 본사에 출장을 가는 날(목요일)이었다. 아침 일찍 「이명구」 차장을 사무실로 불렀다. 그에게 현장 안전사고 방지에 대해 다시 단단히 당부했다. 가능한 직접 현장을 감시하고 감독할 것을 수차 강조한 뒤에 서둘러 출장길에 나섰다. 서울에 도착하면 곧장 등촌동 집으로 가서 부모님께 「맹신자」 선생 얘기를 할 참이다. 다음 날(금요일)은 임원 회의에서 건설현장의 현황 브리핑이 있다. 점심 식사는 「한상길」 상무와 같이할 예정이다. 오후에는 「김동길」 경리부장, 「최경심」 계장과 함께 부산 현장 회계처리에 대한 회의가 있을 예정이다. 그날은 무슨 일이 있어도 「오」 과장과 저녁 식사를 하고, 이튿날(토요일)에는 평택으로 가서 보고 싶은 애인을 만나기로 되어있다. 그다음 날(일요일), 그녀의 부모님과 교회에 갔다가 점심 식사 중에 결혼 승낙을 받을 생각이다. 이런저런 생각 중에 기차가 곧 서울역 도착을 알렸다. 부산으로 내려간 지 세 번째 보는 서울의 밤이다. 서울역 앞에는 네온사인이 현란하게 반짝이고 있었다. 서울역에서 등촌동으로 가는 택시 잡기가 녹록지 않다. 김포 방향으로 네 사람이 합승해야 택시가 움직인다. 드디어 택시가 움직이기 시작했다. 어머님이 정성껏 챙겨주신 저녁밥을 맛있게 먹었다. 아들이 객지에서 혼자 고생한다고 안타까워하셨다. 저녁 밥상을 물리고 「나갈대」가 부모님께 봉투를 드렸다. 두툼하게 넣은 용돈이다. 아버지는 당연하게 생각하시는 듯했지만, 어머니는 아들이 고생해서 번 돈이라며 계면쩍어하셨다. 「나갈대」가 결혼 얘기를

내 이름 「나갈대」

꺼내자 두 분의 얼굴색이 달라 지졌다. 「이기자」 선생을 상상하셨을 것 같았다. 비록 교회가 두 쪽으로 갈라져서 그녀를 볼 수는 없었지만, 「이병태」 장로님은 「나갈대」와 「이기자」 선생의 혼사 얘기가 끝나지 않은 거로 알고 계신단다. 그녀와 양쪽 부모님께 죄를 짓는 느낌이 순간적으로 들었다. 그러나 어찌할 수가 없다. 드디어, 「나갈대」가 입을 열었다. 결혼 상대자는 예전에 다니던 등대교회 찬양대 「맹신자」라고! 올해 안에 결혼을 하고 미국 대학에서 입학 연락이 오는 대로 한국을 떠날 예정이라고 말씀을 드렸다. 미국으로 갈 때까지 주말부부로 지내겠다고 했다. 부모님에게 놀랄만한 뉴스를 드린 셈이었다. 오랫동안 말로만 오가던 「이기자」 선생과의 결혼도 아니고, 올해 안에 결혼한다는 것도 뜻밖이고, 주말 부부로 살겠다는 것도 정상이 아니라고 보신 것이다. 그러나 「나갈대」는 단호했다. 결국, 양가 부모님 상견례까지 허락을 받아내는 데 성공까지 해냈다. 부모님께서는 아들의 확고한 태도에 더 이상 다른 말씀이 없으셨다. 기가 막힌다는 뜻일까?

　「나갈대」가 본사에 들어갈 준비를 하는 동안 어머니는 아침 식사 준비를 서두르셨다. 항상 하던 대로, 그는 김포 가도에서 광화문 급행 버스를 갈아타고 본사에 도착했다. 먼저 「오기호」 과장을 만났다. 어려울 때마다 빈틈없이 도와준 그의 협조에 감사인사를 하기 위해서였다. 그리고 「한상길」 상무실로 갔더니 그가 반갑게 맞았다. 이번 안전사고 문제를 무난하게 처리한 것에 칭찬을 아끼지 않으셨다. 「나갈대」가 「허풍길」 사장의 병원비 협조 요구에 대해서 설명을 했다. 부산 토박이 「허풍길」 사장의 인맥, 부상자가 병원비를 부담하기 어려운 형편, 건설공사 일정 등 여러 가지 사정을 고려하여 회사에서 그의 요구를 일부 수용할 것을 건의했다. 「한상길」 상무는 윗선과 긍정적으로 검토하겠다고 약속을 했다. 같이 회의장으로 갔다. 임원들과 각 현장소장들도 와 있었고, 곧 「최명철」 사장도 회의장으로 들어왔다. 그가 자리에 앉자마자 일사천리로 회의가 진행되었다. 총무, 영업, 재무, 기술담당 임원들의 보고와 각 현장소장들의 현황보고로 이어졌는데, 그중에서도 건설공사 규모가 가장 큰 부산 현장의 보고가 먼저다. 「나갈대」는 간단명료하게 현황보고를 마쳤다. 오전 회의가 끝이 났다. 「최명철」 사장은 대형 건설공사 입찰문제로 자리에서 일찍 일어났다. 「한상길」 상무는 「나갈대」와 지하식당으로 내려갔다. 「한」 상무는 「나갈대」에게 안전사고 방지를 위해 심혈을 기울여달라고 거듭거듭 당부를 했다. 또한, 「최경심」 계장과의 중매에 대해서 은근히 「나갈대」의 마음을 떠보는 것 같았다. 「나갈대」는 그의 직속 부하직원이다. 즉석에서 거절하기는 좀 어려웠다. 시간을 끌다가 회사를 떠날 때 거절 의사를 밝힐 참이었다. 안 그래도 오후에 「최경심」 계장과 회계처리 때문에 만나기로 되어있었다. 「나갈대」는 「한」 상무에게, 결혼 문제는 시간을 가지고 생각하게 해달라고 요청하고 자리에서 일어났다. 이어 「김동길」 경리부장, 「최경심」 계장과의 회계처리에 관한 회의가 시작되었다. 두 사람은 현장에서 지출되고 있는 현금거래와 관공서 섭외비용에 대해서 「나갈대」한테 까다롭게 질문을 했다. 특히, 관공서 섭외비는 장부상에 기재할 수 없는 돈이다. 장부상에 지출내역을 밝히면 세무조사는 물론, 관련 관공서까지 문제가 될 수 있는 돈이다. 그렇다면 노출되지 않은 섭외비는 「나갈대」가 개인적으로 쓰는 돈이 아닐까? 그걸 궁금해하는 것 같았다. 그래서 「나갈대」가 언제 누구에게 얼마를 주었다는 증거를 자세하게 적은 수첩을 보여주자, 그들의 궁금증이 풀렸다. 「최경심」 계장과는 가능한 말을 많이 하지 않는 게 좋을 것 같았다. 섭외비 지출에 대해 꼬치꼬치 물어보아서 시간이 많이 지연되었다. 기다리고 있던 「오」 과장을 만나 청진동 생선 숯불구이 단골집으로 발길을 재촉했다. 익숙한 골목이다. 여기저기에서 생선 굽는 냄새가 진동을 했다. 단골집 아줌마가 「나갈대」를 반갑게 맞았다. 아줌마는 여러 종류의 생선을 구워주었다. 생선 맛은 뭐니 뭐니 해도, 부산 다대포라고 속으로 생각을 했다. 두 사람은 회사 이야기부터 「맹신자」 선생과의 결혼까지 여러 이야기를 나누었다. 시간이 가는 줄 모르고 술을 마시고 취했다. 하지만 「나갈대」는 내일 아침 일찍 평택으로 가야 한다. 못내 아쉬워하면서 술자리를 정리하고 「나갈대」는 등촌동으로 발길을 재촉했다. 부모님이 그를 기다리고 있었다. 아마, 아들의 느닷없는 결혼 얘기에 뭔가 더 알고 싶어서일 거라고 생각을 했다. 그러나 밤늦은 시간에 대화가 길어지면 아침에 평택으로 가는 시간에 지장을 줄 것이 분명했다. 그래서 아침 일찍 떠나야 한다는 핑계로 그냥 잠자리에 들었다. 「나갈대」가 새벽에 일어났을 때 어머니는 벌써, 식사 준비에 분주하셨다. 어젯밤에 먹은 생선 냄새가 아직도 입에 배어있는 듯 밥맛이 깔깔했지만, 새벽에 준비하신 어머니의 손맛을 외면할 수가 없었다. 나중에 「맹신자」 선생의 부모님과 상견례 날짜를 정해서 알려드리기로 하고는 김포가도로 서둘러 갔다. 광화문행—서울역행 버스를 갈아타며 서울역에 도착해서 평택행 기차표까지 구입을 했다. 이제 그토록 보고 싶은 그녀를 만나는 일만 남았다. 마음이 설렜다. 출발 방송에 이어 기적소리가 우렁차게 울려 퍼졌다. 「나갈대」의 사랑을 싣고 기차가 천천히 움직였다. 이제, 그녀의 부모님 허락만 받으면, 「나갈대」와 그녀는 부부가 되어서 한평생을 사이좋게 지내고 즐겁게 함께 늙어간다는 백년해로(百年偕老)에 언약을 할 것이다. 결혼, 미국, 박사, 귀국, 교수, 후진 양성…. 생각만 해도 야심 찬 인생행로가 머릿속에서 그려졌다. '시작이 반이다'. 무슨 일이든 시작이 어렵지, 이미 시작한 일을 끝내는 것은 노력에

내 이름 「나갈대」

달렸다는 뜻이다. 일찍이, 그리스 철학자 「아리스토 텔레스」도 "시작이 반이다(Well Begun is Half Done)."라고 하지 않았나. 그녀와의 행로가 절반 이상 진행된 셈이다. 어렵고 험난한 일들이 기다리고 있으나 그 목적을 향해 두 사람을 태운 인생 열차가 이미 출발한 것이다. 평택행 기차는 달리고 또 달렸다. 수원을 지나 오산이 가까워지고 있었다. 잠시 후 평택에 도착을 한다. 그녀의 얼굴이 점점 더 보고 싶었다. 드디어 평택에 도착했다. 플랫폼으로 나가면서 그녀를 열심히 찾다 보니 저만치에서 손짓하는 그녀가 보였다. 6일 만에 만났는데 마치 6개월처럼 길었다. 둘은 손을 잡는 것으로 어색한 반가움을 표현했다. 그녀를 포옹하고 싶은 마음이 굴뚝같았지만, 그런 행위를 허용하지 않는 한국 문화가 야속했다. 그녀는 거침없이 이 시간 이후에 대한 시간 계획을 알렸다.

"저기… 오늘밤에는…요…, 안성 우리 집에 가서 부모님께 인사드리고 저녁 식사를 함께하실 거예요…" 뜻밖의 제안이었다. 또, 그녀는 참새처럼 조잘거린다.

"그리고… 하룻밤 지낼 수 있도록 별도로 침실을 준비했거든요?"

말하자면, 아직 결혼식을 안 올렸지만 처갓집처럼 생각을 하고 하루를 묵는다는 이야기였다. 그녀가 부모님의 결혼 승낙을 받아낸 게 확실했다. 그녀는 또 뉴스를 전했다.

"다음 날(일요일) 오전에 부모님이 다니시는 안성교회에서 함께 예배를 드릴 거예요…. 그리고 오후에 평택으로 갈 겁니다.”

모든 일정이 그녀의 손바닥 안에서 움직였다. 오후 늦게 부산으로 출발하면 된다는 그녀의 설명이었다. 모든 일을 확실하게 처리하는 그녀 덕에 「나갈대」가 따로 할 일이 없었다. 사실, 평택 어디에서 숙박할지 결정을 못 한 상태였다. 혹시 함께? 「나갈대」의 추측이 빗나가고 말았다. 둘이 택시를 타고 안성에 있는 그녀의 집에 도착하니 어머님이 밖에서 기다리고 있었고, 아버님은 안방에 계셨다. 어머님이 「나갈대」의 손을 덥석 잡으며 먼 길 왔다고 미안해하시면서, 「나갈대」를 안방으로 안내를 하셨다. 「나갈대」가 먼저 두 분께 큰절을 올리고 둘이 무릎을 꿇은 채 앉았다. 아버님께서 편히 앉으라고 하신다. 아버님도 딸의 결혼에 대해 이미 마음을 정하신 듯했다. 「나갈대」는 아버님의 궁금증을 헤아려 미국에서의 목표를 소상하게 말씀을 드렸다. 아버님께서는 조용히 듣기만 하시고 말씀이 없으셨다. 어머님도 멀리 떠나려는 딸의 결정에 침묵을 하셨다. 양가 부모님의 상견례, 약혼, 결혼식까지 허락을 받았다. 대성공이다. 오늘 밤은 두 다리를 쭉 펴고 잠을 이룰 것 같은 생각이 들었다. 저녁 식사가 시작되었다. 평온하고 화목한 분위기가 넘쳐흘렀다. 그녀의 애교와 소녀 같은 웃음소리가 그치지 않았다. 어머님은 「나갈대」에게 음식을 자주 집어주시며 혼자 고생하는 그의 부산 생활을 안타까워하신다. 밤이 깊어갔다. 그녀는 별도로 마련된 침실로「나갈대」를 안내했다. 예전에 그녀가 쓰던 방이라고 했다. 깨끗한 이부자리가 준비되어 있었다. 새벽부터 바삐 움직인 탓일까? 잠자리에 들자마자 잠이 들었다. 다음 날 아침 일찍 그녀가 방에 들어왔다. 어제도 보았고 그 이전에도 보았건만 이 아침의 그녀가 또 새로워 보였다. 그녀는 이미「나갈대」의 아내처럼 이것저것 챙기기 시작했다.「나갈대」가 옷매무새를 가다듬고 아버님께 아침 인사를 드렸다. 또 풍성한 밥상이 차려져 있었다. 어젯밤 식사가 아직 소화도 안 된 것 같았지만, 정성껏 준비하신 어머님의 성의를 어찌해야 할지, 그래도 앉아서 겨우 식사를 마쳤다. 아침 10시에 예배를 시작하는 안성교회는 도보로 30여 분 걸리는 곳이다. 예배 시작 20여 분 전에 교회에 도착해서 목사님을 비롯한 여러 장로님들에게 소개를 하실 모양이다.「나갈대」의 발걸음이 가벼웠다.「맹신자」선생이「나갈대」의 예비 신부라고 세상에 발표하는 날이기 때문이다. 안성교회는 백여 명 신자를 수용할 수 있는 작은 규모였다. 그래도 시골 교회치고는 꽤 괜찮은 편이었다. 여기저기서 교인들끼리 인사하는 소리가 들렸다. 그녀의 아버지는 교회 장로님이고, 먼저「나갈대」를 목사님께 소개하시자 목사님께서 답을 하셨다.

"아… 장로님한테서 말씀을 들었습니다! 축하합니다."

아버님께서「나갈대」를 사위될 사람이라고 이미 교회에 알린 것이다. 여러 장로님들, 권사님들, 다수의 교인들에게도 소개하셨다. 모두 축하한다고 화답을 했다. 예배 주보, 설교, 찬양대 등 예배를 진행하는 과정이 시골 교회 티를 벗어나지 못했다. 예배를 마치고 둘이 평택으로 출발하면서 「나갈대」가 부모님의 따뜻한 환대에 깊이 감사드렸다. 어느새 택시 예약까지 해두었는지! 그녀의 빈틈없는 일 처리에 그저 놀라고 예뻐하지 않을 수 없을 지경이다. 안성교회에서 평택까지는 먼 거리가 아니어서 금방 평택역에 도착했다. 평택에서 서너 시간 기다려야 부산행 기차를 탈 수 있었다. 둘이 다방에서 커피를 마시며 앞으로의 계획을 의논하기 시작했다. 부모님들의 상견례, 약혼, 결혼 날짜 맞추기 등 시간이 꽤 걸렸다. 결혼이 인간대사(人間大事)인 만큼 준비해야 할 일들이 너무 많다는 것을 깨닫고 있었다. 그녀가 또 예쁜 말을 했다.

"결혼에 대한 여러 가지 준비(절차, 안내, 주례, 예식장, 신혼여행, 축하금 접수…)를 내가 다 알아서 할 거예요! 「갈대」 씨는 그냥 저만 따라오면 됩니다."

이제는 「나갈대」 선생이 아니라 「갈대」 씨로 변해버렸다. 얼마나 사려 깊은 그녀인가! 정말 사랑스러웠다. 부산행 열차 시간이 다가왔다. 마음 같아서는 그대로 평택에 머무르고 싶었으나 '가야지… 가야지… 나는 가야지…' 그 옛날 영화(1959년) 「나는 가야지」 주제곡인 「문정숙」의 노래 가사가 마음을 움직였다. 평택역 홈에서 그녀의 손을 잡는 것으로 이번 평택 일정을 마무리하고 밤늦게 부산에 도착했다. 아무도 없는 독신자 숙소에서 지친 심신을 뉘었다. 달콤한 잠이 쏟아졌다.

「나갈대」는 아침 일찍 현장 점검에 나섰다. 「이멍구」 차장에게서 급한 연락은 없었지만 그래도 확인을 해야 했다. 건물이 올라갈수록 콘크리트 타설양도 많아지고, 작업 현장이 더 복잡해진다. 레미콘 차량들, 현장 인부들, 거푸집 설치, 여기저기에서 못질하는 소리 등…. 현장소장은 한시도 긴장을 풀 수가 없다. 다시 사무실로 돌아오니 「이멍구」 차장이 기다리고 있었다. 그는 현장관리 보고와 안전사고 처리 때문에 경찰서의 현장소장 소환 소식을 알렸다. 사무실에서 전화벨 소리가 요란하게 울렸다. 미스 「리」가 평택 시외전화라며 바꾸어 주었다. 언제 들어도 또 듣고 싶은 그녀의 목소리였다.

"여보세요…. 저… 「신자」예요."

이제는 「맹」 씨 성을 빼버렸다. 「맹신자」보다는 「신자」가 훨씬 다정하게 느껴졌다. 안부를 묻고 부산에 잘 도착했는지, 아침 식사는 했는지, 안성 친정집에서 불편한 점이 없었는지…. 사실, 현장소장에게는 오전이 가장 바쁜 시간이다. 그렇다고 전화를 끊을 수도 없고 해서, 조심스럽게 대화를 중단하고 경찰서 출두를 서둘렀다. 물론 「허풍길」 사장이 뒤처리를 했다고는 하지만 건설현장 소장을 경찰서에 출두시키는 것은 무언가 더 달라는 암시로 보는 것이 일반적인 해석이다. 조사 마무리 단계에서 마지막 손짓을 하는 것으로 짐작을 했다. 경찰서 조사관이 새로운 사람으로 바뀌었다. 그가 일종의 자기 신고를 현장소장에게 한 것이다. 짐작대로였다. 윗선에서 해결했다고 하지만, 실제 사건조서는 하부 실무자 선에서 이루어진다. 실무자의 손짓을 무시할 수는 없다. 「나갈대」는 신임 조사관에게 조사 마무리를 잘 부탁한다는 의미로 봉투를 내밀었다. 그 당시에는 이런 봉투를 준비하는 것을 특별히 부정한 짓으로 여기지 않던 시대였다. 주는 사람이나 받는 관리나 아무 부담 없이 그저 일종의 인사에 불과했다.

아리조나(Arizona) 대학

다시 현장으로 돌아왔다. 본사에서 보내온 우편물을 점검하다가 이게 웬(?)일인가! 기다리던 미국 아리조나 대학의 두툼한 서류 봉투가 들어있었다. 다른 우편물들은 보이지도 않았다. 서류 봉투를 열었다. 그토록 바라던 입학허가서와 미국 입국에 필요한 각종 서류가 담겨있었다. 「나갈대」의 기분은 흥분 그 자체였다. 상상만 하던 미국행이 현실로 다가온 것이다. '시작이 반이다.'라기보다는 '시작이 반 이상이다.'라는 자신감이 들었다. 미국입국 서류준비가 만만치 않았다. 그러나 천만다행으로 부산에 미국문화원이 있다. 이곳에서도 영사업무 처리는 가능했다.

"하나님…, 감사합니다!" 가슴에서 하나님을 찬양하는 소리가 들리는 듯했다. 「신자」에게 입학 소식을 알렸다. 그녀는 「나갈대」보다 더 좋아하면서 축하를 연발했다. 일단, 「나갈대」는 부모님께 미국에 관련된 일을 비밀로 했다. 혹시 아들이 미국 간다고 자랑삼아 말실수를 할까 봐 염려되었기 때문이다. 당시에는 일반인들이 여권을 받는 게 쉽지 않았다. 남북관계는 휴전이지만 무장간첩, 군사경계, 북한남침에 공포를 느끼던 시절이었다. 그렇게 불안한 시절에, 일반인이 여권을 받는다? 거의 불가능한 일 중 하나였다. 우선, 일반인이 여권을 받으려면 보안사, 경찰서, 내무부, 외무부 신원조사에서 흠이 없어야 했다. 특히, 6·25 때 가족 중 누구라도 북한 정권에 관여한 사실이 드러나면 출국은 완전히 금지되었다. 설사, 여권이 발급되더라도 반공교육에 불합격이 되면 역시, 출국이 허용되지 않았다. 그런저런 이유로 여권을 소지할 수 있는 사람은 정부고위층, 기관권력층, 대기업 사장들 정도에 불과했다. 그 어려운 여권을 받는 일이 「나갈대」 앞에 놓여있었다. 하청업체 사장과의 저녁 식사 약속도 잊은 채 앞으로의 일을 어떻게 처리할 것인가 깊은 생각에 잠겼다. 하청업체 사장의 전화가 와서 그제서야 약속이 생각나서 허겁지겁 다대포횟집으로 달려갔다. 「하」 사장을 만나 기분 좋게 식사를 하고 숙소로 돌아왔다. 현장의 책임 권한을 조금씩 「이명구」 차장에게 넘겼다. 미국 수속을 위해 해야 할 일들이 많았고, 「신자」는 이틀이 멀다 하고 결혼 준비상황을 알려주었다. 어쨌든 그 두 가지가 힘과 희망을 주면서 살맛 나게 하는 나날이었다. 다음 본사 출장 기간에 양가 부모님 상견례를 하고 2~3개월 내에 약혼식을 할 계획이라고 그녀가 말했다. 아마, 올해 안에 결혼식을 할 수 있을 것도 같았다. 「나갈대」가 할 일은 아무것도 없었고, 그저 월급을 저축하면 되었다. 「나갈대」는 그녀의 계획에 전적으로 동의를 했다. 「나갈대」의 신원조사가 시작되었다. 「나갈대」의 군 복무 기간 때의 신원을 '보안사(보안사령부)'에서 먼저 조사를 한다. 조사관은 특무상사가 일반적이고, 그들은 군에서 잔뼈가 굵은 고참 병사들이다. '보안사'에서 통과되어야 다음 기관으로 넘어가는 절차였다. 그래서 '보안사'의 신원조회가 매우 중요한 첫 관문이다. 「나갈대」는 자신의 군 생활 신원이 확실하다고 생각을 했지만, 조사관이 불량한 마음으로 신원에 이상이 있는 것처럼 상부에 보고하면 여권 수속이 중단된다. 조사관들의 양심을 믿을 수 없는 사회적 구조였다. 조사관들의 절대적인 권한이 선량한 사람들에게 피해를 주는 사례가 많았다. 군 생활 신원이 통과되면 경찰서, 내무부를 거쳐 외무부에서 마지막 조사를 하고 여권이 발급되는 과정이다. 여간, 어려운 과정이 아니다. 「나갈대」의 군 생활 신원조회가 '보안사'에서 종결되었다. 물론, 조사관에게 부정한 성격의 봉투도 전달도 했다. '보안사' 통과는 곧 다른 기관들의 통과도 쉽다는 뜻이다. 경찰서와 내무부의 조회까지 통과가 되었다. 몇 달이 걸렸다. 각 기관에서 발급한 신원증명서들을 본사 출장 때 마지막으로 외무부 여권과에 제출할 예정이다. 「신자」에게 수시로 그 상황을 알려주었다. 양가 부모님의 상견례 장소는 명동 입구에 있는 '희망다방'이라고 했다. 「나갈대」는 3분기 현황보고 차 본사 출장 준비를 서둘렀다. 목요일에 부산에서 출발하여 등촌동에서 1박을 하고, 다음 날(금요일) 오전 중역회의에서 부산 현장보고를 한다. 그날 오후에, 경리부 「김동길」 부장, 「최경심」 계장과 회계처리에 대해 논의를 하고, 가능한 외무부에 들어갈 작정이다. 본사에서 외무부까지는 멀지 않은 거리다. 그다음 날(토요일) 오전에 양가 부모님의 상견례 후 다 함께 점심 식사를 하기로 했다. 다음 날인 일요일에 「신자」와 따로 만나 약혼식, 예식장, 결혼식에 대해 의논할 계획이다. 본사 출장 날이 다가왔다. 「이명구」 차장에게 철저한 현장관리를 부탁하고 출장 일정에 들어갔다. 밤늦게 등촌동 집에 도착해서 양가 부모님의 상견례 날짜, 시간, 장소 등을 알려드렸다. 약혼식과 결혼식에 관해서는 「신자」와 의논하겠다고 말씀을 드렸다.

아침 일찍 서둘러 본사에 들어가서 「김동길」 부장을 만날 생각이다. 오후, 회의시간을 줄이기 위한 사전작업을 위해서였다. 다행히 그날은 광화문행 급행버스가 바로 도착했다. 부지런하기로 소문난 「김동길」 부장은 이미 출근을 했다. 「나갈대」는 그에게 여러 사정상 회계처리 회의를 일찍 끝내달라고 부탁을 했다. 이어 「한상길」 상무실로 올라갔더니, 그는 이미 「나갈대」를 기다리고 있었다. 그에게 부산 현장 공사현황을 회의 시작 전에 미리 설명을 하고, 같이 회의실로 들어갔다. 다른 현장소장들도 와 있었다. 「최명철」 사장의 입장과 함께 회의가 시작되고, 담당 임원들의 현황보고로 이어졌다. 그다음으로 공사규모가 가장 큰 부산 현장의 「나갈대」가 먼저 보고를 했다. 「최명철」 사장이 부산 현장에서 발생한 안전사고에 대해 집요하게 질문이 이어졌다. 「한상길」 상무는 사고를 당한 인부의 과음 때문이라고 해명했지만, 「최명철」 사장은 쉽게 수긍하지를 않았다. 현장소장인 「나갈대」가 왜(?) 술을 마시지 못하도록 사전교육을 시키지 않았느냐는 불만으로 확대가 되어갔다. 아! 어찌 보면 그의 지적이 옳았다고 「나갈대」는 시인을 하고 싶었다. 아무리 하청회사에서 현장에 파견한 인력이라 할지라도 일단 현장에 들어오면 현장소장 관리 하에 안전교육을 시켜야 한다는 것이 그의 지적이었다. 그는 「한상길」 상무와 「나갈대」 현장소장한테 강력한 경고의 메시지를 날렸다. 「나갈대」의 실망이 이만저만이 아니다. 그렇게 무거운 분위기 속에서 회의가 끝났다. 「한상길」 상무와 「나갈대」는 지하식당으로 내려갔다. 두 사람은 한동안 말이 없었다. 「한」 상무는 너무 상심하지 말라며 「나갈대」를 위로해 주면서 식사를 마쳤다. 이어서 「나갈대」는 경리부에 들어갔다. 「김동길」 부장, 「최경심」 계장과의 회계처리 회의가 시작되었다. "엎친 데 덮친 격…!" 우리가 흔히 쓰는 말이다. "재수 없는 놈은 뒤로 자빠져도 코가 깨진다"와 같은 의미다. 좋지 않은 일이 연이어 생길 때 내뱉는 말들이다. 「최명청」 사장으로부터 야단을 맞고 기분이 나빠져 있는데, 이번에는 기밀비 사용을 좀 더 명확하게 하라는 「최경심」 계장의 주의를 받았다. 아마 지난번에 경찰서 신임 조사관한테 건네준 현금 얘기인 것 같았다. 그런 사용처는 명확하게 밝힐 수 없다고 이미 설명을 했었다. 「나갈대」는 당장 사표를 던지고 싶었다. 그렇게까지 오해를 받아가면서 회사업무를 하고 싶지 않았다. 목구멍이 포도청이란 말이 또 떠올랐다. 미국으로 떠날 때까지는 아무리 싫어도 참으리라 마음을 다잡으며 꿀꺽 침을 삼켰다. 「김동길」 부장이 「나갈대」한테 저녁 식사를 함께하자고 했다. 아마 현금 사용처에 대한 「최경심」 계장의 심한 발언을 해명하려는 것 같았다. 「나갈대」도 그 해명을 듣고 싶었지만 그와 식사할 시간이 없었다. 다음 기회로 미루고 서둘러 외무부 여권과로 갔다. 외무부에 도착할 시간은 충분했다. 제반서류를 접수하고 돌아서는 「나갈대」의 기분은 이미 회사에 사표를 던져버린 듯 홀가분했다. 오랜만에 부모님과 밥상에 둘러앉았다. 「나갈대」는 부모님에게 상견례 할 때 커피 마시는 에티켓, 식사하면서 큰 소리로 말하지 않기 등 몇 가지 주의사항을 말씀드렸다. 두 분 모두 오랫동안 시골에서만 살아오셨기 때문에, 서울 한복판의 다방에서 커피를 마시며 실수하시지는 않을까 은근히 걱정도 되었다.

드디어 상견례가 있는 날이다. 예비 신랑과 신부가 양가 부모님을 모시고 결혼 준비에 따른 절차를 의논하기 위해 만나는 공식적인 자리이다. 복장도 단정해야 하고, 예의를 지켜야 하는 조심스러운 자리다. 부모님이 분주하게 차려입으시고 「나갈대」도 양복을 꺼내 입었다. 늘 작업복 차림이던 그가 신사로 변신했다. "옷이 날개다." 볼품없는 사람도 옷을 잘 차려입으면 훨씬 멋있어 보이기 마련이다. 신사복 차림의 「나갈대」는 자신이 보기에 신사다웠다. 그러나 부모님의 옷차림은 어딘지 모르게 시골티가 났다. 아무튼, 약속 장소인 명동으로 출발하여 정시에 도착했다. 「나갈대」 일행은 다방 중앙에 자리를 잡고 앉았다. 얼마 후, 말쑥한 차림의 「맹신자」가 들어오고 뒤따라 그녀의 부모님이 들어오셨다. 양가 부모님, 예비 신랑과 신부의 인사가 시작되었다. 양가 어머님들은 서로 손을 잡고 다정하게 인사하면서 나란히 자리에 앉으셨다. 양가 아버지들도 이전부터 알던 사이처럼 반갑게 악수를 하셨다. 마치, 아라비아 상인들의 중계협상 분위기 같았다. 아라비아 상인들은 서로 모르는 사이라도 가족처럼 대하면서 중계협상을 한다. 그들은 장사를 하면서 어떠한 협상에서도 상대방을 속이지 않아야 알라신으로부터 복을 받는다는 믿음으로 협상을 이끈다. 아라비아 상인들의 성공적인 중계협상력은 바로 가족 중심적인 생각과 실천에 근거를 두고 있다. 그래서 그들의 협상력은 거의 실패하지 않는다고 알려져 있다. 양가 부모님께서는 하나님을 믿는 한 가족이 만났다고 생각하시는 듯했다. 물론「나갈대」의 부모님은 등촌동 등대교회에서「맹신자」를 어느 정도는 알고 있었다. 그녀가「나갈대」의 부모님께 다소곳이 인사를 했다. 하나님을 믿는 가족 같은 사람들끼리 상대를 속여야 할 문제나 이유가 없다. 아라비아 상인들의 협상처럼 양가 부모님이 두 사람의 결혼을 축하해 주셨다. 그리고 하나님께서 두 사람의 장래를 축복해 주실 거라며 응원도 하셨다. 좋은 분위기에서 상견례가 끝났다. 그리고 그녀가 예약했다는 명동의 '행복식당'으로 가면서도, 양가 어머님은 손을 놓지 않고 대화를 계속하셨다. 양가 아버님들도 옛 친구처럼 다정하게 오손도손 이야기를 하시면서 따라가셨다. 하나님을 섬기는 사람들에게서 나올 수 있는 모습이라고 생각했다. 서울의 중심부인 명동에서 영업하는 업소답게 분위기가 좋은 식당이었다. 식사를 하는 동안 양가 부모님의 웃음소리가 그치지 않았다. 부모님의 결혼 승낙과 점심 식사가 마무리되었다. 이제 결혼 절차에 대한 두 사람의 협의만 남아있다. 양가 부모님은 아쉬움을 뒤로하고 등촌동과 안성으로 각기 발길을 돌렸다.「나갈대」와「맹신자」는 가까운 다방으로 가서 남은 과제들을 의논했는데, 약혼과 결혼일자, 장소 예약, 예물 준비, 주례자

등 할 일이 너무나도 많았다. 몇 시간 의논으로 끝날 일이 아니었다. 결국, 두 사람은 가장 검소하게 치르기로 최종 합의하면서 앞으로의 모든 진행은 그녀가 안내하는 거로 하고 각자 집으로 돌아갔다.

「나갈대」는 부산 현장으로 복귀를 했다. 「이명구」 차장의 업무현황보고가 있었는데, 그의 업무능력이 날이 갈수록 향상되어 갔다. 「나갈대」의 책임과 권한 상당 부분이 그에게 넘어가는 중이다. 경찰서 조사도 거의 종결이 된 상태다. 주한 미대사관 인터뷰 준비와 결혼 관련 과제들이 첩첩산중 쌓여있다. 이렇게 쌓인 일들을 어떻게 다 해낼지 아득할 때가 있다. 눈으로는 '걱정된다, 어렵다'고 무언의 말을 하며 마음을 부추기지만, 부지런한 손은 어느새 마음을 움직여 쌓인 문제들을 해결하려고 한다. 결국, 사람의 일이란 어떻게 마음을 움직이느냐에 달려있다고 「나갈대」는 생각을 했다. 성경(잠 26:13~16)에서, 게으른 마음은 변명과 핑계로 일을 멀리한다고 하지 않았던가. 본사 출장을 다녀온 지 2개월쯤 지났을까. 미국의 「쿡」 대위한테서 편지가 왔다. 얼마 전에 그가 Chicago 현장에서 텍사스 본사 기술담당 책임자로 들어간다는 소식을 보내왔었다. 그래서 이번에도 안부 내용이려니 하며 그의 편지를 읽어 내려가던 중 놀라 뒤로 넘어질 소식이 들어있었다. 그의 본사 실험실에서 건설재료 시험기사 한 명을 채용할 기회가 있다는 내용이었다. 실험실은 자기 산하 부서이기 때문에 「나갈대」가 원하면 텍사스에 와서 일을 할 수 있다는 것이다. 가슴이 뛰었다. 또 한 번의 기적을 상상하며 머릿속이 더 복잡해졌다. 그렇다면, 박사 공부는 포기? 미국으로 유학 가서 박사학위 취득 후 귀국하여 후학 양성을 하겠다는 목표가 무산되는 걸까? 걷잡을 수 없이 마음이 흔들렸다. 「신자」와 의논하기 위해 전화를 걸었더니 부재중이었다. 미국 유학? 미국 취업? 온갖 생각이 헝클어져서 갈피를 잡을 수 없었다. 그녀에게서 전화가 왔다. 사실대로 설명하자 그녀의 반응은 박사 공부 쪽으로 더 무게를 두었다. 그러나 「나갈대」의 생각은 좀 달랐다. 미국 대학의 등록금과 반년 정도의 생활비까지는 저축한 돈으로 해결이 되지만 그 이후부터는 학비와 생활비를 벌어야 한다. 거기에다 야간 아르바이트도 해야 하고, 엄청나게 어렵다는 학교 공부도 해야 한다. 사실, 영어가 서툰 입장에서 학교공부를 해낼 수 있을지가 더 걱정이었다. 아무래도 미국 취업 쪽으로 마음이 더 움직였다. 우선 취업을 하고 영어 향상에 주력하면서 생활의 안정을 얻고 싶었다. 그다음에 미국이 어떤 나라인지 미국 대학의 교육과정도 이해하면서 그다음을 생각하고 싶었다. 일찍이 맹자(孟子)는 "길은 항상 가까이 있다. 사람들은 먼 곳을 찾으면서 헛되게 시간을 보내고 있다. 할 수 있는 일을 먼저 하지 않으면 놓쳐버린다."라고 했다. Arizona 유학? 아니면 미국 취업? 선택은 오직 「나갈대」의 몫이다. 미국에서 취업하는 것이 박사공부를 포기하는 게 아니라고 자신에게 수차례 맹세를 했다. 학생비자를 받으면 취업비자로 전환하기 어렵다. 어느 쪽이든 빨리 결정해서 「쿡」 대위한테 알려주어야 했다. 하루, 이틀, 삼일…. 생각하고 또 생각해봐도, 「나갈대」의 생각은 취업 쪽으로 기울었다. 동시에 Arizona대학 입학도 쉬이 포기가 되지 않았다. 한없는 갈등 속에서 하나님께 간절히 기도했다. "하나님은 너를 지키시는 자 너의 우편에 그늘 되시니 낮의 해와 밤의 달도 너를 해치지 못하리(시 121편)" 어디선가 그런 목소리가 들려오는 듯했다. 어느 쪽으로 정하든 하나님께서 그늘이 되어준다고 믿고 싶었다. 문제는 「나갈대」 본인의 굳은 의지이다. 미국에서 취업하여 어떤 어려움이 있더라도 박사학위를 취득하고야 말겠다는 희망을 버리지 않는 한, 하나님께서 그 길을 열어주시리라는 믿음은 있었다. 「넬슨 만델라」(남아공화국 대통령)는 반유색인종 차별주의를 외치며 28년 동안 감옥에서 살았다는 스토리를 「나갈대」는 읽어본 일이 있다. 그가 그렇게 견딜 수 있었던 것은 희망(Azwi)을 포기하지 않았기 때문이라고 했지 않은가. 그의 굳은 의지(意志)가 「나갈대」 자신의 인생설계에 희망적인 안내라고 느낀 적이 있었다. 사람은 어떤 어려움 속에서도 '잘할 수 있다'는 희망을 잃지 않으면 그 희망대로 이룰 수 있다는 대표적인 사례 중의 하나이다. 끝없이 흔들리는 마음을 미국 취업 쪽으로 다 잡았다. 「쿡」대위한테 편지를 썼다. 취업알선에 대한 깊은 감사와 더불어 Arizona대학 입학 진행 상황도 알려주었다. 그리고 학생 비자를 취업비자로 바꾸기가 너무 어렵기 때문에 처음부터 취업 비자를 받을 수 있도록 고용을 서둘러달라고 부탁하면서 제반서 류들을 동봉하였다. 약혼 일자가 다가오고 있었다. 약혼 두 달 후 결혼식 일정도 잡혀있었다. 약혼예물과 예단 선택은 그녀가 알아 서 처리하도록 했다. 그것 때문에 「나갈대」가 서울로 올라갈 수도 없었다. 예비 신부 예물은 금목걸이와 3부 다이아 반지를 포함했 다. 3부는 겨우 체면을 유지하는 작은 사이즈이다. 그녀는 비용 을 걱정하는 「나갈대」를 이해했다. 그리고 「나갈대」에게 줄 예물 로 '누가리스' 손목시계, 양복, 구두를 정했다. 3차 본사 출장 기 간을 이용해서 약혼식을 할 예정이다. 약혼식에는 주례자(목사님) 와 가장 가까운 친척으로 제한을 했다. 행사에 따른 모든 준비를 그녀가 알아서 진행을 했다. 「나갈대」는 본사 출장 준비를 서둘렀 다. 안전사고로 입원 중이던 사람도 퇴원을 했다. 본사에서도 치 료비 일부를 부담했다. 「한상길」상무의 도움이 컸다. 「이명구」차 장의 현장관리 능력이 눈에 띌 정도로 향상되고 있었다. 「나갈 대」는 본사 출장과 약혼식까지의 일정을 「신자」에게 알려주었다. 즉, 목요일 오후에 부산에서 출발해서 저녁에 등촌동에서 자고,

236
내 이름 「나갈대」

그다음 날(금요일) 본사 중역회의에서 현황보고를 하고, 그다음 날 (토요일)에 약혼식을 올릴 계획이다. 「나갈대」의 현장업무가 바쁘게 돌아가고 있었다. 현장관리, 인부들의 안전교육, 외부 손님맞이, 하청업체와 저녁 술자리, 본사 출장보고서 작성 등. 약혼식을 생각할 겨를이 없었다. 그녀가 「나갈대」의 요청대로 모든 행사를 진행하겠다고 했다. 정말, 그녀는 빈틈없이 일을 처리하는 사람이다. 「나갈대」는 그녀를 많이 많이 칭찬하고 싶었다. 드디어, 서울 본사로 출장을 가는 날이다. 「이명구」 차장에게 현장관리를 당부하고 저녁 늦게 서울역에 도착했다. 서울의 밤거리는 화려한 네온사인의 불빛 때문에 눈이 부시고 황홀할 지경이다. 언제 봐도 정이 듬뿍 드는 서울이다. 등촌동으로 가는 택시를 잡기가 쉽지 않아 이리저리 뛰어서 겨우 성공했다. 아들을 기다리고 계시던 부모님께 이틀 후의 약혼식에 대해 궁금증을 해소시켜 드렸다. 특히, 평택에서 약혼식을 하는 것에 부모님이 놀라셨다. 신부쪽에서 그녀의 부모님이 다니시는 교회 목사님, 장로님 한 분, 여전도 회장까지 6명을 초대했다. 예비 신부, 주례 목사님, 그 일행 모두가 안성과 평택에 살고 있어서 약혼식을 평택에서 하게 되었다고 말씀드리고, 신랑 쪽에서는 「나갈대」와 부모님만 참석하는 거로 했다. 그리고 미국 취업에 대해 설명했더니, 부모님께서 놀라면서 기뻐하셨다. 한편으로, 어머님은 아들이 과로하여 건강을 해칠까 봐 염려를 하셨다.

이튿날 아침 일찍 본사에 출근하여 먼저 「오기호」 과장을 찾아 「맹신자」 씨와 약혼 소식을 전했다. 그는 「나갈대」한테 분에 넘칠 정도로 축하를 했다. 이어 「한상길」 상무의 집무실을 찾아 부상 당한 노동자의 병원비 일정 부분을 회사에서 부담하도록 조치를 취해 준 그에게 감사를 표했다. 본사 회의 일정대로, 중역 회의실로 가서 첫 순서로 부산 현장의 「나갈대」가 일어났다. 「나갈대」는 공사가 일정대로 진행되고 있으며 공사대금도 차질 없이 회사에 입금하고 있다는 것과 현장 노동자들에게 사전 안전교육도 잘 진행하고 있다고 보고를 했다. 「최명철」 사장은 회의 시작부터 끝날 때까지 듣기만 했다. 중역회의가 생각보다 빨리 끝났다. 「한상길」 상무와 점심 식사를 마치는 대로 「김동길」 경리부장, 「최경심」 계장과 함께 회계처리에 관한 회의가 있을 예정이다. 이 회의에서 항상, 그들이 의심하는 업무비용 처리에 대해 투명하게 설명할 작정이다. 어차피 미국으로 떠나야 할 입장에서, 언제 누구한테 무슨 일로 얼마를 주었는지 내역을 감출 이유가 없다는 것이 「나갈대」의 생각이었다. 회의가 시작되어 「나갈대」가 업무비용 내역을 투명하고 자세하게 공개를 했다. 그들의 오해가 풀리는 듯했다. 「최경심」 계장과 마지막 회의를 하고 나니 왠(?)지 섭섭한 생각이 들었다. 내일이면 약혼할 「나갈대」가 왜(?) 그렇게 섭섭할까.

내 이름 「나갈대」

「한상길」 상무가 중매를 서둘렀을 때 그녀에게 마음을 정했더라면 돈 걱정 없이 미국 유학을 할 수도 있지 않나(?) 하는 지나친 미련 때문일까. 잠시, 바람에 흔들리는 갈대처럼 「나갈대」의 마음이 또 흔들거렸다. 「나갈대」에게 유혹의 바람이 잠시 불어온 것이다. 바람직하지 않은 길로 이끄는 유혹의 손길에 왜(?) 자신이 끌려가는 걸까. 마치, 양의 탈을 쓴 늑대처럼 유혹을 받을 때마다 늑대로 변하는 「나갈대」 자신이 아닌가. 노벨문학상 수상자이자 소련 체제의 폭력과 폭압을 비판한 극작가 「솔제니친」은 그의 저서(『역사의 껍질을 계속 벗기다』)에서 결국 유혹의 알맹이는 령(靈)적이라고 주장을 했다. 역사를 만들어가는 인간의 령 속에 늑대로 변신하려는 그 무엇이 항상 자리 잡고 있다는 뜻이다. 그렇다면 인간의 령 속에 늑대가 자리하고 있는 한, 누구라도 유혹에서 자유로울 수 없다고 「나갈대」는 생각을 하고 싶었다. '유혹'을 인생의 동반자쯤으로 생각한다…. 뭐 그런 것일까. 성경(눅 22:39~46)에서 "유혹에 빠지지 않도록 기도하라, 그만 자고 기도하라, 시험에 들지 않도록 기도하라" 이렇게 반복을 한다. 우리가 기도하지 않으면 유혹의 시험에 빠진다는 것을 일깨워주는 성경 말씀이다. 그러나 문제는 24시간 쉬지 않고 기도하는 사람이 이 세상에 몇 명이나 있을까. 그저 말로는 기도한다고 떠들고 행동은 세상의 유혹에 흔들리는 사람이 거의 대부분이 아닐까. 「나갈대」 마음속에 기도, 유혹, 양, 늑대…. 복잡한 생각이 얽힌 채 내일 약혼식을 위해 등촌동으로 향했다.

약혼식 날이다. 「나갈대」는 신부한테서 받은 약혼 선물의 새 양복, 새 시계, 새 구두로 몸단장을 했다. 부모님도 모든 준비를 마쳤다. 김포대로까지 걸어 나가서 광화문행 버스를 올랐다. 셋이 광화문을 거쳐 서울역에 잘 도착하여 목포행 무궁화호를 탔다. 1시간 30분 후 평택에 도착할 예정이다. 평택으로 가는 동안, 앞으로의 계획을 부모님께 말씀을 드렸다. 부모님은 결혼 후 신혼부부의 거처에 대해 궁금해하셨다. 「나갈대」는 미국으로 가기 전까지 주말부부라고 말씀도 드렸다. 어머니는 주말부부 생활을 좋아하지는 않으셨지만, 현실적인 상황을 이해하시는 것 같았다. 이런저런 대화를 하는 중에 곧 평택역에 도착을 알리는 기내 방송이 울렸다. 평택에 도착을 했다. 평택역 홈 저만치에서 손짓하는 「신자」가 보였다. 3개월 만에 보는 그녀의 얼굴이 그저 사랑스럽기만 했다. 그녀의 부모님도 마중을 나오셨고, 아라비아 상인들이 다시 만나듯 여섯 사람이 한 가족같이 반갑게 인사를 나누었다. 어머니들은 손에 손을 잡고 서로의 안부를 물어보시기에 바빴다. 아버님들도 한참 동안 악수하고 손을 흔들면서 대화를 하셨다. 「나갈대」는 그녀의 손을 잡을 수도 포옹을 할 수도 없는 어정쩡한 자세로 어설픈 미소로만 인사를 해야 했다. 예비 신부가 인도하는 대로 택시를 타고 약혼식장에 도착했다. 물론, 그녀가 약혼식 행사를 완벽하게 준비했으리라고 믿었다. 평택에서 이름난 한식집이다. 한식집 분위기는 몸과 마음이 편안해지는 한옥 기와집이다. 주변 경관이 너무 아름다웠다. 서비스하는 직원들도 고운 한복차림이었다. 직원이 넓은 방으로 안내를 했다. 아름다운 산수가 수놓인 큰 병풍이 방 안의 분위기를 더 돋웠다. 어머니들은 계속 대화를 이어갔다. 주례 일행이 오고 참석자들의 인사가 진행되는 동안 「맹신자」는 옆방에서 한복으로 갈아입고 선녀같이 사뿐사뿐 걸어 나왔다. 비우티풀(Beautiful)! 그 이상도 이하도 아니다. '「맹신자」는 너무 너무 아름다워!' 그렇게 속으로 되뇌이며 「나갈대」의 마음은 흐뭇하기만 했다. 사실, 약혼식은 결혼을 약속하는 공식적인 전통의례에 불과하다. 그러나 목사님은 '약혼은 사람과 사람 사이의 약속일 뿐만 아니라 하나님과의 약속이므로 맹세에 해당되며, 서약(Oath)이자 언약(Solemn Promise)과 같은 것'이라고 설교를 하셨다(민 3:2). 영국 사람들은 자녀들에게 항상 '약속은 약속이다.' 그렇게 가르친다. 한 번 약속을 했으면 지켜야 한다는 말이다. 「나갈대」는 이미 「맹신자」에게 인생을 함께 하기로 약속을 했고, 그 약속은 양심의 맹세라고 생각을 했다. 하나님께, 양가 부모님께, 「맹신자」에게, 그리고 자신에게, 공개적으로 맹세하고 확인을 하는 날이다. 예비 신랑과 신부가 약혼예물을 교환하고 양가 부모님께 큰절을 올렸다. 약혼식 자체는 오래 걸리지 않았고, 점심 식사가 시작되었다. 밥상 위에 차려진 요리의 이름을 알 수 없을 만큼 진수성찬이다. 그렇게 약혼식이 끝나고 부모님을 모시고 서울로 올라왔다. 결혼식 날까지 다시 서울에 갈 시간 여유가 없다. 내일 부산 현장으로 복귀하는 길에, 잠시 평택에 들러 그녀와 앞으로의 계획을 의논할 예정이다. 「나갈대」의 부모님이 예비 신부를 마음에 들어 하셨다. 그녀 부모님의 예의 있는 태도에 대해서도 크게 칭찬을 하셨다. 「나갈대」의 어머니는 아들이 빨리 결혼을 하여 부산에서 고생하지 않길 바라지만, 주말부부로 지내야 한다는 아들의 계획에 마음이 편치 않으셨다. 「나갈대」는 아침 일찍부터 부산행을 서둘렀다. 부산행 열차를 타고 가면서까지도, 어제 약혼식에서 보았던 그녀가 무척 보고 싶었다. 마음 같아서는 당장 결혼식을 올리고 함께 살고 싶은 생각이 「나갈대」 마음을 흔들었다. 결혼식까지 어떻게 몇 달을 견딜 수 있을지! 결혼 후 주말부부? 앞으로가 한심하다는 생각이 가슴을 짓눌렀다.

"다음 역은 평택입니다. 내리실 손님들께서는 잊으신 물건 없이 안녕히 가십시오." 열차 안내방송이 나왔다. 안내방송만 들어도 가슴이 두근거리는 「나갈대」…. 사랑하는 약혼녀 「맹신자」를 만날 시간이 다가왔다. 평택역 홈에 들어서자 그녀가 손짓을 하면서 종종걸음으로 다가왔다. 아주 잘 어울리는 커플을 가리켜 이른바 천생연분(天生緣分)이라고 하지 않은가? 인위적이 아니고 자연의 힘에 의해서 하늘이 내려준 끈으로 여자와 남자를 하나로 묶는다는 뜻이란다. 어쩌면, 「맹신자」와의 관계가 천생연분일까? 문득, 그런 생각이 「나갈대」에게 들었다. 하루 만에 다시 만났다. 부산으로 내려갈 때까지 5~6시간 정도 남아있다. 평택역 근처의 다방으로 가서 그녀가 「나갈대」에게 쌍화차를 권했다. 기력 회복, 감기 예방, 염증 제거, 혈액순환에 좋다는 한방차(漢方茶)다. 「나갈대」의 피로와 건강을 배려하는 「신자」의 마음으로 느껴졌다. 둘이 마주 보지 않고, 옆으로 나란히 앉았다. 한시도 떨어지고 싶지 않았다. 그녀의 옆모습에서 「모나리자(Mona Lisa)」의 보일 듯 말 듯한 미소가 보였다. 앞에서 보는 「모나리자」의 미소는 세상을 비웃는 듯하다지만 옆에서는 애틋한 사랑이 느껴진다고들 한다. 순간, 불같은 욕정이 일어나면서 「나갈대」의 얼굴이 화끈거렸다. 결혼식 관련 한참 의논을 했다. 결혼식 날짜, 주례, 식장, 피로연, 신혼여행, 초청 인원, 등 여러 가지… 모두 그녀가 주도하기로 했다. 그런데 결혼 후 어디에 살림을 차릴 것인지가 가장 큰 걸림돌이었다. 미국으로 가기 전까지 「나갈대」의 직장 생활을 유지해야 했다. 그녀도 미국에서 합류할 때까지는 교사 생활을 계속해야 할 입장이다. 일단, 신혼살림을 등촌동에 두고 「나갈대」는 당분간 현장 독신자 숙소에서, 그녀는 평택에서 자취를 하기로 했다. 결혼식 절차와 준비가 그렇게 복잡하고 어려운지 「나갈대」는 미처 몰랐다. 어느새 평택을 떠나야 할 시간이 되었다. 평택역으로 가는 두 사람의 발걸음이 무겁고 말도 없다. 서로의 눈빛과 마음을 헤아리는 무언의 언어만 존재했다. 부산행 완행열차가 도착했다는 안내방송이 나왔다. 「나갈대」가 플랫폼으로 들어갈 때까지도 그녀는 입을 열지 않았다. 기적소리가 울리자 그녀가 손수건으로 얼굴을 가렸다. 얼마나 애틋한 그녀의 마음일까. 지난 이틀 동안, 그녀와 함께 보냈던 일들이 담긴 파노라마 영상이 「나갈대」 머리에서 스쳐 지나 돌아가는 동안 잠이 들었다.

「나갈대」는 현장업무를 시작하면서 아침부터 현장 구석구석을 살펴보았다. 여전히 건설자재들이 마구 흩어져 있다. 「이멍구」 차장의 안전관리 감독에 허점이 있다고 판단을 했다. 현장사무실의 미스 「리」도 출근을 했다. 「나갈대」가 본사에 출장 가는 동안의 업무를 보고하기 위해서 「이멍구」 차장이 사무실로 들어왔다. 「나갈대」는 그의 보고를 받고 다시, 공사 진행, 자재 조달, 인력 관리, 그리고 회계처리 등에 관해 이야기를 나눴다. 「이멍구」 차장은 「허풍길」 사장과 인력조달 문제로 약간의 다툼이 있었다고 토로를 했다. 「나갈대」는 평소에도 두 사람 사이가 썩 좋지 않다는 것을 알고는 있었다. 「이멍구」 차장에 따르면, 그가 「이멍구」

차장을 무시한다는 것이다. 자신의 존재가치를 우습게 여긴다는 게 「이명구」 차장의 불만이었다. 「나갈대」도 그런 사람들을 증오해 왔다. 교통법규를 무시하면 본인한테 치명적인 사고가 생기는 것처럼 상대를 무시하는 것은 교통법규를 무시하는 것과 다를 게 없다는 것이, 평소 「나갈대」의 생각이다. 아마 「허풍길」 사장은 「이명구」 차장이 현장소장이 아니라는 점에서 무시를 하는 것 같았다. 무슨 일이든 현장소장과 직접 의논하면 된다는 「허풍길」 사장의 태도가 문제다. 「나갈대」는 「이명구」 차장의 권위를 세워줘야겠다는 생각이 들었다. 건설현장은 점점 복잡해졌다. 철근 운반, 레미콘 차량, 여기저기에서 못질하는 소리까지 현장 분위기가 마치 전장을 방불케 했다. 무엇보다도, 「허풍길」 사장과 「이명구」 차장 사이의 거리를 좁혀야겠다는 것이 「나갈대」의 판단이다. 앞으로, 미국 입국비자 처리를 위해 현장을 자주 비울 때 「이명구」 차장의 도움이 필요하다. 「나갈대」는 「허풍길」 사장, 「이명구」 차장과 함께하는 저녁 식사 자리를 마련하여 다대포횟집에서 세 사람이 만났다. 술잔이 오가며 어느 정도 취기가 올랐을 때 「나갈대」가 「이명구」 차장의 불만에 대해 얘기를 할 생각이었다. 그러나 한국 사람들의 특징 중 하나가 술에 취하면 적(敵)이든 누구든 '형님, 동생'으로 바뀐다. 「허풍길」 사장이 「이명구」 차장보다 나이가 어렸다. 그는 어느새 「이명구」 차장을 형님이라 부르고 있었다. 그래도 「나갈대」는 이 기회에 「이명구」 차장의 권위를 세워주고 싶었다. 앞으로 현장소장이 자리를 비우더라도 「이명구」 차장의 결정이 곧 현장소장의 결정임을 분명히 해두었다. 눈치 빠른 「허풍길」 사장이 「나갈대」의 의중을 금방 파악을 했다. 저녁 식사가 끝나고 2차로 「허풍길」 사장이 두 사람을 방석집으로 안내했다. 2차 방석집은 식사 후 아가씨들이 남자들 옆에서 술과 노래로 분위기를 띄우는 작은 카바레다. 이들은 손님들의 팁으로 먹고산다. 「나갈대」는 「허풍길」 사장이 마련한 2차 방석집에 함께 가야 할지 어떨지 또 마음이 흔들렸다. 양의 탈을 쓴 유혹의 손길이 또 「나갈대」를 향해 손짓하기 시작했다. 여기서 「허풍길」 사장의 호의를 거절하면 화기애애(和氣靄靄)한 분위기를 망치는 사람이 된다. 불편한 감정을 풀고 화해해야 할 분위기를 깰 수 없다는 생각이 들었다. 그뿐만이 아니라, 「나갈대」 역시 카바레 분위기에서 한번 즐겨보고 싶었다. 그의 마음속에서 유흥의 유혹과 양심의 대결이 한참 동안 요동을 쳤다. 이럴 때 양심이란 게 없으면! 오죽하면 루소(프랑스 사상가)가 양심의 본능이 무엇인지 신에게 묻고 또 물었을까. 자신의 행위에 대한 옳고 그름의 판단을 내리는 도덕적 양심보다 하나님의 뜻을 알고 싶은 신앙적 양심에 「나갈대」는 더 흔들렸다.

"하나님…, 오늘 하루만 용서하여 주십시오."

내 이름 「나갈대」

「나갈대」는 그렇게 속으로 외치면서 「허풍길」 사장을 따라나섰다. 세 사람은 그야말로 흥겹게 즐겼다. 그리고 두 사람 간에 쌓였던 불편한 관계도 말끔하게 정리가 된 듯했다. 「나갈대」는 독신자 숙소에 돌아왔다. 새 아침이 밝았다.

「나갈대」는 오늘도 안전사고 없는 하루가 되기를 하나님께 기도를 드렸다. 건설공사는 계약 일정에 맞춰지고 있었다. 그동안 약혼녀한테서 여러 번 전화로 결혼식 준비 상황을 알려주었다. 그동안 그녀는 서울에서 예비 시부모님을 찾아뵙고 결혼 예단을 포함한 여러 가지 준비물에 대해 말씀드렸다고 했다. 「신자」는 전화할 때마다 아침 식사 챙기기 당부를 잊지 않았다. 「쿡」 대위한테 편지를 보낸 지 6주 만에 그의 답장을 받았다. 두툼한 봉투로 보아 취업과 관련한 서류가 들어있는 듯했다. 「나갈대」의 추측이 옳았다. 「나갈대」의 실험실 취업이 확정되었다는 내용과 미국대사관에 제출할 서류가 들어있었다. 「나갈대」는 「쿡」 대위에게 감사의 표시와 함께, 취업비자 신청을 하겠다고 답장을 보냈다. 「나갈대」의 꿈이 현실로 바짝 다가선 순간이다. 외무부에 여권 신청을 해놓았고, 미국대사관에서 취업비자를 받으면 꿈의 나라 미국으로 떠날 수 있을 것 같았다. 「신자」에게 그 사실을 얘기하니, 그녀의 첫마디는 새벽기도에 하나님이 응답하신 결과라고 했다. 「나갈대」도 그렇게 생각이 들긴 들었다. 부모님께는 미국 취업에 대해 알리지 않았다. 혹시, 교회에서 아들 자랑을 할 수도 있기 때문이다. 모든 준비를 끝낸 후에 말씀드려도 늦지 않다는 생각이다. 부산에서 미국 영사업무를 볼 수 있다는 것이 다행스러웠다. 지난번 Arizona대학 입학서류를 준비한 경험이 있다. 취업비자에 서류 준비를 시작했다. 외무부에서 여권만 발급되면 곧 비자 신청을 할 예정이다. 하나님께서 앞길을 열어주실 것이라고 믿었다. 부모님들, 예비 장인과 장모님, 약혼녀… 모두 새벽마다 기도하기 때문이다. '뜻이 있는 곳에 길이 있다'. 「나갈대」는 그가 꿈꾸고 있는 공학박사의 길도 열릴 거라고 믿었다. 업무를 「이명구」 차장에게 위임하는 일을 늘리기 시작했다. 가능한, 협력업체들과의 관계까지도 「이명구」 차장이 해결하도록 하고, 자신은 본격적으로 미국에 가는 일에 힘을 쏟았다. 현장소장과 저녁 식사를 원하는 협력업체 사장들의 제안을 거절하면서 부산 시내에 있는 야간 영어회화 학원에 다녔다. 과거, 공병 장교 시절에 배웠던 미8군 건설시방서를 다시 공부하기 시작했다. 미국 텍사스 건설회사에서 맡을 업무가 건설재료 시험이기 때문이다. 밤늦도록 영어학원에 시달리다가 숙소에 오면 자리 깔고 눕기도 바빴다.

내 이름 「나갈대」

결혼

결혼식 날짜가 다가오고 있다. 네 번째 본사 출장길에 일주일 휴가를 얻어서 결혼식을 올릴 예정이다. 결혼 준비에 바쁘다는 약혼녀의 연락이 자주 왔다. 그녀 곁에 있으면 역할을 분담할 수도 있겠지만, 사정상 어쩔 수가 없어서 안타까웠다. 그녀도 불평을 할 만하지만 「나갈대」와 대화를 할 때마다 항상 명랑했다. 네 번째 서울 본사출장 3주 전에 외무부로부터 여권이 발급되었다는 통보도 받았다. 특권층이 아닌 일반인이 여권을 받는 것은 상상도 할 수 없는 일이 「나갈대」에게 일어난 것이다. 결혼식도 예정되어 있고 여권마저 손에 쥐게 되니 바로 옆에 성공이 와있는 듯했다. 결혼식은 그녀가 다니는 교회에서 하고 주례는 그 교회 목사님이 하신다고 했다. 전에 그녀와 그 교회에서 예배를 본 적이 있었다. 「나갈대」 역시, 아무래도 예비 신부의 근거지에서 결혼식을 올리는 게 좋겠다고 동의를 했다. 신혼여행은 대천에서 가까운 온천으로 정했다는데, 평택에서 대천은 별로 멀지 않은 거리다. 이것도 경제성을 고려한 그녀의 결정이다.
결혼식에 참석하는 「나갈대」의 친척은 몇 명에 불과했다. 가능한
결혼비용을 절약하여 미국 정착에 쓰고 싶은 「나갈대」의 마음을
그녀가 잘 헤아리고 있었다. 「나갈대」가 현장소장 임무를 맡은 지
1년이 다 되었다. 기초공사는 물론 건물공사도 계약 일정대로 진
행되고 있었다. 앞으로 인력조달에 문제가 없고, 안전사고만 없다
면 누가 현장소장으로 오더라도 아파트 건축을 완성하는 데에 별
문제가 없으리라 생각이 들었다. 「나갈대」는 서울 본사 출장 준비
를 시작했다. 그는 「한상길」 상무한테 결혼 소식을 전하고 일주일
휴가를 얻어볼 생각이다. 본사 출장 2주 전에 「한상길」 상무한테
전화를 드렸다. 「나갈대」는 결혼 예정과 본사 출장 후, 신혼여행
차 일주일 휴가를 희망했다. 그는 결혼을 축하하면서도 어색한
말투가 확연히 느껴졌다. 아마 「최경심」 계장과의 중매 건 때문
에 실망한 게 아닐까 싶었다. 본사 출장 준비와 그녀의 빈번한 연
락으로 시간이 어떻게 가는지 모를 정도다. 결혼 청첩장 인쇄물
이 도착했다. 미색 종이에 부부 금슬의 상징이라는 금색 원앙새
를 배경으로 신랑, 신부의 이름이 잘 새겨져 있었다. 등촌동 「Mr.
Bush」와 미8군 「David Brown」 중령한테 청첩장을 보냈다. 이들
이 참석할 수도 있고 안 할 수도 있지만, 그들에게 「맹신자」를 약
혼녀라고 거짓 소개한 것을 바로 잡기 위해서였다. 아울러 「쿡」

대위에게도 같은 목적으로 청첩장을 보냈다. 「이명구」 차장을 사무실로 불러서 본사 출장 기간에 무엇보다도 안전사고 방지에 만전을 기할 것을 또, 부탁을 했다. 그리고 결혼 소식과 일주일 휴가라는 것도 알려주었다. 청첩장을 발송한 지 열흘쯤 후에 「Mr. Bush」로부터 흔쾌한 답이 왔다. 「Brown」 중령은 일정상 참석할 수 없고, 본인이 부인과 참석하겠다는 내용이었다. 「Brown」 중령의 결혼 축하 메시지와 선물은 자기가 가져오겠다고 했다. 도대체, 미국 사람들은 어찌 이리도 친절할 수 있을까? 세계 최강국의 국민답다는 생각이 또 들었다. 「이명구」 차장한테 한 번 더 현장 안전관리를 부탁하고 서울 본사 출장길에 올랐다. 아니… 어쩌면, 노총각이 결혼하려고 떠나는 마음 설레는 날이기도 했다. 밤늦게 등촌동에 도착을 했다. 그리고 부모님께 앞으로의 일정을 말씀드렸다. 한국의 전통적인 예절에 따라 신혼여행 후, 등촌동에서 부모님께 큰절을 올리겠다고 했다. 신혼살림 가구들이 제법 「나갈대」의 방에 차있었다. 이제 새로운 가정이 시작되고 있음을 알려주고 있었다.

아침 일찍부터, 「나갈대」는 본사에 들어갈 준비를 서둘렀다. 먼저 「오기호」 과장을 찾았다. 그는 두툼한 결혼 축의금 봉투를 「나갈대」에게 내밀었다. 평소 똑똑하고 예의 바른 「오기호」다웠다. 다시, 「한상길」 상무의 집무실로 올라가니 그가 반갑게 맞이하면서 결혼을 축하했다. 그리고 결혼식에 참석하겠다며 「나갈대」의 어깨를 토닥거렸다. 결혼식에 직접 참석할 정도로 그가 「나갈대」에게 관심을 표한 것이다. 출장 때마다 그러하듯, 두 사람은 회의실로 발길을 옮겼다. 회의실에는 임원들과 여러 현장소장들이 「최명철」 사장의 입장을 기다리고 있었다. 「최명철」 사장의 입장과 동시에 「이간사」 총무이사가 회의 시작을 알렸다. 「이간사」 총무이사는 언제나 두 손을 합장하고 굽실거리며 윗분들을 대하는 것으로 유명하다. 각 임원의 업무보고에 이어 현장소장들의 현황보고가 계속되었다. 역시 이번에도 「나갈대」의 보고가 첫 번째다. 부산 현장은 공사계약 일정에 따라 잘 진행 중이라고 보고를 했다. 부산 현장은 전국 8개의 공사현장 가운데 유일하게 계약 일정에 문제가 없었다. 그런 이유 등으로 「한상길」 상무가 「나갈대」를 잘 챙기는 것 같았다. 「서길순」 재무이사는 회사 재정 상황이 어렵다고 보고를 했다. 이어, 「최명철」 사장의 유례없는 발언이 시작되었다. 영업수주 실적이 불량하고 여러 현장에서 크고 작은 안전사고가 발생하는 것에 대한 불만이었다. 회의장 분위기가 마치 눈보라 몰아치는 허허벌판 같았다. 숨이 콱콱 막힐 정도로 그의 음성이 높아졌다. 회사 운영 상태가 여의치 않다는 직감이 들었다. 어렵사리 회의가 끝났다. 「이간사」 총무이사가 「나갈대」를 불러 「최명철」 사장이 찾는다고 했다. 회사 입사 이래 개인적으로 그를 대면한 적이 없었다. 「나갈대」는 조용히 회장실을 노크하자 여비서가 그를 「최명철」 사장의 집무실로 안내를 했다. 그의 집무실은 뜻밖에도 초라했다. 평소에도 검소하게 지내신다는 입소문대로였다. 그는 「나갈대」를 소파에 앉으라고 권하더니 결혼 '축하금'을 주면서 축하를 했다. 황송했다. 이어 그는 느닷없이 인사 발령 이야기를 꺼냈다. 「나갈대」에게 서울 본사로 와서 현장 8곳을 관리하는 건설 본부장 업무를 맡으라는 것이다. 회사 전체의 건설관리를 주문한 것이다. 참으로 뜻밖이었다. 미국 이민을 서두르고 있는 「나갈대」의 입장에서 어떻게 대답을 해야 할지 황당했다.

'차라리 이 기회에 미국 얘기를 해버려?'

속으로 자기 스스로에게 물었다. 이러지도 저러지도 못하는 어려운 처지…. '진퇴양난(進退兩難)!'이다. "급할 때는 앞으로 가지 말고 옆으로 돌아가라."라는 한국에 속담도 있다. 일찍이 「소크라테스」는 아내의 심한 잔소리를 일단 피하고 보았다 하지 않는가? 아내한테 맞서면 큰 싸움을 피할 수 없다는 것을 그는 알았기 때문이다. 중국의 『손자병법(孫子兵法) 36계』에서도, 어려운 전쟁에서 작전상 후퇴도 하나의 작전이라 했다. 어려움에 직면할수록 일단 숨 고르기를 하고 나중에 결정하라는 지혜이다. 「나갈대」는 일단 작전상 후퇴의 길을 택했다. 「최명철」 사장은 내부 의견을 수렴하여 인사발령이 날 때까지 혼자만 알고 있으라고 당부를 했다. 기뺌보다는 마음이 착잡했다. 「나갈대」는 사장실을 나와서 외무부로 달려갔다. 오늘이 아니면 여권을 찾을 시간이 거의 없다. 여권을 받자 자신이 당장, 한국의 상류층에 진입한 느낌이 들었다.

드디어, 「나갈대」의 결혼식 날이다! 몇 명에 불과한 친척들이 평택 결혼식장으로 오도록 되어있다. 등촌동 등대교회에서 몇 명의 교인들이 참석할 예정이다. 비록 교회가 분리되었지만 「유명한」 장로 내외분도 참석하신다고 연락이 왔었다. 「나갈대」의 친구 몇 명도 평택으로 온다고 연락을 했다. 「나갈대」 쪽의 하객은 고작 20여 명이다. 폐백 행사를 마치고 바로 떠날 신혼여행 가방 준비도 끝냈다. 평택으로 가기 위해서, 「나갈대」는 부모님과 서울역으로 발길을 재촉했다. 드디어, 목포행 열차에 몸을 실었다. 1시간 30분 후에 평택에 도착하면 결혼식 예배를 드리기에 시간이 넉넉하다. 아버지는 말씀이 없으시고, 어머니의 표정은 어두워 보였다. 결국, 어머니가 아들을 향해 말문을 여셨다.

"너는 언제 미국에 가노? 보리밥 먹고 보리 똥 싸면서 여기서 그냥 살면 안 되겠나?"

얼마나 생각하고 생각해서 나온 말씀이실까? 왜 자꾸 낯선 땅으로 가려 하냐고 여러 번 물어보신 적이 있었다. 「나갈대」는 어머니의 말씀에 이해가 되었다. 물도, 땅도 낯선 나라에서 사는 것 자체가 고생이라고 생각하시는 거다. 여기서 더 설명하면 결혼식장에 도착할 때까지 분위기가 좋을 리 없다. 「나갈대」는 어머니 물음에 대답을 했다.

"미국에서 아주 사는 게 아니고 박사학위 받으면 한국으로 돌아올끼라."

어머니는 포기를 하시면서 사그라드는 목소리로 다시 「나갈대」의 그런 대답에 대답을 하셨다.

"그때까지 내가 살고 있겠노!"

이런저런 대화가 이어지는 동안 어느새 평택 도착 방송이 나왔다. 플랫폼을 나가자 모르는 사람이 다가오더니 「나갈대」한테 묻는다.

"혹시 「나갈대」 선생님?" 모르는 사람에 질문이었기에 「나갈대」는 엉겁결에 그에게 대답을 했다.

"네. 맞습니다." 그가 자기의 신분을 밝혔다.

"네…, 저는 안성중학교 「맹신자」 선생님께서 예약하신 택시 기사입니다."

혹시나 했더니, 역시나 사려 깊은 그녀였다. 세 사람이 결혼식장에 도착하자 사돈들이 부모님을 반갑게 맞았고, 어머님들이 또 손을 잡고 한참 동안 인사를 나누셨다. 「나갈대」가 신부 대기실에 들렀다. 하얀 면사포를 쓰고 기다리는 선녀 같은 그녀…. 세상 어떤 사람하고도 비교할 수 없을 만큼 백장미 같았다. 말 그대로, 하얀 장미꽃! 존경과 순결을 의미하는 일등(一等)꽃! 그녀가 미소를 지으면서 신랑을 반기는 자태는 그저 아름답기만 했다. 「나갈대」는 두루두루 하객들과 인사를 나누는 동안, 누군가가 어깨를 툭 쳤다. 「한상길」 상무가 웃고 있었다. 그리고 저만치에 미국인이 보였다. 「Mr. Bush」였고, 그의 옆에 한국인 부인도 함께였다. 약 백여 명의 하객 중에 유일한 미국인이다. 「나갈대」는 서툰 영어로 그들과 인사를 나눴다. 사람들이 「나갈대」를 쳐다봤다. 그들은 「나갈대」의 영어가 서툴다는 걸 모를 것이다. 그러나 영어를 잘하는 사람이라고 생각했을 것이다. 사실, 영어를 하는 사람이 거의 없던 시절에 미국 사람과 대화를 한다? 사람들이 놀란 표정으로 「나갈대」를 쳐다볼만도 했다. 그는 「나갈대」한테 「Brown」 중령의 축하 인사를 전했다. 하객들 모두 자리에 앉으시라는 실내 방송이 나왔다. 음악이 나오면서 주례가 입장했다. 신랑, 신부 입장 순서에서 「나갈대」 신랑이 당당하게 입장을 하고, 백장미 같은 「맹신자」 신부가 고개를 살짝 숙인 채 뗄까 말까한 걸음걸이로 친정아버지의 손을 잡고 들어온다. 신부가 입장하자 하객들이 박수로 환영을 했다. 신랑과 신부가 서로 인사를 했다. 결혼 찬송(찬송가 604장)에 이어 주례자의 기도가 있었다. 주례자는 '행복한 가정'이라는 제목으로 말씀을 하신다(고 13:4~13). 결국, 하나님께서 주신 배필이기 때문에 하나님 백성답게 사는 게 행복

한 가정이라는 요지였다. 목사님의 주례사가 너무 길다고「나갈
대」는 생각을 했다. 긴장과 피로에 지친 신랑과 신부한테 주례자
의 설교가 귀에 들어오겠는가. 앞에 서서 가만히 있어야 하는 신
랑과 신부한테는 너무 힘든 시간이다. 하객들에게도 지루하기는
마찬가지다. 주일 예배 때에 설교인지, 결혼식의 주례사인지 분간
을 못 하는 주례 목사님이 안타까웠다. 신랑과 신부 서약에 이어
성혼 선포로 결혼식이 약 1시간 만에 끝났다. 주례 목사님의 서
툰 진행을 더 불평할 수도 없다. 폐백 예식까지 거의 2시간이 걸
렸다. 신부도 많이 지쳐 보였다. 하객들의 축하 속에 신혼부부는
대천으로 출발을 했다.

　두 사람은 미래를 설계하면서 3박 4일 동안 신혼여행의 즐거움
을 만끽했다. 이제 '신부례(新婦禮)' 절차가 남아있다. 신부가 시댁
으로 아주 들어간다는 전통적인 예절이다. 이날부터 신부는 친정
을 아주 떠나는 출가외인(出家外人)이라고 공식적으로 인정받는 날
이다. 하나 더, '재행(再行)'이라는 마지막 절차가 남아있다. 처가에
서 신랑과 신부를 데려다가 하룻밤을 재우는 것인데, 신부가 마
지막으로 친정에 머무는 날이다. 두 사람은 신부례를 마치고 재
행 길에 나섰다. 그날 밤이 지나고 내일이면「나갈대」는 부산으
로,「맹신자」는 평택으로 가야 했다. 장인과 장모님이 두 사람의
'재행'을 기다리고 있었다. 특히, 장모님은 맛있는 저녁 밥상을 차

리셨다. '재행'의 밤…. 두 사람의 뜨겁고 감미로운 시간이 총알처럼 지나고 생이별의 아침이 밝았다. 신랑 신부가 정장 차림으로 부모님께 큰절을 올렸다. 장인·장모님께서는 아들, 딸 낳고 행복하게 잘 살라고 덕담을 하셨다. 결국, 장모님은 감정에 복받치는 눈물을 보이고 말았다. 머잖아, 하나밖에 없는 외동딸을 미국으로 떠나보내야 하니 기가 막히지 않겠는가. 「나갈대」는 너무나 미안한 생각이 들었지만, 어쩔 수 없는 인생행로가 시작된 것이다. 둘이 그녀의 자취방으로 발길을 옮겼다. 자취방 주인에게 「나갈대」는 그녀의 남편이라고 얘기를 했다. 그녀의 자취방은 조그마한 부엌이 딸린 시골집 방이었는데, 그녀의 성격처럼 방안과 부엌이 잘 정돈되어 있었다. 그녀는 주말부부 생활을 위해 부엌살림, 밥상, 이불까지 새로 마련해 놓았다. 「나갈대」는 주인어른들께 인사를 드리고 덕담하면서 잠시 시간을 보냈다. 부산행 열차 시간에 맞춰 평택역으로 가야 할 시간이 다가오고 있었다. 어제 '재행의 밤'에서도 그녀와의 포옹이 뜨거웠지만, 막상 떠나면서 「나갈대」는 다시 한 번 그녀를 힘껏 안았다. 신혼 일주일 만에 서로 떨어져야만 하는 아쉽고도 외로운 현실이다. 둘은 서로 포옹한 채 떨어지지 않으려 했다. 그녀의 눈시울에 어느새 이슬방울이 보인다. 그렇게 명랑하던 「맹신자」도 잠시나마 떨어져 있어야 하는 이별의 아쉬움 앞에서는 어쩔 수 없는 여자다. 걸음을 재촉하며 그녀가 다시 명랑하게 얘기하기 시작했다. 참으로 고마운 여자다. 「나갈대」가 열차를 탈 때까지 그녀가 어두운 표정을 하고 있으면 「나갈대」의 마음이 편할 리 없다. 그녀의 밝은 모습은 결국 「나갈 대」의 현장 업무를 돕는 거나 마찬가지다. 평택역에 도착해서 조용히 그녀의 귀에 속삭였다 '대한민국 여권을 받았다'고…. 밤늦게 숙소에 도착하니 퀴퀴한 냄새가 진동을 했다. 짐을 풀어놓고 잠시 생각에 젖어들었다. 지난 7박 8일 동안 꿀같이 달콤했던 신혼의 날들이 「나갈대」를 마냥 행복하게는 해주었다. 그러나 미국 이민, 본부장 발령, 아내에 대한 그리움, 복잡한 현장관리, 하청 업체들의 불만 등…. 수많은 일이 그의 머릿속을 두드렸다. 당장 내일이라도 짐을 싸서 서울로 갈 수도 없고, 아내의 품을 그리며 힘겹게 잠을 청했다.

다음 날, 아침부터 현장점검에 나섰다. 「이명구」 차장으로부터 급한 연락이 없었던 것으로 보아, 일단 불안감은 없었다. 여전히 여기저기에 건설자재들이 널려있다. 건설현장은 생산 공장처럼 정리정돈이 될 수는 없지만, 현장 주변이 어느 정도는 정돈이 되어 있어야 사고를 예방할 수 있다고 「나갈대」는 늘 그렇게 생각을 해왔다. 「이명구」 차장을 비롯한 각 작업반장들을 한자리에 불러서 주변 정리를 잘하라고 더 한번 강력하게 지시를 했다. 「나갈대」 는 그의 현장업무가 시작은 되었지만, 미국 이민과 「최명철」 사장의 본부장 인사발령 발언 때문에 정신이 혼란스러운 데다 마음은 늘 아내 곁에 있다. 8개의 현장을 관리하는 건설본부장! 아무에게나 쉽게 주어지는 자리가 아니다. 미국 취업 이민! 역시, 누구에게나 주어지는 일이 아니다. 신혼 중에 떨어져 사는 것도 아무에게나 생기는 일도 아니다. 어쩌면 앞으로의 일들은 「나갈대」 개인이 하는 것이 아니라, 하나님께서 이미 예정하신 게 아닐까? 하지만, 오랫동안 기독교에서 논쟁거리가 되어온 '예정론(豫定論)'까지 「나갈대」는 들먹이고 싶지는 않았다. 그러나 세상 모든 일이 하나님의 신비에 의해 이끌어지고 있다고 「나갈대」는 믿고 있었다. 중국 춘추전국시대의 전략가로 알려진 손무(孫武)! 그의 『손자(孫子) 병법 36계』에서 '전쟁에서 승리를 하기 위해서 후퇴도 하나의 작전이라고 하지 않았는가! 만약, 회사에서 건설본부장 발령이 나면 미국 이민을 일단 후퇴시키는 쪽으로 마음을 정리해 나갔다. 수시로 걸려오는 아내의 전화는 「나갈대」의 그리움을 녹여주는 양념과도 같았다. 토요일 오전 근무를 마치고 평택으로 올라가는 시간은 행복했다. 해가 바뀌고 결혼 3개월이 되었을 때 아내의 임신 소식도 있었다. 미 대사관에서 취업이민비자 건으로 인터뷰 연락이 왔다. 비자 신청 4개월 만에 받은 연락이다. 인터뷰 날짜는 한 달 후로 잡혀있다. 어쩔 것인가? 미국 이민을 일단 후퇴하려던 마음이 또 복잡해졌다. 회사에서 건설본부장 발령과 관련한 연락은 아직 없다. 아내는 미국 이민 수속에 더 비중을 두었다. 이민은 박사 공부를 위한 수단으로 생각하는 「나갈대」 마음은 다시, 이민 수속을 진행하는 방향으로 기울어지고 있다.

「나갈대」는 아침 일찍 현장점검으로 하루 업무를 시작한다. 오전 9시에 본사 「이간사」 총무이사한테서 전화가 왔다. 본부장 발령 소식일 거라는 예감이 들었다. 아니나 다를까, 발령이 났다고 했다. 한 달 이내로 신임 현장소장에게 업무를 인수인계하라는 요청이다. 날개가 있으면 날아다니고 싶은 마음이었다. 우선, 서울 본사로 가면 미국 이민 준비는 물론 평택에 가기가 편하다. 아내도 기쁨을 감추지 못했다. 부모님께도 알려드렸다. 본부장으로 얼마나 더 재직할지 알 수 없지만, 부산 다대포 시골을 떠난다는 것만으로도 마음이 후련했다. 「한상길」 상무에게서 축하 전화가 왔다. 그도 상무에서 전무로 진급되었다. 「나갈대」도 그의 진급을 축하했다. 인수인계 준비를 시작했다. 인수인계 과정에서 항상 문제가 되는 것이 회계이다. 업무추진비 사용 내역에서 논쟁의 소지가 항상 있기 마련이다. 지난번에 본사 「김동길」 부장, 「최경심」 계장과의 회의에서 업무추진비 사용 내역을 분명하게 확인시켰지만, 신임 현장소장의 이해가 중요하다. 신임 현장소장 「정명석」은, 회사 내에서 젊은 엘리트로 알려져 있었다. 그는 '너울대학교' 건축공학과 출신이다. 그의 입사 동기들은 아직 과장급이지만, 차장으로 진급하면서 규모가 가장 큰 부산현장을 맡은 것이다. 신임 현장소장과 다대포횟집에서 저녁 식사를 하면서 하청업체들의 교묘한 시간 지연 상술에 주의하라고 당부를 했다. 시간이 지연되면 공사 기간이 길어지면서 법적으로 그리고 재정적으로 회사에 큰 손해를 끼치게 된다. 그는 모든 상황을 빨리 알아들었다. 그 역시, 「나갈대」처럼 독신자 숙소에서 생활해야 할 처지다. 두 사람의 소주 한 잔, 두 잔 시간이 길어지면서 인수인계 업무가 끝나는 듯했다. 이런 것이 바로 한국의 독특한 문화일 것이다. 「정명석」과 「나갈대」는 숙소로 왔다. 앞으로 몇 주 동안 그와 함께 살아야 한다. 「이명구」 차장과 작업반장들을 신임소장에게 소개를 했다. 「이명구」 차장은 본사의 계장급이지만, 현장에서는 차장이라고 불렀다. 「나갈대」는 신임소장과 「이명구」 차장과 함께 며칠 동안 현장 구석구석을 살펴보았다. 「정명석」에게 하청업체 사장들도 소개를 했다. 이들을 소개하는 일이 간단하지 않았다. 주로 저녁 식사하면서 대면하거나 소주잔을 주고받아야 하는, 좋으면서도 괴로운 관계이기 때문이다. 3주 만에 인수인계가 끝났다. 지난 1년 반 동안 외로워도 했고 고민도 많이 했던 독신자 숙소를 정리하고 후련하게 서울로 출발했다. 서울로 와서 먼저 「이간사」 총무이사를 찾았다. 그는 「나갈대」에게 본부장 진급을 축하해 주었다. 아주 젊은 사람에게 파격적으로 본부장 발령을 낸 것은 전적으로 「최명철」 사장의 결단이었다는 후문도 전했다. 이제 회사의 모든 건설 현장업무가 「나갈대」의 책임 소관이다. 실로 대단한 권한과 책임을 부여받은 셈이다. 그는 「나갈대」를 「최명철」 사장실로 안내를 했다. 작업복 차림의 「최명철」 사장이 차분하게 그를 맞았다. 그는 안양지역 건설현장으로 출발하기 직전이라고 했다. 「이간사」 총무이사는 두 손을 합장하고 허리를 반쯤 숙이면서 「최명철」 사장의 말끝마다 "네, 네."로 대답을 했다. 굽실거리는 그의 태도가 어색했지만, 목구멍이 포도청이라는 말이 실감 났다. 「최명철」 사장은 크고 작은 안전사고를 많이 염려했다. 여러 건의 안전사고 때문에 비용부담이 너무 크다며 「한상길」 전무와 안전사고 방지책을 의논할 것을 주문했다. 「한상길」 전무실로 가니 반갑게 맞으면서 회사의 전반적인 현황을 설명해 주었다. 영업수주가 어려운 원인 중의 하나는 안전사고로 인한 법적 공방이 계속되면서 상대 건설사들의 모략성(謨略性) 소문 때문이라는 것이다. 상대 경쟁사들이 사실을 왜곡해서 회사의 입찰을 방해한다고 했다. 이런 술책을 바로잡기 위해서 먼저 할 일은 안전사고 발생 건수를 최대한 줄이면서 대외 홍보를 확대해야 한다고 「한상길」 전무에게 조언을 했다. 그는 「나갈대」가 사용할 사무실로 안내를 했다. 「나갈대」의 사무실과 「한상길」 전무 방이 가까웠다. 「나갈대」는 8개의 현장에서 발생하는 안전사고 원인 분석을 시작했다. 8개의 현장소장들은 고참 부장급에다 「나갈대」보다는 나이가 많다. 그들을 명령으로 관리할 수 없다고 생각을 했다. 「나갈대」는 그들을 모시는 자세로 한 달 동안 현장 점검에 들어갔다. 안전사고가 대개 점심 식사 이후에 발생하는 것은, 부산 현장의 안전사고와 거의 같은 흐름이었다. 점심 식사 때 마시는 반주(飯酒)가 원인이다. 주로 식사 전에 독한 술 몇 잔을 마시고 나서 음식을 먹는 절차다. 빈속에 마시는 술은 취하는 속도가 매우 빠르고 오래간다는 것은 일반 상식이다. 사고 당사자들의 상처 부위는 대체로 발목, 허리, 목, 등 낙상으로 생기는 거였다. 「나갈대」는 반주 식사문화를 어떻게 바로잡아야 할지 고민하기 시작했다. 아무리 복잡한 현장관리라도 토요일 늦게 평택으로 가는 길이 즐거웠다. 아내는 일주일이 멀다 하고 태아의 움직임이 활발하다고 귀띔을 해주었다. 「나갈대」 부부는 만날 때마다 미국 이민? 본부장? 어느 쪽을 택할지 계속 대화를 했다. 본부장의 높은 급여, 수당, 차량 혜택, 아내의 교사 월급 등 누구와도 비교할 수 없을 만큼 여유가 있었다. 미국을 포기할까? 그냥 여기서 잘 살까? 매일 갈등의 연속이었지만, 공학박사 학위 취득 후 귀국해서 후진 양성을 하겠다는 마음만은 변함이 없었다. 「나갈대」가 괴로워할 때마다 아내는 하나님께 기도하자고 했다. 그녀는 역시, 맹렬한 신자!

본부장 업무 5주째에 주한 미 대사관에서 인터뷰 일자와 시간을 알려왔다. 인터뷰에 응하지 않으면 미국 이민을 포기해야 한다. 「나갈대」는 날이 갈수록 서울 생활이 좋아져 간다. 회사 직원들, 옛 친구들, 맛있는 음식, 한국을 떠날 마음이 점점 사라지고 있었다. 미국으로 이민을 갈 것인가, 한국에서 그대로 살 것인가에 대한 갈등이 점점 심해져 갔다. 그 와중에도 「한상길」 전무한테 안전사고 방지대책을 제안했다. 사고의 원인이 되는 반주를 없애려면 이른바 '함바집(건설현장의 간이식당)'을 설치하여 술 마시기를 원천적으로 차단하자는 것이었다. 식사비는 회사와 식사하는 사람이 1:1로 부담하면 양쪽 모두 이익이다. 회사 입장에서는 법률 소송비용보다 밥값이 훨씬 저렴하고, 밥을 사 먹는 사람도 밥값의 절반을 절약할 수 있다. '함바집' 안에는 무조건 술을 반입할 수 없도록 엄격한 감시 감독을 제안했다. 안전사고가 줄어들면 회사 '함바집' 운영을 최대한 홍보를 하고 자연스럽게 모략하는 헛소문이 사라질 것으로 보았다. 「한상길」 전무는 그의 제안에 대해 8개 현장소장들의 의견을 물어보기 위해 현장소장 회의를 소집했다. 「나갈대」는 '함바집' 운영이 안전사고를 예방할 수 있다고 그들에게 설명을 했다. 그들도 점심 식사 때 반주 때문에 노동자들 관리에 골치를 앓고 있었다. 결국, 각 현장에 '함바집'을 운영하기로 결정을 했다. '함바집'은 건설현장에 임시천막을 설치하면 완성이다. 「최명철」 사장도 '함바집'과 안전사고 방지에 관심을 보였다. 「나갈대」는 아내에게 '함바집'에 대해 자주 얘기했다. 아내는 안전사고가 없도록 하나님께 기도(祈禱)하면 된다고 우긴다. 기도? 기도만 하면 다 될까? 「나갈대」에게는 의심거리다. 하나님과의 소통으로 무언가를 간청하는 행위를 기도라 하지 않은가? 기도의 신앙적 해석은 너무 어려운 주제라고 「나갈대」는 생각을 해왔다. 그래서 항상, 아내와 신앙적 논쟁을 하고 싶지 않았다. 다만, 기도가 자신의 개인적인 이익을 위한 수단이 되어서는 안 된다고 「나갈대」는 생각을 했다. 「마틴 루터(종교개혁자)」는 하나님과의 자연스러운 대화를 기도라고 하지 않았는가. 그렇다고 기도를 하면 하나님이 개인의 이익까지 결정하신다는 뜻일까? 바로 그 부분을 아내에게 전달하고 싶었다. '함바집', 술, 안전사고… 이런 것들은 어디까지나 법적 성격을 띠는 도덕에 가깝다는 생각이다. 미 대사관 인터뷰 날짜가 다가왔다. 모든 대화를 영어로 해야 했다. 일단 면접까지는 해야겠다는 생각으로 미 대사관으로 향했다. 미 대사관 경비가 삼엄했다. 경비실에서 미 해병대 군인이 「나갈대」의 신원조사를 했다. 군인은 「나갈대」의 인터뷰 안내장을 확인하고 나서, 누군가와 통화를 했다. 한참 후에 군인은 「나갈대」를 건물 안으로 안내를 했다. 키가 아주 큰 미국사람이 「나갈대」를 맞았다. 그가 바로 「나갈대」를 면접하는 영사

내 이름 「나갈대」

(Mr. Michael North)다. 그가 「나갈대」에게 인사말을 했지만, 「나갈대」의 대답은 더디기만 했다. 그는 자기 사무실로 「나갈대」를 안내했다. 그의 책상에 「나갈대」의 서류 파일이 놓여있었다. 「나갈대」는 그에게 천천히 대화해 줄 것을 요청했다. 그는 빙그레 웃으며 천천히 그리고 친절하게 대화를 이어갔다. 미국 사람들은 다 그럴까? 친절하기 그지없었다. 그의 질문 요지는 초청 회사와 어떤 직업적인 관련이 있는지, 전문 분야가 무엇인지, 대학에서 어느 학과를 전공했는지, 미국에 연고자가 있는지…. 인터뷰 결과를 본국의 국무성으로 발송하면 국무성에서 그의 보고서와 함께 미국 법무부에 서류 검토를 의뢰하고 그 결과에 따라 비자 발급 여부가 결정이 된다고 설명을 했다. 비자 발급 여부는 약 3~4개월 정도 걸린다고 했다. 「나갈대」는 몇 번이나 미국 이민에 대해서 생각을 거듭했다. 어떻게 방향을 정해야 할지, 심한 갈등 속에 건설 현장을 둘러보고 평택으로 내려갔다.

여러 현장에서 '함바집'을 운영하기 시작했다. 밥과 반찬은 넉넉하게 제공하되 술은 철저하게 단속을 했다. 식사비용이 반으로 줄어들자 '함바집' 인기가 날로 더해갔다. 식사 전 반주가 없는 오후, 인부들의 의식이 바뀌어갔다. 안전사고 발목 접질리기, 목 상처 사고가 현저하게 줄었다. '함바집'을 시작하고 3개월 동안 안전사고 발생 건수 20~30%가 줄어든 통계를 「한상길」 전무와 함께, 「최명철」 사장에게 서면보고 올렸다. 그들도 '함바집' 운영과 「나갈대」의 관리를 만족스러워했다. 하나님께서 아내의 매일 새벽 기도를 들으셨을까? '함바집'이 안전사고에 효과를 내는 듯했다. 「나갈대」는 퇴근 후 종로어학원에서 밤늦은 시간까지 영어회화 공부에 집중하고 늦게 평택으로 내려가는 시간이 항상 즐거웠다. 미 대사관에서 인터뷰를 한 지 5개월쯤 되었을까. 여자 미국인의 전화를 받았다. 가슴이 떨렸다. 틀림없이 미국 이민비자 결정여부 통보일 거라고 생각했다. 입국 승인이 되어도 걱정이고, 거절당해도 많이 속상할 일이다.

"Hello… My name is Mr. Gal Dai Ra(여보세요, 미스터 「나갈대」입니다)."

「나갈대」가 대답을 하자 곧 그녀가 자기 신분을 밝혔다.

"Hi, I am Ms Jane Anderson. I am a secretarial assistant to Mr. Michael North of the Consul of the American Embassy in Korea. My Congratulations! You got an OK to permanent residency in USA(네, 나는 제인 엔더슨 입니다. 나는 미 대사관 마이클 노스 영사의 비서입니다. 미국 영주권 획득에 축하드립니다)."

기어이 올 것이 오고야 말았다. 비록, 이민이라는 탈을 쓰고 미국에서 박사학위 취득의 목적이 컸지만 서툰 영어에다 대학이 결정된 것도 아니고, 박사학위를 취득한다는 보장도 없는 험한 고

생길을 꼭 나서야 하는지, 지나친 욕심이 아닐까? 자신을 꾸짖고 싶었다. 물도 땅도 낯선 미국 땅으로 이민을 가는 결정은 누구도 하기 어려운, 「나갈대」 혼자서 결정을 해야 할 외로운 길이었다. 부모님께 모든 사실을 말씀드렸다. 아버지는 미국에 가서 국제 무대에 한번 서보라고 부추기는 쪽이었지만 어머니는 달랐다. 아내로부터 소식을 들은 처가댁 부모님도 한국에서 오손도손 살기를 바라셨다. 아내는 험난한 고생길이라도 박사학위를 위해 미국으로 가자는 쪽이다. 하루는 미국으로… 또 다른 하루는 한국에서… 이렇게 반복을 하는 「나갈대」의 마음은 바람에 흔들리는 갯가에 갈대, 그것 자체였다. '어느 장단(長短)에 춤을 출까!' 「나갈대」라는 무희(舞姬)의 춤이 장고나 북 장단에 맞추지 못하고 혼란 중에 있다는 이야기다. 춤이란, 장고나 북 장단에 맞추어 무희가 몸과 손을 움직이면서 무엇인가를 표현하는 예술이 아닌가. 「나갈대」라는 무희의 장구춤이 예술의 정체성을 잃어버리고 림보(중앙아메리카 곡예댄스) 동작으로 바뀌고 있었다. 그러나 미국으로 이민을 가든, 한국에서 잘 살든, 박사학위라는 정체성만은 잃고 싶지 않았다. 바람 부는 대로 흔들리는 갯가에 갈대는 금방 쓰러질 듯하다가도, 바람이 멈추는 순간 제자리로 돌아오는 심지가 있다. '갈대의 순정'이 랄까? 「나갈대」는 미국과 한국 사이에서 흔들거리더라도, 박사학위라는 순정만은 지켜야 한다는 생각은 여전했다. 「나갈대」는 일단, 미국 입국사증(VISA)을 받아놓기로 마음을 정했다. 그리고 「쿡」 대위에게 VISA를 받았다는 사실과 언제 미국에서 일을 시작할지 알려주면 좋겠다는 편지도 보냈다.

아내는 만삭의 몸으로도 학교 일을 열심히 했고, 「나갈대」의 업무도 바빠졌다. 각 현장에 조달되는 자재의 품질까지도 「나갈대」가 결재를 해야 했다. 현장소장들과 하청업체들 간에 문제가 생길 때, 「나갈대」가 중간 개입을 할 정도가 되었다. 「한상길」 전무가 맡았던 업무들이 「나갈대」에게 넘어오고 있었다. 그리고 회사 방침에 따라, 「한상길」 전무는 영업수주에 전력을 다하도록 했다. 그만큼 회사에서 「나갈대」의 능력을 인정한다는 뜻이다. 「최명철」 사장은 크고 작은 일 가리지 않고 「나갈대」와 의논하는 횟수가 늘어났다. 갈수록 「나갈대」의 책임이 커지는 상황이다. 「이간사」 총무이사의 언행이 처음보다 많이 부드러워졌다. 어쩌면 커져가는 「나갈대」의 역할을 경계를 하는 것일 수도 있다. 나이가 많은 현장소장들도 날이 갈수록 「나갈대」에게 협조적이다. 권한과 책임이 커질수록 미국 이민 생각이 점점 사라지는 「나갈대」의 흔들리는 갈대 마음! 누가 그 마음을 이해할 수 있겠는가? 갈피를 못 잡고 이리저리 헤매고 갈팡질팡하는 사이 시간은 물처럼 흘러 드디어 아들이 태어났다. 어엿한 아빠가 된 것이다. 만사를 제치고 산부인과 병원을 찾았다. 산모와 갓난아기 모두 건강하다고 장모님이 말씀을 하셨다. 침상에 누워있는 아내가 대견했다. 아들의 얼굴은 붕어빵 「나갈대」! 아무리 생각해 봐도 미국을 포기하고 한국에서 오손도손 살고 싶은 쪽으로 마음이 기울었다. 아들 이름은 「나두요」로 정했다. 한자로, 머리 '두(頭)' 자에 빛날 '요(曜)'다. 머리가 '빛난다'는 의미다. 앞으로 험난한 세상을 살아가려면 머리로 빛을 내서 인류에 도움이 되는 삶을 살아가라는 뜻이 담겨있다. 회사에서 신임이 두텁고 능력을 인정받고, 아내는 여전히 교사 생활에 보람을 느끼며 「두요」의 재롱까지 세월이 가는 줄도 모를 정도로 하루하루 만족을 했다. 그런데 그렇게 행복한 생활을 하면서도 마음 한편에서는 공학박사의 꿈이 늘 또아리를 틀고 꿈틀거렸다. 「쿡」 대위한테 미국으로 갈 시기를 알려주겠다고 한지가 벌써 몇 개월이 지나버렸다. 그만큼 「나갈대」는 한국 생활에 흠뻑 젖어있었다. 「쿡」 대위 역시 연락이 없었다. 그래도 퇴근 후에 영어학원에서 회화 공부하는 것을 게을리하지는 않았다. 미국 이민을 완전히 포기하지 않았다는 의지의 방증이다. 미국 Arizona대학 입학을 포기한 지는 오래되었다. 그냥 한국에서 가족들과 행복하게 사는 게 어떨까? 미국을 포기하는 쪽으로 정리하기 시작했다.

미국

어느 날, 주한 미 대사관에서 편지 한 통이 왔다. 앞으로 3개월 이내에 미국으로 입국하지 않으면 영주권 비자가 취소된다는 내용이었다. 그러니까, 비자를 받은 지 9개월이 지났고, 유효기간 1년이 되어간다는 통지문이었다. 사실, 비자를 받은 무렵에 부영사가 비자 유효기간이 1년이라고 안내해 주었었다. 어떤 이유로든 연장은 불가능하고 재수속을 해야 한다고 했었다. 또, 진퇴양난에 부딪혔다. 여기서 후퇴하면 정말 미국을 잊어야 한다. 앞으로 3개월, 너무 촉박한 시간이다. 아빠를 알아보는 「두요」의 귀여운 몸짓이 머릿속에서 아롱거렸다. 한국을 떠날 것인가, 말 것인가. 미국 이민이라는 거센 바람에 흔들리는 「나갈대」의 마음은, 그야말로 바람이 거세게 부는 강가의 갈대 그 자체였다. 아내는 매번 하나님께 의지하며 미국으로 떠나라고 조언을 했다. 한쪽 코너에 몰린 권투선수의 마지막 반격처럼, 「나갈대」의 최후 선택만 남았을 뿐이다. 어려움을 당할 때일수록 하나님께 기도하라고 아내는 「나갈대」에게 다그치기 일쑤다. 이 문제를 놓고 며칠 동안 금식기도를 하자고 조르기도 했다. 금식기도? 물론, 성경에서 모세 금식, 예수님 금식, 다니엘 금식… 이들의 금식이 1일에서 40일까지 이뤄졌다고 했다. 금식기도는 기도자에게 유익하기 때문이라고 하지만, 문제는 꼭 밥을 굶어가면서 기도를 해야 유익할까. 밥을 먹고 기도하면 왜 유익하지 않을까? 사실, 금식(단식)은 건강에 해롭다는 이유로 사람들에게 절제하라고 한다. 그러나 영적인 능력의 믿음이 솟아나게 한다며 권하는 목회자들도 많다. 문제는, 영적인 믿음으로 자신의 욕망을 억제하고 몸과 마음을 다하여 하나님과의 관계를 바로 세우지 못한다면, 결과적으로 종교적인 형식에 지나지 않는 억지 금식일 뿐이다. 아내가 이기적인 욕심에서 금식기도를 권하지는 않는다고 「나갈대」는 생각을 했다. 하나님께 전적으로 헌신하는 금식기도를 하면 하나님께서 기뻐하실 거라고 아내는 믿는 것이다. 하나님께서 기뻐하시면 인간의 모든 문제가 안 풀릴 수 없다는 것이 그녀의 기본적인 신앙 자세다. 그녀의 신앙이 흔들리는 것 같지 않았다. 사실, 「나갈대」도 금식기도는 아닐지라도 그 어느 때보다 장래 문제를 놓고 하나님께 기도로 매달렸다. 그만큼 「나갈대」 자신이 몹시 힘이 들어있었고, 마음도 졸이는 입장이다. 「나갈대」가 열심히 기도를 하는 중에 미국으로 떠나라는 마음의 소리가 들려오는 듯했다. 미국 바람이 그에게 불어온 것이다. 다시, 「나갈대」는 공학박사 목표를 위해 미국으로 떠날 마음의 준비를 시작했다. 아내와 진지하게 의논도 했다. 언젠가는 미국으로 갈 것에 대비하여 모아온 돈이 넉넉지는 않았다. 물론, 「쿡」 대위의 회사에 일자리가 마련되었다고는 하지만 미국에서 초기에 정착하려면 최소한의 돈이 필요하다. 아내는 자신의 월급으로 「두요」 와의 생활비를 감당하겠다고 했다. 미국에서 「나갈대」가 일을 해야 할 회사는 Texas주 Seguin시에 있다. 먼저, 「나갈대」는 서울에서 Seguin시까지 여행 경로를 알아보아야 했다. 서울여행사는 김포공항에서 동경 하네다공항을 거쳐 L.A(Los Angeles)에서 San Antonio공항으로 가는 비행기 환승 안내를 해주었다. Seguin시는 San Antonio시에서 약 50km 떨어져 있는 곳이란다. 「나갈대」는 겁부터 났다. 비행기를 두 번씩이나 갈아타야 하고, 또 버스를 이용해서 Seguin시까지 거의 하루가 걸리는 여행 코스였다. 비행기 근처에도 가본 적이 없던 「나갈대」가 두 번씩이나 비행기 환승하는 것도 모자라 시외버스를 또 타야 하다니! 도대체 엄두가 나지 않았다. 그러나저러나 무엇보다 「쿡」 대위의 답장이 없는 게 더 큰 문제였다. 그냥 한국에서 살겠다는 생각으로 한동안 편지를 보내지 않았던 것이 주요 원인인 것 같았다. 그러다가 막상 미국으로 가겠다는 「나갈대」의 편지에 그의 답장이 없는 것이다. 그의 신변에 무슨 변화가 생긴 걸까? 아니면 그의 마음이 변한 걸까. 이것저것 온갖 상상의 나래를 펼쳤다. 「나갈대」의 사직서는 적어도 한 달 전에 회사에 제출하고, 달러($) 환전도 해야 한다. 박정희 대통령 시절에는 몇백 불 이상은 반출할 수가 없었지만, 초기 정착금을 비공식적으로 바꿔야 하고 비행기 예약도 서둘러야 한다. 시간이 촉박한데 여전히 「쿡」 대위한테서 소식이 없었다. 누워서 떡 먹기가 쉬운 것 같지만, 떡고물이 얼굴에 떨어져서 결국 앉아서 먹듯이 세상의 하찮은 일도 쉬운 게 하나도 없다는 것을 또 깨달았다. 아내는 새벽마다 남편의 행로를 위해 기도를 멈추질 않았다. 「두요」의 손짓 발짓 애교가 하루하루 더하고 귀엽기만 했다. 미국 입국 최종일까지 한 달 반 정도 남아있을 때, 엉뚱하게도 중동 사우디에서 「쿡」 대위의 편지가 왔다. 「나갈대」의 편지가 Seguin로 갔다가 사우디에서 받아보느라 답장이 늦었다며 먼저 사과를 했다. 역시, 미국인들은 일등 선진국민이라는 생각이 또 들었다. 그는 사우디 Al Jubai에 초대형 항만 공사 책임자로 와있다고 했다. 그가 Seguin을 떠날 때 연구실 책임자인 「Dr. James Magio」에게 「나갈대」에 관련된 파일을 모두 넘겨주었으니, 그에게 직접 연락을 해서 도착 일정을 알려주라는 것이다. 그러면 그가 어떤 조치를 취할 것이라며 회사 주소, 전화번호, 그의 개인 연락처까지 알려왔다. 책임감이 투철한 그의 행동에 「나갈대」는 또 한 번 놀라고 그가 존경스러웠다. 그에게 감사의 답장을 보내고, 텍사스 시간에 맞추어 「Dr. Magio」에게 국제전화를 걸었다. 마침내 그와 통화가 이루어졌다.

"Hello…. My name is Mr. Gal Dae Ra(여보세요, 미스터 나갈대입니다)."

인사를 하자 그는 금방 「나갈대」를 알아챘다. 그는 San Antonio공항 도착일, 도착 시간, 항공사 이름 등을 텔렉스(Telex)로 보내달라며, 회사 텔렉스 주소도 알려주었다. 등에서 식은땀이 날 정도로 긴장하면서 통화를 마쳤다. 그가 하는 말의 절반 정도는 못 알아들었다고 생각하며 바로 비행기 예약을 서둘렀다. 한국과 미국 간의 정기 항로는 없었다. 일본 항공기(JAL)가 동경을 거쳐 LA까지 가면, LA에서 Delta 항공으로 환승하여 San Antonio에 도착하는 항로였다. 미국 입국 열흘 전, 서둘러 예약을 하고 세부 일정을 「Dr. Magio」에게 알렸다. 이제 남은 일은 회사에 사직서를 제출하고 출발 준비를 하는 것이다. 날이 갈수록 「나갈대」의 마음이 극도로 초조해졌다. 「최명철」 사장도, 「한상길」 전무도 「나갈대」를 철석같이 믿고 업무량을 늘려주는 판국에 갑자기 회사에 사직서를 낸다? 양심상으로도 인간적으로도 결코 쉬운 일이 아니었다. 그러나 「나갈대」는 반드시 넘어가야 할 문턱에 와 있었다. 「나갈대」는 먼저 「한상길」 전무를 찾았다. 그는 평상시와 다른 「나갈대」의 긴장된 얼굴을 보며 물었다.

"「나」본부장, 어디 몸이 불편해?"

「나갈대」는 무슨 큰 죄를 진 사람처럼 주저주저 입을 열었다.

"아닙니다. 저… 사실은… 전무님께… 저의 신상에 대해서 좀 논의를 하려 합니다."

그가 놀라면서 「나갈대」를 쳐다보았다. 「나갈대」는 그에게 자초지종을 애기했다. 그가 상황 판단을 하는 것 같았다. 사무실에 돌아와 짐을 챙기기 시작했다. 하루가 지나고 이틀이 지나도록 「최명철」 사장에게서 연락이 없었다. 「나갈대」의 미국 소식이 회사에 퍼지고 있었다. 그 시절엔 미국으로 가는 자체만으로도 성공으로 보았기에 「나갈대」는 이미 대성공한 사람으로 보는 상황이다. 만나는 사람마다 부러워하는 인사말이 대부분이었다. 코미디언이 남을 웃긴다고 자신은 울지 않을까. 웃어야 할지 울어야 할지 모르는 가짜 코미디언이 된 느낌이었다. 드디어 「최명철」 사장실에서 연락이 왔다. 여비서가 「나갈대」를 사장님 방으로 안내를 하였다. 역시 「최명철」 사장은 작업복 차림으로 「나갈대」를 기다리고 있었다. 그는 「한상길」 전무에게서 보고를 받았다며 말을 건넸다.

"어려운 결단을 한 것 같다. 세상의 모든 일은 결국 끈기가 성공을 좌우한다. 미국에서 뜻을 이루기 바란다."

간단한 충언과 함께 금일봉을 주시고 마지막 악수를 청하셨다.

「나갈대」는 그만 감동에 시달렸을까. 눈시울이 서렸다.

　1970년도 박정희 정부에서는 누구든 외국으로 출국하는 사람은 여행자 교육을 받아야 했다. 국가보안법, 비행기 환승, 출입국 절차, 간단한 출국 영어 회화에 이르기까지 일정 기간 교육수료자에 한에서 출국을 허가하는 제도였다. 「나갈대」는 그 교육과정도 마쳤다. 일주일 후에 한국을 떠나야 했다. 「두요」가 아빠를 알아보며 애교를 부리는 모습이 볼수록 눈에 밟혔다. 언제 미국에서 가족과 합류할지 알 수 없었다. 웃어야 할지, 울어야 할지 「두요」를 볼 때마다 마음은 웃고 우는 시간의 연속이었다. 양쪽 부모님께 출국 인사를 마쳤다. 장모님은 줄곧 눈시울이 젖은 채 말문을 열지 못하셨다. 몇몇 친구들에게도 출국 소식을 알렸다. 출국 당일, 아내에게 군(軍)에 입대하는 정신으로 떠나겠다고 말했다. 아내 역시, 감정이 복받쳐 말을 잇지 못했다. 이민 가방에 이것저것 채울 때마다 아내와 「두요」 생각도 집어넣었다. 「나갈대」 가족은 출국 하루 전날 등촌동에서 지냈다. 하룻밤만 지나면 김포공항에서 모두에게 인사를 하게 된다. 다음 날, 아침부터 출국 준비를 서둘렀다. 오후 늦은 시간에 출발을 해서 이튿날 오전 중에 San Antonio에 도착할 예정이다. 김포에는 공항청사가 하나밖에 없다. 공항 대합실에 철제 의자가 즐비했다. 대형 선풍기 두 대가 천정에서 빙빙 돌아가는 시절이었다. 친척들이 하나둘 대합실로 들어왔다. 출국 수속을 시작할 무렵 「나갈대」의 환송객이 20여 명에 이르렀다. 누가 봐도 「나갈대」는 성공이 보장된 사람 같았다. 그렇게도 고민했던 미국행, 등 떠밀려 가는듯한 미국행, 억지환송을 받는 미국행, 「나갈대」의 착잡한 마음을 누가 알까. 어쨌든 환송들에게 팔을 흔들며 인사하고 출구심사대로 갔다. 출국심사대에 군경 합동경비가 삼엄했다. 출입국 관계자가 한 사람씩 불법 무기와 불법 달러($) 소지 여부를 조사했다. 북한 무장 테러 방지와 외화 불법유출 방지에 전력하고 있었다. 「나갈대」의 여권에 마지막으로 출국 승인 스탬프가 찍혔다. 「나갈대」는 공항청사의 비행기 탑승을 위한 왕복 셔틀버스를 탔다. 자신도 전혀 예측할 수 없는 기나긴 여정이 시작된 것이다. 공항청사 2층에서 환송객들이 손을 흔드는 모습이 보였다. 그러나 누가 누구한테 손을 흔들고 있는지는 알 수가 없다. 벌써 「두요」의 얼굴이 떠올랐다. "요 녀석을 언제나 또 볼 수 있을까?" 중얼중얼 혼잣말을 하며 비행기 안으로 들어갔다. 약 300명이 탑승한다는 보잉 707 기종이었다. 과연 비행기 안이 넓었다. 아리따운 여자 스튜어디스들이 미소로 승객들을 맞았다. 긴장 속에서 두리번거리며 좌석을 찾았다. 손가방을 자리 밑에 살그머니 넣어두었더니 어느새 스튜어디스가 가방을 끌어내어 머리 위 선반 짐칸에 올려주었다. 좌석 안전벨트를 어떻게 할지 주저하고 있을 때 다른 스튜어디스가 와서 도와주었다. 모든 것이 신기하고 긴장의 연속이었다. 기내에서 영어와 일본어 방송이 나왔으나 알아들을 수가 없었다. 양쪽 옆 통로에 스튜어디스가 꼿꼿하게 서서 손짓 몸짓으로 비상시 행동요령을 보여주었다. 영어 방송을 알아들을 수 없는 자신이 한심하고 딱했다. 이래서야 어떻게 동경과 LA에서 환승할 수 있을지 걱정이 태산 같았다. 또, 뭐라고 영어와 일본어 방송이 나온 후에 비행기가 서서히 움직였다. 한국 땅을 떠나는 순간이다. 복잡한 머리와 착잡한 마음이 엉킨 채 비행기가 하늘로 솟아올랐다. 기내 영어와 일본어 방송으로 동경 하네다공항에 도착했음을 알렸다. '하네다'라는 말은 확실히 알아들었다. 하네다에서 미국 LA로 가는 JAL로 환승을 해야 했다. 지금부터 「나갈대」에게 최전방의 전투가 시작된 것이다. 전투? 전투의 최후 목표는 당연히 상대를 굴복시키는 승리를 위한 싸움이다. 승리의 반대말은 항복이다. 항복은 할 수는 없다. 승리를 위해 다시 마음을 가다듬었다. 비행기가 하네다공항 활주로에 안착을 했다. 그런데 이상했다. 김포공항처럼 승객들이 공항 내의 셔틀버스를 이용하지 않고 곧바로 출국대로 향하는 게 아닌가? 눈여겨보니 비행기 문과 공항 건물 사이에 다리가 연결되어 있었다. 가난한 한국의 김포공항과 부자나라 일본의 하네다공항의 차이를 보여주는 대목이었다. 대부분의 승객들이 입국 심사대로 들어갔지만 「나갈대」는 그럴 수 없었다. 공항 안내를 찾아야 했다. 유니폼 차림의 여자 안내원에게 다가갔다. 그녀는 허리를 반쯤 숙이고 미소를 보이면서 말을 건넸다.

"May I help you(도와 드릴까요)?" 유창한 영어로 「나갈대」에게 물었다.

그녀는 미국 LA 환승에 대해 자세히 알려주었다. 선진국 사람들은 원래 친절이 몸에 배었을까? 불친절한 한국 엽전들의 매너와 비교도 해보았다. 미국행 JAL은 역시 보잉 707기종이었다. 동경에서 오후에 출발하여 그 이튿날 아침 LA에 도착한다. 공항에서 점심으로 생전 처음 샌드위치도 먹어보았다. 목구멍에 걸려 잘 넘어가지 않는 음식이었다. 모래알을 씹는 느낌? 꼬박 몇 시간을 대합실에서 기다렸다. LA에 가는 미국인을 붙잡아 San Antonio행 비행기 환승에 도움을 받아볼 생각이었다. 백인, 흑인, 황인종 등. 몇 명의 동양인을 포함해 많은 사람이 대합실로 모여들었다. 대부분 LA 승객들일 수도 있다. 이들 대부분의 옷차림이 거의 캐주얼이다. 양복에 넥타이까지 맨 「나갈대」와는 너무나 대조적이었다. 무작정 아무에게나 접근할 수는 없다고 생각했다. 하나님께 매달렸다.

"하나님! 제발 옆자리에 친절한 미국인이 앉게 해주소서." 혼잣말로 중얼거렸다.

영어와 일본어로 비행기 탑승을 안내 방송이 나왔다. 「나갈대」
도 탑승 줄에 합류했다. 앞뒤에서 미국 사람들의 혀 꼬부라진 말
소리가 「나갈대」의 귀를 의심케 했다. 도대체 무슨 말을 하는 건
가? 전혀 알아들을 수가 없었다. 그래도 한국에서는 조금은 알
아들을 수 있었던 「나갈대」가 아니었나? 갑자기 귀가 꽉 막힌 것
같았다. 그래도 아까 한 번 경험이 있었기 때문에 순조롭게 자기
좌석을 찾아 들어갔다. 일본인 스튜어디스들이 여기저기 재빨리
움직였다. 이제는 손가방 짐도 선반 위 짐칸에 올릴 정도로 익숙
했다. 「나갈대」는 3인용 좌석의 가운데 자리에 앉고 양옆에 곱슬
머리 흑인과 유색인이 앉았다.

'세상에⋯. 어떻게 그 많은 백인 중에 한 사람도 걸리지 않았을까?'

옆자리의 사람들이 겉으로 보기에 신사들 같지가 않았다. 그들
과 간단하게 인사를 나누었다. 한 사람은 LA에서 내리고, 곱슬머
리 흑인은 San Diego로 간다고 했다. 「나갈대」는 그곳이 어디에
있는지 몰랐다. 그들과 인사 정도로만 겨우 대화를 했다. 양쪽
옆 통로에서 스튜어디스가 한 사람씩 좌석 안전벨트 착용과 비상
시 요령을 기내 방송에 맞추어 안내를 했다. 비행기가 서서히 움
직이더니 요란한 굉음과 함께 하늘로 솟아올랐다. 「나갈대」는 비
행기 환승 걱정에 밤새도록 잠을 잘 수 없었다. 아침 식사가 나
왔다. 곱슬머리 흑인에게 San Diego가 어디에 있냐고 물어보면

서 대화를 시작했다. 그는 의사였다. 성경(행 10:34~35)에서 하나님이 사람의 외모를 보지 않고 중심을 보신다고 하시지 않았는가? 곱슬머리 흑인이라고 순간적으로 무시했던 자신을 잠시 질책을 했다. 일본에서 세미나를 마치고 집에 가는 길이라고 했다. San Diego는 멕시코와 가깝고 살기 좋은 도시라고 자랑도 했다. 「나갈대」는 미국 건설회사에 취업해서 San Antonio로 가는 초행길이라고 말했다. LA공항의 3개 터미널 중 San Diego는 제2터미널에서 환승한다고 했다. San Antonio행 환승도 제2터미널에서 탑승한다고 한 것이다! '아이고… 하나님! 불쌍한 저를 살려주셨습니다. 감사합니다… 하나님!' 이 사람만 졸졸 따라가면 환승 걱정은 끝이다. 흑인 의사가 타는 비행기는 달랐지만, 「나갈대」도 무난히 San Antonio로 출발할 수 있었다. 장시간 비행기를 타고 San Antonio공항에 도착한 후 우선 이민 가방을 찾아야 했다. 가방 안에 미역줄기, 김, 멸치, 고추장을 포함해서 몇 가지 한국 토속 음식들이 들어있는 아주아주 귀중한 이민 가방이다. 출국 경험이 전혀 없는 「나갈대」는 우선 사람들이 많이 모여있는 짐 운반 컨베이어 벨트 옆에 서있었다. 서울역처럼 짐은 한 장소에서만 찾는 것으로 생각한 것이다. 사람들이 하나둘 자기 짐을 챙겨서 나가는데 「나갈대」의 가방은 보이지 않았다. '웬(?)일일까? 밖에서 누군가가 기다리고 있을 텐데…' 몹시 당황스러웠다. 공항 직원에게 도움을 요청했다. 공항의 흑인 직원이 「나갈대」의 비행기 티켓을 확인하더니 "Jesus Chris(제기랄)…!"이라고 내뱉었다. 그는 혀가 없는 사람처럼 말을 굴리며 뭐라고 설명을 했는데, 알아들을 수 없는 「나갈대」를 저 멀리 떨어져 있는 또 다른 짐 운반 컨베이어벨트에다 끌다시피 데려갔다. 거기에 「나갈대」의 가방이 혼자 빙빙 돌고 있는 게 아닌가? 울고 싶도록 반가웠다. 헐레벌떡 서둘러 대합실로 나왔으나 누가 마중을 나왔는지 알 수가 없었다. 사방을 둘러보고 또 둘러보아도 자기를 찾는 사람이 없었다. 애간장을 태우며 초조하게 서성거렸다.

그때였다! 장발 머리에 작달막한 키, 체중은 백여 키로 이상으로 보이는 뚱발이 갈색 사나이가 「나갈대」의 어깨를 두드렸다. "Hey! you Gal?" 그의 영어는 혀가 입천장에서 구르는 듯한 발음이었고, 게다가 'Ra'와 'Dae'를 빼고 'Gal'이라고만 불러서 자기를 불렀다고 전혀 생각을 못 했다. 「나갈대」는 왜 자기 이름이 갑자기 성씨(Mr. Ra)와 끝 이름(Dae)이 없어졌는지 이해를 못 했다. 그래서 어이없이 그에게 대답을 했다.

"How are you? My name is Mr. Gal Dae Ra(안녕하세요? 내 이름은 미스터 「나갈대」입니다)."

한국에서 배운 정통 영어 그대로 대답을 했다. 그의 명함에는 「Scott Lopez」, Technical Research Officer, TMK Global

Construction Company로 쓰여있었다. 「쿡」 대위 소속의 회사가 틀림없었다. 앞으로 「Scott」로 부르라고 했다. 그리고 「나갈대」로 하여금 짐 가방을 챙기게 한 다음, 곧 그는 자기 자동차로 데리고 갔다. 그는 차 안에서 간단하게 앞으로의 일정을 알려주었다. 그는 앞으로 자기를 도우면서 실험실 업무를 하게 된다고 했다. 한국 군대 같으면 그는 「나갈대」의 사수(射手)이고, 그의 조수(助手)로 업무를 한다는 것이다. 그는 임시숙소에 「나갈대」를 데려다주었다. 임시숙소는 어두침침한 골목길에 있는 아주 낡은 5층 건물이었다. 입구에 들어서자 도저히 참을 수 없는 악취가 그의 코를 자극했다. 그가 지배인(Front Manager)에게 뭐라고 지껄이더니 방문 열쇠를 「나갈대」에게 넘겨주었다. 그는 다음 날 아침에 회사로 출근 요령, 즉 버스 타는 곳, 내려서 회사로 찾아오는 방법만 알려주고는 가버렸다. 한마디로 기가 막혔다. 한국인의 정서라면 적어도 주위 환경을 비롯해 아침과 저녁 식사는 어떻게 하며 긴급 상황에 대비한 여러 가지 안내를 해주었을 것이다. 방 안에는 케케묵은 싱글침대, 몇십 년이 된듯한 책상, 옷장, 신발장이 전부였다. 당장 한국으로 돌아가고 싶은 생각이 불쑥 솟았다. 순간적으로 가슴속에서 울화통과 슬픈 감정이 뒤범벅이 되어버렸다. 「두요」의 귀여운 모습이 떠오르며 눈물이 났다. 어디선가 단호한 목소리가 들려오는 듯했다.

'「나갈대」…! 모든 책임은 네가 져야 해. 네가 저지른 일이야…! 미국까지 와서 눈물이 어쩐다고?'

「나갈대」 자신이 자신을 꾸짖는 소리였다. 다시 정신을 차렸다. 부산 독신자 방에서 맡았던 냄새보다 더 심한 악취 속에서 겨우 잠이 들었다. 아침이 밝았으나 회사를 찾아갈 일이 걱정이었다. 아침 식사 때 Front Desk Manager에게 회사로 가는 요령을 배웠다. 양복에 넥타이를 맨 정장을 했다. 출근 첫날이기도 하고 연구책임자 「Dr. James Magio」도 만나야 하기 때문이었다. 아무래도 버스로 가기가 부담스러워 숙소에서 콜택시를 불렀다. 택시 기사 역시 유색인이었다. 막상 미국에서 백인 만나기가 쉽지 않았다. 택시 기사는 숙소에서 회사까지 약 60km라며 이리저리 빠져나와 고속도로에 들어서자 속도를 높였다. 드디어 거대한 건물 앞에 「나갈대」를 내려주었다. 그 건물이 TMK Global Construction Company 본사 사옥이었다. 바로 「나갈대」가 미래의 꿈을 바라보며 열심히 일을 할 직장이었다. 사옥은 20층의 웅장한 현대식 건물이다. 주변에 정원도 잘 가꾸어 꽃들이 아름답게 피어있었다. 회사 정문 안전원에게 다가갔다. 그 사람도 흑인이다. 그에게 자초지종 겨우 설명하여 「Dr. Magio」와의 면담을 요청하고 기다리는데 엉뚱하게도 「Scott」가 내려왔다.

"저 개새끼! 세상에 저런 개 같은 놈 밑에서 어떻게 일을 해낼까?"

내 이름 「나갈대」

「나갈대」의 입에서 저절로 욕이 튀어나왔다. 이럴 때 쓰는 한국 속담이 있다. "미운 놈 떡 하나 더 준다!" 미워할수록 매 대신해서 떡을 주면서 더 잘해주고 생각을 하는 체라도 해서 감정을 상하지 않도록 해야 한다는 인생 교훈이다. 그 교훈을 떠올리며 반갑게 웃으며 그에게 악수를 청했다. 그는 혼자 중얼거리는 인사말을 하고는 건물 안에 있는 실험실로 데리고 갔다. 실험실은 지하 1층이었다. 많은 건설자재 시험기들이 넓은 공간에 여기저기 배치되어 있었다. 그는 「나갈대」를 실험실 한쪽 코너에 놓여있는 낡은 책상으로 데리고 갔다. 그곳이 「나갈대」가 앞으로 근무할 사무실이라는 것이다. 낡은 책상과 의자만 달랑 놓여있는 모양새가 서울 본사의 본부장 사무실과는 하늘과 땅 차이다. 실험실 안에 군데군데 놓여있는 전화를 사용하라고 했다. 갈수록 태산이다. 어려운 일을 당할수록 점점 어려운 일이 닥쳐온다는 뜻이다. 영국에 "When bad things keep happening, it would not end(일이 꼬일 때는 계속 꼬인다)."라는 속담과도 같은 뜻이다. 그는 2층 사무실에서 사무용품을 직접 받아오라고 했다. 그가 거느리는 실험실 요원은 7명이고, 점심시간을 이용해 한꺼번에 소개를 하겠다고 했다. 「Dr. Magio」는 만날 길이 없는 걸까? 한국인의 정서와는 너무 먼, 도저히 이해할 수 없는 일이 벌어지고 있었다. 한국 같으면 먼저 「Dr. Magio」에게 인사를 시키고 차츰 아래로 내려오는 순서이다. 보아하니, 회사 조직상 「Scott」의 상사는 「Dr. Magio」이고, 「Dr. Magio」의 상사는 「쿡」 대위이다. 한시적으로 「쿡」 대위는 중동지역 총 책임자로 현지에 가있었다. 서열상으로는 「나갈대」와 「쿡」 대위가 하늘과 땅 차이였다. 업무상으로는 도저히 만나볼 수 없는 상하 관계인 것이다. 느지막한 오후에 「Scott」가 「Dr. Magio」 방으로 「나갈대」를 데리고 갔다. 그의 방에 들어서자 먼저 인사말을 했다.

"Hey, Gal⋯. Glad to see you(만나서 반갑다)!"

이 사람 역시, 「나갈대」의 이름에서 성씨와 끝 이름을 빼버리고 불렀다. 이름에서 두 번째 이름만 부르는 것이 미국인들의 문화인가 싶었다. 그는 독립된 사무 공간을 사용하고 있었으나 「나갈대」의 서울 본부장실과는 비교가 안 될 정도로 초라했다. 그는 「나갈대」와의 면담을 간단하게 끝내며 앞으로 모든 업무를 「Scott」가 알아서 처리할 것이라고 했다. 그렇게 싱겁게 그와 면담은 끝이 났다. 「나갈대」는 퇴근 후 숙소로 돌아갈 일이 마음에 걸렸다. 「Scott」, 그놈한테 물어보기 싫어서 점심시간에 소개받은 「Daniel Gomez」에게 물었다. 그도 멕시코 이민자의 후손이고, 출퇴근버스 이용하는 요령을 친절하게 알려주었다. 그러면서 자기도 같은 방향이니 퇴근길에 자기 차로 같이 가자고 하는 게 아닌가? 사람이 죽으라는 법은 없다더니(It's not the end of the world)⋯. 그의 친절이 희미하게나마 희망과 용기를 주는 것 같았다. 「나갈대」는 정착을 위해서 며칠 동안 회사에 출근하기 어렵다고 「Scott」에게 보고를 했다. 그리고 「Daniel Gomez」를 따라 숙소로 돌아왔다. 숙소에서 아침 식사를 제공하지만, 저녁 식사는 본인이 알아서 해결을 해야 했다. 코너에 있는 가게에서 핫도그로 저녁 끼니를 해결했다. 가수 「고운봉」이 부른 노래 「선창」 "울려고 내가 왔던가, 웃으려고 왔던가"를 흥얼거리며 자신도 모르게 눈물을 흘렸다. 미국에 들어온 지 3일 만에 남몰래 울먹이며, 사랑하는 아내와 귀여운 「두요」에 대한 그리움으로 어느새 목이 메였다. 밤새도록 몸살이 난 것 같았다. 온몸에 식은땀이 났다. 미국 초행길의 긴장과 인간말종 같은 새끼, 「Scott」의 차별적인 행동에 몸과 마음이 무너져 내린 탓일 것이다. 밤새 앓고 나니 아침에는 오히려 몸이 가벼웠다. 무엇보다도 한국에서 초조하게 소식을 기다리는 아내한테 전화를 해야 하는데…. 동서남북을 분간할 수도 없는 답답한 상황이었다. 우선 Front Desk Manager에게 조그마한 한국 인삼봉지를 건넸다. 한국 남성들의 정력제라고 하니까 그가 관심을 보였다. 전화 사용료를 지불하기로 하고 국제전화 연결을 허락받았다. 한국과 텍사스의 시간 차는 약 15시간이다. 텍사스의 아침이 한국의 저녁 시간이다. 국제전화를 신청한 지 30여 분만에 아내 숙소의 주인집에 연결이 되었다.

"여보세요. 여기는 미국입니다. 옆방에 사는「맹신자」선생의 남편입니다. 죄송하지만 저의 아내를 좀 바꿔주시겠습니까?"

주인아주머니는 뜻밖의 국제전화에서「맹신자」선생의 남편이라? 그녀는 분명히 놀랍다는 음성이었다. 잠시 후에 아내의 명랑한 목소리가 들렸다.

"여보세요, 저예요…. 많이 걱정했어요. 몸은 어때요?「두요」는 친정엄마가 돌보는 중이고, 아주 건강하게 잘 먹고 잘 자요. 나도 학교에 잘 나가고요. 하나님께서 함께하여 주시라고 간절히 기도하고 있어요."

아내의 설교가 시작되었다. 그러나 1분당 몇 달러씩 비싸게 지불하는 국제전화가 아닌가? 길게 이야기를 할 수는 없었다.「나갈대」는 잘 도착해서 회사에 다녀왔다고 안심을 시키고 자세한 내용은 편지로 하겠다고 끊었다. 다시「두요」가 눈에 선하고, 보고 싶었다.「나갈대」는 간절히 기도했다. '하나님…. 저에게 믿음을 허락하여 주시옵소서. 믿음을 가진 자에게 하나님께서 새 힘을 주신다고 하시지 않았습니까? 미국에서 살아야 할지, 어떻게 해야 할지 저의 어리석음으로 답을 찾을 수가 없습니다.' 성경에서 믿음이 있는 사람은 힘이 있는 사람(예: 삼손, 여호수아, 다윗)이라고 했다. 선지자「이사야」도 "오직 여호와를 앙망하는 자는 새 힘을 얻으리니 독수리의 날개 치며 올라감 같을 것이요, 달음박질하여도 걸어가도 피곤치 아니하리로다" 그렇게 외치면서 힘을 달라고 여호와께 기도를 드리지 않았는가(이사야 40:31)? 「나갈대」는 자기의 마음이 갯가에 갈대처럼 마음이 흔들리지 않도록, 선지자 「이사야」 같고, 「삼손」이나 「다윗」 같은 믿음을 허락해 달라고 간절히 기도를 드리면서 평안을 찾으려 했다. 「나갈대」는 기도를 하고 나서 한결 마음이 평안해졌다. 숙소 주변 환경을 둘러보았다. 동네에 있는 건물들이 대부분 낡았고 많은 유색인이 돌아다니고 있었다. 군데군데 있는 코너 가게에 케이크, 샌드위치, 핫도그, 이름을 알 수도 없는 낯선 일회용 식품들이 진열되어 있었다. 음식은 접시에 담아주지 않고 하얀 종이에 둘둘 말아서 주었다.

"여기가… 사람이 사는 곳이야? 세계에서 가장 부자나라이면서 음식을 접시에 담아주지도 않고!" 혼잣말로 투덜거렸다.

생필품 몇 개를 사 들고 숙소로 돌아왔다. 아무리 「삼손」 같은 믿음으로 불안한 마음을 가라앉히려 해도 뜻대로 되지 않았다. 역시, 믿음이 부족한 「나갈대」의 신앙심이 문제. 사람을 헌신짝처럼 대하던 개새끼 「Scott」가 자꾸 떠오르고, 내일부터 그놈 밑에서 일한다는 자체가 불안했다. 어떻게 해야 이 마음을 안정시킬까? 불안과 믿음이 교차하는 괴로움 속에서 잠을 청했다. 출근하는 날이다. 부산에서 입었던 현장 작업복으로 갈아입었다. 죽으면 죽으리라(If I perish, I perish). 살아있는 순교자라고 하는 「안이

숙」의 옥중생활기 신앙 간증의 제목이다. 옥중생활에서 가장 견디기 힘든 것은 추위와의 싸움이라고 그녀는 간증을 했다. 그런 어려움 속에서도 믿음으로 고난을 이겨냈다고 하지 않는가? 하물며 「나갈대」의 직장은 옥중생활이 아니고. 추위에 떠는 환경도 아니다. 그렇다면 「Scott」가 어떻게 하든 참고 견디고 '죽으면 죽으리라' 하는 다짐으로 버스 정류장으로 향했다. 대중교통으로 버스가 일급이었다. 콩나물처럼 꽉 들어차는 한국의 버스 환경과는 사뭇 달랐다. 버스 승객들이 동양인 「나갈대」를 유심히 쳐다보았다. 자기들도 유색인이면서 신기한 듯 쳐다보는 눈초리가 불편하기도 했다. 회사에 들어가는 순간부터 '미운 놈 떡 하나 더 준다.'로 스스로에게 주문을 했다. 「Scott」에게 인사를 했더니, 그가 의자에 앉으라는 손짓을 했다. 그는 「나갈대」가 할 일들을 적은 메모지를 건넸다. 거의 A4 용지 한 장 분량이었다. 이어서 「나갈대」의 연봉($), 연(年)간 휴가와 병가 일수, 출퇴근 시간, 업무 중 무단이탈 금지, 업무처리 일일 보고서 등에 대해 알려주었다.

이놈은 도대체 영어를 하는 건지 무슨 말을 하는지… 잘 알아들을 수 없어 「나갈대」 속이 부글부글 끓었다. 그때 또 '미운 놈 떡 하나 더 준다…' 주문처럼 외우면서 끝까지 웃음을 잃지 않도록 최선을 다했다. A4 용지에 적힌 내용을 읽어보았다. 실험실 초보자의 업무였다. 미국에서 처음 시작하는 일이라 어느 정

내 이름 「나갈대」

도 이해는 했지만, 이것들이 자신을 사람 취급하지 않는다는 생각에 분노가 치밀었다. 한국의 본부장 업무가 생각났다. 그러나 누구에게 하소연할 길이 없다. 그저 「안이숙」 선교사의 '죽으면 죽으리라' 소리만 되풀이할 뿐이다. 「나갈대」는 다시 정신을 차리고 주어진 일에 착수를 했다. 「나갈대」가 해야 할 일은 미국 내 뿐만 아니라 세계 도처에서 진행하는 건설공사와 관련된 토질시험이고, 「쿡」 대위가 맡고 있는 사우디 항만공사와도 연결이 되어있었다. 토질시험은 막노동이다. 두 사람이 해야 할 일이 생기면 동료 직원 「Kwame Annan」에게 도움을 청했다. 그는 아프리카 가나(Ghana) 출신 2세인데, 미국에서 태어났다. Texas Austin, St. Edward's University 토목과를 졸업하고 입사한 초보자인데 가끔씩 「나갈대」를 도와주었다. 한국 같으면 「나갈대」를 쳐다보기도 어려울 정도로 나이와 경력에 차이가 크다. 그러나 미국은 서로 이름만 부르는 사회가 아닌가? 나이 상관없이 '너(You)'로 부르는 예의 없는 쌍놈들 문화다. 「나갈대」의 업무는 토질시험뿐만이 아니었다. 목재, 철근, 벽돌, 콘크리트 등 닥치는 대로 업무가 주어졌다. 개새끼 「Scott」는 수시로 「나갈대」의 업무를 점검했다. 그놈은 「나갈대」와 무슨 철천지원수가 졌을까. 「나갈대」의 보고서에 그렇게도 까다롭게 구는지…! 마치 죄인 취급하듯 사람을 대했다. 물론, 「나갈대」의 영어가 서툰 건 사실이다. 영어 회화, 영어

보고서 작성, 시험장비 운전 등…. 여러모로 부족한 건 알고 있었지만, '나도 인간'이라는 처절한 비명을 가슴속에서 내지른다. "나에게는 꿈이 있다. 내 자식들이 피부색으로 평가받지 않고, 인격으로 평가받게 되는 날이 오는 꿈이다."라며, 「마틴 루터 킹」 목사님이 왜 그토록 목숨을 걸고 외쳤는지 어렴풋이 이해가 되었다. 미국 사회에서 인격으로 평가받는 꿈을 이루게 될까? 그렇게 의심을 하면서도 「나갈대」의 꿈은 항상 가슴속에 살아는 있었다. 「Scott」의 냉정한 관리 속에서 어떻게 하루하루를 보냈는지…. 인격으로 평가받을 꿈만 꾸며 12개월이 지났다.

그동안 아내와 여러 차례 편지를 주고받았다. 때로는 국제전화로 목소리도 들었다. 「두요」가 1년도 되기 전에 한 걸음씩 걷는다고 했다. 그런데 「나갈대」는 아무리 생각을 해봐도 실험실에서 인격으로 평가받는 꿈을 이룰 것 같지 않았다. 물론, 「쿡」 대위와도 연락은 했지만, 그 사람도 뾰족한 수가 없긴 마찬가지다. 미국 사회는 윗선에서 압력을 넣어 일을 처리하는 곳이 아니기 때문이다. 이 시점에서 한국으로 되돌아갈 것인가, 말 것인가 또 바람에 흔들리는 갯가에 갈대처럼 마음이 흔들렸다. 갈대처럼 흔들리면서 살라고 아버지께서 이름을 「갈대」라고 지어주셨을까? 「나갈대」의 가장 큰 고민은 미국에서 가족과 합칠 것인가. 아니면 한국에서일까? 미국에서 공학박사의 꿈을 접으면 고민은 쉽게 끝난다. 그것을 포기하는 것조차도 쉽지 않았다. 눈만 뜨면 그 고민을 어떻게 해결해야 할지…. 「나갈대」는 해결 방법을 찾지 못하는 진행형이다. 아내는 기도하라고 한다. 여호와 선지자 중에 홀로 남은 「엘리야」의 갈멜산 기도가 하나님의 역사를 이루게 했다는 것이다(열상 18:29~46). 「엘리야」 같은 기도로 하나님께 매달릴 때 하나님의 역사가 「나갈대」에게도 일어날 것이라고 아내는 기도 강조를 한다. 「나갈대」가 미국에서 믿을만한 사람은 아무도 없다. 「하나님」께 매달릴 수밖에 없는 상황이다. 인권운동으로 살해당한 「킹」 목사는 어려운 고비가 있을 때마다 하나님께 기도하면서 힘을 얻었다고 하지 않았던가? 「나갈대」가 어려운 고비를 맞고 있었다. 실험실에서, 버스에서, 집에서, 어디에서든 하나님께 그의 미래에 대해 하나님께 물었다. "남자가 칼을 뽑았으면 무(Radish)라도 썰어야 한다."라는 한국 속담도 수시로 떠올랐다. 남자가 한번 시작을 했으면 어떻게든 결과를 봐야 한다는 뜻이다. "In for a penny, in for a pound(일단 시작한 일은 끝을 내라)." 영국인들이 자녀들에게 자주 쓰는 교훈이란다. 그뿐인가? "Make-or-Break Time(잘 되든 잘 안 되든)."이라는 영국 속담은 한국 속담에 "죽이 되든 밥이 되든."에 해당하는 말이다. 어떻게 되든, 한번 미국에서 버티고 보자는 생각이 「나갈대」를 움직이기 시작했다. '미운 놈 떡 하나 더 준다.'를 주문처럼 외우면서 개새끼 「Scott」가

시키는 대로 웃는 척도 하고, 쩔쩔매는 척도 하면서 최선을 다했다. 사실, 웃는 척하는 것도 힘들었다. 때로 '죽으면 죽으리라'의 태도까지도 보였다. 미국에서 버티기로 일단 마음을 먹고 아내에게 미국 입국 수속을 하라고 연락을 했다. 살든 죽든 가족과 함께하겠다는 결심이다. 공학박사 문제는 나중에 천천히 길을 찾아보기로 했다. 개새끼 「Scott」의 작업 지시는 한도 끝도 없이 내려왔다. 때로는 시험결과에 대해 의심스러운 질문도 했다. 건설자재 품질 시험결과는 항상 동일할 수가 없다. 그래서 통계처리가 필요하다. 개새끼와 이론적인 논쟁을 할 수 없는 「나갈대」의 짧은 영어 실력이 문제였다. 노동으로 시작해서 노동으로 끝나는 날들이 1년을 훌쩍 넘었다. 그래도 한국의 부모님, 형제들, 친구들은 「나갈대」가 미국에서 잘 살고 있다고 생각할 것이다. 억울한 생각도 들었다. 퇴근하고 숙소에 들어서자 Front Desk Manager가 아내의 편지를 전해주었다. 보통 2~3주에 한 번씩 받는 편지에 동봉한 「두요」의 사진들이 마음을 달래주는 유일한 기쁨이었다. 아내의 편지에 3개월 내로 한국을 출발할 수 있다는 반가운 소식이었다. 하늘을 날 듯 기뻤다. 3개월 내로 승용차, 운전면허, 아파트 대여, 각종 살림 도구 준비 등 할 일이 많아졌다. 그러나 가장 큰 문제는 승용차가 없이는 기동력이 떨어지는 거였다. San Antonio시에서 운영하는 버스 배차 시간이 너무 길었다. 그래서 대부분의 사람은 승용차를 생활의 필수 도구처럼 이용을 한다. 더구나 「나갈대」는 업무 중에 이탈하여 개인의 일을 처리할 수도 없는 처지다. 아마 개새끼 「Scott」가 한두 번 정도는 사정을 들어줄 수 있겠지만, 또 그렇게 사정하고 싶지도 않았다. 「Kwame」에게 운전면허에 대해 물어보았다. 운전교관의 승용차로 주말에 연습을 하고 시간당 비용을 지불하는 조건이다. 면허시험은 주중에 실시한다고 했다. 「나갈대」가 가장 먼저 해야 할 일이 기동력 확보였다. 주당 2회 운전연습을 신청했다. 운전교관 역시, 갈색 유색인이었다. 물론, 「나갈대」는 군대 복무 시절 군용 덤프트럭을 운전을 연습한 경험이 있다. 그래서일까 승용차 운전연습이 쉽게 진행되었다. 운전교관이 「나갈대」를 칭찬했다. 운전연습 10시간 만에 면허시험 신청서에 사인을 해주었다. 면허시험은 텍사스주 도로교통국에서 도로주행 실기, 도로교통 규정 필기, 구두시험으로 결정한다. 운전면허 결정권을 행사하는 백인이 오랜만에 시험장에 나타났다. 「나갈대」는 침착하게 모든 시험을 치렀다. 그는 「나갈대」에게 합격을 축하하고 문서 여기저기에 서명을 요구했다. 그리고 1년용 임시면허증을 발부했다. 1년 동안의 무사고 운전을 조건으로 정식 면허증을 교부받는다고 했다. 「Kwame」에게 자동차 중고시장 안내를 요청했더니, 흔쾌히 승낙을 했다. 착한 청년이다. 그는 주말을 이용해서 중고차 시장으로 안내를 했다. 중고차들이 끝없이 진열되어 있었다. 좋은 차를 저렴하게 구입할 생각이다. 「Kwame」은 물론 「나갈대」도 자동차의 성능에 대해 모른다. 값이 싼 자동차는 마음에 들지 않고 마음에 드는 자동차는 돈이 모자랐다. 그러나 어차피 중고차다. 「나갈대」는 형편에 맞춰 연식이 10년 된 중고 포드(Ford)를 선택했다. 이제 「나갈대」도 자동차를 갖게 된 것이다. 10년 연식의 중고차일지라도 달리는 데는 별 지장이 없었다. 이제 아파트를 저렴하게 대여하는 문제를 서둘러야 했다. 총각이라 그럴까? 「Kwame」은 아파트 임대에 대해 잘 알지 못했다. 「Daniel Gomez」에게 임대에 관련해서 도움을 요청했다. 그에게는 두 살 난 여자아이가 있다. 그동안 수차례 아파트 이사를 해본 경험을 자세하게 알려주었다. 그는 Lockhart에 살고 있었다. Lockhart는 회사가 위치한 Seguin과 Austin(텍사스주 수도)의 중간쯤에 있는 소도시다. 그곳은 농촌이라 할 만큼 조용한 시골 도시다. 아파트 임대료는 San Antonio 지역보다 저렴했다. 그래도 방 한 칸 임대료가 「나갈대」 월급의 약 40%에 해당하는 금액이다. 사실, Austin 주변에 있는 텍사스 주립대학교와 텍사스 공과대학 등 몇 개의 대학들이 Lock-hart의 중심에서 멀지 않다. 「나갈대」는 「Daniel Gomez」의 도움을 받아 Lockhart에서 적당한 아파트도 구했다. 그가 사는 아파트와 그리 멀지 않았다. 그다음으로 급한 일은 아내와 「두요」가

Lockhart까지 도착할 수 있도록 안내하는 일이었다. 또, Front Desk Manager에게 사정을 얘기했더니, 그는 「나갈대」의 국제전화 요청을 허락해 주었다. 「나갈대」는 아내한테 자세히 한국에서 Seguin까지 여행 안내를 해주었다. 이렇게 하나둘씩 과제가 해결되는 게 가족 모두와 특히, 아내의 기도를 하나님께서 응답하시는 거로 믿고 싶었다. "나의 도움이 어디서 올고"는 시편 기자가 눈을 들어 산을 바라보면서 했던 탄식이다(시편 121:1~8). 그가 얼마나 답답했으면 그렇게 했을까? 아마, 시편 기자는 산을 바라본 것이 아니고, 산 위에 계시는 하나님께 도움을 구했을 것이다. 어쩌면 천지 분간을 못 하고 헤매는 「나갈대」가 하나님께 도움을 요청하는 것도 시편 기자가 외치던 그 마음과 같은 것이 아닐까. 두 달 후면 가족이 온다고 하니 기다리는 그리움과 육체적인 피로와 정신적 혼란이 뒤범벅되어서 하루의 고달픔을 씻어주었다. '죽으면 죽으리라', '미운 놈 떡 하나 더 준다.'를 주문처럼 외우면서, 개새끼 「Scott」와 함께한 시간이 18개월을 넘었다. 웬일인지 시간이 갈수록 영어 실력이 늘지 않는 것 같았다. 다람쥐 쳇바퀴 돌듯 앞으로 나가거나 발전하지 못하고 제자리에서 뱅뱅 도는 느낌이랄까. 영어에 어려움을 느끼면서 오늘도 어제처럼 출근을 해서 개새끼 눈치를 보며 소처럼 일만 하고 돌아오는 변화 없는 생활에 「나갈대」 마음이 편할 리가 없다. 미래를 어떻게 해야 할지의 걱정바람은 항상 「나갈대」에게 불어 닥쳤다. 세찬 바람에 쓰러질 듯 말 듯 흔들리는 갯가에 갈대와 같이, 어제도 오늘도 「나갈대」 마음은 걱정이라는 바람에 쓰러질 듯 말 듯 흔들거렸다. 한 가지 변화라면 중고차 포드로 출퇴근을 한다는 것이다. 회사에서 Lockhart까지 약 40km를 아스팔트 도로에서 30여 분 달리면 「나갈대」의 답답한 속이 시원해졌다. 마치, 자신이 자동차 경주자 중의 한 명으로 착각할 정도다. 주말에는 Lockhart 주변과 Austin 근처에 있는 대학들의 캠퍼스도 둘러보았다. 일요일에는 Austin 지역의 유일한 장로교회에 가서 예배를 드렸다. 침례교회는 여러 곳에 있었지만 장로교회를 찾기가 쉽지 않았다. 장로교회 목사님(Rev. Peter Spring)은 스코틀랜드 출신의 비교적 젊은 분이고, 교인 숫자는 많지 않았다. 그를 처음 만났을 때 어느 쪽 코리아에서 왔냐고 물었다. 어떤 교인은 지금도 남한과 북한이 전쟁 중이냐고 묻기도 했다. 그만큼 한국에 대해서 알지를 못했다. 그러나 목사님과 교인들의 친절한 태도가 「나갈대」의 복잡한 마음을 풀어주곤 했다. 그 교회에서 「나갈대」가 유일한 동양인이다. 성가대라고 해봤자 여자 7명과 남자 5명이고, 거의 나이가 많은 사람들이다. 금요일 저녁에 연습한다고 「나갈대」에게 참여할 것을 권했다. 백인들과 만날 수 있는 기회라고 생각을 했다. 이제 며칠만 있으면 보고 싶은 「두요」와 아내가 도착할 예정이다.

며칠이 몇 달처럼 길고, 시간이 가지 않고 잠도 잘 오지 않았다. 개미 쳇바퀴 돌듯 어제도 오늘도 '개새끼' 보러 회사에 들락거렸다. 중고차 포드는 그런 「나갈대」의 마음을 이해하는지 잘도 달렸다. 최근에 중동 사우디현장에서 「쿡」 대위의 안부 편지를 받았다. 「나갈대」는 개새끼와의 어려운 회사생활을 그에게 전할 수가 없다. 어떻든, 그는 정말 좋은 미국인이다. 그는 아무도 할 수 없는 미국 영주권을 받을 수 있도록 도와준 사람이다. 그것만으로도 충분히 도움을 받은 건데 그의 도움을 더 바란다면 「나갈대」야말로 무능한 인간일 뿐이다.

갯가의 갈대는 아무리 바람에 이리저리 흔들거려도, 바람이 멈추는 순간 제자리로 돌아오는 특성이 있다. 비어있는 줄기 속에 공기가 채워져 있어서다. 아무리 '개새끼' 「Scott」에 흔들려도, 「나갈대」의 공학박사의 목표는 순간적으로 돌아오곤 했다. 아마, 「나갈대」 가슴속에 희망의 공기로 채워져서 그럴 것이다. 날이 갈수록 '개새끼' 「Scott」의 업무 간섭이 심해졌다. 도대체 그 새끼는 나에게 왜 그러는 걸까? 전생에 무슨 원수를 졌을까. 그놈의 조상은 멕시코 인이고, 나의 조상은 한국 사람이 아닌가. 「나갈대」는 그렇게 중얼거려 본 적이 한두 번이 아니다. 그놈은 「나갈대」에게만 그러는 것도 아니다. 다른 사람들도 그놈에 대한 불평을 많이 했다. 그러나 유독 자기에게만 더 심한 것 같다고 「나갈대」는 느꼈다. 아마, 영어 소통이 원활하지 않아 더 그런 것 같기도 했다. 영어 소통 문제는 시간이 해결해 줄 것이다. 미국에서 몇 년 살았다고 영어 소통에 문제가 없을까? '천만의 말씀이다'. 영어는 정말 어렵다고 느끼지만, 참으면서 소통을 하려는 노력이 답이라고 「나갈대」는 생각을 했다. 퇴근 무렵에 「나갈대」가 '개새끼' 사무실을 노크했다. 내일 아침에 한국에서 가족이 도착하기 때문에, 이틀 병가 신청을 제출하기 위해서였다. 그가 무슨 말을 하는지 「나갈대」는 잘 알아듣지 못한 지 꽤 오래되었다. 그래서 그놈과의 소통이 어려운 것 같기도 했다. 결국, 그는 병가를 허락해 주었다.

보고 싶은 「두요」와 아내를 만나는 날이다. 밤새 잠을 설쳐서인지 눈이 침침하고 눈 언저리가 부어있는 느낌이다. Austin 국제공항은 Lockhart에서 그리 멀지 않다. 오후에 도착할 예정이라, 공항으로 마중을 가기 위해 미리 자동차 시동을 서너 번 걸어보았다. 자동차에 문제가 없음을 거듭 확인을 했다. 낡은 아파트지만 그래도 새롭게 단란한 가정을 꾸리는 새 아파트 기분이다. 한국 식자재를 구입할 수 없는 것이 아쉬웠다. 기내식으로 입맛이 없을 아내에게 미안한 생각도 들었다. 하지만, Austin 시장에서 일본 된장, 중국 배추, 헝가리 고춧가루, 설탕, 소금, 마늘, 양파 등 기본 재료는 구입을 해놓았다. 아내의 실력이면 무엇으로든 한국식 음식을 만들 수 있을 것이다. 공항으로 출발하기 위해 자동차 시동을 걸자, 통쾌한 엔진 소리가 울렸다.

"자, 이제 가보자…. 그리운 나의 애인들 만나러!"

「나갈대」는 오랜만에 활짝 웃고 자동차에 말을 걸어봤다. 비행기 도착 한 시간 전에 공항 대합실에 도착을 했다. 공항시설이 깨끗하게 잘 정돈되어 있었다. 여기저기 유색인들과 흑인들이 공항의 잡무를 하고 있었다. 전광판에서 좀 더 기다리라는 안내가 떴다. 예전에 「나갈대」가 어여쁜 「맹신자」 선생을 기다리던 그 심정이다. 다양한 인종이 공항을 드나들고 있었으나 동양인은 별로 눈에 띄지 않았다. 텍사스 남동부에 멕시코, 쿠바, 캐리비안이 있어서 그럴까? 아마 여기저기에서 보이는 유색인들이 그런 나라 사람들이 아닐까? 텍사스에 대한 첫인상이 마치 인종 전시장처럼 보였다. 단일민족 한국인들과는 너무나 대조적이다. 내 애인들이 도착한다는 전광판의 안내가 보였다.

'드디어 오는구나! 우리 「두요」가 예쁜 엄마의 손을 잡고 아장아장 걸어오겠구나!' 큰 소리로 외치고 싶은 「나갈대」의 가슴속에서 신음 소리가 울린다.

「나갈대」의 맥박이 점점 빨라졌다. 마중을 나온 사람들이 무척 붐볐다. 여기저기에서 영어, 스페인어, 아프리카 언어 등이 요란했다. 부둥켜안고 키스하고 포옹도 하고! 도대체 공항인지 자기들

안방인지 모를 정도다. 여기가 세계 최대의 강국인 미국이 맞아? 애비, 어미도 없이 제멋대로 막돼먹고 버릇없는 후레자식들 같았다. 한국의 예절문화가 얼마나 소중한지를 「나갈대」는 새삼스럽게 느꼈다. 출구에 시선을 집중했다. 저만치서 사랑스러운 「맹신자」가 곤색 멜빵의 반바지에 노란 샤쓰를 입은 「두요」 손을 잡고 등에는 백팩을, 어깨에는 핸드백을 메고 큼직한 이민 가방 두 개가 담긴 트롤리(Trolley)를 밀며 출구에서 나왔다. 기적 같은 만남이다. 드디어 1년하고도 9개월 만에 남의 나라 미국에서 「두요」를 얼싸안았다. 아빠를 쳐다보는 「두요」의 눈빛이 전혀 어색하지 않은 게 신기했다. 피가 통해서일까. 아내를 쳐다볼 시간이 없다. 한국문화에 젖은 「나갈대」는 후레자식들처럼 공항에서 포옹이나 키스도 못 하고 어정쩡하게 아내의 손을 잡았다. 어찌 보면, 화끈하게 포옹하고 싶기도 했다. 재잘거리는 아내의 특기가 시작되었다. 한국에서 여기 도착할 때까지의 스토리를 풀어놓았다. 비행기가 이륙하고 착륙할 때 「두요」가 많이 울었다는 말에, 「나갈대」의 마음이 짠했다. 승용차에 짐을 모두 싣는 게 무리였지만 좁으면 좁은 대로 빈틈없이 다 실었다. 승용차 엔진이 '으르렁' 세차게 소리를 냈다. 자동차는 세 식구를 데리고 「나갈대」는 「두요」에게 사랑을 주고, 아내와 사랑을 하려 집으로 거침없이 달렸다. 아침이 밝았다. 「두요」는 정말 효자다. 어젯밤 엄마, 아빠의 진한 사랑을 모르는 척한 걸까. 밤새 보채지도 않고 쌔근쌔근 잘 자다가 새벽에야 엄마를 찾았다. 그리고는 다시 엄마 품에서 잠이 들었다. 「나갈대」는 아침 일찍 식사를 준비했다. 식빵, 토스트, 계란 프라이, 베이컨, 우유, 커피, 베이비 푸드가 전부다. 그래도 마냥 행복하기만 했다. 「두요」가 눈을 뜨고 아빠를 바라보았다. 아빠를 확인하는 걸까? 아빠의 품에 안겼다. 그런데 이상하게도 그 좋은 미국식 베이비 푸드를 먹으려 하지 않았다. 안 먹으면 큰일이다. 비상이 걸린 셈이다. 서둘러 미역줄기 수프를 끓여 밥에 말아 그에게 주었더니 이게 웬일? 입을 짝짝 벌리며 잘 받아먹는 게 아닌가? 한국에서도, 이유식에다 싱거운 김치 국물을 약간 섞어서 주면 아주 잘 먹는다고 엄마가 말했다. 「두요」는 자신이 한국인이라는 것을 그렇게 확인시켜 준 것이다. 배가 부른 그는 고개를 요리조리 움직이며 아빠만 쳐다보았다. 아마, 아빠를 확실히 기억하려는 행동 같았다. 아내는 부엌살림을 점검했다. 살림이래야 냄비류, 칼, 프라이팬, 도마, 그릇류, 주전자, 몇 가지 부엌 도구들이다. 아내는 평택에서 가져온 된장, 고추장, 김, 장아찌, 미역, 멸치, 고춧가루 등 여러 식품을 정리했다. 어느새 한국식 부엌이 완성되었다. 그리고 아내는 「나갈대」에게 감사예배를 재촉했다. "지금까지 지내온 것 주의 크신 은혜라 한없는 주의 사랑 어찌 말로 다하랴(찬송가 301)" 아내 특유의 소프라노 음성이 좁은 방을 쩌렁쩌렁 울렸다. 「나갈대」도 몇 년 만에 들어본 그녀의 음성에 감회를 느꼈다. 사실, 이 찬송의 작사자는 놀랍게도 일본인 「사사오 사부로」 목사다. 그가 46세의 젊은 나이에 죽을 때까지 일본 전역을 다니면서 복음을 전했다고 알려져 있는 유명한 찬송가 중에 하나다. 폐병으로 투병 중이던 그가 죽음 직전에 살아난 것이 주의 크신 은혜라며 지은 작사란다. 주의 크신 은혜 없이는 사람의 과거가 존재할 수 없다는 그의 믿음이, 자신을 전도사로 살게 했다는 고백으로 알려져 있다. 사실, 경상도 막 시골 촌놈 「나갈대」가 지금까지 살아온 것도, 그리고 아내와 「두요」가 여기까지 무사히 온 것도 모두 주의 크신 은혜가 아니고 무엇이겠는가? 세 식구는 정성껏 감사예배를 드렸다. 오후에 Austin 중앙전화국을 찾아가야 했다. 외동딸을 외국에 보내놓고 한없이 눈물 흘리셨을 장인과 장모님께 국제전화를 하기 위해서였다. 지도에는 Austin 주변이 자세하게 표시되어 있었다. 전화국에서 안성 친정집으로 국제전화 신청을 했다. 서울중앙전신국을 거쳐 안성 시골집에 연결이 되는 전화다. 드디어 국제전화가 연결되었다. 한국은 새벽이다. 장모님의 목소리가 나직하게 들렸다. 아내의 목소리를 들은 장모님이 반가워서 울음을 터뜨리는 소리가 「나갈대」에게도 들렸다. 아내는 엄마한테 무사히 잘 도착했고, 「두요」도 씩씩하게 잘 적응한다고 전했다. 「나」 서방이 모든 준비를 잘

해놓아서 생활에 불편이 없다고 장모님을 다독거렸다. 그리고 아버지와도 통화를 했다. 여기 염려는 하시지 말고 두 분 건강에 신경을 쓰시라고 몇 번이고 부탁을 드렸다. 「나갈대」도 두 분께 문안 인사를 드렸다. 동시에 등촌동 부모님께도 전화를 걸어 아내도 시부모님께 안부를 여쭈었다. 마지막으로 부모님의 건강을 당부하고 전화를 끊었다. 물론, 아파트에도 전화가 있었으나 국제전화를 연결하는 방법을 모른다. 영어소통이 문제다. 집으로 와서 출근을 위해 작업복으로 갈아입었다. 한국에서 본부장 직함으로 양복에 넥타이 매던 차림과는 대조적이다. 모든 것이 낯설 아내와 「두요」에게 출근 인사를 할 때마다, 「두요」의 눈초리가 점점 친절해진다. 미우나 고우나 '개새끼' 「Scott」에게 가족이 잘 도착했다는 인사를 할 참이다. 「Scott」의 사무실을 노크했다. 그는 혓바닥이 입천장에 붙어있는 듯한 발음으로 「나갈대」에게 인사를 했다. 아내가 한국에서 가져온 선물을 그에게 건넸더니, 그는 계면쩍게 선물을 받는다. 한국에 "천하(天下)가 내 것이라도 나에게 가져다주는 놈이 좋더라."라는 속담이 있다. 세상에 모든 것을 거머쥔 왕(王)이라 할지라도 자기에게 무엇이라도 가져 다 주면 좋다는 뜻이다. 「Scott」도 예외는 아니었다. 그러나 받아도 미운 놈이 있고 가져가도 예쁜 놈이 있다. 그는 「나갈대」에게 적어도 예쁜 놈은 아니다. 그가 「나갈대」에게 작업 지시서를 건네주었다.

토질, 골재와 콘크리트에 대한 시험들이었다. 거의 중노동에 가까운 시험들이다. 특히 골재시험은 혼자 할 수 없는 항목이 많아서 「Daniel」이나 「Kwame」의 도움을 받아야 했다. 30대 중반이라도 중노동에 가까운 일을 계속할 젊은 나이는 아니다. 그래도 어쩌겠는가? 웃는 척이라도 해서 월급을 받아야 목구멍에 풀칠을 할 수 있는 것을! 걸레는 빨아도 걸레인 것처럼, 「나갈대」가 아무리 몸부림쳐도 코리안이다. 그저 퇴근 시간만 기다리는 「나갈대」의 심정은 오죽하겠는가. 하지만 집에 가면 예쁜 아내 「맹신자」가 기다리고, 토끼 같은 「두요」가 반갑게 눈을 맞추자고 했다. 금요일 저녁에는 장로교회 찬양대 활동을 하는 아내를 위해 운전기사 역할도 한다. 주일에는 교회 예배에 참석을 한다. 영어 설교를 잘 알아들을 수는 없지만, 교회에서 예배를 드리는 것은 마음을 달래주는 역할을 했다. 주말에 Austin Zoo, San Antonio River Park, The Alamo, All Natural Big Bend. A&M University, Texas State University 등의 명소들을 둘러보았다. 「나갈대」에게는 편안한 관광이 아니었지만, 아내와 두요에게 편한 척하느라 더 불안하다. 다람쥐 쳇바퀴 도는 생활이 거의 1년이 되어가고 있었다. 장래 문제에 대해 아내와 의논도 하고, 때로는 의견충돌도 생겼다. 문제는 개미 쳇바퀴를 피할 수 있는 뾰족한 방법이 없다. 그럼에도 불구하고 「나갈대」는 더 이상 그 생활을 지속 할 수 없다는 생각이 들곤 했다. 무언가 진로를 바꾸어 코리안 걸레 신세를 벗어나야 한다는 점에 「나갈대」의 깊은 고민이 있었다. 고생을 해봐야 인생살이 참맛도 터득하게 된다는 말도 있긴 하지만, 산도 물도 말도 낯선 미국 땅에서 얼마나 더 고생을 해야 인생의 참맛을 볼 수 있다는 말인가? 「나갈대」에게는 가혹한 속담이다. 아무리 생각해 봐도 위험하고 풍파만 있을 미국 생활을 헤쳐 가려면 공학박사 목표를 향해 하나님만의 힘을 「나갈대」는 찾고 싶었다. 그러면 하나님의 힘을 어디에서 찾아야 할까? 그렇게 자신에게 물을 때마다, 「나갈대」 자신이 시편(121:1~2) 말씀으로 대답을 했다. '나의 도움이 천지를 지으신 하나님께서 온다'고….

　찬양대에서 아내의 소프라노가 인기다. 과거 등촌동 등대교회 교인들도 그녀의 독창을 많이 칭찬했었다. 아내의 타고난 목소리는 미국 장로교회에서도 소문이 났다. 게다가 아내가 한국에서 배워온 미용기술로 나이가 지긋한 교인들에게 파마, 커트 등을 무료 서비스를 하고 있으니 인기가 더 높았다. 미국에서 무언가를 해야 할 것 같아서 미용기술을 배웠다고 했다. 역시, 「맹신자」다웠다. 헤어스타일이 마음에 든다며 미용비에다 팁을 얹어주는 사람들도 있단다. 미용 서비스는 「두요」를 보살피며 집에서도 할 수 있다. 아내의 미용기술이 교인들의 입소문을 타면서 방문을 원하는 전화가 많았으나 기동력이 없어서 마침내 아내도 승용차 운전면허를 취득했다. 그녀도 연식 10년이 훨씬 넘는 포드 중고차를 구입하여 방문 미용 일을 계속했다. 물론, 「두요」를 데리고 다닌다. 아내의 방문 미용으로 어느 정도 수입이 생기면서, 「나갈대」의 진로가 보이는 듯했다. 낮에 공부하고 야간에는 아르바이트를 하면 공학박사의 목표를 향해 한 걸음씩 나아갈 수 있을 것 같았다. 먼저 Arizona대학의 합격을 참고로 Austin 근처에 있는 여러 대학에 입학 문의를 시작했다. 「나갈대」의 업무는 여전히 그대로였다. 그런데 이상하게도 '개새끼' 「Scott」가 이전처럼 「나갈대」를 무시를 하지 않는 묘한 행동을 보였다. 입사 2년 차에 벌써 세 사람이 그놈과 싸워서 그만두었다. 쓸개가 있는 인간이라면 그런 놈 밑에서 도저히 일을 할 수 없을 정도다. '개새끼' 「Scott」가 요구하는 실험 자체가 기술적인 논리에 맞지 않는 게 문제였다. 「나갈대」가 문제점을 지적하면 그때야 실험 변경을 허락한다. 이미 상당한 노력을 기울인 후에야 변경을 허락하는 그야말로 실력도, 인간미도 없는 멕시코 새끼다. 회사의 지휘 체계상 「나갈대」가 바로 「Dr. Magio」한테 문제를 제기할 수는 없다. 속이 터질 때가 한두 번이 아니었지만, 퇴근하고 집에 가면 「두요」가 품에 안기는 순간, 어느새 속이 뻥 뚫리곤 했다. 이렇게 고달픈 나날이 6개월쯤 계속되던 무렵에 TIT(Texas Institute of Technology), San Marcos Campus로부터 답장

을 받았다. 「나갈대」가 살고 있는 Lockhart에서 가까운 곳이
다. 「나갈대」가 대학 입학에 대해서 문의를 했던 것에 대한 공식
적인 답장이다. 거기에는 입학서류도 들어있었다. 하늘을 날 듯
「나갈대」의 기분이 최고다. 정식 입학허가서도 아닌데 그저 기
뻐서 아내한테 소식을 전했다. 그런데 기뻐할 줄 알았던 아내가
들려준 말은, 하나님께 감사기도를 하라는 게 전부다. 뒤통수를
한 대 맞은 기분이다. 맹렬한 신자답게 무슨 일이든 하나님께
감사기도가 전부였다. 그야말로 「맹신자」다.

　장래 진로에 대해 아내와 의논한 끝에 TIT 대학 입학이 결정되
면, 회사를 그만두고 낮에는 공부에 전념하면서 야간에는 세탁
소 아르바이트를 하기로 계획을 잡았다. 아내는 방문 미용을 계
속하기로 했다. 대학등록금은 우선 한국에서 가지고 온 돈으로
충당할 생각이다. 「나갈대」는 대학 Admission Center를 방문했
다. 담당 직원(Ms. Jenny Johnson)이 입학 절차에 관한 서류를 「나갈
대」에게 주었다. 서류를 완성해서 학교에 제출하면 담당 학과에
서 검토를 한 후 1개월 이내로 결과를 통보할 것이라고 했다. 만
약 연락이 없으면 불합격으로 봐도 된다고 했다. 대학 입학조차
못 할 수 있다는 걱정이 앞섰다. '세상만사가 내 마음대로 안 된
다'는 진리를 또 한 번 터득한 셈이다. 사람이 계획을 세울 수는
있으나 결국, 세상을 지배하시는 하나님의 결정에 따라야 한다

는「바울」사도의 고백이 들려오는 것 같았다. 아내는 또, 하나님께 기도로 간절히 구하면 능치 못할 것이 없다고 외친다. 기도하면 된다는 것이다. 정말 못 말리는 맹렬한 신자다. 막무가내였다. 물론, 소신(所信)을 가지고 바른 방향으로 나아가는 사람으로 좋게 생각할 수도 있지만, 타협이 전혀 없고 주변의 충고도 묵살하면서 밀고 나가는 고집불통으로 볼 수도 있다. 하나님을 향한 아내의 막무가내식 주장은 누구와도 타협이 안 될 정도다. 때로는 황소고집을 부리는 아내에게 융통성을 가지라고 충고도 했지만, 그녀의 고집은 어떻게 해볼 도리가 없다. 똑같은 업무를 한 지 2년 반이 넘었다.「두요」는 제법 재잘거리고 달리기까지 했다. 볼수록 사랑스러운「두요」! 언제 봐도 아빠를 기쁘게만 해주는「두요」! 아무 탈 없이 잘 자라는「두요」가 고마울 뿐이다. 대학 입학을 위해 하나님께 매달리는 세 식구.「두요」도 두 손 모아 기도하자는 엄마의 말을 잘 들었다. 장모님은 거의 한 달 간격으로 안부를 물어 오시고, 그동안 몇 차례 밑반찬도 보내주셨다. 한국 토종 음식을 너무 좋아하는「나갈대」가 장모님께 고마운 마음뿐 무엇 하나 해드리는 것이 없어서 항상 미안한 마음이다. Austin 시장에서는 한국 음식을 찾을 수가 없다. Austin 생활 2년 반이 지나도록 한국인을 만나본 적도 없었다. Austin 시장에서는 중국 상인들과 동양계 사람들을 볼 수 있었지만, 이상하게도 한국 사람은 없었다. 아마 그들은 멕시코 수수농장으로 건너온 중국인들의 후손으로 짐작되었다. 회사 시험실에서는 대개 「Kwame」이 외부전화를 받는다. 「나갈대」에게는 외부에서 오는 전화가 거의 없다. 그런데 어느 날 오후 2시경에 그가 전화를 바꾸어 주었다. 아내의 맑은 목소리였다. TIT 토목과 주임교수 「Professor. Ian Reynolds」로부터 편지가 왔다는 소식이었다. 하나님께서 세 식구의 간절한 기도를 들어주신 걸까? 또 한 번의 작은 기적이 일어날까? 「나갈대」는 무엇보다도 지옥 같은 시험실 소굴을 벗어날 수도 있겠다는 생각에 흥분이 되었다. 그 편지에 면접 일자와 장소가 자세하게 적혀있다고 아내가 설명을 했다. 그날 오후 내내 일이 「나갈대」 손에 잡히지 않았다. 물론, 당장 회사를 떠날 수는 없지만, 마음은 이미 대학생이 되어버린 듯했다. 아내는 하나님께서 우리의 기도에 응답하신 거라고….

　Reynolds 교수가 정해준 날짜와 시간에 맞추어 교수 연구실을 찾아갔다. 키가 아주 큰 백인 교수님이 직접 문을 열고 먼저 「나갈대」에게 악수를 청했다. 한국 교수들 같으면 어림없는 모습이었다. 교수 연구실에 소파나 의자도 없다. 한국 대학의 교수실에는 대개 가죽 소파와 의자가 있는데, 그의 교수실에는 의자 두 개에 사방이 책으로 둘러싸여 있었다. 책상 위에도, 의자에도 책들이 수북하다. 너무나 소박하고 가식이 없어 보이는 그의 연구실이었다. 교수님은 「나갈대」가 제출한 서류들을 모두 검토하셨다고 했다. 그리고 왜 Arizona대학에 입학하지 않았는지 물었다. 「나갈대」가 모든 사실을 말씀드렸다. 퇴사하면 생활비를 어떻게 조달할 거냐는 질문에도 자세히 설명도 드렸다. Reynolds 교수님은 TIT의 교육과정과 외국인 입학사정에 관해 설명을 했다. 비록 한국에서 대학을 졸업했다 해도 바로, 석사과정에 입학을 할 수 없다는 것이 TIT 규정의 핵심이었다. TIT에서는 미국 학생들이 4년 학사졸업을 위해 학기당 15학점을 기준으로 총 120학점 이상을 이수해야 하지만, 외국에서 4년제 대학을 졸업한 사람들에게는 석사과정 입학 전에 3학년 전후반기에서 4과목을 이수하고, 4학년 전후반기에도 4과목을 이수해야 했다. 외국 대학의 학사 수준을 검증한다는 의미다. 학사 검증 후 석사과정에서 30학점을 이수하고 논문이 통과되어야 학위를 받는다. 이쯤 되면 「나갈대」의 석·박사 학위는 거의 희망이 없었다. 토목과에서 8개 과목을 이수해야 했다. 절벽으로 떨어지는 느낌이었다. 「나갈대」의 실력으로는 불가능한 도전이다. 그렇다면 포기? 남자가 칼을 뽑았으면 수박이라도 베어야지. 한국 남자들이 흔히 하는 농담이다. 이미 TIT를 향해 칼을 뽑았으니 뭐라도 찔러보기는 해야 한다는 생각이 번쩍 들었다. 대학 공부를 포기할 수는 없지 않은가? 「나갈대」는 「Reynolds」 교수님의 안내에 따라 행정절차에 들어가기로 마음을 다잡았다. 아내는 「Reynolds」 교수님과의 면담에 대해서 「나갈대」에게 여러 가지 질문을 해댔다. 「나갈대」의 마음이 무거우니 표정이 밝을 수가 없지 않은가? 「두요」는 아빠의 품에 안겨 뭐라고 재잘거렸다. 「나갈대」는 어렵게 입을 열고 아내에게 「Reynolds」 교수님이 제시한 조건을 설명했다. 또, 아내는 기도로 밀어보잔다. 「나갈대」의 실력과 기도가 무슨 상관이 있단 말인가. "기도에 재미 붙였나? 이 사람은 자기 남편의 실력은 생각도 안 하고 뭐든 기도만 하면 다 되는 줄 아나?" 「나갈대」는 그렇게 속에서 고함을 질렀다. 오랜만에 「나갈대」가 아내한테 불만을 털어놓았다. 1966년, 한국 청춘들의 가슴을 울렸던 「그렇게 남의 속도 모르고 웃는 그 얼굴」(가수 최양숙)의 노래 가사가 귓가를 스쳤다. 그렇게도 남편의 속을 모르는가? 기도로 밀어붙여서 될 일이 아니라는 생각이다. 입학 행정절차를 시작했지만, 자신이 없으면 등록을 안 하면 된다. 설사 입학한다 해도 앞으로 신학기까지 생각할 수 있는 반년의 시간이 있다. 여러모로 「나갈대」의 고민이 깊어져 갔다. 실력이 없어서 공학박사 공부도 어려울 것 같고, 회사에서 오래 견딜 것 같지도 않고, 기도해서 응답받을 것 같지도 않고…. 모든 일에 자신감을 잃어간다. 어쩌면, 어떤 일도 해낼 수 없다는 자괴감(自愧感)에 「나갈대」는 짓눌려 있는지도 모른다. 대개, 용기가 없는 사람이 자신감도 없기 마련이다.

그렇다면 「나갈대」는 용기가 없는 사람일까? 그런 '쫄보'가 어떻게 미국까지 이민을 왔을까. 그것도 취업으로 말이다. 스스로 자신이 '용기의 사나이'라고 생각을 해왔다. 그런데 이렇게 자신감을 잃고 있는 것은 용기 때문이 아니라 실력 부족이 원인이라는 생각이다. 자신의 실력이 어느 수준인지도 모르면서 덤벼본 결과랄까? 지레 두려움이 「나갈대」를 짓누르고 있는 것이다. 그런 두려움을 극복하려면 스스로 자신 있게 살아온 과거를 돌아볼 필요가 있다고 「나갈대」는 생각을 했다. 「나갈대」는 경상도 산골 중에 산골초등학교부터 고등학교를 졸업할 때까지 우등생이었다. 학원 과외를 하지 않고도 서울에 있는 대학에 장학생으로 입학하여 졸업했으니 잠재력은 충분히 있는 사람이 아닌가. 그뿐인가? 한국의 중견 건설회사에서 실력만으로 초고속 승진하고, 취업이 되어 미국까지 왔다. 무능력한 사람이 할 수 있는 일일까? 지레 겁먹고 미국 대학에 한 번 부딪혀 보지도 않은 채 포기를 한다? 그냥 물러설 수는 없다는 오기가 발동했다. 더욱이 미국 사람들에게 지고 싶지는 않았다. 그러나 문제는 허튼 오기를 부리다가 직장도 잃고, 학교 공부도 실패하는 낭패로 이어지지 않을까 하는 그런 두려움이다. 아내는 남편의 미래를 위해 새벽마다 기도를 했다. 정말 못 말리는 맹신자! 공부를 포기하려 해도 맹렬하게 기도하는 아내가 옆에 있어서 그런 말을 입 밖에 낼 수도 없었다.

괴로웠다.

매일 반복되는 「나갈대」의 업무는 변화가 없었으나 아내의 방문 미용 수입은 조금씩 늘어갔다. 「두요」는 곧 유치원에 입학할 정도로 말도 잘하고, 잘 놀았다. 「Reynolds」 교수님을 면담한 지 4개월쯤 되었을 때, 대학의 입학서류를 받았다. 진짜 오기를 발동해야 할 때가 온 것이다. 사나이가 칼을 뽑았으니 뭐라도 베어봐야 할 게 아닌가. 이제 바람에 흔들리는 갯가에 갈대 같은 「나갈대」가 아니다. 용기를 내고 자신감을 회복해서 전심전력을 다해 노력한다면 하늘이 도와줄 것이다. 노력하지도 않는 사람을 하나님께서 도와줄 리가 없다. 먼저 「나갈대」 자신이 노력을 다해보고, 그 후에 하나님을 찾으면 반드시 도와주실 것이라 믿고, 입학 준비에 들어갔다. 만약, 입학이 된다면 앞으로 2개월 정도만 회사에 출근하면 된다. 그 새끼 얼굴을 보는 것도 60일 정도만 잘 견디면 끝난다는 생각이 「나갈대」를 흥분시켰다. 「쿡」 대위한테 입학 진행 상황을 알려주었다. 그리고 야간 아르바이트도 찾아야 한다. 호텔을 상대로 대량의 세탁물을 취급하는 업소이거나 Lockhart 시청 환경과 쓰레기 운반차량의 쓰레기 수거 새벽 인부 자리를 알아볼 생각이다. 이 쓰레기 수거 일은 육체적으로 매우 힘들지만, 시간당 인건비가 높다. 그러나 낮에 학교 공부에 전념하고 초저녁부터 자정까지 세탁소 아르바이트를 하는 게 더 도움이 될 것 같았다. 어차피 회사에서도 절반은 노동자다. 세탁소 일은 육체적으로는 별로 부담이 없을 것 같았지만, 시간당 인건비가 많지는 않았다. 그 대신 아내의 방문 미용 수입이 많아지고 있었기에 세탁 아르바이트로 마음을 정했다. 미국 사람들과의 의사소통이 전보다 좀 나아졌다고 느꼈다. 호텔 직원들과의 대화에 별 애로가 없을 것 같은 자신감도 있었다. 아무리 「Scott」가 미워도 회사를 떠나는 날까지는 최선을 다할 생각이었다. "먹던 우물에 침 뱉지 말라." 떠나는 자리일수록 깨끗하게 하고 가라는 말이다. 「나갈대」도 그렇게 해야 한다고 마음을 먹었다. 더구나 회사 직원 중 한국인은 「나갈대」가 처음이다. 아직 「쿡」 대위가 그 회사의 최고 책임자인데 마무리를 제대로 안 하고 떠나면 그도 실망할 것이고, 언제 어디서 그를 다시 안 만난다는 보장도 없다. 하루, 이틀…. 근무 일자가 점점 줄어든다. 서류를 제출하고 5주 후에 TIT로부터 합격연락을 받았다. 등록금이 어마어마했다. 미국 대학의 등록금이 비싸다는 건 알고 있었지만, 설마 이렇게까지 비쌀 줄은 몰랐다. 어쨌든 화살은 떠났다. 그 화살이 「나갈대」가 목표에 명중할지 지켜볼 뿐이다.

사표를 제출하기 일주일 전에 「Scott」한테 사퇴하겠다고 통보를 했다. 그는 별로 놀라는 표정도 아니다. 그저 늘 있는 일 정도로 생각하는 것 같았다. 하기야 그놈은 아메리카-멕시칸이라 혓바닥이 입천장에 붙은 영어발음을 하니까 「나갈대」가 이해를 잘 못 할 때도 많았다. 「나갈대」가 진행하던 여러 실험결과를 「Kwame」에게 넘기라는 말이 전부였다. 아무리 '미운 놈 떡 하나 더 준다.'라는 생각으로 좋게 대하려 해도 떡보다는 주먹으로 한 대 갈기고 싶은 마음이 앞섰다. '그래! 겨우 그거 한마디야?' 어찌 보면 한국인과 미국인 사이의 문화 차이에서 오는 갈등일 수도 있다. 예를 들어 손가락으로 숫자를 셀 때 한국 사람들은 손가락을 모두 편 상태에서 하나씩 꼬부리며 세지만, 미국 사람들은 주먹을 쥔 상태에서 손가락을 하나씩 펴면서 센다. 사람을 부를 때 한국 사람들은 손바닥을 아래를 향한 상태에서 손짓을 하지만, 미국 사람들은 손바닥을 위로 향한 상태에서 손짓을 한다. 식당에서 음식값을 계산할 때 한국 사람들은 서로 계산하려고 밀치고 심지어는 싸움까지 하려 하지만, 미국 사람들은 각자 자기가 먹은 음식값만 계산하면 된다. 인간미라고는 한 치도 없는 미국인들이다. 술을 마실 때도 한국 사람들은 소주를 병째 마시거나 한 병, 두 병, 심지어 몇 병식 화끈하게 마신다. 그러나 미국 사람들은 한 잔씩 홀짝거리고 남의 눈치를 보지 않는다. 결국, 미국 사람들은 이기적이고 합리적이며 자기 소신이 뚜렷한 반면, 한국 사람들은 정(情)에 약하고 기분에 살며 기분에 죽기도 한다는 민족이다. 「나갈대」가 그를 밉게 보는 이유에도 두 문화의 차이에서 오는 오해가 있을 것이다. 어쨌든, 실험에 관련된 모든 서류를 정리해서 「Kwame」에게 넘겨주었다. 「Kwame」은 영리한 아프리카 2세 젊은이다. 「나갈대」가 도움을 요청하면 흔쾌히 도와주곤 했다. 그의 아버지는 San Antonio 시내에 있는 회계법인에서 회계사로 일하고, 어머니는 간호사라고 했다. 누나는 Texas 주립대학교 법대를 졸업하고 법률회사에서 일하고 있다. 엘리트 집안에서 성장한 그는 미국식 어설프고 무례한 행동을 하지 않았다. 「Scott」와는 많이 달랐다. 그는 St. Edward's University 토목과 출신이다. 「나갈대」는 TIT에서 공부를 할 때, 그의 도움이 절대적으로 필요하다고 생각을 했다. 그가 대학에서 공부한 교재와 강의 노트가 「나갈대」에게 좋은 참고의 역할을 할 수 있을 것 같았다. 회사를 떠나던 날 그에게 저녁 식사를 대접하려고 집으로 초대했다. 그는 선뜻 초대에 응했다. 「나갈대」가 속 시원하게 회사를 정리하고 집에 돌아온 날 「두요」도 좋아했다.

대학생

「나갈대」가 그토록 바라왔던 미국 대학교 학생이 되어 캠퍼스를 밟는 날이다. 날씨도 유난히 화창했다. 하나님의 축복이다. 경상도 시골 소년이 미국 대학생으로 변신한 사실만으로도 「나갈대」는 스스로를 자랑하고 싶었다. 한국의 어느 대학보다도 캠퍼스에 신록의 기운이 넘쳤다. 울창한 숲, 넓은 오발(oval)운동장, 구석구석 적당히 놓여있는 벤치들, 타인의 눈을 의식하지 않고 자유롭게 즐기는 스킨십, 조용하고 고풍스러운 도서관 분위기, 각종 실험장비들, 청결한 강의실 등…. 분위기가 「나갈대」의 마음을 움직이기에 충분했다. 캠퍼스에 백인학생들이 압도적으로 많아 보였다. 동양인 학생은 가끔 눈에 띄었다. 그가 학교에 출석하는 날은 화요일과 금요일 오전이었고, 한 학기에 1회 실험보고서를 제출해야 했다. 이번 학기 수강과목은 구조역학과 토질역학이었다. 정역학과 재료역학을 기본으로 구조의 해석법과 계산법을 배우는 과목이다. 과거, 대학 시절에 이수했던 과목들이다. 토질역학에서는, 토립자 부피나 흙과 흙 사이 간극의 계산법, 흙 내부에서 작용하는 응력과 흙의 간극 수압 계산법 등을 배운다. 그것은 기본적으로 물리와 응용수학을 바탕으로 한다. 그는 중·고등학교 때부터 수학과 물리는 항상 최고 성적을 받았다. 중학교 물리 선생님께서 「나갈대」에게 칭찬을 하신 말씀이 있다.

"너는 앞으로 물리학을 전공하면 좋을 것 같다."

그가 칭찬하신 기억이 「나갈대」의 머릿속에서 사라진 적이 없었다. 더구나 한국 대학에서도 수학과 역학이 연관되는 실험은 항상 흥미로웠다. 첫 수업에서 교수님이 강의만큼이나 숙제 리포트 제출이 중요하다고 강조를 하셨다. 교수님 강의 내용과 과거 사례를 비교·분석하는 과제물이다. 도서관에서 많은 시간을 보내야 한다는 뜻이다. 한국에서는 기말시험 성적만으로 학점을 결정하지만, 미국에서는 기말시험 성적과 숙제 리포트 결과물로 종합 평가해서 학점을 받는다. 이것이 한국과 확연하게 달랐다. 보고서 작성을 훈련시키는 것 같았다. 교수 강의만을 주입시키는 암기방식이 아니다. 교수 강의를 평가하면서도 자기 의견을 포함하라는 뜻으로 받아들였다. 얼마 전에, 호텔을 상대하는 세탁소에서 야간 아르바이트를 시작하라는 통보를 받았다. 강의가 없는 날에는 도서관에서 참고자료를 가지고 리포트를 작성하고 교수님의 강의 내용을 예습, 복습하느라 많은 시간을 보내야 했다. 그리고 매일 저녁 6시부터 아르바이트를 했다. 100개의 호텔 객실손님들 세탁물(침대용 시트, 베개 커버, 각종 수건)을 청소부들이 수집해서 창고에 넣어두면 「나갈대」가 창고에서 세탁물을 꺼내어 트럭에 옮겨 싣고 50여 km 떨어진 세탁소의 기계에서 세척, 건조, 기계 다리미(Iron)까지 끝낸 세탁물을 다시 호텔 창고에다 정리하는 일이다. 트럭은 다시 세탁소에 주차시키고 하루 일이 끝난다. 여기에도 문제가 있었다. 세탁소는 여러 호텔을 상대로 하는 세탁업 회사이다. 한정된 세탁기에 여러 호텔로부터 세탁물이 한꺼번에 몰린다. 「나갈대」가 기다리는 시간이 평균 1시간이지만, 그 시간에 대한 보상은 없었다. 강의, 도서관 자료 수집, 아르바이트를 마치고 보통 새벽 1시에 귀가를 했다. 아침 6시부터 두어 시간 복습을 하고 학교에 간다. 그러니, 수면 시간은 하루에 4~5시간 정도…. 그렇게 시간이 빨리 지나갔다. 힘들고 바쁜 일과 속에서도 「두요」의 얼굴을 보는 것으로 만족을 했다. 그래도 자신이 미국 대학생이라는 것에 불만이 없었다. 한 학기가 훌쩍 지나갔다. 육체적으로는 고달프지만, 미국에서 한판 붙어보자는 자신감! 이것으로 모든 시련을 이겨내고 있었다. 거기에다 자나 깨나 하나님과 기도로 대화하는 맹렬한 신자…. 아내, 「맹신자」가 옆에 있다. 「두요」도 건강하게 자라는 것으로 한몫을 해주었다. 학기말 시험, 리포트 작성, 실험보고서 제출까지 마쳤다.

후반 학기 시작 3주 전에 전반학기 성적표가 집으로 배달되었다. 「나갈대」 가슴이 두 근반세근반…. 몹시도 두근거렸다. 심장의사들은 사람의 맥박이 부정맥일 때 가슴이 두근거린다고도 한다. 학점이 잘 나왔을 거라는 기대 반과 미달일 수도 있다는 걱정 때문에 심장이 불규칙적으로 움직이는 듯했다. 무엇보다도, 학점에 실패하면 「나갈대」에게 더 이상의 희망이 없다. 다시 TMK 회사로 돌아갈 수도 없고, 한국으로 돌아갈 수도 없다. 미국에서 막노동자로 살아야 한다. 미국에서 사는 목적이 한 번에 사라져 버릴 수도 있는 운명의 성적통지서를 손에 쥐었는데…. 어찌 가슴속이 안 뛸 수가 있겠는가? 옆에 있던 아내가 나선다. 아내는 봉투 속에서 통지문을 착 꺼내더니 「나갈대」에게 넘겼다. 「나갈대」는 그냥 아내더러 읽어보라고 했다. 그녀가 거침없이 읽어 내려갔다.

"구조역학 B-, 토질역학 C+, 실험 리포트 P."

「나갈대」 자신도 놀랐다. 영어가 많이 모자라도, 수학이 기반이 되는 역학문제는 어느 정도 자신이 있었다. 그러나 실험보고서에서, 영어 표현력과 논문 작성법이 부족하다고 적혀있었다. 문제는 영어! 이 영어를 어떻게 잘할 수 있을까. 사실, 한국 대학에서 논문이 무엇인지, 어떻게 작성하는지를 배워본 적도 없었다. 어쨌든, 이번 첫 학기의 평균 성적이 C- 정도로 나온 것도, 「나갈대」와 아내는 하나님께 감사기도를 드렸다. 「두요」도 얌전하게 아빠 품에 안겨서 두 손 모아 함께 기도를 했다. 「나갈대」의 맥박에 언제 부정맥이 있었는지 모른다. 우선 논문 작성을 위한 참고자료를 찾아내는 게 급선무였다. 「Kwame」의 실험보고서를 잘 검토해 보았다. 역시, 그의 보고서는 너무나도 정연하게 정리가 되어있었다. 실험의 목적, 실험 준비 설명, 장비/기구 설명, 실험 방법, 결과 해석, 결론, 참고문헌의 순서로 보고서가 매우 잘 구성되어 있었다. 정말 칭찬해 주고 싶었다. 아르바이트 수입으로 1개월 렌트(Lent)비는 충당이 된다. 아내의 미용 방문 이용객은 날이 갈수록 많아졌다. 어떤 노인은 얼굴 화장을 또, 어떤 노인은 머리 염색도 원한단다. 그런 노인들은 대개 혼자 살고 주변의 클럽에 잘 가지 않는다. 말하자면, 돈은 있는데 운전도 못 하고 쓰지도 못하고, 몸이 말을 들어주지 않는 노인들이다. 이들은 국가로부터 매월 연금으로 생활비를 받는다. 돈을 쓸 수 있는 유일한 곳이 미용, 건강, 음식 배달, 세탁 의뢰 등이다. 마음에 들게 잘해주면 아내한테 미용값뿐만 아니라 두툼한 팁도 얹어준단다. 「두요」는 꼬마 유치원에 가지 않는 날에는 엄마 따라 방문 미용 집에 함께 간다. 어떤 노인은 「두요」를 무척 예뻐하시면서 장난감 사주라고 돈을 준다고 했다. 때로는 「두요」도 그렇게 돈을 벌었다. 머리 자르기, 머리 감기, 머리 염색, 얼굴 화장까지 세트를 원하는 노인들이 점점 많아졌다. 아내의 손재주가 있기는 있는 모양이었다. 그분들은 오히려 아내에게 고맙다고 한단다. 그렇게 벌어드린 수입으로 세 식구가 먹고살기에 그런대로 부족하지는 않았다. 주일에는 Austin 장로교회에 출석을 했고, 아내는 찬양대를 도왔다. 아내의 방문 미용으로 세 식구가 많은 노인과 인사하느라 바쁘다. 어설픈 영어 실력이지만 아내는 열심히 교인들과 소통을 했다. 목사님이 「나갈대」에게 가족 안부를 물어보시기도 했다. 본인도 Scotland에서 Texas Austin으로 처음 왔을 때, 여러모로 불편하고 외롭고 고향 생각이 많이 났다고 하셨다. 그러나 그는 성직자이고, 영어 소통에 문제가 없고, 빵을 주식으로 살아온 서양인이다. 전혀, 다른 문화권인 한국인과는 다르다.

후반 학기가 시작되었다. 수요일 오전(강구조 설계: Steel Structure Engineering)과 오후(콘크리트공학: Concrete Engineering)에 강의가 있다. 강구조설계는 「Reynolds」 교수님 과목이다. 강구조설계는 Steels의 특성과 응용수학이 기본이다. 「나갈대」는 응용수학에 어느 정도 자신감이 있다. 콘크리트공학에서는, 구성 물질(시멘트, 물, 잔/ 굵은 골재, 혼화제)에 대한 강의다. 시멘트의 접착성, 골재의 역할, 혼화제의 기능, 철근 콘크리트, 프리스트레스 콘크리트 응용이 강의에 포함된다. 후반기 성적도 기말고사 성적과 실험보고서 평가로 결정을 한다. 「Reynolds」 교수님의 과목에 최선을 다할 생각이다. 원래, 수학에 관련된 과목들이 흥미도 있을 뿐만 아니라, 석사과정 진입을 위해 「나갈대」의 수학 실력을 그분한테 보여주어야 한다. 그의 강의가 시작되었다. 강재 물을 이용한 강구조물의 인장 부재/ 압축 부재/ 휨 부재의 한계 상태와 이에 따른 설계법 등, 그의 강의는 과거에 배워본 적이 없을 정도로 훌륭하다고 「나갈대」는 생각을 했다. 「Dr. Tom Stitt」의 콘크리트 공학 강의에서, 산업부산물이나 화산이 폭발할 때 발생하는 오염물질이 시멘트 일부를 대체한다고 했다. 이른바, 혼화제라는 것이다. 자연을 해치는 오염물질들이 시멘트의 본래 특성을 유지하면서도 성능을 개선시킨다? 도대체 이해가 되지 않는 콘크리트 공학이다. 환경오염도 없애고 경제성을 돕는다는 그의 강의가 또, 「나갈대」의 마음을 움직였다. 이번 학기 실험 주제가 시멘트 혼화제다. 오후 6시에는 어김없이 세탁 아르바이트를 해야 했다. 때로는 트럭이 넘치도록 세탁물이 많다. 재수 없으면 세탁 기계를 한 시간 이상 기다리기도 했다. 요즘처럼 핸드폰을 사용하는 시대가 아니다. 유선전화 외에는 아내와 통신할 방법이 없다. 밤 1시가 지나서야 잠들어있는 「두요」의 얼굴을 볼 수 있었다. 정말, 입에서 쓴맛이 돌 만큼 힘든 나날이었다. 어느덧 3학년 두 번째 기말고사가 닥쳐왔다. 실험보고서 작성이 걱정이었다. 영어 문장력이 문제다. 기말고사 준비와 리포트 작성을 위해 거의 도서관에서 시간을 보냈다. 「Kwame」의 강의 노트가 많은 도움이 되었다. 그의 노트에도 강구조 계산법이 잘 기록되어 있었고, 중요한 부분은 밑줄을 그어놓기도 했다. 드디어 기말고사도 끝났다. 어렵게 또 어렵게 실험보고서도 제출했고, 이제는 기다리는 일만 남아있었다.

한국에서 가지고 들어온 비상금으로 지난 1년 등록금은 해결했지만, 앞으로의 등록금 마련이 걱정이다. 아내가 친정 부모님께 도움을 구하는 것 같았다. 「나갈대」의 입장에서 그 방법 외에는 묘안이 없었다. 또 다른 아르바이트를 하면서 공부를 계속할 수밖에 없다. 성경에 역사적인 인물이라면 누구보다도 「다윗」을 꼽는다. 그는 환난, 역경, 고난 속에서도 하나님을 사랑하는 힘이 자기의 피난처라고 하지 않았던가. '하나님은 나의 피난처….' 「나갈대」도 그렇게 믿고는 있지만, 하나님을 덜 믿는 탓일까. 등록금 불안은 가시지를 않았다. 4학년 신학기가 시작될 때까지 두 달 방학 기간에 또 다른 호텔 아르바이트 일자리를 구했다. 새벽 5시부터 9시까지 호텔 주변을 청소하는 잡무다. 시간당 수입은 세탁소 일보다 많으나 그래도, 등록금 마련은 불가능했다. 아무리 신앙심으로 문제를 극복하려 해도, 자신의 처지에 대해서 '하나님은 나에 피난처일까?' 「나갈대」는 그렇게 한탄스러운 의심도 많이 들었다. 겉으로만 신앙인 체하는 위선 신앙인이 곧 「나갈대」

자신 같기도 하고…. '피난처'라는 「다윗」 신앙심과 '한탄'이라는 위선적 신앙심이 「나갈대」 안에서 서로 힘겨루고 있었다. 그렇게 힘겨루기를 하는 중에서도 한탄은 곧 위선이라는 생각이 「나갈대」에게 더 들고는 있었다. 「울려고 내가 왔던가 웃으려고 왔던가」 1960년도 영화 주제곡이 또 떠올랐다. 건설회사 본부장직을 버리면서 울려고 미국에 왔던가 웃으려고 왔던가. 비 오는 날 새벽에 호텔 주변을 청소하다가 더욱 가슴을 적시던 노래 가사! 등록금 불안에 「나갈대」 가슴이 착잡했다. 청소가 끝나면 도서관에서 4학년 과목들을 준비해야 한다. 4학년 첫 학기 과목은 구조 동역학과 환경공학이다. 동역학에서는 토목구조물에 대한 외부의 동적 하중이 관련된다. 정말 복잡한 수학과 연계되는 과목들이다. 환경공학은 「나갈대」에게 생소하고 광범위한 과목이다. 그래서인지 첫 학기에 이어 두 번째 학기까지 연장이 되어있다. 전반 학기에서는 유체역학, 수리학, 상하수도이고, 후반 학기에서는 정수/폐수, 폐기물처리, 토양복원이다. 3학년 후반기 성적표는 4학년 첫 학기 시작 2주 전에 받았다. 또 긴장된 순간을 맞이한 「나갈대」의 심장이 뛰기 시작했다. 성적표를 꺼내보았다. 강구조물 설계 B+, 콘크리트 공학 B-, 실험보고서 C- 다. 그에게 생소했던 콘크리트공학은 예상보다 학점이 좋았지만, 실험 리포트는 실망스러웠다. 「Reynolds」 교수님의 과목에서 B+를 받았다는 기쁨도 잠시 세탁 아르바이트 현장으로 달렸다.

날이 갈수록 호텔 세탁물이 많아지고 그만큼 트럭에 옮겨 싣는 힘도 더 들었다. 세탁 기계로 운반, 기계 다리미 아이온, 세탁물 재운반은 노동력과 시간이 더 많이 소모되었다. 거의 새벽 2시경에 귀가하면 온몸이 녹초다. 그렇게 기진맥진한 상태에서도 등록금만 생각하면 다시 힘이 솟는다. 아침에는 다음 학기를 준비하기 위해 도서관으로 향한다. 아내는 자청해서 가정집 청소부 일을 하고 싶어 했지만, 「나갈대」는 반대로 일관했다. 「두요」를 남의 손에 맡기고 싶지 않았기 때문이다. 두 달 방학이 훌쩍 지나고 새 학기가 시작되었다. 구조동역학은 거의 수학이다. 「나갈대」에게는 익숙한 과목이었지만, 환경공학에는 자신감이 없었다. 그러나 그 비싼 등록금을 생각해서 죽도록 덤벼볼 생각이다. 구조동역학 강의는 「Dr. Alex Brown」이다. 외모는 젊어 보였으나 머리카락이 많이 빠져있고 학자다운 풍모다. 그 유명한 MIT 출신으로 미 항공우주국(NASA)에서 근무한 경력도 있다. 그의 강의는 전부 수학으로 시작해서 수학으로 끝이 난다. 「나갈대」는 그의 강의가 흥미로웠다. 바람, 파도, 교통, 지진, 사람을 포함해 동적 분석이 그의 주요 강의 내용이었다. 전반기 환경공학 강사는 파키스탄 출신 「Dr. Alibe Khan」이다. 뉴욕에 있는 콜롬비아대 출신이다. 그의 유체역학과 환경수리학을 수학으로 연계를 했다. 상하수도 강의는 다른 시간강사로 채워졌다. 모든 과목이 「나갈대」에게 흥미 있는 주제들이다. 강의가 없는 날에는 새벽 청소 일을 계속했다. 두 개의 아르바이트를 하기에 다소 무리였으나 그 외에는 공부하면서 수입을 올릴 다른 방법이 없기 때문이다. 「두요」는 어린이 유치원에 입학할 정도로 많이 자랐다. 「나갈대」가 보기에 영리하고 똑똑하다. 아내의 방문 미용 수입이 더 오르지 않아도 「두요」를 돌보면서 돈을 번다는 게 신기했다. 그녀가 할 수 있는 최선의 역할이다. 친정 부모님께서 이 딱한 사실을 아시면 얼마나 실망하실까? 교편 생활을 하며 부모와 가까이 살자고 사정했으나 그 고생하려고 미국에 갔느냐고 하실 것 같았다. 저녁 6시에 시작하는 아르바이트를 위해 오후 5시경 도서관에서 집으로 왔다. 아내가 「쿡」 대위의 전화를 받았다며 메시지를 전했다. 업무상 잠시 본사에 왔다는 내용이었다. 본사에 전화를 걸었다. 마침내 몇 년 만에 그와 대화를 했다. 사실, 그에게 할 말이 너무도 많았다. 약속을 정하고 전화를 끊었다. 4학년 후반 학기 시작 전에 전반 학기 성적표가 배달되었다. 떨리는 가슴을 진정하기 힘들었다. 아내도 옆에서 지켜보았다. 구조동역학 B+, 환경공학 B−, 실험리포트 C−. 수학 문제들을 풀어야 하는 구조 동역학이나 환경공학은 예상대로였으나, 리포트 성적은 좀처럼 나아질 기미가 보이지 않았다. 영어가 부족해서만이 아니라 논리적인 설명에 문제가 있다고 판단을 했다. 석·박사 학위 취득에는 논문이 결정적인 역할을 한다. 「나갈대」가 원하는 학위 취득에 근본적인 문제가 있어 보였다. 단순히 영어 부족 때문이라고 생각한 것이 오산이었다. 논문이란 무엇일까. 어떻게 시작과 끝을 맺어야 할까. 끝없이 생각에 빠져들었다. 논문에 관한 참고자료를 수집하기 시작했다. 「쿡」 대위와 약속한 날이 다가왔다. 그는 「나갈대」의 평생 은인이다. 「나갈대」의 일생에서 그런 미국 사람을 만났다는 자체가 보통 일이 아니다. 그의 회사에서 끝까지 근무하지 못한 것은 분명히 아쉬운 일이었다. 「쿡」 대위와 TIT 도서관 지하식당에서 간단한 샌드위치로 점심을 먹기로 했다. 한국처럼 푸짐한 식사 대접이 아니다. 약속 장소에 가니 「쿡」 대위가 저쪽 코너에 앉아있었다. 몇 년 만에 만난 두 사람이 반갑게 포옹을 했다. 그는 사우디 항만공사가 몇 년은 더 걸린다고 했다. 가능한 TMK 본사로 돌아오고 싶지만 마땅한 적임자가 없다고 했다. 「나갈대」는 TMK 회사 근무 첫날부터 TIT 대학생이 된 과정을 설명했다. 미국 사람들은 다른 사람에 대해 흉을 보거나 비난하는 것을 아주 싫어한다는 것을 「나갈대」도 알고는 있었다. '개새끼' 「Scott」의 인간차별에 대해 욕을 퍼붓고 싶었으나 오히려 그를 칭찬했다. 「쿡」 대위에 의하면, 「Scott」는 TSU(Texas State University)출신 공학석사이며, 그의 보고서는 윗선에서 거의 거절당하지 않는다고 했다. 「Scott」의 대화력이 부족한 게 문제라는 것을 「쿡」 대위는 알고 있었다. 그래서 그의 직급이 낮다는 것이다. 참으로 알다가도 모를 일이다. 「Scott」를 멍청한 놈이라고 생각했었는데, 그렇다면 오히려 멍청한 놈은 「나갈대」 자신이 아닌가. 「나갈대」가 그와 가끔 의견충돌이 생겼던 것은 그가 너무 앞선 생각 때문일 수도 있다. 되지도 않을 일을 시킨다고 의견충돌을 빚곤 했는데, 세상을 살아가면서 자기 의견만 옳다고 고집부릴 일이 아니라는 교훈을 얻은 셈이다. 좋은 고집은 때때로 필요하기도 하지만, 잘못된 고집을 세우면 아집으로 바뀌는 것이다. 아집은 자기중심적인 생각과 집착으로 다른 사람의 의견을 무시하게 만든다. 어쩌면, 서로의 문화와 정서가 다르고 그의 선입견과 「나갈대」의 열등감에서 오는 한국적인 오기가 불러온 갈등이 아니었을까? 더구나 「Scott」는 순수한 백인도 아니면서 백인처럼 「나갈대」를 무시하는 언행에 대한 반발일 수도 있다. 「나갈대」는 고집과 아집을 구별해야겠다는 생각이 들었다. 「쿡」 대위와 자주 연락기로 약속하고 헤어졌다. 아내에게 「쿡」 대위의 소식을 전했다. 아내도 그를 한국에서 한 번 만나본 적이 있다. 아내와 함께 만나지 못한 것을 아쉬워도 했지만, 어쩔 수 없는 상황이었다. 「두요」는 제법 자라서 스쿠터도 타고, 말도 잘한다. 「두요」와 함께할 시간 여유가 없어서 항상 미안할 뿐이다. 이번 학기만 잘해서 공학석사에 도전할 생각을 하면 그래도 지금의 고생이 가치가 있다고 「나갈대」는 만족을 했다. 이번 학기에는 지반공학과 환경공학이다. 지반공학에서 기초(Pile), 지반, 암반, 터널, 도로 등이 포함되고, 환경공학에서는 정수와 폐수처리 공학이다. 환경공학을 좀 더 흥미 있게 살펴보았다. 정수처리에는 지표수, 지하수, 호소수로부터 유해물질을 제거하는 강의다. 폐수처리에는 생활하수와 산업폐수로부터 발생하는 오염폐수를 생물/ 물리/ 화학적으로 처리하는 방법 등이다. 하루 24시간 공부해도 감당하기 어려울 것 같은 두려움이 「나갈대」를 엄습했다. 수강해야 할 과목들도 걱정이지만, 더 큰 문제는 보고서 작성이다. 비록, 실험보고서라고 해도 논문에 가까운 보고서를 어떻게 작성해야 할지가 최대 관건이었다. 논문작성의 핵심은, 어떤 주제에 대해 참고자료를 통해서 학문적 의견과 주장을 실험적인 결과의 사실에 입각해서 육하원칙(六何原則) 논리에 맞게 체계적으로 글을 써야 한다. 지금까지의 보고서가 얼마나 허술했는지를 「나갈대」는 깨달았다. 한국에서는 그렇게 체계적인 보고서를 써본 적이 없었고, 실험했다는 보고서 제출로 학점을 받았다. 미국 대학 교수들이 논리적인 보고서 작성을 학생들에게 요구하는 교육에 대해서 많은 생각을 해보게 되었다. 참고자료 조사는 도서관에서 상당한 시간을 보내야 한다는 뜻이다. 시간에 쫓기고 영어에 시달리는 「나갈대」가 감당하기엔 너무 어려웠다. 그러나 여기까지 힘겹게 왔는데 뒤로 물러설 수는 없다고 마음을 다졌다. 수업과 아침, 저녁 아르바이트 외에는 도서관에서 계속 시간을 보낼 생각이다. 지반공학에는 수학이 많이 연관되지만, 환경공학에서는 화학과 생물을 기초로 공부해야 하는 게 문제였다. 고등학교 때 화학과 생물을 배운 게 전부인데, 그것도 걱정이다. 수업이 시작되었다. 오후 6시부터는 세탁 아르바이트를 시작으로 호텔 청소 아르바이트까지 해야 했다. 두 개의 아르바이트로 버는 돈이 「나갈대」의 생활에 절대적으로 필요했다. 세탁물이 많을 때도 있었지만, 늘 그렇지만도 않았다. 비바람이 몰아치는 날에는 할 일이 많고, 맑은 날에는 비교적 일이 적었다. 그렇게 틈날 때마다 「나갈대」는 기초화학/생물공부를 해나갔다. "Every dog has his day."라는 영국에 속담이 있다. 한국에 "쥐구멍에도 볕들 날이 있다."와 같은 의미다. 누구에게나 한 번쯤은 '운 좋은 날이 온다'는 뜻이다. 구질구질한 세탁일과 새벽 청소를 하더라도 인내하고 노력하면 언젠가는 쨍하고 빛을 보는 날이 오리라는 믿음이 「나갈대」를 하루하루 버티게 했다. 후반 학기가 끝날 무렵, 기말시험 준비와 보고서 작성에 온 힘을 쏟아부어 정신적, 육체적으로 많이 지쳐갔다. 무엇보다도 석사과정 입학에 필요한 등록금 마련이 최대의 골칫거리였다. 아내가 친정 부모님께 도움을 요청하였으나 농촌에서 돈을 마련하는 길은 논밭을 정리하는 방법밖에 없다. 논이 팔리는 대로 도와주겠다고는 하셨다는데, 그것이 언제 성사될지는 알 수 없는 실정이었다. 「나갈대」는 「Reynolds」 교수님과 이 문제를 논의하고 싶었다. 등록금 때문에 석사과정 입학을 못 한다면 굳이 미국에서 살아야 할 이유가 없다는 생각이다. 이 대학에서는 학생이 아무 때나 교수님의 연구실 문을 노크할 수가 없다. 교수님을 만나려면 미리 정해놓은 월요일과 목요일 오후 2~4시에만 면담이 가능하다. 시간에 맞춰 교수님 연구실 문을 노크했다. 교수님께서 문을 열어주셨다. 인자한 모습이셨다. 그는 「나갈대」가 찾아오리라고 생각도 못 하신 듯 의아한 눈초리로 쳐다보셨다. 그는 첩첩이 쌓여있는 책들을 이리저리 정리한 후 의자에 앉도록 권하셨다. 그리고 「나갈대」의 우수한 수학성적을 칭찬하셨다. B+을 받은 학생이 몇 명에 불과하다는 것이다. 그렇게 칭찬을 받아서 기분은 좋았지만, 더 기분이 좋아지는 대화는 시작도 못 했다. 그러나 교수님의 황금 같은 시간을 오랫동안 빼앗을 수는 없다. 「나갈대」는 어려운 사정을 자세하게 말씀을 드렸다. 교수님의 얼굴이 꽤 심각하셨다. 그의 심각한 표정이 좋은 건지 아닌지를 알 수는 없었으나 미국 사람들은 대개 남을 도와주려는 정서적 특징이 있다는 것을 알고 있었다. 잠시 동안 침묵 끝에 교수님께서 말씀하셨다. "Let me think about it(생각해 보겠다)!"

교수님의 말씀을 되새기며 연구실을 나와서 보고서 작성을 위해 도서관으로 향했으나 마음이 심란해서 일이 손에 잡히지 않았다. 이런저런 생각에 머리가 복잡하기만 했다. 하지만 하나님께서는 항상 우리와 함께하시고, 우리를 잊거나 내버려두지 않겠다는 약속을 하시지 않았는가(신명기 31:6, 여호수아 1:9, 이사야 41:10)? 그러나 이 약속에도 '당신의 말씀 안에서'를 전제로 하셨다. 과연, 그 약속이 「나갈대」에게도 해당이 될까? 그 약속을 믿고 '당신의 말씀 안에서' 24시간을 살아야 하는 것이다. 그렇게 살 자신이 없는 「나갈대」는 스스로 조용히 물어보았다.

"너, 그렇게 살 자신이 없으면서 하나님의 약속을 기대할 수 있겠어?"

이 세상에 '당신의 말씀 안에서' 살고 있는 사람들이 몇 명이나 될까. 교회 목사? 천주교 신부? 교회 장로? 성경에서(삼상 2:18~36), 두 아들이 부정한 제사와 여호와를 멸시한 죄 때문에, 「엘리」 대제사장 자신이 불법으로 종말을 맞이했다고 하지 않았던가. 보통 제사장도 아닌 대제사장도 하나님 말씀대로 가정을 다스리지 못하였다?! 당신의 말씀 안에… 있지 않았다는 뜻이다. 하물며, 물고기 중에서도 가장 작은 송사리 같은 「나갈대」의 신앙으로 하나님 말씀의 약속을 지킬 자신이 없는 것은 어쩌면 당연한 두려움일 수도 있다. 그렇게 송사리 같은 신앙으로 하나님의 약속을 기대한다고…? 「나갈대」는 말도 안 되는 욕심이라고 생각을 했다. 마치, 바람이 부는 대로 흔들리는 갯가에 갈대처럼, 필요할 때만 당신의 말씀 안에 있는 척하는 「나갈대」가 아닐까. 하나님의 약속을 바라는 「나갈대」의 행동이 바람에 흔들리는 갈대의 몸짓 같았다. 보고서 작성 마무리는커녕, 한참 동안 하나님의 약속에 대해 「나갈대」의 마음이 복잡했다. 벌써, 오후 세탁 아르바이트 시간이 되었다. 날씨가 많이 흐려서인지 세탁물이 엄청나게 많았다. 그런 날에는 책을 읽을 틈이 없다. 내일 기말시험 치를 일이 걱정이었다. 세탁기 운전, 드라이, 다림질, 세탁물 운반까지 마치고 새벽 2시쯤 귀가를 했다.

오늘은 기말시험을 치르는 날이다. 영어에 시달리고 학교 등록금 걱정에 붙잡혀 있었으나 시험 준비를 위해 최선을 다했다. 지성(至誠)이면 감천(感天)이라고, 모든 일에 성실한 사람은 하늘도 감동을 받는다고 했다. "최선을 다하고 하나님의 축복을 기다리라." 영국 사람들이 늘 자녀들에게 주는 교훈이다. 성경에서(빌 4:13) 「바울」 사도는 "내게 능력 주시는 자 안에서 내가 모든 것을 할 수 있느니라."라고 설교를 했다. 「나갈대」가 할 수 있는 범위에서 최선을 다하겠다고 마음을 다지면서 고사장을 향해 달렸다. 지반공학 답안에는 자신이 없었지만, 환경공학에서 유체역학과 관련된 수학 문제는 해결을 했다. 설명이 필요한 문제는 여전히 자신이 없었다. 어쨌든, 모든 시험이 끝났다. 마음이 홀가분했다. 그러나 시험답안에 자유롭지 못한 마음은 무거웠다. 어느 하나가 좋으면 어느 하나가 나쁘고 이것이 세상의 구조라고? 다 좋을 수 없다는 뜻이다. 시험이 끝났는데 답안도 백 점이면 얼마나 좋을까! 그런 세상은 없을까? 욕심을 가라앉히려 마음을 다잡으려 했다. 「나갈대」의 아르바이트의 적응력도 점점 익숙해졌다. 가정 방문 미용수입은 큰 변화가 없다. 「두요」는 장난감에 관심이 많았으나 만족시키지 못하는 아빠의 심정이 썩 좋지는 않았다. 등록금 준비가 어떻게 결정되든 일단 석사학위 입학원서를 접수하고 보았다. 석사과정은 3개월 후에 시작을 한다. 이 기간에 건축현장 임시노동자로 세 번째 아르바이트 자리를 구했다. 건축현장 임시직 노동이지만 시간당 수입이 많다. 과거 한국에서 건설본부장의 체면이 말이 아니다. 그러나 그까짓 체면이 생활비 버는 것을 방해한다면 체면이 무슨 쓸모가 있단 말인가? 우리 속담에 "체면 차리다 굶어 죽는다."라는 말도 있다. 배고픈 사람에게는 체면치레가 통하지 않는다. 「나갈대」는 새벽에 호텔 청소가 끝나는 대로 Austin 시내 건축현장에서 오전과 오후 각각 2시간씩 일을 했다. 다시 오후 6시부터 호텔 세탁 일을 시작하기 전에 집에서 4시간 정도 잠을 청했다. 3가지 아르바이트를 한 달여 동안 계속하고 있을 때, 「Reynolds」 교수님의 전화 연락을 받았다.

설마? 「나갈대」는 흥분을 감추지 못했다. 기적(奇蹟)? 세상에는 기적이 없다고 생각하는 사람들과 모든 것이 기적이라고 믿는 사람들로 「아인슈타인」은 분류를 했다. 「나갈대」는 설마 기적이 있겠느냐고 부정하는 편이지만, 이번에는 모든 것이 기적이라고 믿는 사람이 되고 싶었다. 성경에서(마 8:23~27), 예수께서 바람과 바다를 꾸짖고 풍랑을 잔잔하게 하신 기적을 통해 제자들의 두려움을 고요하게 하시지 않았던가. 불교에서는 기적을 신통(神通)으로 설명을 한다. 과학적으로는 설명될 수 없는 일들이 어떤 신과 통하는 능력에서 얻는 결과라는 것이다. 사실, 「나갈대」의 상황이 인생의 풍랑에 흔들리고 있었다. 신실한 신앙인이 되고 싶은 「나갈대」이지만, 풍랑을 잠재우신 예수의 기적도 바라기도 하고, 불교의 신통한 기적도 믿고 싶은 마음이 간절했다. 이 고비를 넘기지 못하면 한국에서 미국으로 건너온 목표가 사라진다. 「나갈대」의 마음은 어느새 바람에 흔들리는 갯가에 갈대처럼 예수님의 기적 쪽으로, 또 다른 한편으로는 신통에 기적 쪽으로 흔들거렸다. 이렇게 흔들거리는 「나갈대」의 본성은 도대체 무엇인가. 세상 풍파에 시달리며 이리저리 흔들리는 사람이 비단 「나갈대」뿐일까? 교수님의 기적 같은 소식을 기대해 보고 싶었다.

교수님의 연구실 문을 두드렸다. 가슴이 두근거렸다. 빈손을 들고 한국으로 돌아갈 것인지, 아니면 미국에서 목표를 이룰 수 있을지. "Come in(들어오세요)." 안에서 교수님의 목소리가 들렸다. 조용히 문을 열고 인사를 드렸다. 교수님은 어떤 주제든 간략하고 쉽게 설명을 하셨다. 그런 강의 스타일 때문에 학생들에게 평판이 아주 좋은 분이시다. 교수님은 「나갈대」의 장래 문제에 대해 간략하게 정리를 해주셨다. 등록금 면제 장학생으로 학교에 추천을 했지만 경쟁자들이 너무 많아서 실패했다는 설명이다. 「나갈대」의 몸에서 식은땀이 흘렀다. 그리고 그는 또 다른 소식을 전했다. 석사과정 입학을 전제로 실험실 조교 자리가 생긴다는 것이다. 조교의 역할은 학생들의 실험과 관련된 인쇄물 준비와 실험장비들이 미리 작동하도록 준비하는 일이다. 연봉에 관한 내용은 사무 행정당국에 알아보라고 하셨다. 「나갈대」의 가슴이 다시 흥분 모드로 바뀐 상태에서 교수님 방을 나왔다. 기적일까 아니면 절반의 기적일까? 월급이 얼마든 실험실을 자기 안방처럼 쓸 수 있다는 뜻이다. 갯바닥에서 허우적거리던 숭어가 헤엄칠 수 있는 물속으로 들어가는 것과 같은 희소식이었다. 석사과정 입학은 입학심사위원회의 소관이다. 입학이 안 되면 아무것도 할 수 없는 처량한 신세가 된다. 그야말로 낙동강 오리알 신세가 되는 것이다. 오도 가도 못하는 오리 알 신세가 될까 봐 걱정이 떠나지 않았다. 혹시 강변의 갈대밭이나 덤불에 떨어진 오리 알이 요행으로 부화되는 경우도 있지 않을까? 덤

불이나 갈대밭에 떨어진 오리 알 신세라도 되었으면… 속이 타들어 갔다. 어쨌든 기적만을 바랄 뿐이었다. 물에 빠져 지푸라기라도 잡는 심정이었다. 절박한 마음으로 교회 목사님을 찾았다. 그는 간절한 기도와 함께 짧은 설교를 하셨다. "하나님은 우리의 연약함을 알고 계신다. 그 연약함을 우리 힘으로는 감당할 수 없지만, 우리가 하나님의 뜻대로 말씀대로 살려고 노력하는 마음을 기뻐하시고 우리에게 축복을 주신다(마태 12:46~50)." 「나갈대」의 마음이 또 기적 쪽으로 기울었다.

대학 행정실로부터 석사과정 입학에 대한 편지를 받았다. 석사과정 입학, 등록 마감일, 전공 주제 선정 등에 관한 소식이었다. 하늘을 날 듯 기뻤다. 오랫동안 꿈꾸어 온 대학원 입학이 현실이되었다. 그런데 기쁨도 잠시, 등록금이 문제다. 한 달 이내에 등록해야 하는데 비상금을 다 합쳐도 모자랐다. 한 달 안에 처가의 땅이 매각될 리가 없다. 그 외에 한국과 미국에서 등록금을 도와줄 사람이 없다. 마지막 수단으로 미국에 와서 거래해온 Star 은행을 찾았다. 지점장 「Mr. John Smith」는 무언가 보증을 요구했다. 또, 예수님의 풍랑 기적이나 부처님의 신통한 기적을 믿는 마음이 생겼다. 신앙인이라 자처하는 「나갈대」의 가벼운 믿음이 일반 사람과 다른 게 하나도 없다. 지푸라기라도 잡아야 한다는 생각뿐이었다. 다시, 교수님을 만나 등록금에 대한 입장을 상세히 말씀드렸다. 한국이나 미국이나 교수님과 제자의 인연은 따로 있는 듯하다. '줄탁동시(啐啄同時)'. 닭이 알을 깔 때 알 속의 병아리가 안에서 껍질을 쪼는 것을 '줄'이라고 한다. 그 소리를 가장 먼저 알아차린 어미 닭이 밖에서 껍질을 쪼아 깨뜨리는 행동이 '탁'이다. '줄탁!' 어미 닭과 병아리가 동시에 껍데기를 깨야 비로소 병아리가 세상 밖으로 나올 수 있다는 거다. 학문을 세상 밖으로 끌어내려면 스승과 제자가 동시 합작품이 되어야 한다는 것이다. 두 사람의 관계는 학문적으로나 인간적으로 뗄래야 뗄 수 없는 특별한 인연이라는 뜻이다. 「Reynolds」 교수님은 창밖을 내다보며 무언가 생각을 하시는 것 같았다. 드디어 그가 해결책을 내놓았다. 신학기에 실험실 조교로 일을 시작하는 것과 월급에서 일정 금액을 은행에서 매월 이체할 수 있도록 은행 지점장에게 편지를 보내겠다고 하셨다. 그러나 은행이 어떤 결정을 할지는 알 수 없다고! 또 「나갈대」는 예수 풍랑기적이나 불교의 신통기적을 바라야 했다. 결국, 은행의 신용대출을 위해 아내와 새벽기도로 하나님께 간구하는 길을 택했다. 아내는 즉시 금식기도를 하자고 했다. 금식기도! 말은 쉽지만, 그에게 익숙하지 않은 기도다. 금식기도를 통해서 하나님과 지속적으로 관계를 유지하고 타락한 신앙을 회복하기 위해서도 필요하다는 성경말씀(요나 3:5, 사 13:2, 느헤미야 9:1)을 아내는 강조한다. 한 발 더 나아가 예수, 모세,

엘리야도 사명을 감당키 위해 40일 금식을 했다는 것이다(마태 4:2, 출애굽 34:28). 그러나 「나갈대」는 금식기도는 타락하려는 신앙을 회복하기 위한 자신의 자발적 헌신이 먼저여야 한다고 하자, 아내와 신앙적 견해 차이로 언성이 높아졌다. 결국, 타락하려는 그리고 타락한 신앙은 바람에 흔들리는 갈대처럼 인간에게 존재할 수밖에 없다는 것이 「나갈대」의 생각이다. 그에 대한 예방조치로 금식기도가 필요하다는 것은 두 사람이 공감하는 부분이다. 그러나 여전히 「나갈대」는 자발적인 헌신을 강조하고, 아내는 주님을 기쁘게 하는 행동이어야 한다고 주장을 했다. 「나갈대」가 아르바이트를 하는 처지에 금식은 체력적으로도 버틸 수 없는 일이다. 하지만, 아내는 여전히 금식기도에 집착을 했다. 그녀를 말릴 사람은 아무도 없었다.

신학기가 시작되기 3주 전에 시험성적표가 배달되었다. 석사과정 입학과 실험실 조교 임용이 결정된 이상 성적표에 대해 크게 걱정하지 않았다. 역시 예상대로였다. 지반공학 B−, 환경공학 C+, 실험보고서 C다. 실험보고서의 좋은 결과가 매우 흥미로웠다. 보고서가 논문 형식에 많이 가까워졌다는 의미이다. 논문 작성에 어느 정도 자신감이 생겼다. 등록 마감 일주일 전에 은행 지점장으로부터 연락을 받았다. 월급을 담보로 등록금을 대출해 주겠다는 소식이다. 물론 이자가 붙지만 너무나 기쁜 소식임이 틀림없었다. 이렇게까지 인도하신 하나님께 감사할 뿐이었다. 언제는 부처님의 신통한 기적까지도 바랐던 「나갈대」의 마음이 금방 풍랑 기적의 예수로 바뀌어 버렸다. 사람은 정말 간사한 동물일까. 자기에게 좋은 기회가 오면 예수 풍랑 기적에, 그렇지 않을 때는 신통한 기적에 기대는 마음. 「나갈대」도 알 수 없는 자신이 부끄러웠다. 「나갈대」에게 누군가가 비꼬며 말을 하는 것 같았다.

"너, 「나갈대」…! 화장실 들어갈 때와 나올 때가 많이 다르지 않나? 왜 그렇게 마음이 간사해?"

그러나 사람이 다급하면 예수님의 풍랑 기적이든 부처님의 신통 기적이든, 일이 풀리는 쪽으로 기울게 마련이다. "Any Port in a Storm(급한 일부터 먼저 처리하라)." 영국 사람들이 흔히 쓰는 이 말처럼, 다급할 때는 간사하든 뭐든 생각할 여유나 있겠는가. 그리고 일이 잘 끝나면 언제 '그랬나' 싶게 마음이 돌변을 한다. 성경에서(마 27:1~10), 예수님을 은(Silver) 30에 팔아넘긴 죄책감으로 자살했다는 「가롯 유다」는 간사한 예수 제자로 낙인이 찍혔다. 사실, 평소에 돈의 탐욕을 품고 있는 「가롯 유다」를 이용해서 예수를 넘기도록 배후에서 조종한 대제사장들이 더 간사하지 않았을까! 대제사장들이 금전을 노린 짓이라는 것이 「나갈대」의 생각이다. '예수'의 풍랑 기적이나 '석가모니'의 신통 기적에 흔들거리는 「나갈대」의 간사한 마음은, 「가롯 유다」와 대제사장들의 간사와는 같을 수가 없다. 예수님 시대에도 세상의 변화는 계속되었고, 지금도 세상이 계속 변하고 있다. 「나갈대」의 생각에, 「가롯 유다」와 대제사장들의 간사한 행위는 세상의 변화에 저항하려는 그야말로 돈의 탐욕으로부터의 흉흉한 간사한 짓에서 비롯된 것이다. 간사한 율법자들이 세상의 변화를 요구한 예수를 제거하려는 목적으로 금전을 탐하는 「가롯 유다」를 이용했을 뿐이다. 이것이 바로 율법자들의 간사한 행동이지, 앞길이 꽉 막혀 이리저리 기적이라도 바라는 「나갈대」의 절박한 마음과는 다른 것이다. 성경에서(롬 14:1~5), "어떤 사람은 모든 것을 먹을 만한 믿음이 있고, 믿음이 약한 자는 채소만 먹느니라" 믿음이란 흔들릴 수 있다는 뜻이다. 흔들리는 믿음을 어떻게 해야 단단해지냐가 문제다. '믿음이 약한 자를 너희가 받되 그의 의견을 비판하지 말라' 믿음이 강한 자들이 항상 옳고 믿음이 약한 자들은 항상 그르다는 뜻이 아니다. 「나갈대」는 자신의 약한 믿음을 하나님께서 성장시켜 주시리라 믿고 싶었다.

석사과정 학생 신분이자 시험실 조교 자격으로 학교에 들어섰다. 「Reynolds」 교수님께서 「나갈대」에게 한마디를 하셨다.

"You deserve it(그럴만한 자격이 있어)."

「Reynolds」 교수님의 직접 지시를 받게 되는 것도 「나갈대」에게는 하나에 행운이다. 조교는 막노동하는 자리가 아니다. 학과에서 알려주는 일주일 업무 스케줄대로 움직인 후에는 자신의 공부에 집중할 수 있다. 시험실 코너에 따로 조그마한 준비실도 있었다. 책상, 전화, 수도시설이 되어있었다. 초라한 준비실이지만, 「나갈대」의 기분은 과거 건설 본부장 사무실이나 다름없이 느껴졌다. 은행에서 월급의 약 50%를 떼어가더라도 저녁 아르바이트를 계속하고 아내가 방문 미용을 유지하는 한, 먹고사는 기본적인 문제는 해결될 것 같았다. 「나갈대」는 우선, 석사 학위논문 주제를 정하는 일이 급했다. 장차, 한국 귀국을 위해 무언가 다른 사람들이 하지 않은 새로운 분야를 찾고 싶었다. 과거, 「박정희」 대통령의 산업발전 정책을 볼 때 언젠가는 한국의 환경이 큰 문제가 될 것으로 내다보았다. 세계 유명 대학들이 토목과 환경이 결합한 환경토목학과를 서둘러 개설하는 것도 미래를 내다보는 안목과 무관하지 않다고 「나갈대」는 생각을 했다. 「나갈대」는 토목과 환경이 연계된 분야를 찾기 시작했다. 환경공학은 전통적으로 물, 대기, 폐기물, 토양, 소음, 진동의 5개 분야로 나뉜다. 그 중에서도 토양오염 방지와 폐기물의 토목응용 부분이 「나갈대」의 최대 관심사다. 산업이 발전할수록 많은 유해성 폐기물과 독성 물질이 배출된다. 유해성 물질들을 땅에 매립하면 토양은 물론 지하수, 식수도 오염이 된다. 사람의 생명과 직결되는 아주 중대한 문제다. 암(Cancer)과 같은 병이 발생하지 않도록 미국에서는 수십억 달러의 슈퍼펀드를 조성하고 토양정화와 폐기물 응용기술에 막대한 투자를 하고 있다. 특히, 한국은 국토가 좁고 인구 밀도가 매우 높은 나라다. 한국에도 그런 기술을 요구하는 시대가 분명히 올 것이라고 「나갈대」는 예상했다. 「Dr. Brian Pushkin」 교수의 전공은 오염된 토양의 정화처리다. 그는 러시아 태생의 부모를 따라 아주 어렸을 때 미국으로 왔다. 텍사스 대학을 졸업하고 영국 케임브리지 대학에서 오염 토양의 정화로 박사학위를 받았다. 「나갈대」도 그 교수의 강의를 들었다. 그는 똑똑하고 젊은 교수다. 「나갈대」는 석사 학위논문 주제에 대해서 그분의 의견을 듣고 싶었다. 조교는 사전 약속 없이도 언제든 학과 내의 교수들한테 찾아갈 수 있는 일종의 특권 같은 게 있다. 그의 책상 위에 책들이 널려있었다. 무엇엔가 쫓기는 듯 바빠 보였다. 「나갈대」는 학위논문 주제에 대해 그의 의견을 듣고 싶다고 했다. 실력과 인기가 있는 교수일수록 석·박사 지원 학생들이 많기 마련이다. 학위 지도를 받으려는 학생이 많을수록 그만큼 해당 교수의 실력이 인정받는 간접적인 지표가 된다. 그는 지도할 의향이 있어 보였다. 앞으로 한 달 이내에 일종의 연구 제안을 해올 때 깊이 의논을 해보자고 했다. 일단 성공이었다.

연구제안서 준비에 들어갔다. 수시로 도서관 출입을 할 수 있는 것도 「나갈대」에게 주어진 일종의 특권이다. 실험실 업무를 먼저 처리하고 연구 주제를 결정하는 데에 나머지 시간을 쓰고 야간 아르바이트로 하루 일과를 마친다. 그래도 신바람이 났다. 「두요」는 많이 자라서 이제 정식 유치원생이 되었다. 제법 영어로 재잘재잘 말을 잘한다. 무엇보다 건강하게 자라주는 것이 고마웠다. 아내의 미용기술은 나날이 발전해서 한번 경험한 사람은 결코 떠나지 않았다. 「Spring」 목사님은 교회 부흥에 별로 신경을 쓰지 않는 것 같았다. 교인 숫자가 그대로다. 한국 교회들이 부흥회다, 교인 심방이다, 뭐다 하면서 교인을 한 사람이라도 더 늘리려고 온갖 노력을 하는 것과는 대조적이다. 기독교 국가라는 미국에서 교회에 올 테면 오고 말 테면 말라는 식에 목회자의 리더십이 좀 이상하게 느껴졌다. 교회 출석은 어디까지나 개인의 종교적 자유와 연계되는 것일까. 교인 심방이라는 간접적인 압력으로 교회 출석을 요구하는 한국 교회와는 너무나 달랐다. 미국의 목회자들은 종교적으로 개인의 자유를 침해하려는 뜻이 없는 듯했다. 사실, 개인의 자유란 종교, 신념, 양심에 따라 행동하고 자유롭게 의사 표현을 할 때 보장된다는 점에서 이해가 되었다. 목회자의 교인 심방이 꼭 필요한지는, 「나갈대」에게 성경적으로 생각할 여지를 남겨두었다. 교회 목사님께 「나갈대」 자신의 신상에 대해 말씀드렸더니, 그는 좋은 지도교수를 만날 수 있도록 간절히 기도를 하시겠다고 해서, 「나갈대」에게 심적인 용기가 생기기도 했다. 「나갈대」는 크게 3가지 목적으로 연구 방향을 정했다. 첫째는 새로운 분야, 둘째는 앞으로 한국에서 필요한 분야, 셋째는 환경과 토목이 접목되는 분야 등이었다. 이 3가지 목적에 부합되는 부분으로, 오염된 토양을 콘크리트에 접목시키는 주제로 정했다. 오염토양이란 유해성, 일반폐기물, 공기 중의 미세 오염물질, 각종 농약 등이 토양이나 지하수에 버려져서 생태계를 파괴하는 현상이다. 특히, 공기 중의 오염물질들이 섞인 비가 토양의 산성화를 촉진하는 원인이다. 산성비는 토양 속의 유익한 각종 미네랄을 변질시키고 지하수, 수목, 작물, 미생물에게 나쁜 영향을 미친다는 것이 정설로 되어있다. 오염토양과 연계된 지하수, 식물, 작물은 사람의 건강에 직접적인 해를 끼치는 아주 중대한 보건 문제다. 결국, 산성화된 토양은 자체의 자연적인 기능을 잃게 되고, 더 이상 토양의 역할을 할 수가 없다. 이렇게 쓸모없는 토양을 물리, 화학적 처리 과정을 거쳐 고강도 콘크리트에 적용하려는 연구다. 고강도 콘크리트는 일반 콘크리트에 비해 월등하게 강한 특수 콘크리트이면서 값이 아주 비싼 재료다. 초고층 빌딩, 원자력, 수력 발전소, 철도형 목, 교량 등에 광범위하게 적용되기 때문에, 미래 산업이 요구하는 콘크리트인 것이다. 이를 제조하기 위해서는 값비싼 원료(예: 실리카 미 분말, 고강도 시멘트)들을 사용해야 한다고 되어있다. 산성화된 토양을 물리, 화학적 처리 과정을 거쳐 값비싼 실리카 미세분말로 대체할 수 있는 저렴한 분말 제조 연구가 제1단계였다. 제2단계에서는 제1단계에서 개발된 미분말을 이용해서 저렴한 고강도 콘크리트 개발이 「나갈대」가 구상하는 최종 목표였다. 한 개의 돌을 던져 두 마리 새를 잡는다는 일석이조(一石二鳥)의 효과를 목표로 연구제안서를 작성했다. 그리고 「Dr. Brian Pushkin」 교수에게 제안서를 넘겼다. 그의 반응을 기다리고 있었으나 한 달이 지나도 묵묵부답이라 속이 터질 지경이다. 빨리빨리 문화에 익숙한 「나갈대」에게는 이만저만 실망스러운 게 아니다. 실험실에서 그와 가끔 부딪혀도 사무적인 인사 외에는 별다른 반응을 보이지 않는다. 일일여삼추(一日如三秋), 하루가 마치 세 번의 가을이 지나가는 듯 길고 긴 시간을 속이 달아오르게 기다렸다. 뭐가 잘못되어도 한참 잘못된 것 같다는 느낌이 들었다. 그가 반응을 보이지 않는 한, 「나갈대」는 어떻게 할 수가 없다. '하나님 아버지! 제발, 그의 마음을 움직여주시옵소서. 신령이시여! 신통한 기적이 일어나게 해주십시오.' 또 마음이 심하게 갯가에 갈대처럼 흔들렸다. 하루라도 빨리 공부를 끝내야 하는데, 한 달 이상 허송세월을 보냈다. 「나갈대」에게 엄청난 시간적, 정신적 고통이 가해지는 기간이다. '하나님의 은총에 기적, 「부처님」의 신통에 기적.' 어느 쪽이든 그 교수의 마음만 움직일 수 있다면 「나갈대」는 양쪽에 다 기도를 드리고 싶었다.

한 학기가 거의 절반쯤 지났을 때, 교수가 「나갈대」를 불렀다. 반 갑기도 하고 욕설이라도 퍼붓고 싶을 만큼 화가 나있었지만 억지 미소를 지으며 그를 찾아갔다. 그의 말에 의하면, 「나갈대」의 연 구 제안은 콘크리트 공학에 가깝고, 토양오염 정화처리와는 거리 가 멀다는 것이다. 그래도 관심이 있어서 오래 생각하느라 늦어 져 미안하다며 그의 의견서를(A4 한 장) 「나갈대」에게 건넸다. 울컥 화가 치밀었지만, 그래도 미소를 지어야 했다. 이럴 거면 벌써 알 려주었어야 했다. 'XXX 새끼!' 머리 뚜껑이 열릴 정도로 화가 치 밀었다. 정말 기가 막혔다. 일분일초가 아까운 상황에서, 한 달 이상 시간을 낭비하고 말았다. 연구실을 나가려 할 때 그가 한마 디 덧붙였다. 「Dr. Tom Stitt」을 한번 만나보라고…. 그는 콘크리 트 전공 교수다. 콘크리트의 품질을 개선하기 위해 환경폐기물을 이용한다는 그의 강의를 들은 적이 있다. 무척 흥미 있는 강의 라고 생각은 했었다. 「Dr. Brian Pushkin」 교수의 의견서 내용 을 검토해 보았다. 그가 몇 가지 좋은 지적과 더불어 값있는 정보 를 주었다는 생각이 들었다. 금세, 그에 대한 미움보다 고마운 생 각에다 더해서, 마음속으로 'XXX 새끼.'라고 한 것에 죄책감마 저 들었다. 역시, 사람의 마음은 갈대와 같은 걸까? 언제는 욕설 까지 할 만큼 미웠지만, 좀 좋은 지적을 해주었다고 고마운 마음 이라니…. 「나갈대」는 자신의 갈대 같은 마음을 알 수가 없다. 그가 지적한 몇 가지를 보충하고 새 제안서를 만들었다. 「Dr. Tom Stitt」 교수 연구실을 찾아갔다. 그는 「나갈대」의 방문을 예상이라도 한 것처럼 반갑게 맞이했다. 그는 「Dr. Brian Pushkin」이 「나갈대」의 연구 제안을 한번 검토해 볼 것을 권했다고 했다. 「Dr. Brian Pushkin」의 배려에 또 한 번 고마운 생각이 들었다. 「나갈대」는 「Dr. Tom Stitt」와 연구 제안 주제에 대해 한참 동안 이야기를 나눴다. 한 가지 공통점은 두 사람 모두 그 연구에 관심이 있다는 것이다. 이쯤 되면 「나갈대」의 지도교수는 「Dr. Tom Stitt」로 거의 정해지는 듯했다. 그는 연구 제안에 대해 생각할 시간이 필요하다고 했다. 「나갈대」는 기분 좋게 그의 연구실을 나왔다.

「나갈대」의 하루 시간표는 거의 정해져 있었다. 아침 일찍 실험실에 나와서 모든 시험장비의 작동 여부를 점검하고 학생들에게 필요한 인쇄물과 필수품의 주문서를 「Reynolds」 학과장실에 넘긴다. 때로는 석·박사 학생들이 필요로 하는 특별한 물품이나 실험도구들에 대해서 각 교수에게 확인을 받는다. 필요하면 「나갈대」 자신이 직접 실험도구를 구입하러 출장을 가기도 한다. 오후 5시에는 어김없이 호텔 아르바이트 현장으로 갔다가 새벽 2시경에 집에 들어오면 하루 일이 끝난다. 그래도 최종 목표가 있다는 자부심으로 마음은 행복했다. 「쿡」 대위에게 그동안의 변화를 알려주었다. 아내는 남편의 건강을 염려했다. 「나갈대」가 미국에 들어온 지 7년이 되었다. 영어 표현력은 어느 정도 자연스러워졌지만, 미국 사람들처럼 하려면 아직 멀었다는 생각이다. 「Dr. Tom Stitt」에게 연구제안서를 제출한 지 열흘째, 대학에서 편지 한 장이 집으로 배달이 되었다. 발신자는 「Dr. Tom Stitt」다. 참으로 이상하다고 느꼈다. 할 말이 있으면 자기 연구실에서 할 수 있을텐데 왜(?) 굳이 편지를 보냈을까? 혹시, 면전에서 연구 제안을 거절하기가 좀 어려워서 편지로 알려주는 것일까? 불안한 마음으로 편지를 꺼냈다. 학과의 공식 레터헤드가 찍힌 서신이었다. 그가 「나갈대」의 지도교수로 지명이 되었다는 공식적인 통보였다. 거기에는 학과장 「Reynolds」 교수께서 서명도 하셨다. 미국 대학의 행정처리에 또 한 번 감탄을 했다. 공(公)과 사(私)를 분명히 가리는 사람들이라는 것을! 석사학위 입학을 위한 모든 절차가 끝이 났다. 백 미터 단거리 선수처럼 앞으로 힘껏 달려갈 일만 남았다. 「Dr. Tom Stitt」 연구실에서 연구 주제에 관한 의견을 주고받았다. 그는 「나갈대」에게 한 가지 조건을 분명히 해두었다. 매월, 연구 진행에 대한 간략한 보고서 제출과 거기에 대한 설명을 요구했다. 그의 지도방법이 옳다고 「나갈대」는 생각을 했다. 그가 연구 방향을 바로 잡으면서 지도를 하겠다는 의지를 보여주는 대목이었다. 미래에 한국에서 교수로 재직할 경우 그의 지도력을 반면교사(反面敎師)로 삼을 수 있겠다고 「나갈대」는 생각을 해 보았다. 학교 업무, 호텔 아르바이트, 교회 예배 이외에는 전적으로 실험에 매달린 지 6개월이 되어 갈 무렵에, 서서히 고무적인 결과를 보이기 시작했다. 향후, 논문 심사위원들의 질문공세를 감당하기 위해서 무언가 획기적인 아이디어를 찾아내야만 했다. 논문 심사위원회는 교내외 교수들 3명으로 구성된다. 참으로 엄격하고 까다로운 심사로 느껴졌다. 논문을 4~6학기 내에 제출하도록 되어있고, 최종 논문을 제출하기 전에 논문 1편을 국내외의 학술대회에서 발표해야 한다. 「나갈대」의 고민은 실험 자체가 아니라 영어 논문 쓰기다. 미국 사람들보다 몇 배로 더 노력해야 했다. 이 영어 문제는 몇 년 내에 해결되는 문제가 아니다. 매월 제출하는 간략 보고서에 대한 지도교수의 질문에도 대비를 해야 했다. 지도교수는 「나갈대」의 아이디어를 대체로 동의하는 편이었다. 오염토양에서 어떻게 값싼 고분말(高粉末)형 실리카(Silica) 물질을 회수하느냐가 연구의 핵심이다. 오염토양의 약 50~70%가 실리카 성분이다. 오염토양 입자의 수중비중과 부양분리법, 저열 처리, 밀링(Milling), 3단계를 거쳐 고분말 실리카를 회수하고 콘크리트에 적용시험까지 마친 상태다. 콘크리트에서 가장 중요한 실험은 90일 동안 일정 기간 간격으로 강도(强度)변화를 체크해야 한다. 국가가 정해놓은 강도의 기준에 미달하면 일단 탈락이다. 기준에 합격해야, 나머지 여러 가지 실험을 하게 된다. 「나갈대」는 6개월 후 뉴욕대학에서 개최되는 국제학술대회 논문 준비를 서둘렀다. '지구의 환경을 살리자'가 슬로건이었다. 지구환경문제가 중요하게 대두되는 게 그 증거였다. 토양오염, 대기변화, 수질관리, 위생환경, 폐기물 응용 등에 환경과 관련된 다양한 주제가 포함되었다. 늦어도 발표 3개월 전에 주최 측에 논문(Paper)을 제출해야 한다. 제출한 논문은 심사과정을 거쳐 주최 측이 발표 여부를 결정한다. 논문 제목을 '오염토양으로부터 고분말 실리카 회수'로 정했다. 주최 측의 승인을 받으면 출장 경비와 대회 등록비는 학교에서 부담을 한다. 석사 학위논문 중 노른자에 해당하는 부분이다. 제1저자: 「나갈대」, 제2저자: 「Dr. Tom Stitt」, 제3저자: 「Reynolds」 교수가 등재되었다. 「나갈대」의 원고는 지도교수가 수정한 후에 학과장의 동의를 받는 순서다. 처음 써보는 영어 논문, 말로 다 할 수 없을 정도의 천신만고(千辛萬苦)⋯. 천 가지 매운맛과 만 가지 쓴맛의 고비 끝에 원고를 완성했다. 이제 지도교수의 검토와 지적을 기다려야 했다. 검토를 시작한 지 약 한 달 만에 그의 지적이 나왔다. 첫째는 빈약한 영어 수준, 둘째는 매끄럽지 못한 문장력, 셋째는 설명이 부족한 결론이었다. 2개월 내로 완성본을 준비하기에는 너무나도 가혹한 지적이었다. "자격도 없는 사람이 자기 잘난 것만 내세우며 정치를 하겠다고 나서

내 이름 「나갈대」

는 행위는 호랑이보다 무섭다." 일찍이 공자(公子)께서 지적한 말씀이다. 연구능력도 없는 「나갈대」가 자기 분수도 모르고 공학박사 학위를 취득하려고 생각한 게 무서웠다. 그러나 용기는 무식할수록 더 생기는 것! 「나갈대」는 삼국통일을 이룬 신라 시대의 화랑도 정신을 상기하며, 임전무퇴의 용기 있는 자세로 재무장을 했다. 아무리 생각해도 2개월 이내에 지도교수가 원하는 논문을 완성할 수 없을 것 같았다. 누군가의 도움이 필요했다. 「Kwame」! 그는 아프리카계 미국인으로 텍사스에서 초·중·고를 졸업하고 대학에서 토목공학을 졸업한 사람이다. 전에 TMK 연구소에서 그의 도움을 많이 받았었다. 그의 대학 시절 수강노트까지도 「나갈대」에게 빌려주었던 사람이다. 그에게 전화를 걸었다. 그의 목소리는 언제나 친절했다. 국제학술대회에 제출할 원고를 도와달라고 부탁했더니 흔쾌히 수락을 했다. 영어로 표기하는 것과 문맥의 흐름에 대해 도움을 요청했다. 미국 대학에서 교육을 받은 「Kwame」의 실력으로는 위 두 가지 문제를 충분히 해결을 할 수 있을 것 같았다. 그에게 논문 초본을 넘긴 후, 「나갈대」의 모든 신경이 그에게 쏠려있었다. 그러나 한 달이 지나도록 그에게서 소식은 없다. 그렇다고 그에게 원고 수정을 독촉할 수도 없다. "뺨 맞을 놈이 여기 때려라, 저기 때려라 한다."라는 속담이 「나갈대」에게 들려온다. 죄를 지어 벌을 받아야 할 사람이

상대방의 처분을 기다리지 않고 제 좋은 대로 요구를 한다는 뜻이다. 자신이 엉망으로 써놓은 원고를 빨리 수정을 해달라고 조르는 꼴이지만 그래도, 「나갈대」는 독촉을 하고 싶었다. 사실, 지도교수에게 이미 지적을 당했고, 혹시 「Kwame」에게 퇴짜를 맞으면 어쩔까(!) 하는 그런 두려움이 「나갈대」를 붙들고는 있었다. 만일, 원고가 너무 고칠 것이 많다는 이유로 그가 수정을 못 하겠다고 하면 「나갈대」는 '상갓집' 개 신세가 될 것 같았다. 주인을 잃은 개처럼 여기서도 천대받고, 저기서도 천대를 받는 가련한 신세가 되지 않을까. 또 「나갈대」 마음은 갯가에 갈대처럼 흔들렸다. '오… 하나님, 은총을 베풀어 주소서!', '부처님의 신통한 기적도 체험하게 해주소서!' 믿음이라는 것이 아예 없는 「나갈대」의 기도다. 평소에 신앙생활을 한다는 「나갈대」이지만, 어려움이 닥칠 때마다 '하나님의 은총과 부처님의 신통' 사이를 왔다 갔다 하는 자기 마음대로의 부족한 믿음이 분명했다. 하기야, 예수님과 제자들이 배를 타고 항해하다가 풍랑을 만났을 때, 배 침몰을 두려워하는 제자들을 향해 믿음이 부족하다고, 예수님께서 탄식하시지 않았던가(누가 8:25, 마가 4:40)? 누구보다도 예수님을 더 잘 아는 제자들도 무서워서 떠는 것은 그들도 인간이라는 점에서 자연스러운 반응일 것 같았다. 무서운 풍랑에 배가 침몰할 위기에 처해있는데, 자신들의 죽음을 두려워하지 않은 사람이 오히려 비정상이 아닐까? 가장 가까이서 예수님의 행적을 보아온 제자들도 예수님을 못 믿는데, 위기에 처한 「나갈대」의 믿음이야, 오죽하겠는가. 「Kwame」의 수정 원고를 기다리는 「나갈대」의 마음은 풍랑을 두려워하는 예수님의 제자들에 불안한 마음과 같지 않을까. 그렇게, 하루하루 애타게 「Kwame」의 전화를 기다렸다. 원고를 제출할 날짜가 얼마 남지 않았다. 「Kwame」의 수정본이 며칠 내로 온다고 하더라도, 지도교수의 재수정과 학과장 승인까지 시간이 많이 부족했다. 어쩔 수 없이, 그에게 연락을 했다. 「Kwame」은 원고 수정이 늦어진 것을 미안해했다. 그의 전공분야와 많이 달라서 쉽게 수정이 안 되지만 그래도, 며칠 이내로 수정본을 넘겨주겠다고 약속을 했다. 세상에, 이런 좋은 친구가 어디 있을까. 원고가 엉망이라고 퇴짜를 맞을까 많이 걱정을 했던 터에, 그의 대답은 적어도 「나갈대」에게 기적 같은 소식이었다. 어쨌든, 며칠 이내로 원고를 받으면 지도교수의 재수정을 요청할 생각이었다. 전화통화 이후 일주일째 되던 날에 아르바이트를 마치고 집에 오니 아내가 「Kwame」이 놓고 간 원고를 주었다.

"정말 좋은 놈…. 하나님… 감사합니다!" 「나갈대」는 혼자 중얼중얼거렸다.

「Kwame」이 수정해 준 원고를 읽어보았다. 비(非)전공자가 수정한 거라고 믿기지 않을 만큼 훌륭했다. 미국 대학의 교육수준을 알 것 같았다. 마음속으로 고마운 마음을 새기고, 또 새겼다. 한국에서 대학을 졸업했다는 사실이 부끄럽게 느껴졌다. 지난 2년 동안 보아온 미국 대학교수들의 철저한 강의 준비, 보고서 작성, 기말시험을 경험한 「나갈대」로서는 많은 걸 깨달았다. 앞으로 한국에서 교수가 되면 미국의 대학처럼 학생들을 교육시키리라 다짐을 했다. 원고를 지도교수에게 넘겼다. 이제 상갓집 개 신세가 아닌 군견(軍犬)의 자세로 지도교수를 지켜봐야 했다. 군견은 적군에 대한 공격, 경계, 정찰의 임무를 수행한다. 「나갈대」의 호의적인 적군은 석·박사 학위이다. 그 목표를 위해서 군견처럼 훈련을 받는 길만 남아있다. 문제는 지도교수의 훈련에 「나갈대」가 얼마나 잘 견디느냐. 얼마 후, 지도교수가 「나갈대」를 불렀다. 원고를 검토한 결과를 알려주려는 것이 틀림없었다. 우선 그의 표정부터 살폈다. 별로 나쁘지 않아 보였다. 군견의 입장에서 보았을 때 별 이상한 징조를 발견하지 못했다.

"수고했어(you have done a fine job)!" 그의 첫마디였다.

"오… 하나님…. 감사합니다!"

「나갈대」의 입에서 저절로 튀어나온 마음속의 외침! 믿음이 부족하다고 제자들을 꾸짖는 예수님의 음성이 「나갈대」의 귀에도 들리는 듯했다. 지도교수가 다시 수정한 원고를 「나갈대」에게 건네주었다. 「나갈대」는 서둘러 원고를 학술대회 주최 측에 발송을 했다. 아울러 「쿡」 대위에게도 발표할 논문과 프로그램을 보냈다. 1차 고비는 넘긴 셈이었다. 깊은 수렁에 빠진 소가 언덕을 비비며 겨우 위로 올라온 경우와 같았다. 비빌 언덕이 없으면 올라올 수도 없을 것이다. 영어 논문의 수렁에 빠졌던 「나갈대」가 「Kwame」이라는 언덕을 딛고 겨우 올라선 것이다. 이 어찌… 하나님께 감사하지 않은가? 세상에는 힘 안 들이고 쉽게 살 수 있는 일이 없다고 하지만 영어가 이렇게 어려운 줄 미처 몰랐고, 상황에 따라 갯가에 갈대처럼 흔들리는 자신의 신앙양심에 가책(嘉責)감이 들었다. 하기야, 신앙양심의 가책을 느끼는 것 자체가 어느 정도 신앙이 있다는 증거가 아닐까. 믿음의 생활을 한다면서도 성령의 지배를 온전히 받지 않는 믿음이 「나갈대」 자신 안에 있는 한, 신앙양심의 가책이 사라지지 않을 것 같았다. 국제학술대회 개최 한 달 전에, 주최 측으로부터 원고가 채택되었다는 편지와 프로그램을 받았다. 거대한 국제학술대회에 참가한다는 자체가 「나갈대」에게 행운이다. 그런데 프로그램을 살펴보던 「나갈대」의 눈이 휘둥그레졌다. 뒤로 넘어질 뻔도 했다.

"뭐? 이게 뭐야! 「Ki Ja Lee」?" 자신도 모르게 화들짝 놀랐다.

연구 발표자 중 한 사람의 이름이 「Ki Ja Lee」로 되어있는 게 아닌가? 혹시, 그 「이기자」 선생? 예전에 서울 등대교회 「이병태」 장로님의 딸, 「나갈대」와 중매 얘기까지 오갔던 「이기자」 선생?

그때 그녀는 미국 유학에 관심이 많았었다. 소속은 뉴욕대학이고, 발표 제목은 '대기오염상에 낙진 이동 예측'이다. 그녀는 대학에서 화학과를 졸업했고, 고등학교 화학교사 재직 중 「나갈대」가 부산으로 떠났기 때문에 이후로는 그녀에 대한 소식은 모른다. 더구나 등대교회가 두 개로 갈라선 후에는 더더욱 소식을 알 수가 없었다. 아내도 그녀와 잘 아는 사이다. 모두 등대교회 찬양대원들이었다. 혹시 동명이인(同名異人)? 그렇게 의심도 해보았지만, 아무리 생각해 봐도 「이병태」 장로님의 딸이 분명하다고 믿고 싶었다. 궁금하기 짝이 없었다. 그러나 한 달 후, 학술대회에서 확인을 하기 전까지는 다른 방법이 없다. 옛말에 옷깃만 스쳐도 인연(因緣)이라더니! 불교에서 인(因)은 결과를 만드는 직접적인 원인이고, 연(緣)은 간접적인 조건이라고 한다. 예를 들어, 장미꽃이 피려면 씨앗이라는 직접적인 원인과 그 씨앗에 자연(흙, 물, 바람, 햇빛)이라는 간접적인 조건이 결합해서 꽃을 피운다는 것이다. 장미꽃이 그냥 혼자 피는 것이 아니라는 뜻이다. 사람의 인연도 그냥 생기는 것이 아니고 만나기 전부터 인연이 이미 시작되고, 헤어진 후에도 계속된다는 것이 불교의 가르침이다. 헤어졌다고 아주 인연이 끝난 것도 아니라는 의미도 포함이 된다는 뜻이다. 비록, 「이기자」 선생과의 결혼이 이루어지지는 않았지만, 문득 그녀가 가끔 생각은 났다. 「이기자」 선생에 대한 궁금증이 사라지지 않는 「나갈대」의 속마음이 스스로도 궁금했다. 혹시, 흑심⋯. 음흉하고 부정한 욕심이 담긴 마음, 그런 것인가? 인간이라면 누구나 권력, 돈, 남녀관계, 명예 등 세상 모든 일에 흑심을 품을 수 있다. 이미 가정을 이룬 사람이 왜(?) 예전의 중매 여자가 생각이 나는지. 인연이란 단어를 새삼 떠올리며 그녀의 소식이 왜 그리도 궁금한 건지 조금 우습기도 했다. 아마, 「나갈대」의 속에는 세상 남자로서의 흑심이 깊이 숨겨져 있지나 않을까. 양의 탈을 쓴 늑대 같은 마음⋯. 거기에다 더해서 도둑놈 심보까지⋯. 이 두 가지가 합쳐진 흑심의 바람에 「나갈대」는 잠시 흔들거렸다. 오죽하면 믿는 사람은 마귀의 간계에 넘어가지 않도록 하나님의 말씀으로 전신갑주를 입으라고 하셨을까(엡 6:13~17). 흑심에서 벗어나기 어려운 인간의 본능을 하나님은 알고 계시기 때문에, 진리와 복음의 옷을 입고 세상을 살아가라는 것이다. 그런데 과연, 인간이 24시간을 진리와 복음의 옷만 입고 살아갈 수 있을까? 또 머리가 복잡해졌다. 「나갈대」는 국제학술대회 발표 논문 준비에 들어갔다. 오버헤드 슬라이더, 브리핑 자료, 프린트물들이었다. 대회 프로그램을 아내에게 보여주니 아내 역시, 「이기자」 선생이 거의 확실하다고 했다. 발표 하루 전에 뉴욕에 도착한 「나갈대」는 참가 등록과 뉴욕대학 기숙사 배정을 받았다. 뉴욕대학의 캠퍼스는 어느 한 도시만큼이나 넓고 아름다웠다. 여기저기 놓여있는 벤치들, 잔디가 곱게 깔린 운동장, 자연스럽게 오가는 많은 학생들…. 콘크리트 건물로 옹기종기 모여있는 한국 대학들의 캠퍼스와는 너무나도 달랐다. 모든 것이 자연스럽고 평화로웠다. 대회장에는 국제학술대회답게 많은 참여자가 모여들기 시작했다. 주로 백인들이 보였고, 동양인은 일본 사람들이다. 한국 사람은 띄엄띄엄 보였다. 발표는 4개 분과별로 이틀 동안 진행된다. 「나갈대」는 제2분과에서 발표하고 「이기자」 선생은 제3분과에 속했다. 다행히도 그녀의 발표시간과 겹치지는 않았다. 그녀의 발표장에 참석할 생각에 마음이 들떠있었다. 만나서 어떻게 인사를 할까? 그녀에게 관심이 쏠렸다. 인생사 알다가도 모르는 거라지만, 「나갈대」가 끊임없이 그녀에게 관심이 쏠리는 것 또한, 알다가도 모를 일이다. 드디어 「나갈대」의 발표 시간이다. 긴장 속에 마이크를 잡았다. 발표 자체는 별로 문제가 없었지만, 참석자들의 질문에 진땀이 났다. 질문자들의 속뜻을 이해하지 못한 것이 원인이었다. 그것 역시, 영어가 원인이다. 언제나 영어가 해결될지. 어정쩡하게 발표를 마쳤다. 질문자의 뜻을 정확하게 이해하지 못하고 어색하게 답변한 것 때문에, 기분이 말이 아니었다. 그러나 「이기자」 선생의 발표장에 참석하려는 마음이 「나갈대」의 기분을 들뜨게 바꿔버렸다. 그녀의 발표장으로 가서 앉았다. 이미 50여 명의 참석자가 와있었다. 드디어 그녀가 발표장에 들어섰다. 맞다! 그녀가 확실했다. 작달막한 키에 단정한 옷차림도 십여 년 전의 모습과 별로 변하지 않았지만, 어딘가 모르게 앳되어 보이진 않았다. 그녀의 영어는 비교적 훌륭했다. 그러나 그녀도 질문자들의 뜻을 잘 알아듣지 못해서 어설프게 답하며 곤욕을 치르는 듯했다. 영어 부족이 가져오는 괴로움이다. 「나갈대」의 어정쩡한 곤욕과 거의 닮은꼴이다. 그녀의 발표가 끝나고 중간에 티타임(Tea Time)이 있다. 티타임이 시작되자마자, 그녀를 만나기 위해서 「나갈대」는 그곳으로 발길을 재빠르게 옮겼다. 그녀가 나타나기 전에 일본 기오사 대학교수와 인사를 했다. 그의 전공도 대기화학이다. 일본은 한국보다 여러 면에서 앞서가는 나라였다. 일본 정부는 대기오염에 대해 지대한 관심을 가진다고 했다. 미래에 대기오염 문제가 심각해진다는 증거다. 일본 교수와 대화 중에도 그녀가 언제 나타날지 사방을 두리번거렸다. 드디어! 「나갈대」가 그녀에게 다가갔다.

"어머머… 이게 웬일이야. 「나」 선생님!"

그녀가 「나갈대」를 알아보고 무척 반가워했다.

"아이고… 「이」 선생님, 이게 웬일입니까? 뉴욕에서 뵙게 되다니! 정말 반갑습니다." 그녀에게 악수를 청하며 인사를 했다.

서울의 등대교회에서도 잡지 못했던 손을 뉴욕에서 잡아보다니….

"저도, 프로그램에서 「Gal Dae Ra」라는 이름을 발견하고 깜짝 놀랐어요!"

십 년이 훌쩍 지난 지금, 두 사람이 이국 땅에서 악수를 할 줄이야! 오래 이야기를 나눌 수 없었다. 일정이 끝나는 대로 그녀와 다시 만나기로 약속시간과 장소를 정했다. 뉴욕대학 캠퍼스 내에 간단한 식사를 할 수 있는 식당과 카페, 상점, 사진관. 편의점 등을 학생들에게 제공하고 있었다. 「나갈대」는 약속한 구내 식당의 한쪽 코너에 자리를 잡았다. 레스토랑은 아니지만 그런대로 간단한 저녁 식사를 할 수 있는 분위기다. 그녀가 식당 안으로 들어와서 「나갈대」가 왼쪽 팔을 치켜올렸다. 흔들자 그녀가 사뿐사뿐 테이블 쪽으로 걸어왔다. 그의 기분이 참으로 미묘했다. 두 사람 사이에 중매와 결혼 얘기까지 있었고, 양가 부모님들도 결혼하길 바랐던 「이기자」 선생과 단둘이…. 그것도, 뉴욕에서 만난다는 것. 신선한 충격이다. 그녀를 사랑하는 것도, 멀리하는 것도 아닌, 스스로도 헤아리기 어려운 감정에 사로잡혔다. 그녀는 이학박사 과정이 거의 끝나간다고 했다. 박사학위를 취득하는 대로 한국의 대학에서 대기화학 교수로 임용된 상태였다. 「나갈대」가 부산으로 발령 났을 때 그녀는 미국으로 자비 유학을 시작했단다. 「이병태」 장로님은 세상을 떠나셨고, 어머니는 살아 계시다고. 그녀가 아직 미혼이라는 사실에 「나갈대」는 놀랐다. 또 하나,

내 이름 「나갈대」

그녀와 「나갈대」 사이에 중매 얘기가 오가던 무렵, 「나갈대」와 「맹신자」가 열애 중이라는 소문을 들었다고 했다. 추측건대, 그녀는 결혼이 성사되기를 바랐던 것도 같았다. 사실, 「이병태」 장로님께서 결혼을 승낙하신 상태였고, 「나갈대」의 부모님도 그녀와 결혼하기를 원했었다. 그녀와 결혼해서 자비로 미국 유학을 왔다면 지금처럼 호텔청소부 같은 험난한 고생은 없었을런지도 모른다. 중매 얘기가 한창 오가던 때, 두 사람의 열애 소문을 들었던 「이기자」 선생의 마음이 얼마나 실망스러웠을까? 「이기자」 선생에게 미안한 생각이 들었다. 결혼을 못 한 상태에서 「나갈대」와 「맹신자」 선생의 열애 소식에 결혼을 포기하고 미국 유학을 결심한 것 같았다. 그러나 이제는 다 지나간 일이고, 추억이다. 인생사에서 가장 많이 남기는 장사는 추억이라 했던가? 과거사에서 특별히 인상 깊었던 추억은 세월이 흘러도 지울 수 없다는 뜻이 아니겠는가. 시인 「칼릴 지브란」은 "추억은 바람 속에서 잠시 속삭이는 가을 낙엽 소리 같은 것"이라고…. 무엇인지는 몰라도 그녀에게 추억의 바람에 흔들리는 느낌이었다. 이런저런 이야기를 나누며 시간이 많이 지났다. 서로 자주 소식을 전하기로 하고, 언제 다시 만난다는 기약도 없이 헤어졌다. 숙소로 돌아온 후에도 그녀에게 미안한 마음이 좀처럼 가시지 않았다.

"너, 도대체 누구야? 너… 이름이 「갈대」라서 너의 마음이 흔들리는 거야? 지금, 흔들거린다는 게 무언가 미련이 남아있다는 증거가 아니고 무어야? 이놈아! 정신 바짝 차려.”「나갈대」는 거칠게 자신을 그렇게 꾸짖었다.

「펄벅」은 소설『살아있는 갈대』에서, “갈대는 바람에 시달리며 살고, 살아있으면서 바람에 시 달린다”고 했지. 어쩌면 갈대와 바람은 서로 친구 같은 사이일까? 갈대는 마디가 있고 속이 비어있다. 어떤 강풍에도 쉬이 부러지지 않고 꺾이지 않는 이유가 비어있는 속에 공기가 채워졌기 때문이란다. 「이기자」 선생에 대한 막연한 미련 때문인지 잠이 오지 않았다.

「나갈대」는 다시 일상의 업무로 돌아왔다. 뉴욕 국제학술대회가 끝나던 날 「이기자」 선생을 다시 보지도 못하고 온 것이 좀 아쉬웠다. 아내에게 「이기자」 선생을 만난 얘기를 해주었다. 그녀의 이야기를 듣는 아내의 표정이 별로 편해 보이지 않았다. 예전에 서울에 등대교회에서 찬양 활동을 함께했기 때문에, 아내가 그녀의 소식을 반가워할 줄 알았던 「나갈대」…! 분명히 실수였다. 그녀와 함께 저녁 식사를 한 것이 마음에 걸린 것 같았다. 굳이, 그렇게 식사까지 했어야 했는지 그 이유를 알고 싶은 거였다. 여자의 직감? 흔히 여자들에게 직감이 있다고들 한다. 어떤 일이 발생하거나 분위기 흐름이 달라졌을 때 기(氣)가 막히게 이것을 알아채는 ‘능력’…. 여자들의 생물학적 감각이라는 말이다.

아내는 「나갈대」의 어색한 언행에서 무언가를 눈치를 챈 듯했다. 「이기자」 선생에게 쏠리는 듯한 남편의 태도에 거부감을 느낀 걸까? 그 바탕에는 여자의 질투심이 깔려있을 것이다. 「이기자」 선생의 소식을 아내에게 무심코 털어놓은 것을 후회했지만, 소용이 없다. 그렇다고, 용서를 구할 일도 전혀 없다. 죄가 있다면 그저, 「이기자」 선생에 대한 막연한 관심 정도다. 죄(罪)…! 참으로 어려운 대목이다. 기독교에서는 하나님의 계명을 위반하는 것이 바로 죄다. 불교에서는 불교의 도리에 어긋나거나 반(反)하는 행위를 죄라 하였다. 이른바, 계율(戒律)을 어긴 사람을 일컫는다. 「나갈대」가 십여 년 만에 그녀와 식사를 한 것이 하나님의 계명에 벗어나고, 불교의 계율을 어긴 행위일까? 아내의 오해스러운 직감에 「나갈대」는 다소 억울했다. 한동안 「나갈대」 마음이 좀 불편했지만, 다시 석사 학위논문 준비에 전력을 다하기 시작했다. 지도교수는 「나갈대」의 실험결과를 대단히 만족해했다. 폐자원으로부터 추출한 실리카 물질이 콘크리트의 부식(일명, Concrete Cancer)을 방지하는 게 확실하기 때문이다. 부식은 부두, 고층건물, 철근 구조물에 사용되는 콘크리트의 수명을 단축시키는 가장 근본적인 원인이다. 콘크리트가 부식되는 것을 방지하기 위해 막대한 보수비용이 든다는 것은 미국의 산업통계에도 나와있다. 「Reynolds」 교수님께서도 「나갈대」의 실험 결과에 깊은 관심을 보였다. 게다가 교수님은 성실하게 업무를 수행하는 「나갈대」에게 좋은 느낌을 가지고 계셨다.

「두요」는 무럭무럭 잘 자랐다. 이제 초등학생이다. 너무나 바쁜 아빠! 「나갈대」는 항상, 「두요」에게 고맙고 미안한 마음이다. 호텔 아르바이트로 매일 밤늦게 집에 들어가고 주말에는 논문을 위한 실험 때문에 학교에 가야 했다. 그런 어느 날 「쿡」 대위의 편지를 받았다. 국제학술대회 소식을 알려준 「나갈대」의 편지에 대한 답장이었다. 그가 본사 업무보고차 텍사스로 온다는 내용이다. 그동안의 상황을 보건대, 제법 자주 본사로 오는 것 같았다. 그 편지를 받은 지 한 달여 만에, 그의 전화를 받았다. 역시, 무척 반가웠다. 그는 Austin 시내의 레스토랑으로 아내와 「두요」까지 저녁 식사 초대를 했다. 서울 용산 미군기지에서 「나갈대」 부부와 저녁 식사를 한 적이 있었지만, 「두요」는 처음이다. 그의 초대가 예사롭지 않았지만 크게 의미를 두지는 않았다. 미국으로 간 후에 처음 가보는 이탈리아 레스토랑이었다. 주변 환경이 편안한 최고급 식당이다. 「나갈대」 가족은 안내원의 도움으로 「쿡」 대위가 있는 테이블로 안내가 되었다. 그가 그의 아내와 함께 「나갈대」의 가족을 반갑게 맞았다. 그의 아내는 일본인 2세답게 허리를 굽혀 「마유미 혼다」라고 자기소개를 했다. 그녀는 영어를 완벽하게 했다. 아무리 생각해 봐도, 이런 최고급 레스토랑에서 가족과 함께 저녁 식사를 하려는 「쿡」 대위의 마음이 쉽게 이해가 되지 않았다. 식사가 거의 끝날 즈음, 그는 국제학술대회에서 「나갈대」가 발표한 연구에 대해 좀 더 알고 싶다며 현재 진행 중인 사우디 항만공사의 콘크리트에 적용하고 싶다고 했다. '우와… 이게 웬 떡이야?' 「나갈대」 심장이 뛰기 시작했다. 그가 이렇게까지 호의를 베풀지 않고도, 언제든 「나갈대」에게 물어볼 수 있는 입장이다. 한국 문화라면 그가 「나갈대」에게 강압적으로 물어볼 수도 있는 위치에 있다. 「나갈대」는 다시 한 번, 미국 사람들의 겸허한 태도를 배우고 싶었다. 아마, 사우디 항만공사에 무언가 해결할 숙제가 있는 듯했다. 「나갈대」는 최선을 다해 설명을 했다. 「나갈대」가 개발한 실리카 추출기술을 「Reynolds」 교수가 학교 이름으로 특허신청을 한다는 사실을 알려주었다. 「쿡」 대위는 사우디항만에 타설되는 콘크리트 부식 문제를 염려하고 있었다. 현재까지는 부식현상이 발생하지 않고 있지만, 염분이 높은 사우디 앞바다 바닷물은 시간이 지날수록 부식속도가 빨라진다는 화학적인 근거를 들었다. 만약, 그렇게 될 경우 손해배상 문제는 물론 앞으로의 건설수주에 문제가 생긴다는 것이다. 듣고 보니, 「쿡」 대위가 고급 레스토랑 식사에 초대할 만도 했다. 사실, 실리카 물질이 함유된 콘크리트는 실험결과로 봐서는 부식이 현저하게 줄어든다는 게 증명이 된 상태다. 그러나 적어도 항만공사에 적용하려면

대학생

대대적인 현장 적용시험을 거쳐야 하고 광범위한 분석과 부식에 대한 이해와 연구가 뒷받침되어야 했다. 「쿡」 대위는 이 연구를 본사 차원에서 논의를 해보고 싶어 했다. 저녁 식사가 끝나고 「나갈대」의 기분이 최고조에 달했다. 포드 중고차도 즐거운 듯, 집을 향해 신나게 달렸다.

　따르릉… 따르릉…. 「나갈대」의 책상 전화벨이 울렸다. 「Reynolds」 교수님이었다. 잠시 교수님 연구실에 오라는 연락이었다. 순간, 「나갈대」의 심장이 벌렁벌렁거렸다. 무슨 잘못으로 학과장께서 직접 호출을 하신 걸까…? 도무지 감을 잡을 수가 없었다. 학교 조교직에서 물러나면 공부도 중단이다. 그뿐만 아니라, 건설 현장 노동자로 다시 일을 해야 한다. 절박하게 이어지는 상상이 온몸을 떨리게 했다. 두근거리는 심장을 안정시키기 위해 찬물을 한 잔 벌컥벌컥 들이켜고 심호흡을 했다. 미국에서 석·박사 학위가 불가능한 운명이라면 어쩔 수 없는 일이 아닌가. 기독교에서 말하는… 예정론 같은 게 아닐까? 이미, 그것이 운명적으로 정해져 있다면 「나갈대」 자신의 의지나 선택이 무슨 소용이 있으리. 긴장을 풀면서 교수님 연구실을 노크하니 안으로 들어오라는 교수님의 목소리가 들렸다. 문을 열자, 앗! 「Reynolds」 교수님, 「Dr. Tom Stitt」, 「쿡」 대위가 함께 있는 게 아닌가! 또 가슴이 쿵쾅거렸다. 도대체 무슨 일이 벌어지고 있는 걸까? 교수님께서 그 만

남에 관해 설명을 하셨다. 「쿡」 대위의 TMK 건설회사와 교수님은 오래전부터 기술적인 문제로 교류 중이었고, 대학에 많은 연구 지원을 하고 있다고 했다. 또한, TMK는 「나갈대」의 연구에 매우 관심이 높아서 이 연구를 더 확대하려 한다는 것이 핵심 내용이었다. 이런 움직임에 대해 「나갈대」에 의견을 듣고 싶다고 하셨다. 「쿡」 대위는 말이 없었다. 이미, 세 사람이 이 문제에 대한 논의를 끝낸 듯했다. 「나갈대」는 개인 의사를 존중하는 미국인들의 자세가 부러웠다. 솔직히, 「나갈대」는 의견이고 뭐고 필요 없이 절박한 마음이다. 공부를 계속할 수 있게만 해준다면…. 그게 전부다. 「나갈대」도 TMK와의 확대연구를 희망했다. 뜻밖의 소식으로 너무 놀라 심장이 계속 벌렁대다 멎는 듯했다. 일단 개략적인 논의는 끝났다. 「쿡」 대위는 이렇다 저렇다 말없이 자기 갈 길을 나섰다. 그의 이상한 행동에 무언가 숨은 전략이 있을 것으로 「나갈대」는 예상이 가능했다. 아내에게도 그 사실을 전했더니 아내도 놀랐다. 아내의 생각에도 「쿡」 대위가 좋은 일을 할 것 같다며 바로 하나님께 감사기도를 하라고 아내가 다그쳤다. 맹렬한 신자! 인생사 모든 일이 하나님한테서만 길이 있다고 믿는 외골수다. 세상을 살아가려면 때로 타협도 중요하다고 생각하는 「나갈대」와 가끔씩 충돌하는 이유이다. 충돌이 생길 때마다 아내가 「나갈대」에게 묻는 말이 있다.

"당신은 종교인? 아니면 신앙인? 어느 쪽이에요?"

상황에 따라 종교인과 신앙인 사이에서 흔들리는 남편을 교회 방청객 수준으로 보는 아내의 질문이다. 그러나 하나님의 음성에만 귀를 기울이고 세상의 소리에는 귀를 막은 채 세상을 살아갈 수 있을까? 「나갈대」는 그럴 수는 없다고 생각을 한다. 하나님께서 「쿡」 대위를 만나게 해주셨다는 아내의 외골수적인 믿음과 세상 속의 인연이라는 「나갈대」의 생각에 차이가 여전했다. 「쿡」 대위가 사우디 현장으로 떠나기 며칠 전, 대학 구내 카페에서 그를 만났다. 그는 그동안 「Reynolds」 교수님과 TMK 건설회사 사이에 있었던 일들을 자세히 설명해 주었다. 먼저, 사우디 현장의 콘크리트에 부식을 방지하는 기술적인 대책이 절대적으로 필요하다고 강조를 했다. 「나갈대」가 개발한 부식 방지 추출물에 깊은 관심을 가지고 있었고, 그 사실을 TMK 본사에 보고를 했다는 것이다. 일차적으로 TMK 본사 측에서 「Reynolds」 교수, 「Dr. Tom Stitt」, 「나갈대」에게 접촉할 것을 「쿡」 대위에게 요청했다는 사실도 알려주었다. 「쿡」 대위는 세 사람으로부터 연구 확대에 대한 동의를 얻어 TMK 본사에 보고를 마치고, 사우디 현장으로 떠난다고 했다. 앞으로 TMK 본사에서 어떤 결정을 할지 알 수 없기 때문에, 이렇다 저렇다 본인의 의견을 말할 수 없었다고 덧붙였다. '행운을 빌어보자(Keep our fingers crossed)!' 그는 엄지손가락을 치켜들며 「나갈대」에게 여운을 남기고 떠났다. 일찍이, 로마제국 「네로」 황제의 스승은, 「세네카(Seneca)」, 행운이란 준비가 기회를 만날 때 일어난다고 하지 않았던가. 「세네카」는 「네로」 시대에 최고의 정치인이며 사상가, 문학가, 철학자로 알려진 인물이다. 그렇게 위대한 인물도 준비가 없는 행운은 없다고 선언을 했다. 문제는 준비가 된 상태에서도 기회를 만날 수 없을 때다. 준비는 사람이 할 수 있지만, 기회는 하나님께서 주시는 것. 곧, 하나님의 은혜를 받아야 기회를 만날 수 있다는 이야기다. TMK의 연구 확대 제안도 보기 드문 기회다. 그런 기회를 위해서 「나갈대」도 최선을 다해 준비를 해왔다. 그러나 하나님께서 기회를 주실지 알 수 없는 걱정과 염려가 늘 마음속에 숨어는 있었다. 종교인과 신앙인 사이에서 갯가에 갈대처럼 이리저리 흔들거리는 신앙…. 바로 이것이 마음속에 숨어있기 때문이다. 기독교에서 염려와 근심은 하나님의 뜻이 아니라고 가르친다. "내일 일을 위하여 염려하지 말라. 내일 일은 내일 염려할 것이요(마 6:34)." 그래도 「나갈대」는 염려와 근심에서 벗어날 수 없는 것이 인간의 한계라고 생각을 했다. 종교 개혁자 「마틴 루터」는 모든 염려와 걱정을 하나님께 맡긴 후에 비로소 종교개혁의 과업을 완수할 수 있었다고 고백을 하지 않았던가. 그가 종교개혁의 기회가 올 것인지를 염려하고 근심했다면 그렇게 무거운 과업을 완성할 수 있었을까? 「나갈대」는 TMK의 좋은 기회가 자기한테 올 것인지에 대한 염려와 근심을 「마틴 루터」처럼 하나님께 맡기기 위해서 눈을 감고 기도를 드렸다. 그러나 눈만 뜨면 그 걱정이 또 마음을 채우고 불안이 아장거렸다. 『모르고 사는 즐거움(Ernie J Zelinski, 앨버타 대학교 교수, 1949)』에서는, 우리가 걱정하는 것의 96%가 쓸데없다고 주장을 했다. 96%의 아무 쓸모없는 걱정과 근심 때문에, 많은 사람이 마음의 평화를 잃고 우울해하며 헛되게 기도시간을 보낸다고 주장을 했다. 그렇다면 4%는 쓸모 있는 걱정일까? 4% 역시, 우리 힘으로는 어찌할 수 없는 일이라고…, 어쩔 방법이 없는 일은 하나님께 맡길 수밖에 없지 않은가? 하나님의 소관이란 것이다. 결국, 「나갈대」 스스로는 아무것도 할 수 없는 존재라는 것을 깨달아 가고 있었다. 아내에게 「쿡」 대위와 이런저런 대화의 내용을 전했다. 아내는 분명히 하나님께서 좋은 기회를 허락을 하실 거라며 자신 있어 했다. 그러면서 하나님께 기도로 매달리라고 또 권고를 한다. 아내의 자신감은 어디에서 오는 걸까. 갯가에 갈대처럼 흔들거리는 종교인이 아니라, 소나무처럼 꿋꿋한 신앙인의 자세에서 오는 걸까? 어떨 때 아내가 부럽기도 했다. 종교인 또는 신앙인 「나갈대」? 평생 풀어야 할 숙제임에 틀림이 없었다.

「나갈대」는 석사 학위논문을 완성하기 위해 온 힘을 기울였다. 거기에다 학교 업무와 아르바이트도 해야 했다. 그러나 더 큰 문제는 박사과정 입학이다. 미국의 여러 대학에 입학 관련 문의를 했지만, 대부분의 대학이 석사학위 없이는 어떤 대답도 할 수 없다는 것이다. 석사학위를 취득하기 위해서 논문 완성, 심사, 구두 시험(Oral Test) 등이 기다리고 있다. 앞으로 한 학기 내에 학위증을 받는다고 하더라도 박사과정 입학 자체가 몇 년이 걸릴지 알 수가 없다. 그렇다고 석사 학위논문을 통과한다는 보장도 없다. 장래 문제를 생각하면, 눈앞이 캄캄할 때도 많았다. 아내에게 고민을 털어놓을 때마다 어김없이 기도가 부족하다는 대답이다. 쉬지 말고 성경을 읽고 엎드려서 기도하면 하나님께서 다 이루어주신다고 잔소리를 해댄다. 꼭 엎드려서 눈을 감고 기도해야 참 기도인가? 하나님의 말씀을 기준으로 엎드리든, 무릎을 꿇든, 서서 하든, 무슨 큰 차이가 있다는 건지…. "예수께서 눈을 들어 우러러보시며 가라사대(요 11:41)" 또, 요한복음(17:1)에서, "눈을 들어 하늘을 우러러 가라사대"라는 말씀들이 있다. 이 성경말씀에서도 예수님께서 눈을 뜨고 하나님을 향하여 기도를 드렸다고 하지 않았는가? 한국의 교회에서 대예배 때 예배 인도자, 대표 기도자 모두… 미리 작성한 기도문을 성경이나 찬송가에 적당히 넣어두었다가 신도들이 눈을 감을 때 기도문을 꺼내서 읽는다. 기도가 아니라 연설문을 들어보라는 행위다. 이런 행위도 「나갈대」는 이해를 할 수 없다. 물론, 기도연설문을 신도들의 귀에 듣기 좋도록 만들었지 않았겠는가. 그들의 기도연설문에서 잘못된 부분을 신도들에게 보여주지 않으려는 연기에 불과하다고 「나갈대」는 생각을 했다. 연설 좀 잘하고 못 하는 것은 하나님한테 아무 소용이 없는 헛짓이라고 「나갈대」는 그렇게 생각을 해왔었다. 기도란, 하나님께 무언가를 간절히 원하거나 하나님의 뜻을 알아듣고자 간청하는 행위가 아닌가? 불교에서는 합장으로 염불을 포함한 짧은 문구를 계속 반복하는 의식적인 행위를 기도라고 한다. 이슬람교에서는, 성지를 향해 매일 정해진 시간에 엎드리고 일어나는 반복적인 행위를 통해서 신(神)에게 기도행위를 생활 습관적으로 한다. 그렇지만 기독교, 불교, 이슬람교에서 기도의 공통점이 있다면, 그들이 믿는 신에게 대충 형식적인 행위가 아니라 온 마음을 다해서 정성껏 기도를 드린다는 점이다. 아무리 종교인과 신앙인 사이에서 흔들거리는 「나갈대」라 해도, 기본적으로 신앙인의 틀에서 벗어나지는 않으려 했다. 답답하고 어려울 때 엎드려서 '앵무새' 기도를 하지는 않았다. 엎드려서 같은 말을 주문처럼 되풀이하는 기도, 하나님을 움직이고 설득하려는 기도, 그런 기도를 하고 싶지 않을 뿐이다. 「나갈대」는 한 치 앞을 알 수 없는 자신의 장래를 위해 오늘도 하나님께 간절히 기도를 드린다. 그리고

내 이름 「나갈대」

논문을 완성하고자 최선을 다하고 있다. 「나갈대」의 논문 초고를 수정하기 위해 「Kwame」이 도움을 주고도 있었다. 정말 좋은 친구다. 「쿡」 대위를 만난 것도, 「Kwame」을 만난 것도, 「나갈대」는 인복(人福)이 많다고 생각을 했다. 역학(易學)에서는 사주팔자를 잘 타고난 운수가 좋은 사람을 인복이 있다고 여긴다. 하지만 성경에서는 좋은 사람을 만나는 것은 하나님께서 주권적(God's Decree)으로 인도하신다고 되어있다. 예를 들어 「바울」 사도가 「바나바」를 동역자로 처음 만난 것도, 인복이라면 인복이다(사 16:24~34). 「나갈대」가 「쿡」 대위나 「Kwame」을 만나게 된 것도 하나님의 주권적 인도로 봐야 하지 않을까. 「쿡」 대위가 사우디 현지로 돌아가고 두어 달 후에 그가 편지를 보내왔다. TMK는 연구 확대를 긍정적으로 검토할 것이며, 연구실 책임자 「Dr. James Magio」가 연락을 취할 거라는 내용이다. 「Dr. Magio」! 그는 TMK 연구실 책임자다. 「나갈대」가 TMK에 근무하던 중에도 좀처럼 만나기 어려웠던 고위급이다. 그가 연락을 한다는 것은 뭔가 연구 확대에 관한 일이라고 짐작이 갔다. 「나갈대」의 초고 논문이 완성될 무렵, 「Dr. James Magio」에게서 연락이 왔다. 「나갈대」가 영어로 의사소통하는 게 어느 정도 자연스러운 상태다. 약속한 날에 그가 학교 실험실로 찾아왔다. 두 사람은 반갑게 다시 만났다. 그가 「나갈대」를 만나러 온 이유를 설명했다. 그가 기술 전체를 파

악하고 이해를 해서 TMK 최고 운영진에 의견서를 제출하도록
되어있었다. 그는 연구자답게 기술에 대해 세심하게 물었고, 심지
어 실험결과까지도 자세히 점검을 했다. 「나갈대」는 최선을 다해
설명을 했다. 짐작건대, 그의 의견서에 따라 연구 확대 여부가 결
정될 것도 같았다. 아내는 그 이전보다 더 하나님께 기도로 매달
려야 한다고 「나갈대」를 다그쳤다. 그리고 자신은 하루도 빠짐없
이 하늘을 감동시킬 만큼 기도를 드린다. 정말, 하늘도 감동시킬
만할 것 같았다. 일찍이 공자님도 지성(至誠)은 귀신도 감동시킨다
고 하지 않았나. 정성 어린 기도가 쌓일수록 하나님께서 그냥 계
시지는 않을 거라는 아내의 믿음…. 그런데, 왜(?) 정작 「나갈대」
본인은 그렇게 하지 못할까? 스스로도 그것이 의문이다. 평소에
하던 기도가, 어떤 일이 닥쳤을 때 좀 더 세게 한다고 안 될 일이
되겠느냐는 의심이 「나갈대」에게는 잠재적으로 들어있다. '설마'
그럴 리가 없다고 생각하는 것이다. 평소 믿음대로 조용히 신앙
생활을 하고 싶은 「나갈대」와 아내의 열성적인 신앙의 차이가 좁
혀질 것 같지는 않았다. 주일에 목사님을 뵙고 여러 가지 장래 문
제에 대해서 말씀을 드렸다. 그는 「나갈대」의 현실적인 어려움과
문제에 대해 성직자로서 그리고 하나님의 이름으로 간절히 기도
를 하셨다. 초고 논문이 거의 완성 단계에 이르렀으나 박사과정
입학문제가 좀처럼 해결될 것 같지 않은 게 가장 큰 걱정이었다.

지도교수(「Dr. Tom Stitt」)에게 그 박사과정의 가능성을 타진하여도 보았지만, 꿀 먹은 벙어리였다. 대체로 지도교수가 박사과정을 추천하지 않는 이유는 두 가지다. 첫째, 실력이 탁월하지 않거나 둘째, 연구비용을 지원할 수 없을 때다. 「나갈대」도 첫 번째 경우를 인정하고 싶었다. 특히, 영어에 시달리는 「나갈대」로서는 지도교수와 원활한 논쟁을 할 수 없었던 게 사실이다. 때때로 그는 「나갈대」에게 이것저것 지적을 많이 했었다. 두 번째의 경우도 인정할 수 있는 부분이다. 외부에서 연구비용을 끌어오는 일은 지도교수의 몫이다. 연구비용을 많이 끌어오는 교수일수록 연구학생들이 많이 모인다. 또한, 실력 있는 교수일수록 연구비용이 넉넉하다. 그는 다른 교수들과 비교하면 연구비도 적고 연구학생들이 많지는 않았다. 그런 면에서 TMK가 연구비용을 지원하면 「나갈대」도 살고, 지도교수도 기회를 잡을 수 있는 기회가 생기는 경우다. 여러 정황상, 「Dr. James Magio」의 의견서가 연구 확대에 결정적인 역할을 할 것 같았다. 한국 같으면, 그를 별도로 만나서 거나하게 식사 대접을 하며 물밑작업을 하고 싶은 심정이었다. 그러나 미국 문화는 그런 짓이 통하지 않는다. 그런데 갑자기 TMK에서 근무할 때 '개새끼' 「Scott」와 무척 불편했던 관계가 후회스럽게 떠올랐다. 그리고 염려도 되었다. 「Scott」의 상전은 「Dr. James Magio」다. 그들은 실험실과 연구원들의 업무에 관해 수

381
대학생

시로 의논하는 직속 상하관계다. 「Scott」가 「나갈대」의 서툰 영어와 껄끄러운 행동을 괘씸하게 생각했을런지도 모른다. 그런 괘씸한 생각을 「Dr. James Magio」에게 보고를 했을 수도 있다. 바로 그 점이 「나갈대」가 염려를 하는 대목이다. 말하자면 괘씸죄…! 사실, 법률상 괘씸죄는 이 세상 어디에도 없다. 그러나 문제는, 사람과 사람 사이에는 누구든지 괘씸죄에 휘말릴 수도 있다. 괘씸죄는 매우 주관적이고 불문율의 모순 덩어리이지만 일단 걸려들면 무서운 것이다. 대개 강자가 약자를 뒤집어씌워서 인생 파탄을 가져오기도 한다. TMK에서 「Scott」에게 말할 수 없이 무시를 당한 「나갈대」의 언행이 부드러웠을 리가 없었다. 그는 「나갈대」에게 괘씸죄를 뒤집어씌울 수도 있는 멕시칸으로도 생각을 했었다. 그러나 이제 와서 괘씸죄 운운한들 무슨 소용이 있을까. '모난 돌이 정 맞는다.' 어떤 이유로든 상대의 눈엣가시가 되어 미움을 받으면 인생살이에 도움이 안 된다는 옛말이다. 아무리 어려운 환경에서도 '모난 돌'이 되어서는 안 된다는 것을 이번 기회를 통해서 얻은, 「나갈대」의 생활에 지혜였다. 「나갈대」가 할 수 있는 건, 오직 하나님께 사정 이야기를 하는 것밖에는 아무것도 없다. 하루 일을 끝내고 피곤한 몸으로 새벽 한두 시에 집에 돌아와서도 박사과정을 생각하면 잠을 이룰 수가 없다. 아내는 모든 것을 하나님께 맡기고 잠을 좀 자라고 아우성이다. 박사과정

내 이름 「나갈대」

입학문제가 풀리지 않는다면 석사 학위논문을 한 학기 늦추더라도 학교에 직장을 놓치고 싶지는 않았다. 지도교수의 동의도 없이 「Reynolds」 학과장 교수님을 찾아가서 신상 문제를 논의할 수가 없다. 그래서 고민이 더 깊어지고 있었다. 그렇게 어려운 입장이라 하더라도 「나갈대」는 석사 학위논문 완성에 정신을 집중해야 했다. 때때로 「Kwame」과 만나서 영어 문장 표현에 도움을 받곤 했다. 아무리 생각을 해봐도 그는 참으로 좋은 친구다.

따르릉… 따르릉… 아침부터 「나갈대」 책상에 전화벨이 울렸다. 「Dr. James Magio」였다. 그가 다시 「나갈대」를 만나자는 연락이다. 그 이유를 알고 싶던 차에 그가 미리 설명을 했다. 실험결과에 대해 좀 더 이해가 필요하다고 했다. 실험결과를 재점검한다는 이야기다. 「나갈대」는 일단, 좋은 신호로 받아들이고 싶었다. 괘씸죄에 걸렸다면 그리고 시험결과를 믿지 못했다면, 그가 다시 「나갈대」를 만나자고 할 이유는 없다. 그러나 그는 연구 확대에 대해서 무언가 분명한 결단을 내릴 것도 같다는 게 「나갈대」의 직감이었다. 위기의 순간이다. 불안과 희망 사이에서 또 마음이 흔들렸다. 초조함이랄까… 뭐 그런 것이다! '하나님이시여 나를 지켜주소서 내가 주께 피하나이다(시 16:1~2)「다윗」이 가장 어려울 때에 기록한 시(詩)라고 알려져 있다. 순간적으로, 「나갈대」도 하나님께 자신을 지켜달라는 기도로, 하나님의 은혜를 체험하고 싶었다. 사람이 위기에 닥칠 때, 자기가 믿는 신(神)에게 기도를 하기 마련이다. 아마, 위기에 있는 「나갈대」도 저절로 하나님께 기도를 드리는 순간이 찾아와 버렸다. 그가 왜(?) 재점검을 한다는 건지 다시, 곰곰이 생각을 해보았다. 「나갈대」는 시험결과를 아무리 점검해 보아도 숫자나 오탈자를 찾지는 못했다. 다시, 그를 실험실에서 반갑게 만났다. 「나갈대」는 갑(甲)이 아닌 을(乙)의 입장에서 그의 눈치를 살펴야 했다. 그의 기분, 태도, 반응 등을 살피기 위해 힐끔거리고 눈치를 보았다. 표정에 따라 그의 마음을 분석해 보기도 했다. 짐작으로는, 백 점 만점에 거의 팔구십 점에 가까울 정도로 기분이 좋아 보였다. 적어도 그에게 겁먹을 필요는 없다고 마음을 일단 추스렸다. 두 사람의 대화가 거의 두어 시간 계속되었다. 그가 실험결과를 의심하고 있었다. 「나갈대」가 추출한 물질을 혼합한 콘크리트의 물성을 그가 알고 있는 일반 콘크리트 지식으로는 이해하기 어려워했다. 특히, 추출물을 혼합한 콘크리트는 일반 콘크리트에 비해 부식에 대한 저항력이 높다는 결과를 의심스러워했다. 높은 저항력은 「나갈대」 연구의 핵심이다. 「나갈대」 자신도 왜(?) 그렇게 저항력이 강한지를 알 수가 없었다. 그 원인을 밝히는 것이 연구 확대의 목적이다. 그 원인이 밝혀지면 전혀 다른 새로운 반(反)부식 콘크리트를 만들 수있다. 말하자면, 콘크리트 암(Cancer)을 정복하는 길이 열리는 셈이다. TMK는 여러 나라에서 항만공사를 진행하고 있다. 항만에서 대량으로 사용하는 콘크리트의 암적 존재의 부식현상에서 자유로울 수 없다. 콘크리트가 수명을 다하지 못하고 깨지거나 잔금(Crazings)이 생기면 막대한 손해배상에 시달릴 수도 있다. TMK 사업에 중요한 부분이다. 그에 의심이 점점 줄어들었다. 어느 정도 의심이 풀렸다고 봐야 할까. 둘이 장시간 대화가 끝났다. 그의 표정이 처음보다 밝아졌다. 헤어지면서 그에게 한국의 엽전들처럼, 돈 봉투를 건네거나 의견서를 잘 써달라는 말이 목구멍까지 올라왔으나 미국 문화에서는 통하지 않는 일이다. 이제는 기다려야 했다. 아내에게 그를 만나서 의구심들이 해소되었다고 했다. 아내의 대답은 언제나 분명했다. 하나님께 엎드려서 감사기도 하자고…! 「Dr. James Magio」와 「나갈대」가 두 번째 만난 이후, 한 달이 지나도록 TMK 측에서 연락은 없었다. 하지만 「Kwame」의 도움을 받아 가면서 「나갈대」의 논문이 완성되었다. 논문 완성도 말할 수 없이 중요하다. 그러나 그보다 더 중요한 것은 학교직장이다. 학교직장과 석사과정을 병행하는 건 임시로, 「Reynolds」 교수님의 특별 배려로 가능했다. 논문을 제출하면, 더 이상 학생 신분이 아니다. TMK의 결정과 상관없이 논문을 제출하고 다른 직장을 구해서 학교를 떠나거나 논문 제출을 좀 늦추거나 어느 한쪽을 택해야 할 입장이다. 그렇다고 TMK에서 연구를 확대

할지도 분명하지 않았다. "내 발등의 불을 꺼야 아들 발등의 불을 끈다."라는 옛말처럼, 우선 급한 불부터 끄려면 논문 제출보다 직장을 유지하는 게 우선이라 생각이 되었다. 먹고사는 것이 먼저였다. 그렇다고 취업도 마음대로 할 수 있는 일도 아니다. 현재의 임시계약직을 연장하려면 「Reynolds」 교수님의 승인이 필요했다. 그런데 확실한 이유 없이 그가 자동 승인할 이유가 없다. 인정(人情)이 있고 때로는 어려운 사정을 들어도 주는 한국 사회와 달리, 모든 일을 규정에 따라 처리하는 미국이다. 「나갈대」의 논문 진행 상황을 잘 파악하고 있는 교수님께 어설픈 이유로는 그의 승인이 불투명해 보였다. 되돌아보면 「나갈대」가 미국에 첫발을 디딘 날부터 어려움이 없는 날이 없었다. 모든 것이 낯선 미국에서 먹고 살기도 힘이 드는데, 거기에다 박사학위까지? 몰라도 한참 몰랐던 「나갈대」…! 그 여정이 얼마나 힘들고 어려운지를 너무 몰랐었다. 앞으로 얼마나 더 험한 길을 가야 할지 막막하다. 혼자 힘만으로 해결하기 어렵다고 생각은 했었다. 그러나 하나님께서 좋은 사람들(특히 「쿡」 대위, 「맹신자」, 「Kwame」)을 만나게 해주셔서 그때그때 어려운 일들을 잘 극복해 온 것이다. 그럴 때는 언제나 아내는 하나님께 맡기고 기도하자며 용기를 주곤 했다. 「나갈대」가 미국에서 어려운 일을 겪을 때마다 마음에 힘을 실어주는 성경말씀(시 121:1~8)이 있다. "내가 산을 향하여 눈을 들리라 나의 도움이 어디서 올까 나의 도움은 천지를 지으신 여호와에게 있다 여호와께서 너를 실족하게도 아니하시며 너를 지키시는 이가 졸지 아니하시리로다" 때로는 지식적 종교인과 영적 신앙인 사이에서 흔들리기도 했지만, 항상 하나님이 함께하신다는 믿음을 잃은 적은 없었다. 고대 「소크라테스」 시대 이전의 그리스 신화에서는 시간을 크로노스(Chronos)와 카이로스(Kairos)로 분류를 했었다. 크로노스가 일상적으로 흘러가는 시간 자체를 의미한다면, 카이로스는 기회의 시간을 뜻한다. 일상적인 시간은 누구에게나 주어진다. 그러나 찬스는 누구에게나 오지는 않는다. 자신의 주관적인 판단으로 카이로스를 붙잡을 수 있다는 뜻이다. 주관적인 판단이 망설여질 때, 카이로스는 사라진다. 「나갈대」와 아내는 TMK에서 카이로스 기적이 일어나게 해달라고 그 어느 때보다 하나님께 간절하게 간구를 했다. 성경에서 기도는 하나님과 교제하는 것이고, 간구는 내가 원하는 소원을 하나님께 아뢰는 것이라고 되어있다. 「나갈대」는 두 가지 모두 절실하게 필요한 처지에 놓여 있었다.

여러 가지 여건상, 「Reynolds」 교수님을 뵙고 문제를 풀어가고 싶었다. 그를 만나기 위해서는 절차가 필요했다. 먼저, 지도교수 「Dr. Tom Stitt」에게 학교 조교 업무를 연기할 수 있는지 물어본 후에 학과장을 뵙는 게 좋을 것 같았다. 지도교수를 건너뛰고 일 처리를 할 수 없는 시스템이다. 지도교수가 호의적이면 그 이상 좋을 게 없다. 지도교수를 찾아가서 얘기를 하여보니, 그 문제는 전적으로 「Reynolds」 학과장이 결정할 수 있다며 그는 한 발 물러섰다. 혹시나 했는데 역시나로 끝이 났다. 게다가, 그는 논문 제출을 요구했다. 혹을 떼러 갔다가 더 크게 붙여온 결과가 되고 말았다. 아찔한 순간이었다. 지도교수가 학과장한테 강력하게 추천하지 않는 한, 학교직장을 유지할 가능성은 거의 없다. 뭐라 표현할 수 없을 정도로 실망이 컸지만, 한 가지 희망은 사라지지 않았다. 일단, 지도교수와 상의를 했기 때문에 학과장을 직접 만나도 절차상의 문제는 없어진 셈이다. 크로노스 시간이 빠르게 흘러갔다. 「Reynolds」 교수님은 미리 약속하지 않고 찾아오는 걸 싫어하신다. 1분 1초라도 시간을 헛되게 보내지 않는 교수님의 시간 관리가 원칙이었다. 그러나 이판사판…. 어쩔 수 없는 막판이다. 「나갈대」는 교수님 연구실을 노크했다. 그는 문을 조금만 열고 확인하시더니 들어오라는 손짓을 하셨다. 그의 책상에 책들이 여기저기 놓여있었다. 오래 있을 수 없는 분위기였다. 막다른 골목에서 이제 무서울 것도 없었다. 그러나 침착하게 논문 진행 상황, 임시고용 연장, TMK 연구 확대 등의 문제를 의논해 보았다. 동시에 그의 눈치를 살폈다. 그의 표정이 어둡지 않다는 직감이 들었다. 미국에 와서 눈치는 많이 늘었기 때문이다. 특히,

내 이름 「나갈대」

TMK에서는 눈치가 없으면 일을 할 수가 없는 곳이었다. 교수님께서는 오른쪽 손가락에 볼펜을 끼고 턱을 괸 채「나갈대」의 하소연을 들어보셨다. 하고 싶은 말을 들어주시는 것만으로도 감사했다. 그의 무거운 입이 드디어 열렸다. 첫째, 임시고용 문제는 학교 예산과 관련되어 있어 가능성이 없고, 둘째, 논문 연장 문제는 본인 부담으로 가능하다고 하셨다. 셋째, TMK… 여기에서 그의 말이 잠깐 멈추셨다. 그가 말문을 여시는 마지막 순간이다. 그리고 그는 TMK의 최고 기술책임자인「Dr. Frank Kennedy」와이 문제를 논의 중이라고 하셨다. 교수님은 TMK와 오래전부터 기술협력을 해오셨단다.「Dr. Frank Kennedy」는 TMK의 모든 건설공사와 연구개발을 지휘감독을 하는 최고 책임자이자 중역의 한 사람이다. 한국으로 치면 기술담당 부사장쯤 되시는 분 같았다. 그가「나갈대」의 연구에 매우 관심이 많다고 교수님이 전해주셨다. TMK에서 언제 최종 결정을 할지는 미정이라고 하셨다. 아마 연구 확대문제가 정점에 이른 듯했다.「나갈대」의 심장이 빨라졌다.

"오… 하나님, 감사합니다… 감사합니다…"

「나갈대」의 가슴속에서 처절한 외침이 들려왔다. 문제는, 카이로스 시간을 하나님께서 언제 허락하실지…! 교수님께서 TMK 소식을 받는 대로 알려주시겠다고 하셨다. 8부 능선 깔딱 고개를 숨 가쁘게 올라온 느낌…! 바로 그 기분이었다. 이제 조금만 더 힘을 내면 무언가 해결책이 있을 것 같은 희망을 붙들고 교수님 방에서 나왔다. 아침부터 바쁜 일과가 시작되었다. 오전과 오후 학생들의 실험에 필요한 보조물과 인쇄물 등을 챙겨야 하기 때문이다. 교수님들이 강의를 시작하기 전에 준비를 마쳐야 한다. 손과 발은 보조물 준비에 바쁘지만, 머릿속은 온통 TMK 생각뿐이었다. 앞으로 2~3개월 이내에, TMK에서 확실한 답변이 없으면… 상상만 해도 몸이 움츠러들었다. 예수님 시대에 「베드로」는 담대한 믿음과 뜨거운 정열의 소유자였기에 하나님을 만날 수 있었고, 하나님의 능력을 체험하게 되었다고 했다. 소름이 끼칠 정도로 어려운 환경에 처하더라도, 적극적으로 하나님을 찾는 사람이 하나님의 능력을 체험하게 된다는 말씀이다. 「나갈대」도 「베드로」처럼 담대한 믿음으로 TMK 문제, 학교직장 문제를 극복하고 싶었다. 아내는 양가 부모님에게 자주 안부 편지를 드리는 편이다. 처갓집 소식에 따르면 한국의 주택개발 사업이 활발해져서 오래전에 시장에 내놓았던 땅을 흥정 중이라고 했다. 애지중지 키운 외동딸의 고생을 생각할 때마다 장모님은 가슴이 미어져 말이 안 나온다는 소식이 들렸다. 그러나 아내는 전혀 내색하지를 않고 본인이 원해서 선택한 일이라며 오히려 친정엄마를 달랬단다. 그녀의 가슴이 얼마나 먹먹했을까. 아내에게 미안하고 체면이 서지 않았다. 「두요」는 건강하게 잘 자라고 학교생활에도 재미를 붙인다. 친구들을 집에 데려오기도 하고, 그들의 생일파티에도 자주 초대를 받았다. 논문은 완성이 되었으나 TMK의 결정이 나올 때까지는 제출을 한 학기 늦추기로 마음을 먹었다. 물론, 한 학기 등록금을 본인이 감당하는 문제는 남아있다. 모든 일이 문제의 연속이었다 그러나 하나님께 의지하며 희망을 갖고 싶었다. '어려운 일 당할 때 나의 믿음으로 의지하는 내 주를 더욱 의지합니다.' 마음속으로 찬송가(543장)도 불러도 보고, 기도도 한다. 정말 의지할 곳은 하나님밖에 없다는 절박한 기도의 시간이 「나갈대」 앞에 있을 뿐이다. 날이면 날마다 TMK에서 소식이 오지 않을까 기다리던 중, 「Dr. James Magio」로부터 전화를 받았다. TMK 기술 최고책임자가 「나갈대」와 대화를 원한다는 메시지였다. 말하자면 마지막 면접 절차 같았다. 참으로 철저하게 점검하는 미국 사람들이다. 세계에서 가장 강하고 전 세계를 장악하고 있는 부자나라 미국이 어떤 일을 처리할 때, 사소한 것까지도 조직적으로 처리하는 과정이 「나갈대」에게는 배울만한 점이었다. 이제 '카이로스' 시간이 다가온 게 거의 확실해 보였다. "하나님이여 사슴이 시냇물을 찾기에 갈급함 같이 내 영혼이 주를 찾기에 갈급하나이다(잠 42:1)" 정말, 갈급한 사슴의 입장이던 「나갈대」가 드디어 시냇물을 찾은 것 같으나 아직, 그 시냇물을 마시지는 못

했다. 더 하나님을 찾는 갈급함이 남아있었다. 성경에서 가장 아름답고 감동적인 '시편'을 기록할 만큼 여호와 하나님을 숭배했던 「다윗」도 갈급한 사슴과 시냇물을 비교하면서 간절히 하나님을 찾은 신앙인이었음을 알 수 있다. 하물며, 「다윗」과 비교를 해서 물고기 송사리에도 미치지 못하는 「나갈대」야말로 얼마나 하나님을 간절히 찾아야 할지를 짐작조차도 할 수 없다. 그럼에도 불구하고 「나갈대」는 TMK라는 시냇물을 간절히 찾고 있었다.

장모님의 편지 내용을 아내가 전해주었다. 다행히 땅이 팔려서 계약금을 받는 대로 한 학기 등록금을 보내주신단다. 아… 아… 기쁘기도 하고 죄송하기도 하고…. 「나갈대」 마음이 혼란스러웠다. 어느새 「나갈대」 입에서 찬양(찬송가 410장)이 저절로 흘러나왔다. '아, 하나님의 은혜로 이 쓸데없는 자 왜 구속하여 주는지 난 알 수 없도다. 내가 믿고 또 의지함은 내 모든 형편 잘 아는 주님 늘 돌보아주실 것을 나는 확실히 아네.' 영적 신앙인과 지식적 종교인 사이에서 갯가에 갈대처럼 흔들리는 「나갈대」이지만, 하나님께서는 모든 형편을 잘 알고 늘 돌보신다는 것을 확실히 체험하는 순간이었다. 아내와 엎드려 하나님께 감사기도를 드리는 게 전부였다. '예수 믿으면 복 받는다'며 「나갈대」가 어렸을 때, 어머니께서 교회에 왜(?) 가야 하는지를 가르쳐 주셨던 말씀이다. 그때는 일반 종교인들이 바라는 세상적인 복(福)으로 생각을 했었다. 그러나 영적 신앙인의 복이란 심령이 가난하고 애통해서 더욱 예수님께 다가서라는 의미임을 나중에야 깨달았다. 아마, 이번 기회를 통해 「나갈대」에게 영적 신앙인의 자세로 더 다가가라는 축복도 같았다. TMK에서 어떤 결정을 하든 겸손하게 받아들이리라 마음을 다지면서, 약속 시간에 TMK 본사를 찾았다. 꿈에서도 보기 싫고, 화장실에도 가고 싶지 않았던 그 건물에 「나갈대」는 다시 발을 들여놓았다. 「Dr. James Magio」가 기다리고 있었다. 그와의 세 번째 만남이다. 그는 기술 최고책임자 「Dr. Frank Kennedy」께서 「나갈대」를 만나자고 한 이유를 간략하게 설명을 해주었다. 「나갈대」의 예상대로였다. 추출물이 함유된 콘크리트가 바닷물에서 왜(?) 부식이 잘 안 되는지를 알고 싶다는 것이다. '미친놈….' 「나갈대」가 속으로 혼자 내뱉는 소리다. 그 이유를 밝혀서 새로운 콘크리트를 개발하려고 연구 확대를 하자는 개념도 모른단 말인가? 세계적인 건설회사 최고 기술책임자가 연구 확대의 개념을 파악하지 못하고 있다면 말짱 도루묵이 아닌가! 「Dr. James Magio」가 「나갈대」의 연구물들을 두 번씩이나 체크하고도 아직 기본 개념도 모른다? 공들여 이룬 성과가 도루묵이 될 것 같아서 걱정스러웠다. 「나갈대」와 「Dr. James Magio」가 기술 담당 최고책임자의 집무실을 노크했다. 여비서가 문을 열어주어 들어가니, 그가 기다리고 있었다. 「나갈대」의 예상과는 달리 예의가 있고 겸손한 자세로 그가 「나갈대」에게 악수를 청했다. 그는 바로 본론을 꺼냈다. 약 30여 분 대화를 했는데, 「나갈대」가 그와 얘기한 내용과 「Dr. James Magio」가 전달한 내용이 좀 달랐다. 강산이나 강알칼리 조건에서 콘크리트가 부식되는 것을 방지하는 추출물의 역할 규명이 쉽지 않다는 것이 건설 최고책임자의 걱정이었다. '그럼 그렇지!' 연구 확대에 대한 그의 의문은 백 퍼센트 옳았다. 「나갈대」도 원인 규명이 어렵다고 염려하는 중이다. 그 원인을 규명하려면 장시간의 조사와 분석이 동반되어야 한다. 중국 만리장성 돌담에 사용된 시멘트 모르타르가 지금까지도 부식되지 않는 이유를 모른다. 그러나 여전히 오늘날까지 건재하고 있다. 부식 원인이 밝혀지는 날이면 플레밍 (스코틀랜드의 생물화학자)이 최초로 곰팡이로부터 페니실린 항생제를 추출하여 인류를 구한 것처럼 「나갈대」가 추출한 물질이 강산과 강 알카리 환경에서 부식에 못 견디는 콘크리트를 살려낼 수도 있다. 「나갈대」는 자신이 알고 있는 지식을 총동원해서 추출물에 관해 설명을 했다. 설사 TMK가 연구 확대를 포기하더라도 한 학기 등록금을 처갓집의 도움을 받을 수 있다는 배짱도 좀 있었다. 「나갈대」는 자신 있게 설명을 했고 대화도 쉽게 끝났다. 그가 「나갈대」를 집무실 밖까지 배웅을 했다. 아내에게 TMK 최고 기술책임자와의 대화 내용을 알려주니, 하나님께 기도하면 모든 일이 해결된다고 또 신앙 강좌를 해댔다. 참으로 맹렬한 신자다웠다. 그토록 투철한 신앙인을 누가 건드릴 수 있을까. 경제학에 '한계 효용의 체감 법칙'이란 게 있다. 같은 상품을 지속적으로 소비하면 주관적인 만족도가 점점 감소한다는 법칙이다. 예를 들어, 목마른 사람이 물을 마실수록 만족도가 떨어지는 원리와 같다. "듣기 좋은 노래도 석 자리 반이다."라는 우리의 옛 속담과 같은 맥락이다. 아무리 천재적인 가수의 노래라도 다시 듣기는 세 번까지다. 네 번째는 듣기 힘들어진다. 그래서 '석 자리 반'이다. 아내의 도를 넘는 신앙 강좌에 때로는 「나갈대」에게 '한계 효용의 체감 법칙'이 찾아오기도 했다. TMK에 다녀온 지 2주일째 되는 날이다. 지도교수가 「나갈대」를 찾았다. 물론, 업무상으로 부담이 없이 만나는 상하 관계이지만, 그가 특별히 시간을 정해서 자기 연구실로 부르는 일은 흔치 않았다. TMK 건이라는 직감이 들었다. TMK 최고 기술책임자를 만난 후라서, 더더욱 최종 결과를 알리는 소식이라고 믿고 싶었다. 지도교수를 만나는 시간이 그토록 기다려질 수가 없다. 예전에 「맹신자」 선생을 기다릴 때처럼 애타게 기다렸다. 아내에게 얘기를 하였더니 역시나, 하나님께 통사정 기도를 하라고 했다. 그야말로 일편단심(一片丹心, 한 조각의 붉은 마음, 곧 진심으로 변하지 않는 마음)이다. 오죽하면, 고려 마지막 공양왕에게 목숨을 바쳐서라도 충성하겠다는 「단심가(포은 정몽주)」의 한 소절이다 머리에 떠올랐을까. 아내의 예수님에 대한 충성은 어떤 경우에서도 '일편단심'이었다. 「나갈대」는 지도교수와 마주 앉아 먼저 그의 눈치를 살폈다. 좋은 느낌이 들었다. 그가 「나갈대」에게 편지 한 장을 건넨다. 어쩌면 「나갈대」의 운명을 좌우할 수 있는 내용이 그 편지에 들어있는 것이다. 운명은 자연의 변화를 명령으로 받아들이라는 뜻이 아닌가. TMK에서 어떤 결정을 하든 운명적으로 받아들여야 한다고 「나갈대」는 마음을 달래면서 편지 내용을 읽어 내려갔다. 편지에 상세한 내용이 설명되어 있었다. 흥분이 되어있는 상태에서 제대로 읽기가 어려웠지만, 눈에 확 띄는 내용이 끝부분에 있었다. 곧, 학교에서 공식적인 연구 확대 의향서(意向書, A Letter of Intend)를 TMK에 제출하라는 것이었다. 분명히… 보통 일은 아니었다. 아주 특별한 사건이었다. 미국의 세계적인 건설회사로부터 경상도 시골 막 촌놈에게 특별한 기회가 찾아온 것이 분명했다. 그는 의향서 작성이 매우 중요하다고 누누이 강조하면서 작성할 서류를 「나갈대」에게 주었다. 먼저, 「나갈대」가 작성을 한 다음, 자기가 검증을 하고 「Reynolds」 학과장에게 승인받겠다고 했다. 영문 의향서? 결코 쉬운 일이 아니다. 그가 써주면 얼마나 좋을까! 그는 박사님이시고, 영어에 문제가 없을 것이고, 경험도 풍부할 테니…. 혼자 중얼거려 본들 아무 소용이 없는 혓바닥 놀림에 불과했다. 8부 능선과 깔딱 고개를 넘어산 정상에 오르는 듯하더니…. 또 하나의 깔딱 고개가 앞을 막아 섰다. 시간이 별로 없다. 석사 마지막 학기등록은 자비 부담이 불가피했다. 의향서를 만들고 검증도 받고 또 승인을 받아 TMK에 제출하고 최종 결정까지 멀고도 험한 길이 「나갈대」 앞에 놓였다. 먼저, 한국어로 연구의향서를 작성한 다음 영어로 옮겼다. 그리고 「Kwame」에게 도움을 요청했다. 그는 「나갈대」의 부탁을 언제나 친절하게 들어주었다. 그의 따뜻하고 친절한 마음을 이 세상 무엇과 비교할 수 있으랴! 그도 아프리칸-아메리칸이라서, 미국인들의 인종차별에 거부감을 느끼는 흑인이다. 영어에 시달리는 「나갈대」가 측은해 보여서 더 도와주는 것이리라. 그는 비교적 짧은 시간 내에 연구제안서 수정을 끝냈다. 그러나 「나갈대」가 그에게 해줄 수 있는 것은 아무것도 없다. 그에게 금전적으로 사례할 수 있는 형편도 아니다. 그는 언제나 「나갈대」를 도와주는 자체를 만족해했다. 연구제안서를 지도교수에게 넘겼다. 이제 또 어떤 깔딱고개가 남아있을까? 그동안 수없이 어려운 일들을 겪어 오면서 배운 인생 교훈이 있었다. '이봐, 해보기나 했어?' 어려운 일이라고 시작도 안 하려는 직원들에게 호통치는 현대건설 「정주영」 회장의 생활신조를 이해한 것이다. 긍정적으로 생각하는 사람은 무엇이든 일을 잘 해내는 자세를 말한다. 「나갈대」가 TMK 문턱까지 오면서 깔딱고개를 넘을 때마다 긍정적인 마음이 없었다면 아마 미국 생활을 포기하지 않았을까. 성경(고전 15:10)에서,「바울」사도가 "내가 나 된 것은 하나님의 은혜로 된 것이니."라고 썼는데,「바울」사도 자신의 삶이 하나님의 은혜라고 고백한 대목이다.「나갈대」가 생판 모르는 미국의 거대한 건설회사 TMK의 연구 지원을 받는다? 영적 신앙인과 지식적 종교인 사이에서 왔다 갔다 하는「나갈대」이지만, 이번 TMK 일은 예수님의 은혜와 따로 떼어서 생각할 수 없는 일이다. 또 한 번 '이봐, 해보기나 했어?'「정주영」회장의 말이 들리는 것 같았다. "늦게 시작하는 것을 두려워 말고, 중단하는 것을 두려워하라." 중국 사람들이 즐겨 쓰는 말이다.「나갈대」는 깔딱고개가 더 있을 거라는 두려움…! 연구가 중단될 수도 있다는 두려움…! 이 두려움들이 생기지 않도록 하나님께 전적으로 기대야 한다는 믿음이 더욱 절실해졌다.「나갈대」책상의 전화벨이 울렸다. 아내가 학교로 전화를 걸어왔다. 처갓집에서 등록금을 보냈다는 소식이다. 더할 나위 없이 좋은 소식이다. 그러나 마음이 그리 그렇게 편치는 않다. TMK의 결정이 늦어지는 것에 아쉬움만 있을 뿐이다. 연구제안서도 제출했고, 한 학기 등록도 마쳤고, 학교 고용 기간도 끝났고, 이제 몇 가지 일이 남아있다. 첫째, 호텔 아르바이트 일을 더 많이 해야 하고 둘째, 지도교수의 논문 검토 결과이고 셋째, TMK의 결정을 기다리는 것. 다시 이른 아침의 호텔 청소를 시작했다. 오후 세탁일까지 모두 해도 학교에서 받던 수입과는 비교가 안 될 만큼 적었다. 어쩔 수 없는 숙명(宿命)이다. 운명(運命)은 노력에 따라 바뀔 수도 있지만, 숙명은 바꿀 수 없다고 하지 않는가? "운명은 앞에서 날아오는 화살이요, 숙명은 뒤에서 꽂는 화살이다." 어느 대학교수의 글에서 읽었던 문장이다. 운명이든 숙명이든, 「나갈대」에게는 앞으로 가야 할 길만 남아있었다. 그래도 「나갈대」는 TMK의 연구 확대가 안 될 경우에 두려움을 미리 두려워하고 있었다. 사실, 쓸데없는 두려움이다. 이런 것을 불교에서는 번뇌(煩惱)요, 망념(妄念)이라 하지 않았는가. 결국, 몸과 마음을 괴롭히는 욕망이라는 뜻이 담겨있다. 본질적으로 「나갈대」 자신에 대한 집착이 마음의 갈등을 부추기고 있었다. 이 갈등은 영적 신앙인이 아니라 본인도 모르게 지식적인 종교인으로 바뀌었기 때문일 것이다. 영적 신앙인이라면 두려움, 번뇌, 갈등이라는 복잡한 생각이 없어야 할 것이 아닌가. 지식 종교인의 한계를 넘지 못하는 「나갈대」는 옛날 등대교회 「고기다」 목사님의 '믿음'에 대한 설교가 떠올랐다. 예수님께서 제자들을 꾸짖으신 성경말씀(마태 8:23~27)이었다. "바다에 큰 놀이 일어나 물결이 배에 덮이게 되었을 때 무서워 떠는 제자들에게 어찌하여 무서워하느냐 믿음이 작은 자들아" 그렇게 바다와 바람을 꾸짖어 아주 잔잔하게 하셨던 예수님을 확인하는 제자들의 작은 믿음은 완전한 영적 신앙인이 아니라는 것이었다. 예수님과 동행을 하였던 제자들도 때로는 영적 신앙인이 아니었다면 「나갈대」야말로 흔들림 없는 신앙인이 과연 될 수 있을지. 한숨이 나왔다. 호텔 세탁일을 마치고 집에 오면 대개 새벽 2시다. 육체적인 피로보다, TMK 결정과 지도교수의 논문 검토 결과에 대한 정신적인 피로가 더 높았다. 지구는 태양을 중심으로 약 107,226km/hr 공전 속도로… 그야말로 총알처럼 달린다. TMK나 지도교수는 시간이 그렇게 총알처럼 지나가는 것을 알고나 있을까. 자신의 마음에 속도는 그보다 훨씬 더 빨리 가는 듯했다. 오늘? 내일? 두 달이 흘렀다. 하루가 일 년 같은 그 시간은 엄동설한 한파를 견디는 것 같았다. 따뜻한 까사미아 옷을 입은 사람은 혹독한 겨울의 맛을 모르지만, 헐벗은 옷으로 겨울을 견디는 사람은 항상 춥고 배고프다. 까사미아 옷을 입은 지도교수와 TMK가 춥고 배고픈 「나갈대」의 고통을 알 리가 없을 것이다. 그렇게 시간이 두 달 반쯤 지난 무렵에 지도교수에게서 연락이 왔다. 오… 하나님의 역사? 가슴속에서 터져 나오는 「나갈대」의 절규였다. 하나님을 믿는다는 「나갈대」…! 온 세상을 다스리고 역사 하시는 하나님을 모르고 지르는 감탄사가 분명했다. 성경(수 23:3~10)에서, "하나님은 너희를 위하여 앞장서서 싸우신다" 여호수아의 간증을 잊어먹은 외침이었다. 말씀을 붙잡고 행하면 하나님께서 앞장서서 너희를 형통한 길로 인도하신다는 여호수아의 신앙 간증을 왜 「나갈대」는 잊고 두려워할까? 마침내 지도교수를 만나 눈치를 보니 그의 표정이 어둡지 않았다. 하기야, 백인들의 감정을 어떻게 표정으로 판단할 수 있으랴! 백인들의 속은 아무도 알 수 없다. 그가 TMK에 대해서 말을 꺼냈다. 대형 프로젝트가 틀림없는 듯했다. 지도교수 「Dr. Tom Stitt」, 「Reynolds」교수, Concrete 담당 「Dr. David Smith」교수, 이 세 박사님들이 합체하는 형식이었다. 지도교수와의 대화용을 종합하면 「나갈대」가 석사학위를 통과하는 조건으로 박사과정 입학을 학위위원회에 추천하고, 「나갈대」가 받는 연구비와 학교 등록금은 일반 박사과정 학생들의 학교 규정에 따른다는 것이었다. 갑자기 자신이 '뽀빠이'가 된 기분이었다. '뽀빠이'는 한 손으로 시금치 캔을 따서 먹고 엄청난 힘을 얻어 곤경에 빠진 애인(올리브)을 구해주는 만화 인물이다. 「나갈대」가 TMK라는 시금치를 먹고 큰 힘을 얻어 하늘을 날아다니듯 들뜬 기분이 한참 동안 계속되었다. 그러나 「나갈대」 논문에 대한 지도교수의 평가가 그렇게 밝지 않았다. 논문의 흐름 자체는 논리적으로 보이지만 영어 표현력이 부족하다는 지적이었다. '뽀빠이'가 되어서 혼자 기분을 내고 있던 「나갈대」의 간(肝)이 서늘해졌다. 도대체 영어가 뭐길래…. 또 다른 깔딱고개가 가로막고 있을까. 석사학위가 통과되어야 모든 일이 풀리는데, 「나갈대」에게 태산 같은 걱정이 또 엄습을 했다. 그나마 「Kwame」이 한 번 검토해 준 영어가 아닌가. 그 정도의 영어도 받아들이지 않는 지도교수가 더 미웠다. 앞으로 3개월 이내에 논문이 통과되어야 박사과정 등록이 가능하다. 이 일을 어찌할꼬! 답답한 가슴으로 깔딱고개 앞에서 숨을 헐떡거리는 「나갈대」에게 아내는 목사님과 의논하라고 했다. 「나갈대」가 기가 차서 한마디 내뱉었다.

"성직자가 기술논문과 무슨 상관이 있단 말이가? 짜증 나는 소리 그만하그라."

아내의 제안을 뭉개버렸다. 하지만 아내는 목사님과 상의할 것을 거듭 우겨댔다. 어쩌면 교인 중에 기술논문을 읽을 수 있는 사람이 있을 수 있다는 것이다. 결국, 그 점에 「나갈대」도 동의를 했다. 주일 예배 후 「나갈대」와 아내는 교회 사무실에서 목사님을 만나 학교에서 있었던 모든 일을 상세하게 말씀을 드렸다. 목사님도 영국 Edinburgh대학 출신이다. 그는 「나갈대」 처지를 이해하면서, 교인 중에서 은퇴한 엔지니어들을 찾아보겠다고 약속을 하셨다. 「나갈대」의 문제들이 잘 풀릴 수 있도록, 그는 하나님께 간절히 기도를 드렸다. 복잡한 속이 잠시 풀리는 것 같았다. 성직자의 길이 얼마나 어려운지는 잘 모르지만, 성직자는 예수님을 증거하고 교회를 운영하면서 신자들을 가르치는 정도로만 알고 있었다. 한국의 등대교회 「고기다」 목사님에 의하면, 하나님과 사람을 연결시키고 자신을 낮추면서 신자들을 위해 봉사하며 그들과 희로애락(喜怒哀樂)을 함께하는 사람이라는 것이다. 자기를 낮추는 일이 얼마나 힘이 들까? 힘이 들어도 힘든 줄 모르고 사명을 다하는 사람은 하늘이 내린 진정한 천직자(天職者)에 틀림이 없다. 「나갈대」 부부가 목사님의 간절한 기도에 감사를 드렸다. 호텔 아르바이트 이외에는 학교 도서관에서 거의 시간을 보낸다. 보다 정확하고 좋은 문장을 쓰기 위해 책을 찾으며 하루를 보낸다. 목사님을 방문하고 닷새째 되던 날, 아내가 목사님의 연락을 받았다. 한 사람이 관심을 보였다며, 모든 자료를 가지고 교회 사무실로 들어오라고 했다. 정말 여호수아의 간증대로 하나님께서 하찮은 「나갈대」를 위해 앞장서신 걸까. 성경(요 20:24~28)에, 예수님이 선택하신 12제자 중 「요한」은 부활하신 주님을 만났다는 다른 제자들의 말을 믿지를 않았다. 「요한」 본인이 직접 보지 않고는 믿지를 못한 현실적인 사람이랄까. 예수님을 직접 따라다니는 제자조차도 예수님의 기적을 의심하는 판에, 하물며 「나갈대」라고 의심이 왜(?) 없겠는가? 제자「요한」의 의심이나 「나갈대」의심이나 인간이라는 측면에서는 크게 다르지 않다. 「Mr. Alex Morrison」와 마주 앉았다. 그는 광산 엔지니어다. 먼저 「나갈대」가 그에게 기술에 관해 설명을 했을 때, 그의 기술적 질문이 예사롭지 않게 깊었다. 그는 2년 전에 광산 회사를 퇴직한 후, 목각

취미생활과 사회 봉사활동을 하고 있었다. 대학교 광산학과에서는 기계, 토목, 환경, 지리, 법학, 경제학 등 다양한 분야의 지식을 가르친다. 그런 배경으로 광물채굴 여부를 결정하는 사람들이 바로 그들이다. 「나갈대」는 그가 충분히 논문을 이해하고 점검이 가능할 것 같다고 느꼈다. 구세주를 만난 기분이었다. 그가 도와줄 것인지 확실한 대답을 하지 않은 채 헤어졌다. 등산 중에 방향을 잃은 사람이 구조대를 만난 경우와 같았다. 구세주랄까… 뭐 그런 생각이 들었다. 기독교의 '메시아', 불교의 '미륵', 이슬람교의 '마디', 힌두교에서 '칼 기', 라고 일컫는 인류를 구원하는 신(神)적인 존재! 궁지에 몰린 사람은 누구나 구세주를 찾기 마련이다. 「나갈대」는 「Mr. Alex Morrison」이 구세주가 되어줄 것을 하나님께 간절히 기도를 드렸다. 여자의 직감을 가볍게 여겨서는 안된다는 생각도 들었다. TMK와 「나갈대」 사이에 중요한 일이 벌어지고 있을 때, 「쿡」 대위의 전화를 받았다. 그가 국제적인 DCC 건설회사로 자리를 옮겼다고 했다. 뉴욕에 본사가 있고, DCC는 TMK보다 더 큰 규모의 회사라고 했다. 회사 업무 인계를 위해 TMK에서 3일간 머무르고 있었다. 「쿡」 대위 자신의 생각으로는, TMK가 연구를 확대할 것 같다고 전했다. 그는 바쁜 업무 일정 때문에 「나갈대」를 만날 수 없다고 양해를 구하면서 DCC 연락처를 알려주었다. 그는 TMK 연구 확대에 좋은 결과가 있기를 바란다고 했다. 왜 그런지… 섭섭하고 아쉬운 마음이 「나갈대」를 짓눌렀다. 회자정리 거자필반(會者定離 去者必返, 만나면 헤어지고 헤어지면 다시 만난다.)이라! 사람의 힘과 의지로만 할 수 없는 것…. 이것이 인연이구나! 언젠가는 그와 다시 만날 것이라는 화답으로 마지막 통화를 했다. 「나갈대」는 매주 교회에서 「Mr. Alex Morrison」과 인사 정도는 나누었다. 그러나 논문에 대해서는 일언반구(一言半句)도 없었다. 한국인의 정서라면 벌써 한마디쯤은 했을 것이다. 가(可)타 부(否)타 무슨 언급을 해줘야 할 게 아닌가? 시간에 쫓기는 「나갈대」의 속만 타들어 갔다. 그렇다고 부탁도, 사정도, 아무것도 할 수가 없다. 논문 제출 기한이 두어 달 남아있던 무렵에 목사님한테서 연락이 왔다. 그가 「나갈대」에게 토론을 제안한다는 것이다. 시간에 쫓기지만, 그의 제안은 옳다고 생각을 했다. 교회 사무실에서 그와 마주 앉았다. 추출물 개발은 획기적이지만, 대량생산에서 경제성을 검토할 필요가 있다고 그가 언급을 했다. 광산 기술자다운 지적이었다. 광산기술자들의 머릿속에는 광산 개발의 경제성이 먼저이기 때문이다. 그러나 추출물이 왜 콘크리트의 부식을 방지하는지 그 원인을 조사해야 할 필요성은 언급하지 않았다. 학술적으로 그 원인 조사가 먼저라고 「나갈대」가 열을 올렸다. 그의 다음 지적은 역시, 영어 문장의 표현력이었다. 그는 자기 나름대로 수정한 원고를 「나갈대」에게 넘겨주었다. 그는 분명히 「나갈대」의 구세주임에 틀림이 없었다. 정말로 하나님께서 하찮은 「나갈대」를 위해 싸워주시는 걸까. '설마'라는 의심병을 고치기에 충분했다. 그 의심병이 「나갈대」를 지식 종교인으로 끌고 가는 것이다. 「나갈대」는 그의 도움에 대해 무엇이라도 보답하고 싶었다. 저녁 식사에 초대도 했지만 그는 사양을 했고, 「나갈대」는 마음속으로만 고마움을 간직하는 수밖에 없었다. 「나갈대」는 호텔 아르바이트 시간 외에는 최선을 다해서 논문 수정을 마쳤다. 이번에 지도교수가 2차 초안을 퇴짜 놓으면, 사실상 연구 확대와 박사과정 입학이 무너질 수도 있다. 실로 엄중한 시간이다. 믿지 않는 사람들은 어려운 문제를 당할 때, 그것을 해결해달라고 신(神)을 부르는 무당굿을 한다. 무당은 쾌자를 입고 깃을 꽂은 관을 쓰고 한 손에는 방울을, 또 한 손에는 부채나 칼을 들고 신을 부른다. 처음에는 느린 장단으로 춤을 추다가 나중에는 정신없이 뛰고 신이 내려왔다며 장단을 멈춘다. 내려온 신이 문제를 풀었다는 것이다. 문제를 해결할 수 없는 지경에 이른 사람들이 오죽하면 무당굿을 벌일까? 무당굿을 요청하는 사람들의 다급한 심정을 「나갈대」는 이해를 할 것 같았다. 논문 수정안을 놓고 「나갈대」와 아내는 하나님께 간절히 간구하기를, '주여, 이 논문을 수정하는 과정에서 별문제 없이 통과될 수 있도록 지도교수의 지혜를 허락하여 주시옵소서. 하나님께서 앞장서 저희를 인도하시리라 믿습니다. (중략) 항상 하나님과 동행하는 영적 신앙인이 되게 하여주시옵고 지식 종교인이 되지 않도록 인도하여 주시옵소서.' 정신없이 뛰는 무당처럼 「나갈대」와 아내는 소리 없이 울부짖으며 하나님께 기도로 매달린다. 「두요」도 무언가 눈치를 챈 듯했다. 그도 엄마 아빠를 따라 열심히 뭐라고 중얼중얼 기도를 한다. 그의 중얼중얼이 뭘까?

「나갈대」는 매일 지도교수의 반응을 기다렸다. 노심초사(勞心焦思)…. 다른 일을 하면서도 속으로는 논문에 무슨 탈이 생기지나 않을까, 초조함의 연속으로 하루를 보냈다. 성경(누가 12:25)에서, "너희 중에 누가 염려함으로 그 키를 한자나 더할 수 있느냐" 염려와 걱정으로 스스로의 생각에 붙잡혀서는 결코 자유로울 수 없다고 예수님께서 지적을 하셨다. 영적 신앙인으로 더 닦아 서겠다는 「나갈대」! 매시간 염려를 하는 자신의 신앙이 얼마나 가증스러운지! 세상에서 염려를 좋아하는 사람은 없을 것이다. 그래도 거의 대부분 사람들은 필요 이상의 염려를 한다고 했다. 아마, 예수님께서 불필요한 염려…. 사람의 키가 염려를 한다고 더 자라지 않는다는 것으로, 염려의 불필요함을 이미 정리를 해주셨다. 미국에 「Stephen R Covey」(1932~2012)는 종교 교육자로 보기 드물게 리더십을 학문화하였던 인물이다. 그는 우리 인생의 사건 중에서 10%는 본인이 어떻게 통제할 수 없음에도 불구하고 염려한다고 주장을 했다. 나머지 90%는 본인이 어떻게 대처하느냐에 달렸다고 충고도 했다. 말하자면, 10%의 사건은 염려한다고 해결될 일도 아니고 90%의 사건 중에 경우에 따라 염려하라는 주장이다. 여기에서 중요한 대목은 필요하든 불필요하든 사람을 따라다니며 괴롭히는 괴물이 염려라는 것이다. 사실, 지도교수에게 이미 넘겨버린 논문을 걱정한다고 해결될 가능성은 아무것도 없다. 그럼에도 불구하고 걱정 속에 파묻혀 한 달이 지났다. 한편으로는, 오랫동안 지도교수가 「나갈대」를 호출하지 않는 것이 좋은 신호일 수도 있다. 엉터리 논문이라면 벌써, 불러서 이것저것을 지적했을 것이다. 그렇게라도 자신을 위로하고 달랠 수밖에 없었다. '억지춘향'… 춤을 추는 「나갈대」! 어떤 일을 순리로 풀어가는 것이 아니라, 억지로 우겨서 이뤄지게 한다는 비유처럼, 염려를 많이 하면서도 억지로 마음을 우겨서 염려를 안 하는 척하고 '억지춘향' 춤을 추고 있었다. 시간이 너무도 촉박했다. 하루하루 「나갈대」의 가슴에 멍이 들을 정도로 안절부절 그 자체였다. 무엇을 해도 「나갈대」의 마음은 불안하고 편안하지 않았다. 드디어, 지도교수에게서 연락이 왔다. 두 달째였다. 한순간 숨쉬기가 편안해지는 느낌이었다. 경상도 막 시골 촌놈이 여기까지 지내 온 것도 참으로 아슬아슬하다. 아슬아슬한 인생에서 참맛을 볼 수 있다는 영국의 「처칠」 수상…. 아슬아슬한 인생이 뭐

(?) 그리 좋아서 그런 말을 남겼을까? 아슬아슬 빙판을 걷는 심정으로 지도교수의 연구실로 갔다. 먼저, 교수의 눈치부터 살폈다. 미국에서 사는 동안 상대방의 기분을 짐작하기 위해 눈을 힐끔거리는 게 습관이 되어버렸다. 그의 반응이 별로 나빠 보이지 않았다. 1차 초안보다는 향상되었다는 의견이다. 이래 봐도 그것은 「나갈대」, 「Kwame」, 「Mr. Alex Morrison」, 세 사람의 합작품의 결과일 것이다. 아슬아슬한 긴장감이 흐른다. 지도교수도 시간의 촉박함을 알고 있었다. 또, 수정을 요구하기에는 TMK의 연구 일정상 시간이 많지 않았다. 그래서였을까. 그가 보완을 했다는 수정본을 「나갈대」에게 넘겨주었다. 또 한 번의 깔딱 고개를 넘어가는 순간이었다. 옛날, 서울 등대교회 시절에 「고기다」 목사님이 설교(출 4:24~26)에서, 「모세」는 하나님이 왜(?) 자기를 죽이시려 했는지 그 이유를 알 수 없는 것이 첫 번째 고비라고 했다. 「모세」는 이 죽음의 고비 외에도 두 번 죽음의 고비가 더 있었다. 그런 위기를 넘긴 후에 「모세」의 위대한 날들이 찾아왔다는 내용이었다. 그렇다면 일반 사람의 이해나 짐작으로는 하나님의 계획을 알 수 없는 것일까? 도저히, 논문이 완성될 것 같지 않았지만, 아슬아슬하게 통과가 될 것이라고 「나갈대」의 머리로는 상상할 수 없었다. 사람이 위기 속에 있더라도 하나님은 상상 이상으로 계획하고 계시다는 것을 「나갈대」는 또 배웠다. 지도교수의 수정본에

대해서, 아르바이트 시간과 먹고 자는 시간 이외에는 정성껏 최종본 완성을 했다. 완성본을 손에 쥐자 무중생유(無中生有)! 무에서 유를 창조하고 맨손으로 도둑을 잡은 「나갈대」의 기분이었다. 공학박사가 되겠다는 의지 하나로 시작하여 논문이 완성되기까지의 지난 과정을 돌아보니 그렇게 통쾌하고 후련할 수 없었다. 「나갈대」의 일상이 더 바빠졌다. 논문 제출 이후, TMK에 프로젝트를 설명하기 위한 자료를 준비에 「나갈대」는 많은 시간을 보냈다. 학교에 상당한 연구비가 지원되는 큰 프로젝트다. 이제 지도교수 「Dr. Tom Stitt」, 「Reynolds」 교수, 「David Smith」 교수, 세 명이 「나갈대」에게만 의존할 일이 아닐 만큼 커진 셈이다. 「나갈대」와 지도교수는 수시로 만나서 다음 일을 의논했다. 필요하면 세 명의 교수들과 자료준비 협의도 했다. 「나갈대」는 한국에서 프로젝트 자료준비를 많이 해본 경험이 있다. 상대방이 이해하기 쉽게 간단하고 명료하게 준비하는 것이 「나갈대」의 특기다. 지도교수는 「나갈대」의 준비 과정을 하나하나 점검을 했다. 그래도 「나갈대」에게 두 번의 큰 고비가 남아있다. 첫째, 석사학위 심사위원회의 결과이고 둘째, 박사과정 승인 여부다. 지도교수와 학과장의 승인을 거친 논문은 일반적으로 통과되는 것으로 알려져 있다. 그러나 다른 3명의 교수 평가로 결정을 한다. 그래서 백 퍼센트 통과를 장담하기 어렵다. 「나갈대」의 박사과정 입학 여부는 학과장이 지도교수의 추천을 받아들이고 학과장이 학위위원회에 심사를 요청하는 순서이다. 논문이 통과되면 박사과정 입학에는 큰 변수가 없을 것으로 예상이 되지만, 최후까지 긴장의 연속이다. 그럴수록 하나님께 온전히 맡기는 영적 신앙인이 되어야 하는데, 어느새 지식 종교인이 되곤 하는 「나갈대」도 스스로 이해하기 어려웠다. 이렇게 흔들 것을 예상하시고 아버지는 「갈대」라고 이름을 지으셨을까? 성경(계 12:9)에서, 타락한 천사들을 마귀라고 했다. 하나님을 모시는 천사들이 왜 타락할까. 하나님의 가장 가까운 곁에서 수행하는 천사들도 처음부터 타락할 수 없는 영적인 존재가 아닌가? 천사가 타락을 한다면 천사도 영적 신앙인과 지식적인 신앙인 사이에서 흔들리는 존재였음이 틀림없다. 어쩌면 「나갈대」 한 몸에 천사와 마귀가 동거(同居)하고 동락(同樂)을 하는 관계로 봐야 하지 않을까. TMK 설명회가 얼마 남지 않았다. 「나갈대」는 최선을 다해 자료 완성본을 지도교수에게 넘겼다. 설명회에서 지도교수가 발표하고 「나갈대」는 그의 연구 조력자로 참여했다. TMK에서 「Dr. James Magio」, 「Dr. Frank Kennedy」, 재무담당 임원, 기타 몇 분과 「Reynolds」 교수, 「Dr. David Smith」 외 몇몇 대학원생들이 참석을 했다. 한국과 달리, 설명회 분위기가 아주 자연스러웠다. 「나갈대」가 알아들을 수 없는 자기들끼리의 농담과 유머가 여기저기에서 들렸다. 대학원생들과 교수들과의 대화는 마치 친구들 같았다. 한국에서는 대학원생들이 어디 감히… 교수들과 농담을? 당장 괘씸죄감들이다. 이 세상 어느 곳에서도 괘씸죄가 성문화된 곳이 없다. 그러나 한국에서는 보이지 않는 괘씸죄가 곳곳에 적용된다. 특히, 대학에서는 아주 흔한 일이다. 「나갈대」가 한국에서 교수가 된다면 그런 죄를 반드시 없애야겠다고 생각을 해보았다. 설명회는 부드러운 분위기에서 발표, 토의, 질문 순서로 끝이 났다. TMK 참석자들과 가볍게 인사를 하고 「Reynolds」 학과장실에서 지도교수 「Dr. Tom Stitt」, 「Dr. David Smith」, 「나갈대」 등 4명이 향후 계획에 대해 의논을 했다. 학과장은 TMK 연구 확대의 가능성을 거의 긍정적으로 보았다. 지난 설명회 때, 학과장께서 TMK에 「Dr. Frank Kennedy」와 개인적으로 대화를 많이 했다고 전했다. 학과장이 보기에 TMK 내부의 행정절차가 진행 중이라는 것이다. 학과장은 3명이 협의를 해서 프로젝트 계획서를 준비하라고 요청을 했다. 계획서 초안은 역시 나갈대의 몫이다. 또, 커다란 숙제를 떠안았다. 그러나 「나갈대」가 정말로 궁금해하는 것에 대해서는 학과장, 지도교수, 어느 누구도 말이 없었다. 논문심사는 자기들의 영역이 아니더라도, 박사과정에 대한 언급을 기대했던 「나갈대」로서는 매우 실망이 컸다. 자기들에게는 연구비가 더 중요하겠지만, 「나갈대」에게는 박사과정 입학문제가 더 큰 관심거

내 이름 「나갈대」

리였다. 한국 속담에 "내 배가 부르니 종의 배고픔을 모른다."라고 했다. 회의 시작부터 연구비 산출과 연구 진행에 대해서만 열을 올리고 「나갈대」의 인생문제는 회의가 종료될 때까지도 한마디도 없었다. 물어보고 싶은 마음이 굴뚝 같았지만, 꾹 참느라고 혼날 정도였다. 석사 논문이 통과되더라도 어차피 이번 학기에 박사과정 등록일은 지났다. TMK의 연구 확대가 결정될 때까지 학교에서 수입이 없다. 아내의 미용 수입은 크게 달라진 것이 없었다. 호텔 아르바이트 수입과 아내의 수입으로 겨우 지탱하는 생활에서 후회도, 즐거워도 못 하는 「나갈대」가 가끔씩 부르는 콧노래가 있다. "울려고 내가 왔던가 웃으려고 왔던가…." 6·25 사변 중 발표한 유명가수 「고운봉」의 히트곡이다. 미국에 울려고 왔던가 웃으려고 왔던가…. 「나갈대」는 아침 새벽에 아르바이트 호텔 정원에서 눈물을 반쯤 흘리며 부르는 콧노래다. 아내와 「두요」 앞에서는 절대 눈물을 보이지 않았다. 아침 새벽 청소를 검사하는 멕시칸 아저씨를 만날 때도 억지웃음을 지으며 스스로 처량하다고 생각할 때가 많았다. 이제 돌이킬 수 없는 숙명이 아닌가! 호텔 청소가 끝나자마자 학교 도서관으로 달렸다. 하나님께서 반드시 함께하실 것으로 믿고 연구계획서 작성에 몰입을 했다. 연구비 산출은 지도교수와 학과장의 몫이다. 설명회에 제출한 자료를 근거로 제안서의 완성에 총력을 기울이며 가끔씩 지도교수와도 의논을 해갔다. 그는 「나갈대」가 작성한 제안서를 불평 없이 수정을 하기도 했다. 그가 불평 없이 수정해 줄 때는 「나갈대」도 힘이 솟았다. TMK가 제안서를 받아들일 경우, 박사과정에 필요한 실험계획에는 거의 문제가 없었다. 이미 답을 알고 있기 때문에, 그 답을 찾아서 실험을 하면 된다는 것이 「나갈대」 생각이다. 「나갈대」의 시간표로 봐서는 몇 년 이내에 모든 실험을 마칠 수 있을 것 같았다. 약 두 달에 걸쳐 계획서가 완성되었다. 지도교수도 직접 개입을 했다. 「나갈대」는 앞으로의 TMK 문제를 긍정적으로 예상을 해보았다.

　「Reynolds」 학과장 연구실에 4명이 다시 모였다. 「나갈대」와 지도교수의 공동 연구계획서를 최종 마무리하는 회의였다. 계획서에 적힌 연구비를 보고 「나갈대」는 깜짝 놀랐다. 그 액수가 상상 밖의 금액이다. 물론 학과장과 교수들이 산출한 연구비이기에 「나갈대」가 할 말은 없었다. 전체 연구비 중 「나갈대」에게 배당된 비율은 약 20% 정도였다. "재주는 곰이 부리고 돈은 왕 서방이 받는다"더니…. 정작 애쓴 사람이 애쓴 만큼의 대가를 받지 못하고 다른 사람이 더 혜택을 받을 때 쓰는 속담이다. 딱, 「나갈대」에게는 그렇게 느껴졌다. 「나갈대」에게는 석사학위를 전제로 박사과정 등록금, 매월 일정 생활비, 국내외 세미나 참석 비용 등이 포함되어 있었다. 그 회의에서 왜(?) 이것밖에 안 되느냐고 항의

도 할 수 없는 「나갈대」! 그저 그것으로 만족을 해야 했다. 석사학위, TMK 최종 승인, 그리고 박사과정 입학 문제에 대한 걱정거리는 「나갈대」에게 항상 도사리고 있었다. 배당된 연구비가 적어서 많이 섭섭했지만, 그래도 경상도 시골 촌놈의 인생 목표에 한 발 더 근접한 것만으로도 성공적이었다. 아내에게 회의 결과를 알려주었더니 예상대로, 아내는 하나님께 엎드려서 감사기도를 하자고 했다. 인생의 모든 것이 하나님에게 달려있다는 「맹신자」 여사의 '묻지 마' 신앙을 누가 감히 당하랴. 「나갈대」는 그녀의 '묻지 마' 신앙을 못 따라가는 것이 문제다. 한때, 거룩한 천년성(신앙촌)을 만들어서 수많은 가정의 파탄을 초래했던 신앙사건이 있었다. 개신교 「박태선」 장로라는 사람이 만든 1955년에 반기독교적이라는 천부교(天父敎)가 바로 그것이다. 당시, 신도가 백만 명에 이를 정도로 기독교가 흔들렸었다. 「박태선」 교주가 축복했다는 이른바, 생명수(生命水)를 마시면 모든 병(病)이 낫고 천국에서처럼 영생복락을 누리며 살게 된다는 신앙촌을 성역화를 하였다. 여기에 매료된 사람들의 대부분이 미치광이 신도들이었다. 여기에 쏠린 사람들이 처음에는 '묻지 마' 신앙에서 나중에는 '미치마' 광신도들로 변한 사람들이다. 혹시라도 아내의 '묻지 마' 신앙이 더 깊어지면 어떻게 될까(?)…. 잠재스러운 우려가 「나갈대」에게 좀 있을 뿐이었다. 그래도, 「나갈대」는 아내와 함께 장래 문제를 위해서 하나님께 간절히 기도를 드렸다.

　이른 새벽부터 호텔 청소가 시작된다. 신선한 새벽공기처럼 「나갈대」의 기분도 맑았다. 아마, TMK의 깔딱고개를 넘어 최종 목표의 길에 들어섰기 때문일 것이다. 어떤 돌발적인 문제가 발생하지 않는 한, 박사과정의 가능성이 가시권에 들어있다고 「나갈대」는 희망적으로 생각을 했다. 사실상, 「나갈대」의 박사 공부가 시작된 것이나 마찬가지다. 호텔 아르바이트가 끝나는 대로 학교 도서관에 가서 어떻게 하면 실험시간을 단축할 수 있을까(?)에 대한 계획을 세웠다. 하루라도 빨리 박사과정을 끝내려는 욕심이 그렇게 「나갈대」를 부추겼다. 야간 세탁 아르바이트를 끝내고, 새벽 1~2시경에 집에 들어오니 아내가 학교 본부의 통지문을 주었다. 좀 이상한 느낌이 들었다. 통지문이라면 분명히 석사학위 심사결과가 아니겠는가? 조심스럽게 봉투를 열자, 문장 서두에 축하(Congratulations)라는 단어가 눈에 띄었다. 아… 가슴이 떨리고 심장 박동이 빨라졌다. 한국의 합격 통지문에 해당하는 문서이다. 석사학위 통과, 0000년 0월 0일 00시 졸업식, 졸업 가운(Gown) 대여 등의 안내가 있었다. 갑자기 정신이 멍해졌다.

　'오… 주여… 그저 감사… 감사합니다.' 아내와 '묻지 마' 기도를 한참 드렸다.

　근본적인 문제가 해결되면서, 「나갈대」 자신도 모르게 영적 신앙인이 되어버린다. 그런데 참으로 이상하다고 생각되는 게 있었다. 지도교수나 학과장은 학위 통과를 이미 알고 있었을 텐데 전혀, 언급이 없었다는 점이다. 한국에서라면 서둘러 본인한테 결과를 알려주었을 것이다. 그런데 왜(?) 공식 통지문을 받을 때까지 전혀, 언급이 없었을까? 공(公)과 사(私)를 엄격하게 구별하는 미국 대학의 행정이 얼마나 공정하게 이루어지는지를 또 한 번 절감했다. 이제 TMK 연구비 결정만 남아있다. 생활비가 지급되면 호텔 아르바이트 일도 끝낼 예정이다. 호텔 아르바이트라는 연극의 막은 내린다. 흔히, 연극은 작품, 배우, 관객의 3대 요소를 갖추는 종합 예술이라고 한다. 호텔 아르바이트 연극의 3가지 여건을 「나갈대」 본인이 1인 3역으로 연기를 해왔다. 신세타령하면서 흘리는 눈물에 연기, 호텔 관계자들에게 항상 멋쩍게 웃어 보이는 연기, 여러 유색 인종들에게 친절한 몸짓 그리고 손짓, 그래도 공학박사 목표를 위해 참아야 한다는 다짐의 작품…. 이 모든 것을 배우처럼 연기해 왔다. 항상 연극의 끝은 해피엔딩 아니면 비극으로 막을 내린다. 「나갈대」가 연기한 연극의 마지막 장은 TMK의 결정에 달려있다. 호텔 새벽 청소를 마치고 학교로 달렸다. 지도교수의 논문 지도에 감사 인사를 하기 위해서였다. 그의 최종 승인이 없이는 논문을 제출할 수가 없었기 때문이다. 지도교수 말씀이, 논문을 여러 차례 수정을 했다고 하면서 앞으로 영어 공부에 좀 더 노력할 것을 주문했다. 계면쩍었다. 「나갈대」는 쥐구멍이 있으면 들어가고 싶었다. 그래 봐도, 「Kwame」과 「Mr. Alex Morrison」의 도움을 받은 영어다. 그 정도가 그렇다면 앞으로의 박사과정이 걱정스러웠다. 그는 앞으로 일어날 일들에 대해 몇 가지 더 알려주었다. 첫째, 박사과정 입학을 위해서는 「Reynolds」 학과장의 추천이 필요하고 둘째, TMK의 연구비가 거의 확정적이며 셋째, 국내외 학술대회에 적어도 1년에 1건 이상 논문 발표를 해야 한다. 그리고 TMK에 3개월마다 간략한 연구 진행보고서를 제출해야 한다. "남의 돈 받아먹기 쉽나?" 한국에서 직장에 다닐 때 자주 들었던 말이 생각났다. 더구나 미국 돈을! 어쨌든, TMK의 연구비 지원이 거의 확정적이라는 뉴스보다 무엇이 더 중요할까. 앞으로 머리가 부서지도록 영어 공부에 몰두를 하리라 생각하고, 학교 본부로 발걸음을 재촉했다. 꿈에도 그리워하던 박사과정 입학서류를 준비하기 위해서였다. 공교롭게도 그날, 뉴욕에서 「쿡」 대위의 편지를 받았다. 그가 뉴욕으로 떠난 후에, 「나갈대」가 두 차례 보낸 편지에 대한 답장이었다. 그 동안 새로운 업무를 파악하느라 매우 바빴다며 뉴욕에 올 일이 있으면 언제든 연락을 하라고 했다. 그러면서 그는 TMK의 연구 확대 문제도 잘 해결되기를 바란다고 덧붙였다.

「나갈대」는 「Reynolds」 학과장 연구실에 노크를 했다. 그는 반쯤 문을 열고 확인 후, 안으로 들어오라고 손짓을 했다. 책상 앞에 있는 의자를 「나갈대」에게 권하면서, 석사학위 통과에 축하를 서슴지 않았다. 미달스러운 영어 수준에 「나갈대」의 마음이 좀 위축되기도 했다. 그는 자랑스럽게 TMK 소식을 전했다. 특별히 영어에 대한 언급은 없었다. 이미, 지도교수의 수정을 거친 논문이기 때문에 「나갈대」의 영어 수준이 상당하다고 느꼈을런지도 모른다. 학과장의 축하, TMK의 연구 지원, 영어 논문 통과! 이틈을 이용해서, 박사과정 입학서류를 학과장에게 내밀었다. 입학원서에 그의 추천이 필요한 단계다. 그는 박사과정에 필요한 여러 쟁점을 설명하였다. 이미, 지도교수가 「나갈대」에게 알려준 내용들이었다. 이제, 그의 추천이 필요한 원서접수가 남아있다. 「나갈대」에게 남은 중대한 고비이고, 깔딱고개다. 그는 TMK 프로젝트에서 많은 연구논문을 기대하고 계셨다. 그렇게 연구에 몰두하는 교수도 드물다는 생각이 들었다. 좀 심하게 표현하면, 그는 거의 연구에 미친 사람 같았다. 그는 '연구'라는 단어로 시작해서 '연구'라는 단어로 끝을 맺는다. 「나갈대」는 희망에 부풀어 그의 연구실에서 나왔다. 높고 푸른 하늘에 구름 한 점 없다. 「나갈대」는 캠퍼스 벤치에 앉아 하염없이 먼 하늘을 쳐다본다. 물도 설고 땅도 설은 생판 모르는 미국에 와서, 「나갈대」가 할 수 있는 일은 여기까지다. 구약성경(잠 16:3~6)에서, "모든 것이 하나님의 손에 달려있으므로 어느 일정 부분만을 맡기는 것이 아니라 작은 것부터 큰 것까지 모두 하나님께 맡기라"고 했다. 또 신약성경(빌 4:6)에서도, "일이 크고 작고 합당한지 안 한 지, 권리가 있는지 없는지를 따지지 말고 솔직하게 간구를 하면 그 간구 제목은 차례로 이루시는 하나님이시라" 결국, 사람이 간절히 구하지 않으면, 아무것도 얻을 수 없다는 하나님의 말씀에 「나갈대」는 위로를 받는다. 「두요」는 씩씩하게 잘 자라서 초등학생이 된 지 몇 년이 지났다. 「두요」의 영어 실력이 대단하다. 「두요」처럼 원어민 영어를 배우는 게 정석이다. 나이를 먹을 만큼 먹은 「나갈대」가 원어민 영어를 한다고? 결코, 쉽지 않은 일이다. 그렇다 하더라도, 영어라는 그 괴물을 이기기 위해 최선을 다하리라 몇 번이고 「나갈대」는 다짐을 해보았다. 벌써, 저녁 호텔 아르바이트 시간이 다가오고 있었다. 호텔 현장으로 출발했다.

원서를 접수하고 한 달쯤 되었을 때, 학교 본부에서 두툼한 우편물이 집으로 배달되었다. 박사과정 입학서류들이다. 감개무량(感慨無量)! 「나갈대」 마음속에서 무언가 느끼는 감동이 헤아릴 수 없을 정도였다. 지난 수년 동안 깔딱고개를 넘고 또 넘어온 일들이 주마등처럼 눈앞을 스치며 벅찬 감정이 끝이 없이 솟구쳤다. 그토록 원했던 서류들이다. 어느새 「나갈대」의 눈에 이슬방울이 맺힌다. 항상, 강한 남자의 모습을 보여 왔기에, 아내에게 눈물을 보이고 싶지는 않았다. 정말, 하나님의 은혜다. 세상 사람들은 이런 것을 하늘이 내려준 운수… 천운(天運)이라 하지 않은가. 모세의 기적, 홍해의 기적(출 14:14~21) 같은 일이 일어났다는 것이 「나갈대」 생각이다. 마지막 깔딱고개를 넘어가는 기적 같기도 했다. 미국 대학에서 공학박사 학위에 겁도 없이 덤벼든 「나갈대」가 곤경에 처할 때마다 하나님께서 보여주신 기적이 마치, 홍해를 갈라서 길을 터주신 「모세」의 기적처럼 느껴졌다. 「나갈대」와 아내는 '묻지 마' 기도를 넘어서 '미치마' 기도에 가까울 만큼 감사에 또 감사기도를 드렸다. 안내문에 상세한 내용이 적혀있었다. 한 달 후 연구 시작, 학기별 등록금과 생활비는 연구비에서 자동 처리, 국내외 학술대회 참가비 및 여행 숙박 경비 처리, 실험장비 및 약품 구입 허용, 업무용 차량 이용… 정말 일류 국가의 대학다웠다. 마치 미국을 정복한 듯, 그런 쾌감 자체였다. 지도교수가 「나갈대」에게 대학원생들에게 제공하는 작은 공간을 사용하도록 허락했다. 각종 실험은 학교와 TMK에서도 할 수 있다. 이 정도 조건이니, 학교와 TMK에 대한 부담감이 너무 컸다. 무언가 확실한 성과를 내지 못하면 당장 생활비가 끊기고 박사과정이 중단될 것이다. 초라한 모습으로 여기저기 떠돌아다니며 얻어먹을 것을 찾는 초상집 개꼴이 되는 것이다. 그뿐만이 아니다. 「맹신자」와 「나두요」까지 초상집 개 신세가 될 것이다. 지금까지의 모든 기술적 자료로 봐서는, 어느 정도 자신감은 있었다. 3명의 교수와 TMK 기술자들 넋 빠진 바보들이 아니다. 그들은 「나갈대」의 기술개발을 검토에 검토를 거듭해서 연구 확대를 결정하였다. 이제 「나갈대」가 할 일은 추출물이 함유된 콘크리트가 염분성(鹽分性) 바닷물이나 산성(酸性) 조건에서 왜(?) 부식을 막아주는지 그 원인만 밝히면 끝이다. 수학적인 문제가 아니라 물리, 화학이 수반된 광물적인 증거가 뒤따라야 하는 과제다. 진정으로 「나갈대」의 걱정은 영어다. 영어는 수학이 아니다. 수학공식으로 풀 수 있는 학문이 아니라, 시간이 필요하고 노력을 요구하는 언어학이다. 남다른 각오로 연구가 시작되기를 기다렸다.

  학교 교수 보직이 변경되었다. 「Reynolds」 교수는 공과대학 학장으로, 지도교수는 학과장으로 옮겼다. 「나갈대」가 이들을 만날 수 있는 기회가 줄어든 셈이다. 자연스럽게 「Dr. David Smith」 교수가 TMK 프로젝트 관리와 「나갈대」의 박사과정의 지도교수로 정해졌다. 새 지도교수의 전공은 콘크리트 공학이지만, TMK 프로젝트의 주제와 거리가 있다. 「나갈대」는 TMK 프로젝트 첫 회의에서 그의 질문이 예리하고 문제를 쉽게 파악을 하는 교수로 보았다. 구관(舊官)이 명관(名官)이라고…. 「Reynolds」 교수나 「Dr. Tom Stitt」 교수에는 익숙한 편이지만, 새 지도교수에게 다시 적응하는 것도 하나의 숙제였다. 가끔, 「나갈대」는 새 지도교수와

의견 차이를 느꼈다. 그의 괘씸죄에 걸려들면 모든 일이 어려워
진다는 걸 잘 알고 있다. 때로는 '정면돌파(正面突破)' 자세로 의견
차이를 좁히기도 하고, 때로는 '유예(猶豫)'를 하는 자세로 의견충
돌을 피해 가면서 '괘씸죄'에 말려들지 않도록 노력을 했다. 그런
데 유예를 하면 거짓말처럼 두 사람의 견해 차이가 좁혀지는 것
이 신기했다. 일단, 소나기는 피하고 볼 일이라는 우리 조상들의
생활지혜가 주는 '유예'의 중요성을 「나갈대」는 깨달아 가고 있었
다. 중요한 일을 그 자리에서 결정하지 않고, 판단을 미루면서 신
중하게 해결하는 지혜, 또 하나의 인생 교훈을 받은 셈이다. 그런
식으로 거듭 조절하면서 TMK 분기별 보고서 제출, 각종 실험
진행, 캐나다 국제학술대회까지 참가를 했다. 지난 1년 동안은 마
치 하루가 1시간처럼 지나갔다. 이번에도 「Kwame」이 도우미 역
할을 했다. 생각할수록 그는 인품과 능력을 갖춘 사람이다. 그럼
에도 불구하고 아프리칸-아메리칸이라는 인종차별이 그의 사회
적인 성장을 가로막고 있었다. 그런 친구와 함께라면, 더 큰 일을
할 수도 있겠다는 생각이 「나갈대」에게 들곤 했다. 틈틈이 TMK
「Dr. Frank Kennedy」를 비롯한 연구자들과 실험 진행 상황에
대해서 토의를 했다. 물론, 여기에 「Kwame」도 포함이 된다. 그럴
때마다 어떻게 하면 「Kwame」을 도와줄 수 있을지, 기회를 엿본
지가 꽤 오래되었다. 기회가 생기면 「Dr. Frank Kennedy」에게

「Kwame」의 능력을 알리고 싶었다. 그가 OK만 하면 「Kwame」이 더 큰일을 해낼 수 있다고 확신했기 때문이다. 「나갈대」가 TMK 에 2년 차 중반기 보고를 하는 날이었다. 이 자리에서 연구실장 「Dr. James Magio」의 질문보다, 「Dr. Frank Kennedy」 최고책임자의 질문이 더 예리했다. 연구실장은 실험을 점검하는 것에 불과하지만, 최고책임자는 근본적인 문제를 파고들었다. 그가 알고 싶어 하는 문제는 각종 기기들(예: XRD, 전자 현미경, 화학분석)을 통해 조사 중에 있는 사안들이다. 그의 질문과 「나갈대」의 답변이 한참 동안 계속되기도 했다. 그만큼 그는 중요한 프로젝트로 여기고 있다는 증거다. 「나갈대」는 그의 질문에 답변을 할 때마다, 그의 눈치를 살폈다. 미국에 와서 「나갈대」의 눈치 하나는 최고로 발달을 했다. 직감적으로 그의 태도나 기분이 나빠 보이지 않았다. 바로 그때, 「나갈대」가 「Kwame」의 능력을 언급했다. 그가 프로젝트에 처음부터 협조했고 앞으로도 큰일을 할 수 있는 능력자로 소개했다. 모두 의아한 눈초리로 보았다. 그렇게 하고, 「나갈대」의 중간보고가 잘 끝이 났다.

TMK 프로젝트 3년째에 콘크리트를 부식시키는 악성물질을 추출물이 억제하는 것으로 밝혀졌다. 사람에 비유하면, 배 속의 회충을 제거하는 구충제 역할과도 같은 것이다. 대단히 놀랄만한 결과다. 「Reynolds」 교수는 철근 콘크리트에 추출물 적용, 「Dr.

「Tom Stitt」는 추출물 생산 공정, TMK에서는 「Kwame」의 주도 하에 추출물을 적용한 콘크리트가 바닷물에서의 부식성 조사가 시작되었다. 이 모두가 「나갈대」의 기초적인 기술을 근거로 크게 세 갈래에서 각각 입체적인 연구가 이뤄지고 있었다. TMK 연구비 지원 요청이 왜(?) 그렇게 많았는지를 이제야 「나갈대」는 알 것 같았다. 6개월 후에 열리는 서울 국제학술대회에도 참가할 예정이다. 서울에 체류하는 동안, 한국 대학들의 교수 임용 사정도 알아볼 작정이다. 언젠가는 귀국해서 후학을 양성하는 게 「나갈대」의 목표다. 6개월 전에 미국 LA 국제학술대회에서 만났던 한국청명대학교 「성질나(成質螺)」 교수도 만나볼 참이다. 그가 청명대학교에서 간단하게 세미나 발표를 해달라고 요청을 한 상태다. 마음 같아서는 「이기자」 선생도 만나보고 싶다. 뉴욕에서 그녀를 만났을 때 한국에 교수로 간다고 말을 했었다. 한국으로 귀국을 하는 데에 도움이 될 수 있는 사람은 누구든 찾아야 하는 아쉬운 입장에서 그녀도 그중의 한 사람이다. 한국 대학의 교수가 되는 길은 참으로 어렵다. 이런저런 연결고리가 없이는 교수 임용이 거의 불가능한 게 현실이다. 스승과 제자의 연결고리가 무엇보다도 중요하다. 「나갈대」는 아주 오래전에 대학을 졸업했고, 국내 대학원 출신도 아니다. 그를 받아줄 스승은 아무도 없었다. 거액을 써가면서 연결고리를 찾는 것은 「나갈대」에게 가당찮은 일이다. 또한, 「나갈대」에게는 돈도, 배경도 없다. 혹시나 하면서, 「나갈대」는 「이기자」 선생에게도 편지를 보내보았다. 그녀로부터 교수 임용에 관한 사전 정보를 받기 위한 목적도 있었지만, 좀 더 솔직히 말하자면 무언가 그녀에 대한 미묘한 감정이 아직도 사라지지 않아서였다. 뉴욕에서 그녀를 만났을 때, 「나갈대」와 「맹신자」의 결혼 사실을 알고 미국 유학을 서둘렀다고 농담도 했었다. 그녀의 가슴속에 깊이 숨겨진 감정적인 말이라고 「나갈대」는 받아들였다. 그때 그녀의 농담이야말로 갯가에 갈대처럼 「나갈대」 마음을 잠시 흔들리게 했었다. 그 이후에도 독신자 「이기자」 선생에게 무언가 미안한 마음이 완전히 가시지 않았다. 왜 그럴까. 그녀에 대한 묘한 감정이 간음죄라도 된단 말인가? 예수님께서(누 5:27~30), "누구든지 음욕을 품고 여자를 보는 자마다 마음에 이미 간음을 하였느니라" 그녀를 독신자로 살게 한 원인 제공자라는 점에서 일종의 죄책감(罪責感)? 그런 감정이 그녀에게 음욕을 품게 하는 걸까? 아니면 남자의 본성(本性)일까? 도대체 남자의 본성이 무엇이길래…. 아직도 그녀에 대한 미안함이 「나갈대」에게 남아 있을까! 사실, 인간의 본성은 자연(Nature)이다. 남자가 태어나면서 갖는 본래적인 성질이라는 이야기다. 바람 부는 날 여자의 스커트가 올라가면 남자의 눈동자가 자동으로 돌아가는 것은 자연적인 현상일 뿐이지, 죄는 아니다. 치마가 올라가도 무덤덤한 남

내 이름 「나갈대」

자라면 본성이 없는 남자? 이 세상에 그런 남자는 없다. 도(道)를 닦는 스님도, 성경 찬송가를 손에 쥔 성직자(聖職者)도 그 본성은 없을 수가 없다. 신앙적인 믿음으로 그 본성을 얼마나 억제할 수 있느냐! 이것이 문제의 본질이다. 오죽하면, 예수님께서 자신에 제자들의 신앙적 믿음을 겨자씨로 비유하셨을까(눅 17:5~7). 성경 학자들은 겨자씨의 크기가 백만분의 일 미터라고 한다. 이는 미세먼지 크기다. 예수님의 사역을 직접 돕는 사도들의 믿음을 겨자씨만큼이라도 있으라고 꾸짖으셨다. 신앙적 믿음이 겨자씨보다 적다는 사도들보다 「나갈대」의 믿음은 그보다 몇백 배, 몇천 배, 아니 거의 없다고 봐야 하지 않을까? 「이기자」 선생에 대한 미안스러움이 죄책감에서 오는 것인지, 혹은 남자의 본성에서 오는 것인지, 솔직한 감정이 무엇인지 「나갈대」는 도대체 알 수 없다. 정말, 혼란스러웠다. 「나갈대」의 박사논문은 그 이전보다 훨씬 부담이 적었다. 벌써, 두 번의 국제학술 논문이 정리되었고, 서울에서의 발표까지 모두 세 차례가 된다. 거기에다 분기마다 TMK에 제출하는 보고서도 있다. 이 모든 논문은 이미 지도교수의 손을 거친 것들이다. 「나갈대」 영어 실력도 어느 정도 궤도에 올라 있다. 논문 사본을 「쿡」 대위에게도 보내주었다. 그는 「나갈대」의 연구가 진척되는 것에 항상 관심을 보여왔고, TMK 건설 최고책임자도 「나갈대」에게 관심이 많았다. 그는 기술 보호를 위해 국제

특허 받는 것을 학교와 협의 중이었다. 이 모든 것들이 아내의 헌신적인 기도의 뒷받침 없이는 할 수 없는 것이 「나갈대」의 생각이다. 아내는 그야말로 맹렬한 신자….

당장, 「나갈대」 장래문제는 직장을 잡는 일이다. 가능한 한국에 어느 대학이든지 교수 자리를 얻고 싶지만, 그 가능성이 거의 없다. TMK의 연구비 지원 기간이 1년 더 남아있다 하더라도, 「나갈대」는 취업을 서둘러야 했다. 서울에서 개최되는 국제학술대회 참석 한 달 전에, 「이기자」 선생이 답장을 보내왔다. 「나갈대」가 편지를 보낸 지 3개월여 만이다. 그녀의 답장이 없는 동안 죄책감이니, 남자의 본성이니, 뭐니 「나갈대」 혼자서 너무 '오바'를 했다고 생각하고 있을 때, 그녀의 답장을 받아서일까? 「나갈대」의 기분이 좀 야릇했다. 잊어버린 사람을 다시 만난 기쁨(?) 같기도 했고…. 그녀의 편지 내용은 간단했다. 학교 업무가 너무 바빴다는 이유가 전부였다. 서울 국제학술대회에서 그녀 자신은 발표를 못 하지만 「나갈대」의 발표에 참석 의사를 밝히는 정도로 마무리를 했다. 아내에게 「이기자」 선생과의 편지 연락에 대해서 말을 하지 않았다. 뭐든지 비밀로 하는 게 옳지 않다는 건 알지만, 한국으로 귀국을 위한 정보수집 차원이라고 해도 아내가 쉽게 받아들일 것 같지 않았기 때문이다. 알 수 없는 양심의 가책 같은 것으로, 「나갈대」는 아내의 얼굴을 자유롭게 쳐다보지 못할 때도 있고, 잠자리를 뒤척일 때도 있었다. 성경에서(시 38:3), 다윗은 간음을 한 후에, "내 뼈에 평안함이 없나이다"라고 했다. 하나님의 종, 「다윗」도 잘못을 저지르고 나서 괴로운 내면의 양심적 변명을 한 것일 것이다. 「나갈대」는 비밀을 지키려는 양심적 가책에서 쉽게 벗어나지 못했다. 과연, 양심(良心)과 비양심(非良心)의 기능이 어디에서부터 올까? 「나갈대」는 이것이 알고 싶었다. 사람이 옳거나 나쁜 일을 하기 전후(前後)에 경보에 소리가 아닐까? 그렇게 「나갈대」는 생각이 들었다. 그러나 문제는 양심의 경보가 울리고 비양심의 경보가 울릴지라도 그 경보에 소리를 인식하지 않으려는 것이 사람의 심리일 것이다. 그런 심리가 「나갈대」라고 예외는 아니다. 일단, 「이기자」 선생의 소식에 대해서 「나갈대」는 비양심 경보를 들으려 하지 않았다. 양심과 비양심 사이에서 갈등을 느끼면서 서울 국제학술대회 참석차 서울로 향했다. 10년이 지나 밟은 한국 땅이다. 10년이면 강산도 변한다는데, 김포공항에 도착한 순간부터 가슴이 벅찼다. 우선, 김포국제공항이 많이 변해 있었다. 공항 주변의 개발도 한창이고, 도로가 확장되었다. 서울 중심가로 들어갈수록 주변 환경이 많이 변해 보였다. 그러나 한강은 예전의 운치와 곤곤함이 여전했다. 숙소와 학술대회 장소는 '워커힐 국제호텔'로 정해져 있었다. 당장 한국에 정착하고 싶은 생각이 불현듯 스쳤다. 친척들한테 연락을 했다. 짧은 체류 기간

동안 모두 만날 수는 없지만, 부모님과 장인, 장모님은 인사를 드려야 했다. 장모님이 무척 반가워하시며 목이 메어 딸의 소식을 물으셨다. 외동딸이 어느 날 갑자기 미국으로 훨훨 날아가서 너무나 섭섭하다는 말씀에 「나갈대」는 그저 죄를 지은 느낌이다. 그러면서도, 「이기자」 선생을 발표장에서 만나볼 수 있을지에 촉각을 세우고 있는 비양심에 「나갈대」…! 분명히 「나갈대」는 비양심의 경보소리를 듣고 싶지 않았을 것이다. 여전히 그녀의 참석 여부를 확인할 길을 「나갈대」는 찾고 있었다.

　발표자 등록과 세부 일정을 대회 관계자들로부터 안내를 받았다. 참석자들이 어림잡아 몇백 명으로 보였다. 혹시 「이기자」 선생과 저녁 식사를 하게 될지도 몰라, 시간도 비워두었다. 만약 나타나지 않으면 황금 같은 시간이 허비하게 된다. 대회 프로그램상 유럽, 미국, 일본, 그리고 국내 학자들이 4개 분과별로 발표하기로 되어있었다. 대회의장은 한국연일대학교 「서대갈(徐大竭)」 교수다. 그의 이름이 흥미롭다. 큰 대(大) 자에 다할 갈(竭) 자다. 모든 일에 최선을 다한다는 의미일 것이다. 혀를 잘못 굴리면 '소 대갈' 교수로 불릴 수도 있다. 그는 일본에서 박사학위를 취득한 후 후학들을 양성하고 있는데, 어쩌면 「나갈대」의 롤 모델 격이다. 그의 전공이 토질(土質)이기에 의사소통이 아주 쉬웠다. 「나갈대」의 순서는 첫날 오후 늦은 시간으로 잡혀있었다. 발표 당일 오전부터 「나갈대」의 관심은 「이기자」 선생의 참석 여부다. 여전히 확인할 길은 없었다. 「나갈대」는 많은 사람과 명함을 주고받았는데, 명함을 받을 때마다 마치 돈을 받는 것처럼 기분이 좋았다. 그의 발표가 시작되기 전에, 혹시나 하고 참석자들을 둘러보았다. 그러나 끝내 그녀의 얼굴은 보이지 않았다. 「나갈대」의 실망이 보통이 아니다. 그렇지만 「나갈대」의 발표는 시작이 됐다. 그런데… 시작 후 몇 분쯤 지났을까? 아담한 체구의 여자 한 명이 뒷문에서 살짝 이 허리를 굽히며 들어왔다. 순간적으로 '앗, 「이기자」 선생!' 하고 이름을 부를 뻔했다. 그러나 발표 중이다. 그녀에게 눈짓을 할 수도 없다. 염불보다 잿밥에 더 신경을 쓰는 스님 꼴이었다. 자신이 미친놈이라는 생각도 들었다. 발표가 우선인지, 그녀가 먼저인지…. 도대체 분간을 못 하는 「나갈대」…! 그 자신도 분간을 못 하는 이유를 알지 못한다. 내 마음 나도 모르는 기가 막힌 상황에 이르렀을 때 다시 바짝 정신을 차렸다. 그리고 겨우 발표를 마쳤다. 「나갈대」에게 많은 질문이 쏟아졌고 발표, 질문, 대답, 모두가 영어다. 그는 최선을 다해 질문자들에게 답변을 했다. 참석자들의 박수를 받으며 그의 발표가 끝이 났다. 곧바로 그녀를 찾았다. 드디어 삼 년여 만에 그녀를 다시 만났다. 미국 사람들처럼 포옹을 할 수도 없고, 볼에 인사 키스도 할 수 없고, 손도 잡을 수 없이 어정쩡한 자세로 인사를 나누었다. 또한, 그녀에게 특별히 할 말도 없다. 「나갈대」의 저녁 식사 제안을 그녀는 받아들였다. 두 사람은 호텔 내의 식당으로 자리를 옮겼다. 뉴욕에서 만났을 때보다 훨씬 세련되어 보였다. 예전에 등대교회 찬양대에서 보았을 때보다 모든 면에서 성숙한 여인이 되어있었다. 그녀는 학교생활과 제자들 양성에 매우 만족하다고 했다. 그리고 「나갈대」의 발표에 대한 참석자들의 반응을 전해주면서, 그의 발표력과 영어 실력에도 칭찬을 아끼지 않았다. 물론 인사성 칭찬이겠지만, 기분이 나쁠 리가 없다. 「나갈대」가 본격적으로 교수 임용에 관한 얘기를 꺼냈다. 그녀 역시 한국 대학에서의 교수 임용이 매우 어렵다는 점에 공감을 했다. 그런데, 그녀와 대화 중 놀라운 소식을 알게 되었다. 그녀의 큰오빠가 그녀가 재직을 하고 있는 학교 재단이사장이라는 것이다. 그녀의 아버지 「이병태」 장로님께서 전 재산을 바쳐 미미한 전문대를 설립했지만, 한국에 학교 붐이 일어나면서 전문대가 대학으로, 또 대학이 대학교로 거듭 발전을 한 것이다. 학교 설립 당시 등대교회의 분쟁, 학교의 재정 부족, 「이기자」 선생의 결혼 문제 등으로 아버지는 정신적인 고통에 많이 시달리셨다고 했다. 그녀의 눈시울에 이슬이 맺혔다. 바로, 그 시기에 「나갈대」와 혼사 얘기가 오갔던 것이다. 말의 뉘앙스로 봐서 「이병태」 장로님 내외분은 그 혼사가 성공할 것으로 생각을 했고, 「이기자」 선생 자신도 어느 정도 호감이 있었던 것 같았다. 「나갈대」의 부산현장 발령으로 중매가 성사되지 않은 무렵에 「이병태」 장로님의 병세로 세상을 떠나셨단다. 고급공무원이던 큰오빠가 학교를 맡은 이후, 눈에 띄게 발전했다며 마음속 깊이 숨어있던 과거 이야기를 들려주었다. 대화에 집중하다 보니 어느새 밤이 깊었다. 독신녀(獨身女) 「이기자」 선생에게 무언가 아쉽고 죄책감을 느끼며 마지막 인사를 나눴다. 돌아서는 「나갈대」 마음은 희미한 전등불 같았다. 한국 대학의 교수 임용 정보도 수집을 했고 궁금하던 소식도 들었으니, 당연히 밝은 전등불 같은 「나갈대」의 마음이어야 하지 않겠는가? 희미한 전등불 같은 자신에 마음을 이해하지 못한 채 잠자리에 들어섰다.

미국으로 다시 돌아왔다. 「두요」가 좋아서 어쩔 줄 모른다. 아내는 친정 부모님 소식을 가장 궁금해했다. 당연한 일이다. 「이기자」 선생과 저녁 식사를 함께한 사실을 얘기할까 말까…. 「나갈대」 마음이 복잡했다. 이유야 어쨌든, 아내의 불필요한 오해를 사고 싶지 않아서 결국 그녀와 식사한 사실에 입을 다물었다. 어찌 보면 「이기자」 선생에 대해서 무엇인가를 느끼면서도, 한사코 그렇지 않다고 부인(否認)하는 「나갈대」. 자기 자신을 속이고 있는 짓이다. 이번까지 「나갈대」는 두 번이나 아내를 속였다. 첫 번째는 서울 국제학술대회 때에 「이기자」 선생을 만나려고 했던 계획을 숨긴 것이고, 두 번째는 그녀와 함께했던 저녁 식사를 숨긴 것이다. 첫 번째의 거짓을 감추려다 두 번째도 감출 수밖에 없었던 일이다. 그렇게 감추려는 「나갈대」 속내에, 「이기자」 선생에 대한 그 무엇이 깊이 숨겨져 있는지도 모를 일이다. 바람에 흔들리는 갯가에 갈대처럼 또 「나갈대」는 그 무엇인가에 흔들리고 있었다. 서울 국제학술대회 결과를 지도교수에게 보고를 했다. 「이기자」 선생한테 미국에 잘 돌아왔다는 편지도 보냈다. 그리고 논문 정리에 최선을 다하면서 구직 광고에 집중을 했다. TMK의 바닷물시험을 주도하는 「Kwame」과 거의 매일 전화통화를 하면서 실험 결과에 대한 의견을 주고받는다. 바닷물 실험 결과도 좋은 방향으로 가고 있었다. 서울에서 구입한 한국의 전통그림 한 장을 「Kwame」에게 건넸다. 그는 너무 좋아했다. 그는 한국을 조금씩 알아가고 있었다. 그도 한국을 전쟁하는 나라, 가난한 나라, 그렇게 이해를 하고 있었다. 하기야 그 옛날 한국이 얼마나 가난했으면 「Kwame」까지 그렇게 알고 있었을까. 한국에 관한 얘기가 나올 때마다 「나갈대」는 속이 많이 상했다. 한국에 다녀온 지 석 달이 지나도록 「이기자」 선생한테서 답장은 없다. 혹시 그녀가 재직 중인 대학에서 교수 임용 가능성을 물어보려 했지만, 그 기회마저도 놓친듯했다. 더구나 그녀의 오빠가 학교 재단이사장이 아닌가! 앞으로 3개월 이내, 한국에 대학교수로 임용되는 건 매우 불투명했다. TMK 연구소? 「나갈대」는 TMK를 생각만 해도 소름이 끼쳤다. 그러나 한국이나 미국 어디에도 취직이 안 될 경우에는 할 수 없이 TMK에서라도 일을 해야 할 입장이다. 비록, 자기 본인도 속았고, 아내를 속였을지라도 어려움이 닥칠 때마다 하나님을 간절히 찾는 「나갈대」…! 스스로도 이해가 되지 않는다. 기복(祈福) 교인일까? 세상 복만을 바라고 하나님을 찾는 자신이 아닐까? 그렇게 「나갈대」는 생각을 해보았다. 「나갈대」는 본인이 어떤 종류의 신자(信者)일까…. 오늘은 신앙인? 내일은 종교인? 또 다른 날에는 기복신자? 어느 종류인지를 모르는 게 문제라는 생각이다. 미국 남북전쟁을 북군의 승리로 이끌었던 「링컨」 대통령은 북군들에게 늘 하나님께 기도를 드리라고 권했다. 하나님께 기도를 드릴 때, 북군의 편만 들도록 기도를 하지 말고 하나님 편에 서있게 기도를 드리라고 권했다고 했다. 결국, 아쉬울 때만 그리고 필요할 때만 찾는 종교인이 아니라, 신앙인으로 하나님을 찾을 때 하나님께서 함께하실 거라는 「링컨」 대통령의 뜻이 담겨 있었을 것이다. 과연, 「나갈대」도 신앙인이 될 수 있을까? 오늘은 신앙인, 내일은 종교인, 또 다른 날에는 기복인으로 변덕스러운 자신이 스스로도 혼란스러웠다. 언젠가 목사님의 설교에서 "한쪽 문은 닫더라도 다른 문은 항상 열어놓으신 하나님이시라"던 설교를 잊지는 않고 있었다.

　고생고생 끝에 논문을 완성했다. 지도교수의 지시대로 수차례 수정한 끝에 완성의 기쁨을 맛보았다. 수백 쪽의 영어 논문을 손가락이 닳도록 만져보고 또 만져보았다. 이제 마지막 고비는 심사위원 5명의 평가이다. 그중 4명은 모두 외부에 있는 대학교수고, 나머지 한 명에 지도교수가 포함되었다. 그들의 질문에 서면(書面)답변이 원칙이다. 앞으로의 문제는 전적으로 「나갈대」의 몫이다. 논문심사 기간은 대략 6개월 정도 걸린다. 비록 급할 때만 찾는 불성실한 교인일지라도, 한쪽 문을 열고 계시는 하나님을 또 「나갈대」는 간절히 찾는다. 그러면서도 먹고사는 직장문제가 더 급했지만, 그것은 빠른 시일에 해결될 것 같지 않았다. 아무래도 지도교수와 의논하고 싶었다. 「나갈대」가 지난 4년간 그에게 실망을 시켰던 일은 거의 없었다. 그의 연구실을 찾아갔다. 이미 논문이 완성되었기 때문일까? 그는 좀 의아한 표정을 보였다. 「나갈대」는 그의 시간을 오래도록 끌고 갈 수는 없었기에, 주저 없이 직장문제에 대해서 그의 도움을 요청했다. 그도 추출물 생산공정 연구비를 TMK에서 지원을 받는 상황에서 「나갈대」를 전혀 모르는 척할 수는 없는 처지다. 그는 「나갈대」의 문제를 끝까지 경청을 했다. 그리고 「Reynolds」 교수와 의논을 해보겠다고 대화를 마쳤다. 「나갈대」는 그의 연구실을 나오면서도 실망하지는 않았다. 그가 「나갈대」에 대해서 무언가 느낀 게 있으니까 의논을 해보겠다고 하지 않았을까? 「Reynolds」 교수 역시 TMK에서 추

내 이름 「나갈대」

출물을 콘크리트에 적용하는 연구비 지원을 받고 있었다. 서울 국제학술대회에서 만났던 수많은 사람에게 이력서를 보냈으나 돌아오는 소식은 임용 계획이 없다거나 추후에 기회가 있으면 알려주겠다는 인사성 답장뿐이었다. TMK로 복귀? 호텔 아르바이트 시작? TMK에 복귀하기 위해서는 미리미리 준비를 했어야 했다. 급하게 닥친 뒤에, TMK에 복귀를 서두른다고? TMK가 그렇게 쫄때기 회사가 아니다. 한국으로 들어갈 생각만 했지, 설마 TMK까지는 생각을 못 한 미련한 짓을 또 한 것이다. 논문만 완성되면 모든 일이 순탄할 줄 알았다. 그렇게 세상을 겪고도 세상을 모르는 '머저리'「나갈대」이다. 어렸을 때, 가끔씩 어머니께서 「나갈대」에게 꾸짖을 때 하신 말씀이 올랐다.

"아이고, 이 '머저리' 좀 봐라. 머리통 두었다 어디에다 쓰려노."

어머니 보시기에 「나갈대」가 어떤 일을 잘못 처리를 했을 때 좀 모자르다는 뜻이 담겼을 것이다. 이번에도 어머니가 옆에 계셨더라면 틀림없이 '머저리' 소리를 들었을 것 같았다. 그렇게 저렇게 시간만 흘러가 버렸다. 이제 연구비를 더 이상 받을 수 없게 된 「나갈대」는 어쩔 수 없이 호텔 아르바이트를 다시 시작해야 했다. 이른 아침 새벽 청소를 시작으로 낮에는 집에서 쉬다가 오후 늦게 세탁 일을 계속했다. 이미 익숙한 일이다. 하지만 순간순간 엄습하는 우울감과 답답함은 하나님을 찾도록 「나갈대」를 만들었다. 참 신앙인이 되지 못하고, 때로는 종교인 그리고 기복교인으로 변질되는 신앙의 태도를 스스로 나무라기도 했다. 한국에서 교수 임용도 안 되고, TMK에도 불확실하고…. 「나갈대」는 하나님께 길을 열어달라고 기도를 드리다가도 갑자기 자신의 신세타령도 나왔다. 신세타령이 나올 때마다 부르는 콧노래가 있다. "울려고 내가 왔던가 웃으려고 왔던가." 한국 가요 「선창」의 한 구절을 구슬프게 부르고 또 불렀다. 박사 학위논문을 죽도록 노력해서 완성했는데도 막상 갈 곳 없는 신세에 맞는 곡(曲)이다. 그러다 어느새 찬송가(375장)로 이어진다. "나는 갈 길을 모르니 주여 인도 하소서 어디로 가야 좋을지 나를 인도 하소서." 한국에 연결고리도 없고, TMK에서 당장 부르지도 않고, 대학에 남지도 못하고, 하나님께 매달리는 것 외에는 앞이 보이지 않았다. 호텔 아르바이트를 시작한 지 3개월쯤 되었을 때 지도교수가 「나갈대」를 찾았다. 혹시, 논문심사 결과? 직장 소개? 나쁜 소식이라면 편지로 연락했을 것이다. 「나갈대」는 무언가 감(感)을 잡은 느낌이 들었다. 아내도 좋은 예감이 든다고 했다. 잔뜩 긴장을 하고, 그의 연구실 문을 두드렸다. 그는 「나갈대」를 기다리고 있었다. 그는 「나갈대」를 만나자마자 바로 추출물 생산 공정 실험의 문제들을 설명했다. 실험적으로 무언가 급해 보였다. 「나갈대」도 그것에 관심은 있었지만, 그 순간에 듣고 싶은 말…, 그것은 아니었다. 그는 연구 진행에 몇 가지 문제가 있다며 계속 목소리를 높여 갔다. 「나갈대」가 몇 가지 해결방안을 제시했다. 추출물을 개발한 「나갈대」가 지도교수보다 그 문제에 더 익숙하기 때문이다. 지도교수의 목청이 낮아지더니 「나갈대」에게 한국으로 돌아갈 거냐고 물었다. "NO." 순간적으로 「나갈대」는 거짓 대답을 했다. 선의의 거짓말이다. 거짓은 확실하지만, 악의(惡意) 없이 자기를 보호하는 거짓이다. 한국으로 돌아간다고 사실대로 말하면 그는 솔직하게 말하지 않을 것이다. 그가 「나갈대」의 장래에 관한 얘기를 꺼냈다. 첫째는, 그가 진행하고 있는 추출물 생산 공정 프로젝트에 파트타임 연구보조자로 들어오라는 것과 둘째는, 다음 학기 시간강사 제안이었다. 첫 번째 제안은 함께 매듭을 지어보자는 뜻이고, 두 번째 제안은 첫 번째 제안을 받아들이게 하려는 일종의 먹잇감이라는 생각이 들었다. 연구보조자의 수당은 「나갈대」가 받았던 월급의 절반쯤이다. 다음 학기 시간강사 수입은 아직 알수 없다고 했다. 「나갈대」는 그의 두 가지 제안을 모두 수락을 했다. "천리지행 시어족하(千里之行 始於足下)."라고, 천 리 길도 한 걸음부터라고 하지 않았나. 큰일도 그 첫 시작은 작은 것부터라는 이야기다. 시간강사가 아무것도 아닌 것도 같지만, 꾸준히 노력해서 실력과 경험을 쌓다 보면 교수가 될 수 있다고 「나갈대」는 생각을 했다. 그리고 「나갈대」는 추출물 생산 공정 연구에 온 힘을 기울이기 시작했다. 물론, 지도교수를 돕는 보조원이 있었으나 그의 경험 부족과 여러 가지 문제로 마지막 단계에서 헤매고 있었다. 그의 보조원도 이 연구 주제로 박사학위를 진행 중이었다. 그는 백인, 「Mr. Eric Kingsley」이다. 그는 순박하고 영리해서 문제를 파악하고는 있었다. 그러나 해결점을 찾는 밑바닥 공부에 너무 치중하고 있었다. 한국 사람들 체질과는 맞지 않았다. 대개, 한국 사람들은 해결점을 찾아낸 후에 밑바닥 공부로 뒷받침하는 형태를 취한다. 장기적으로는 「Eric」의 방법이 옳지만 '빨리 빨리' 한국인의 정서와는 맞지 않았다. 연구계약 기간 내에 끝내려면 한국의 '빨리 빨리'가 필요했다. 후다닥 점심을 먹어 치우듯, 일도 후다닥 해치우는 「나갈대」를 보며 「Eric」은 이해가 안 된다고 했다. 물론, '빨리 빨리' 문화에는 조급함이 뒤따라 성수대교가 무너지고, 삼풍백화점이 붕괴되기도 했다. 한편으로는 '빨리 빨리' 문화 덕분에 전쟁의 폐허 국가에서 급속한 경제성장을 이룬 한국이 아닌가. 「나갈대」가 박사논문을 제출한 지 반년이 지나고 연구보조원으로 일을 한 지 3개월이 지나도, 논문 심사에 대한 결정적인 통보가 없었다. 하루하루 가시방석에 앉아있는 느낌이라 마음 편하게 일을 할 수가 없었다. 성경(시 55:22)에서, "네 짐을 여호와께 맡기라. 그가 너를 붙드시고", 또 다른 성경(벧전 5:6~7)에서 "너희 염려를 다 주께 맡기라. 이는 그가 너희를 돌보심이라"

「나갈대」머리에서는 성경말씀을 상기를 하고 있으나 마음에서는 두려움과 걱정에 여전히 시달리고 있었다. 완전히 주께 맡기지 못하고 인생 신음을 하는 「나갈대」의 신앙 한계점일까? 그래도 「나갈대」는 「Eric」에게 한국의 '빨리 빨리' 문화를 열심히 가르쳤다.

「나갈대」가 연구보조원으로 일을 시작한 지, 4개월째부터 실험에서 어려운 부분이 잘 풀리기 시작했다. 지도교수도 연구 진척을 만족해했다. 논문을 제출한 지 7개월쯤 되었을 때 심사 통보가 나왔다. 지도교수가 「나갈대」를 자기 연구실로 불렀다. 마치, 마라톤 선수의 마지막 도착점을 코치의 알려주는 신호 같았다. 마라톤 금메달리스트 「황영길」 선수는 지구력과 정신력이 가장 필요한 시점이 바로 도착점이 보일 때라고 하지 않았던가. 「나갈대」가 태어나서 이처럼 두렵고 긴장되는 절체절명(絕體絕命)의 순간이 있었던가 싶었다. 이럴 때, "네 짐을 여호와 하나님께 맡기라. 그가 너를 붙드시고" 이 말씀대로 따라 하기에는, 「나갈대」의 믿음이 뒷받침을 하지 못했다. 성경(행 27:1~26)에서, 「바울」 사도를 로마로 압송하던 배가 광풍을 만나서 그 배에 탄 사람들이 수장될 뻔했을 때, 「바울」 자신의 힘으로는 어떻게 해볼 수 없다고 고백을 했다. 아무리, 「바울」이 예수님의 '사도(使徒)'라 할지라도 「바울」이라는 인간의 한계를 보여주는 대목이다. 인간이 가장 큰 위기를 만났는데도. '네 짐을 여호와 하나님께 맡기라 그가 너를 붙드시고…' 그렇게 걱정 없이 지낼 수 있는 신자(信者)가 몇이나 있을까? 「바울」 사도의 근처에도 따라갈 수 없는 「나갈대」의 믿음으로는 '네 짐을 여호와 하나님께 맡기라 그가 너를 붙드시고…' 그렇게 쉽게 지도교수 연구실 문을 두드릴 수는 없었다. 빈손으로 미국에 와서 고생고생만 하고 빈손으로 한국으로 돌아갈지, 빛나는 졸업장을 손에 쥐고 돌아갈지…. 많이 불안한 마음을 달래는 시간이 필요했다. 아마, 광풍을 맞는 배 안에서 「바울」 사도는 하나님께 살려달라고 간절히 기도를 했을 것이다. 「바울」 사도가 그렇게 하나님께 기도를 드렸던 것처럼, 「나갈대」도 담대한 믿음을 달라는 기도를 드리기 위해서 캠퍼스 숲속에 벤치를 찾았다. 일찍이 독일에 「G. Muller(1805)」 목사는 기도를 통해서 불가능을 가능으로 바꿀 수 있다고 주장을 했지 않았나. 「나갈대」는 그런 믿음을 달라는 기도였다. 어느새, 「나갈대」의 입에서 찬송(549장) 소리가 조용히 흘러나왔다. "내 주여 뜻대로 행하시옵소서 (중략) 날 주관하셔서 뜻대로 하소서" 결국, 하나님의 뜻대로 모든 것을 받아들이기로 마음을 정리하고 지도교수 연구실로 향했다. 연구실 문을 두드렸다. "Come in(들어와요)." 그의 묵직한 목소리가 들렸다. 우선, 「나갈대」는 그의 눈치부터 살폈다. 직감으로, 그의 얼굴이 그리 밝아 보이지 않았다. 가슴이 무너지는 듯했다. '네 짐을 여호와께 맡기라.' 아무리, 그렇게 맡기려 해도 맡겨지지 않는 불안이 「나갈대」를 놓아주지 않는다. 벤치에서 불안을 없애 달라는 그 간절한 기도가 어디로 갔을까? 그가 앉으라고 의자를 밀어주었다. 「나갈대」는 그의 눈치를 계속 살피며 입만 쳐다보았다. 재판장의 판결을 기다리는 피고인의 심정이 그럴 것 같았다. 그는 추출물 생산 공정 실험의 진척에 관해 설명을 했지만, 그런 것은 「나갈대」의 전혀 귀에 들리지도 않았다. 드디어, 심사 결과에 대해서 그의 입이 열렸다. 마지막 순간이다. 두 교수는 통과에 손을 들어주었으나 교수 한 명이 상당한 수정을 요구했고, 또한 사람은 기본원리의 문제를 들고 나왔단다. 대게, 수정요구는 일반적인 경우다. 설사, 기본원리 문제가 해결되지 않더라도 전체 Score는 3:1이다. 여기에 지도교수가 가세할 경우 4:1 Score로 통과되는 건 확실했다. 그러나 원리문제를 제기한 사람을 납득시키지 못하면 그가 이의를 제기할 수 있는 규정이 있다. 그런 경우, 그가 납득할 때까지 시간은 「나갈대」의 편이 아니다. 그 점을 지도교수가 걱정하고 있었다. 「나갈대」도 문제의 심각성을 이해했다. 원리문제를 납득시키려면 상당한 실험, 연구비용, 긴 시간이 필요하다. 다 된 밥에 재 뿌리는 격이었다. 맛있게 지은 밥에 재를 뿌리면 어떻게 될까. 밥을 버려야 할까. 재만 걷어내야 할까? 잘 진행되던 논문이 갑자기 실패할 지경에 이른 것이다. 원리문제를 제기한 교수에게 한 번 더 논리적으로 설명을 하고 수정을 요구한 교수에게는 최대한 문장을 고치기로 지도교수와 의견 일치를 보았다. 말하자면, 재 뿌린 부분만을 걷어내기로 한 것이다. 지도교수가 이 정도까지 협조하고 있는 것에 몇 번이나 고맙다고 인사를 했다.

그들이 제기한 문제의 답변서를 준비한 지 3개월째에 접어들었다. 원리에 대해서는 더 많은 자료를 도서관에서 발췌해야 했고, 수정 요구는 「Eric」의 도움을 많이 받았다. 「Eric」과 함께 일을 하게 된 것이 천만다행(天萬多幸)…. 하늘이 도운 일이다. 그의 영어 실력은 「Kwame」과 비교를 해서 정도가 달랐다. 하기야, 「Eric」은 이미 학부에서 수석으로 졸업을 했고 석사학위를 거쳐 박사과정에 있는 학생이다. 말이 학생이지, 누구와도 견주기 어려운 전문인 같았다. 이런 사람을 알게 된 것이 얼마나 큰 하나님의 축복인지. '네 짐을 여호와께 맡기라'. 「나갈대」는 무엇인가 체험을 한 것 같았다. 그들이 요구한 답변서를 작성한 지 5개월쯤에 모든 자료를 지도교수에게 넘겼다. 그 어느 때보다 그의 세심한 검토가 필요했다. 이미 지도교수가 제안했던 강의(공업수학)가 두 달 후에 시작되지만, 강의 내용은 별로 걱정되지 않았다. 「나갈대」는 항상 수학에는 자신이 있었다. 「Eric」을 돕는 시간이 더 길어지면서 「나갈대」와 그의 사이가 가까워졌다. 그는 매우 부유한 가정에서 자랐다. 그의 아버지는 석유회사 주주 중 한 사람이고, 어머니는 고등학교 교사다. 여자 친구가 있어서 박사과정이 끝나는 대로 결혼도 한단다. 능수능란한 그의 영어 실력이 가장 부러웠다. 어디서 그런 영어 실력이 나오는지! 「Eric」과 같이 지낸 지 6개월이 되었다. 이제 「나갈대」도 연구보조원 역할이 끝나고 강의를 시작했다. 1학년 학생들이 수강 대상자들이다. 그의 강의에는 수학용어가 대부분이다. 기본 영어에 어느 정도 익숙한 「나갈대」로서는 강의를 하는 데 큰 어려움이 없었다. 어려서부터 「나갈대」의 꿈은 대학교수였다. 비록, 시간강사이지만 학생들은 「나갈대」를 교수라고 불렀다. 그렇게라도 불러주는 학생들이 고마웠다. 한 학기가 정신없이 지나갔다. 학생들의 교수평가에서 「나갈대」는 B-를 받았다. 영어로 강의해야 하는 인문 사회분야라면 그렇게 좋은 평가를 받을 수가 없었을 것이다. 수학공식을 쉽게 설명을 한 것이 학생들에게 좋은 평가를 받았다. 수학공식이란 기호를 사용해서 규칙을 일정하게 나타낸 식이다. 예를 들어 기호를 표시해서 방정식, 등식, 부등식 등으로 바꾸고 문제를 풀 수 있도록 표기하는 공적인 식(式)이다. 그 원리를 설명해 주면 학생들이 쉽게 고개를 끄덕였다. 수학공식은 공학, 경제학, 사회학 모든 학문에서 문제를 빠르게 해결할 수 있는 수학의 도구인 셈이다. 학생들에게서는 좋은 점수를 받았지만, 반년이 되도록 「나갈대」의 답변서에 대한 심사위원들의 반응은 없었다. 그의 답변서에 무언가 가 부족한 것이다. 또, 마음이 불안하기 시작했다. '네 짐을 여호와께 맡기라.' 그렇게 맡기려 해도 못 맡기는 이유는 무엇일까? 그런 상황에서 지도교수가 「나갈대」에게 다음 학기 강의를 또 제안했다. 이번에는 고급수학이다. 공부하면 강의할 수 있을 것 같았다. 수강대상자들은 수학과정을 거친 2~3학년 학생들이었다. 강의를 위한 많은 준비가 필요하다고 생각을 했다. 새로운 강의를 제안받았다고 아내한테 얘기했더니 몹시 좋아했다. 답변서에 반응이 없다고 했더니, 아내의 대답은 여전했다. "네 짐을 여호와께 맡기라."

「나갈대」의 강의 준비실은 실험실 코너의 작은 공간에 있었다. 보통 시간강사들에게는 공간을 제공하지 않는 데 비해서, 좀 특별히 혜택을 받은 셈이었다. 전임교수들에게는 메인빌딩에 연구실, 집기와 가구들, 소모품까지 학교에서 제공을 한다. 「나갈대」는 그들이 한없이 부러웠다. 그럴 때마다 마음속으로 '대기만성(大器晩成)!'을 외치기 일쑤다. 큰 성공일수록 시간이 걸린다고 「나갈대」 스스로에게 힘을 실어주었다. 교수가 되기까지는 시간이 걸리는 거라고 자신을 위로했다. 강의를 시작한 지 2주쯤 되었을 때, 거의 일 년 만에 「이기자」 선생으로부터 편지를 받았다. 「나갈대」의 머릿속에서 그녀의 이름이 사라진 지 꽤 오래된 때였다. 미움 반, 반가움 반, 마음을 설레면서 봉투를 열었다. 그런데 웬

걸? 안부는 한마디도 없고 그녀가 재직 중인 대학에서 환경에 관련된 학과를 신설한다는 반 페이지 분량의 신문 기사만 들어있었다. 너무 고맙고 얄밉기도 했다. 다정다감한 소식도 좀 알려주고 자세한 학교 정보도 주면 좋았을 텐데, 「나갈대」는 매우 아쉬웠다. 그래도 잊지 않고 소식을 보내왔다는 건 항상, 생각을 하고 있었다는 방증이 아닌가. 그녀에게 학과 신설 시기, 교수 모집 분야를 물어보는 편지를 지체 없이 보냈다. 처음부터 「이기자」 선생 얘기를 아내한테 하지 않았던 터라, 이번에도 입을 열 수가 없다. 첫 번째를 숨기다 보니 두 번 세 번…. 계속 감추는 「나갈대」가 되어 갔다. 성경(야 1:14~15)에서, "욕심이 잉태한즉 죄를 낳고 죄가 장성한즉 사망을 낳느니라". 애초에 「이기자」 선생에 대해 무언가를 감추려는 흑심이 불러주는 인생 딜레마가 「나갈대」에게 생긴 일이다. 이런 딜레마로 사망까지 하겠나…. 「나갈대」는 그렇게도 생각이 들었다. 그런데 감출수록 불안이 커지는 것은 사실이었다. 그녀와 무슨 특별히 숨겨야 할 비밀도 없지만, 이제 와서 처음부터 설명을 하기에 너무 늦었다는 것이 「나갈대」의 생각이다. 차라리, 이번에도 입을 닫는 것이 더 좋겠다고 「나갈대」는 마음정리를 했다. 「나갈대」의 강의에 학생들은 좋은 반응을 보였다. 하루속히 심사위원들의 답변이 나오도록, 아내는 새벽부터 기도를 한다. 시도 때도 없이 기도하는 아내의 신앙심의 깊이가 어디까지인지, 「나갈대」는 알 수가 없다. 강의 7주째에 지도교수가 심사위원들의 답변서를 받았다고 「나갈대」에게 연락을 했다. 다시, 두 번째 판결을 받는 심정으로 「나갈대」는 그의 연구실로 찾아갔다. 죄 없이 억울한 재판을 받는 피고인은 고개를 숙이지 않지만, 죄가 있는 피고인은 재판장을 똑바로 보지를 못한다. 원리문제로 수정을 요구하는 심사위원에게 실험적 증거가 아니라 도서관 자료만으로 답변을 했다는 것…. 이것은 「나갈대」에게 일종에 죄에 가깝다고 해야 할까. 「나갈대」는 지도교수를 똑바로 보지를 못하면서 눈치를 살폈다. 미국에 와서 눈치만 늘었다는 「나갈대」라도, 이번에는 판단이 서지 않았다. 이윽고, 그가 입을 열었다. 문장 수정을 요구했던 심사위원은 「나갈대」의 답변서를 받아들였으나 원리에 대해서 이의를 제기한 네덜란드 대학교수는 여전하다고 했다. 그곳에 가서 직접 설명하고 싶을 정도로 문제가 심각했다. 지도교수가 이 사람을 제치고 제3자를 임명할 권한이 있는데, 그렇게 하려면 앞으로 1년 이상을 기다려야 한다. 박사학위에는 5명 심사위원 전원 일치가 이 대학의 관례이다. 4:1의 비율로 밀어붙여도 될 것도 같은데, 지도교수가 그렇게 할 것 같지 않았다. 그는 「Reynolds」 교수와 협의를 해보겠다고…. 그렇게 두 사람의 대화는 끝이 났다.

날이면 날마다, 네델란드 대학교수의 최후 통보를 기다리다 지쳐있는 「나갈대」에게 초조, 불안, 우울감이 떠나지 않았다. 이런 것들이 정신병의 원인일 것이다. '네 짐을 하나님께 맡기라'. 그러나 마음뿐, 아무리 노력해도 어려운 일이다. 「나갈대」의 임시 시간강사 수입으로는 생활이 어려웠다. 그래서 강의를 하면서도 호텔 아르바이트를 다시 시작했다. 강의 8주차에 지도교수가 직접 네덜란드 대학교수에게 제출한 답변서 사본을 「나갈대」에게 건네주었다. 현실적으로 실험적 증거가 어렵고, 연구비용도 없고, 비영어권 나라 출신이고 등등의 이유를 들면서 가능한 긍정적인 검토를 바란다는 요청서였다. 정말, 헌신적으로 자존심을 상하면서까지 '한번 봐주세요.' 하는 그의 요청서에 「나갈대」의 눈에 이슬이 맺혔다. 이렇게까지 도움을 받는데도, 네 짐을 하나님께 온전히 못 맡기지 못하면서 「나갈대」의 불안감은 여전했다. 불안(주)? 「나갈대」는 그것이 알고 싶었다. 사실, 안전하지 않다는 말이다. 성경(시 42:5)에서 불안은 내 좁은 속을 의미했다. 좁은 장소에 갇혀있는 사람의 정신이 온전치 않다는 이야기다. 내 좁은 속을 넓은 속으로 바뀔 수 없을까? 그러려면 모든 것을 하나님께서 알아서 해주시라고 떼를 쓰면 될 일이 아닐까…. 「나갈대」는 그렇게 떼를 쓰고 싶었다. 하나님께 맡기고 떼를 써야겠지만, 그렇다고 무조건 떼를 쓰면 될까? 떼를 쓸 만한 조건은 갖춰야 한다는 것이 「나갈대」 생각이다. 종교 개혁자 「마틴 루터」는 그리스도인들이 하나님을 찬양하고 감사할 때 하나님은 모든 선한 것들을 사심 없이 주는 분이라고 했다. 아마, 모든 일에 '찬양과 감사'가 떼를 쓰는 조건일 것 같았다. 논문이 통과가 되든 안 되든, 하나님의 뜻에 맡기기로 마음을 비워보았다. 그러나 여전히 마음을 비웠다-채웠다 하는 「나갈대」는 어느새 바람에 흔들리는 갯가에 갈대가 되어갔다. 강의 16주째 지도교수가 급히 「나갈대」를 찾았다. 네덜란드 대학교수의 답일 거라고 직감으로 느꼈다. 2시간 후에 만나기로 했는데 마치 20시간을 기다리는 것 같았다. 모든 것을 하나님께 맡기기로 마음을 먹었으나 한편으로는 통과 안 되면 어떡하나 또 흔들리기 시작했다. 지도교수 연구실 문을 두드렸다. "들어오세요(Come in)." 그의 묵직한 목소리가 들렸다. 이제, 그의 눈치를 보는 것은 거의 습관이 되었다. 그가 의자에 앉으라고 손짓하면서 한마디를 외쳤다.

"곤 수루!"

너무 긴장을 한 나머지 '곤' 소리만 크게 들렸다. '곤(Gone, 가버려!' 절규에 가까운 신음이 「나갈대」의 가슴에서 터져 나왔다. 앗…! 그런데… 지도교수가 의자에서 벌떡 일어나더니, 「나갈대」에게 손을 내밀었다. 도대체 이게 무슨 시추에이션? 그가 네덜란드 대학교수의 논문 통과를 축하해 주는 것이 아닌가!

그의 첫마디는 "곤 수루(Gone through)."

긴장 속에 '곤(Gone)' 소리만 들렸던 웃지 못할 해프닝이었다. 지

내 이름 「나갈대」

도교수는 다시 박사 학위논문 통과를 축하해 주었다. 한국의 첩첩산중 시골 촌놈 중의 촌놈이 꿈을 이룬 최고의 순간이었다. 「나갈대」는 캠퍼스 숲속에 벤치에 앉았다. 「나갈대」는 눈물을 섞여가면서 하나님께 감사기도를 드렸다. 맨손으로 미국에서 공부를 시작한 지 10여 년 만에 촌놈이 그 목표를 이룬 것이다. 오직 하나님의 은혜일 뿐이다. 옆에서 시도 때도 없이 기도하는 맹렬한 신자 「맹신자」의 애원에 하나님께서 응답하신 것이다. 아내에게 이 기쁜 소식을 전했다. 하지만 크게 기뻐할 줄 알았던 아내의 반응은 의외로 담담했다. 하나님의 축복은 기쁘고 감사하게 받으면 된다며…!

「Reynolds」 교수께서 「나갈대」를 학장실로 불렀다. 「나갈대」를 관리하는 사람은 지도교수다. TMK 프로젝트에 관해서 모든 일을 지도교수와 협의를 해왔기 때문에 중요한 일이 아니면 학장께서 직접 「나갈대」를 부르지 않는다. 무언가 심각하다는 예감이 들었다. 여비서가 「Reynolds」 학장님 방으로 안내를 했다. 학장님이 밝은 얼굴로 「나갈대」를 맞이했다. 그의 표정이 밝아서 「나갈대」는 일단 안심이 되었다. 학장님은 논문 통과를 특별히 축하해 주었다. 그는 그동안의 TMK 연구 진행과 논문 심사과정을 자세히 알고 계셨다. 그뿐만 아니라 한국전쟁, 「나갈대」의 가족, 자신의 가족 얘기 등등…. 여러 이야기를 늘어놓았다. 그리고 앞으로 「나갈대」의 진로를 물었다. 결국, 한국으로 돌아갈 것인지였다. 백 번이고 한국으로 가고 싶지만, 막상 갈 곳이 없는 입장에서 'Yes'는 아니었다. 그는 「나갈대」에게 이번 학기를 끝으로 전임교수로 남는 게 어떠냐고 물었다. 만약 수락한다면 절차상 교수 모집 광고를 내야 한다는 것이다. 사실상, 그는 지도교수와 협의가 끝난 상태였고, 학장 입장에서는 「나갈대」가 미국에 남을지 여부만 확인하면 되는 일로 보였다. 「나갈대」 역시 한국으로 간다는 것은 희망일 뿐 보장할 수 없는 상태다. 「나갈대」가 미국에 남겠다고 선의의 거짓말을 또 했다. 학장님과 지도교수는 TMK의 연구 결과를 토대로 더 큰 프로젝트를 계획하고 있었다. 어떻게 보면 「나갈대」를 주저 앉히고 더 큰일을 벌이려는 속내를 노출한 셈이다. 「나갈대」에게 기회가 찾아온 듯했다. 미국에서 대학교수라는 직업은 산골 촌놈이 꿈에서나 꿈을 이룰 수 있는 성공 케이스다. 3개월 더, 호텔 아르바이트를 끝으로 대학교수가 된다? 도무지 믿어지지 않았다. 교수로 임용될 가능성을 가슴 벅차게 차오르는 기쁨으로 아내에게 알렸다. 아내는 이미 예측하고 있었다는 듯, 크게 놀라지도 않고 잠언(16:9) 말씀으로 「나갈대」에게 설교 비슷한 것을 해댔다. 우리가 생각과 계획을 세워도 결국 우리의 인생길을 하나님께서 정해놓고 계신다는 요지다. 사람의 생각으로는

내 이름 「나갈대」

쉬운 길로 보여도 하나님께서 그 길로 인도하지 않은 것은 조금 멀고 험한 길 일지라도 가장 좋은 길로 인도해 주시기 위해서라고 했다. 「나갈대」가 곧 교수가 되는 것도 하나님께서 가장 좋은 길로 인도하시려고 그동안 연단을 쌓게 하였다는 것이다. 「나갈대」가 듣던 말던 아내의 설교가 계속 이어졌다. 하나님은 우리를 떠나지 않겠다고 약속하셨고, 순종하며 따라가면 반드시 그 약속을 지키시는 분이시라고! 결국, 성경말씀을 부지런히 읽고 하나님께 기도하라고 수차례 강조를 해댔다. 아내는 말을 멈추지 않을 기세다. 아무리 좋은 노래도 세 자리 반이다. 최고 성악가수가 세 번 이상 반복을 하면 노래 중간에 관객들이 나간다고…! 아무리 좋은 말도 적당한 선에서 그쳐야 하고 듣는 사람도 생각하면서 해야지, 그렇지 않으면 짜증도 나고 스트레스받는다. 아내의 신앙 충고가 때때로 「나갈대」에게 언어폭력처럼 느껴질 때도 있었다. 이런 일로 자꾸 짜증이 나면 서로의 신앙이 성장하는 데에 방해가 될 것 같아서 걱정스러웠다. 아내의 충고는 남편의 더 깊은 신앙을 위해서일 거라고 「나갈대」는 그렇게 받아들인다. 곧, 미국 대학의 교수가 된다는 설렘 속에 하루가 저물었다.

「나갈대」가 교수로 새 출발하는 날이다. 그것도 세계 최고의 나라… 미국이다. 대학 메인빌딩에 교수 연구실에서 강의 준비를 했다. 책상, 책장, 전화, 의자, 커피, 주전자까지 갖추어져 있다. 경상도 산중 촌놈에게 하나님께서 주시는 최고의 축복이다. 호텔 아르바이트를 안 해도 되고, 아내가 더 이상 미용 일을 안 해도 된다. 「두요」의 학교생활이 더 자유로워졌다. 교회 목사님께서도 축하를 해주시고 한국에 계시는 양가 부모님도 기뻐하셨다. 이제는 지도교수와 같은 동료로서 TMK 프로젝트 확대에 대해 함께 논의를 한다. 무엇을 더 바랄까. 그래도! 「나갈대」의 마음 한구석이 비어있다. 한국으로 가지 못하는 아쉬움이다. 지난번 서울 국제학술대회에서 만났던 교수들과 「이기자」 선생에게 이력서를 보냈지만, 한결같이 지금은 어렵다는 대답이다. 「이기자」 선생한테서는 아예 답장도 없다. 그래도 쉽게 포기하고 싶지는 않았다. 하루는 한국, 또 하루는 미국으로…. 갯가에 갈대처럼 흔들린 지 거의 일 년쯤 되었을 때, 「이기자」 선생의 편지를 받았다. 잊지 않고 소식을 전해주는 그녀에게 따뜻한 그 무엇을 느꼈다. 설레는 마음 반, 따스한 가슴 반, 이것들이 섞인 채 봉투를 열었다. 그녀가 쓴 간단한 메모가 들어있었다. 석. 박사학위 졸업장 사본, 논문 발표 목록, 대학 재직증명서 등을 자기한테 보내주면 좋겠다는 내용이 전부였다. 교수 임용 분야와 시기 등에 대한 상세한 정보는 없었으나 어쨌든 꿈같은 소식이었다. 그녀가 재직 중인 대학교에 재단이사장이 그녀의 오빠가 아닌가! 왠(?)지 그녀가 도움을 줄 것 같은 억측에서, 「나갈대」는 곧 비행기를 탈 것 같았다. 그러나 한 가지 걸림돌이 있었다. 그동안 아내에게 「이기자」 선생 얘기를 한 적이 없었기 때문에 이번에도 입을 닫아야 할지 열어야 할지가 걸림돌이면서 갈등이다. 지금까지 그녀로부터 도움을 받은 것은 전혀 없다. 그리고 서류들을 보낸다고 해서 교수가 된다는 보장도 없다. 일단, 이번에도 입을 다물고 모든 서류를 그녀에게 보냈다. 그러나 언젠가 들통이 나는 날에는 아내의 성격상 그대로 넘어갈 「맹신자」 여사가 아니다. 자초지종 어떻게 털어놓아야 할지, 걱정이 태산 같았다. 이것저것 낱낱이 추궁할 「맹신자」 여사를 생각하니 등골에서 식은땀이 흐르는 느낌이다. "바늘 도둑이 소 도둑 된다." 작은 도둑이라도 처음에 그것을 놔두면 장차 큰 도둑이 된다는 뜻이다. 「나갈대」가 뉴욕에서 「이기자」 선생과 저녁 식사를 했다는 사실을 감춘 것이 바늘 도둑이라면, 이 시점에서 그녀와 비밀리에 연락을 하고 있다는 사실은 소도둑에 가깝다는 것도 「나갈대」는 알고 있다. 소 잃고 외양간 고치는 식으로, 후회하고 손을 써봐야 아무 소용이 없는 날이 오기 전에 영원히 감추던가, 아니면 입을 열던가…. 언젠가 그 얘기를 해야 한다는 「나갈대」 마음이 갯가에 갈대처럼 흔들거렸다. 도대체, 무슨 숨겨진 비밀이 있길래 「이기자」 선생에 대해서 그렇게 아내에게 입을 닫고 있는지…. 「나갈대」 자신도 명쾌한 답이 없다. 그저 막연한 옛 생각? 그녀가 독신여(獨身女)가 된 것에 대한 미안함? 「나갈대」가 「맹신자」와 결혼을 했다는 소식을 듣고 미국 유학을 결심했다는 그녀의 뉴욕 발언이 「나갈대」의 머리 한구석에 자리를 잡고 있는 것은 사실이다. 일종의 마음에 부담감이랄까. 사실, 그런 쓸데없는 부담감을 왜(?) 느껴야 하는지도 모르는 한심스러운 「나갈대」…! 입을 열어야 할지, 아니면 끝까지 입을 닫아야 할지, 오늘도 갯가에 갈대처럼 흔들리면서 하루가 저물어 간다.

TMK 2차 프로젝트가 제법 커졌다. 추출물을 혼합한 콘크리트 구조물이 바닷물 속에서 부식되는 속도를 조사하는 연구가 여기저기에서 진행되었다. 「Kwame」도 합류했고, 그는 열심이다. 「나갈대」는 바닷물 시험에 현장 방문, 국내외 학술대회 참가, 강의 준비 등으로 눈코 뜰 새 없이 바쁘다. 「두요」가 중학생이 되었다. 한국말은 겨우 할 정도로 미국 애가 되어버렸다. 엄마가 아무리 한국말을 가르쳐도 큰 효과가 없다. 한인(韓人) 학교도 없다. 「두요」의 장래를 아내와 걱정만 할 뿐이다. 「이기자」 선생한테 서류를 보낸 지 10개월쯤 되었을 때, 그녀에게서 답장이 왔다. 대학의 발전 계획에 일환으로 해외 우수인력을 유치하기 위해 재단이사장과 총장 일행이 미국으로 출장을 온다는 소식이다. 그 중 「나갈대」도 인터뷰 대상자라는 소식이다. 와…! 내가 대상자라고…? 「나갈대」 자기도 모르게 소리를 내질렀다. 「이기자」 선생이 추천

내 이름 「나갈대」

을 했을 것이라는 확신이 들었다. 미국의 몇 개 도시를 거쳐 텍사스 휴스턴으로 간다는 소식과 대학 당국에서 면접에 관한 상세 일정을 보낼 것이라고 했다. 「나갈대」는 가슴이 너무 벅차서 어찌할 바를 모른다. 신기(神氣)! 기적(奇蹟)! 신통(神通)! 이 모두가 신(神)과 연관된 감탄사가 「나갈대」 입에서 떨어지지 않았다. 사실, 눈에 보이지 않는 절대적 힘이 신(神)이고, 그 주체의 기(氣)가 합해서 놀라운 일이 생겼을 때, 유교(儒敎)에서는 신기라고 하지 않나. 신통(神通)은 어떤가! 신(神)에게 통(通)할 정도로 놀라운 일이 생겼을 때, 불교(佛敎)에서는 신통할 일이라고 한다. 기적(奇蹟)을 보자! 인간이 과학적으로 증명을 할 수 없는 사건…. 곧, 불가사의(不可思議)한 힘의 작용이라는 것이다. 성경학자들은 예수의 기적을 35가지라고 주장을 했다. 대표적으로, 오병이어(五餅二魚)의 기적…. 빵 다섯 개와 물고기 두 마리로 오천 명의 군중을 먹였다는 사실을 인간이 과학적으로는 증명을 할 수가 없다. 「나갈대」가 해외 우수인력 면접에 해당이 된다는 소식은, 적어도 「나갈대」에게는 신기하고, 신통하고, 그리고 오병이어의 기적도 같았다. 결국, 「이기자」 선생의 소식은 하나님을 믿는 「나갈대」에게 무엇인가 기적이라는게 있기는 있구나…. 그렇게 깨닫게 해주는 대목이었다.

"자, 이제… 어떻게 하지?"

「나갈대」가 힘없이 혼자서 내뱉는 소리다. 계속해서 아내에게 입을 닫아야 할지를 고민하는 소리다. 「나갈대」는 무엇인가 변명을 하기는 해야 했다. 먼저, 지난번 서울 국제학술대회에서 만났던 한국연일대학교 서대갈(徐大葛) 교수 얘기부터 꺼냈다. 오래전에, 그에게 도움을 요청했는데 오늘 그에게서 호의적인 제안을 받았다고…. 네 번째 거짓말이다. 텍사스 휴스턴에서 그 대학 총장에게 면접을 보게 해준 것을 그가 중간 역할을 했다고 했다. 그렇게 일단 마무리를 하고 보았다. 아내는 하나님께서 「서대갈」 교수를 통해 길을 열어주신 것에 감사기도를 드리자고 독촉을 했다. 「나갈대」 마음은 혼란스러웠고 착잡했다. 이런 거짓 변명에 감사기도를 드리자고? 「이기자」 선생과의 내통을 덮으려다 일이 더 커지고 말았다. 그렇다고 아내의 감사기도 제안을 거절할 수도 없다. 아내의 감사기도 목소리가 점점 높아질수록, 「나갈대」의 기도 소리는 점점 모깃소리로 작아졌다. 어쩌다 사실을 감추게 되었다고 하나님께 용서를 구하는 「나갈대」의 목소리가 높아질 수 있겠나. 지금 이 상황에서 솔직히 모든 사실을 털어놓으면 일이 더욱 커질 것 같고, 입을 닫으면 기도가 안 될 것 같은 난감한 시츄에이션…. 그야말로 '딜레마' 처지다. 아무튼 「서대갈」 교수를 핑계로 일단, 휴스턴 면접을 봐야겠다는 것이 「나갈대」 결심을 이다. 「이기자」 선생의 연락 이후, 3주일이 지나자 학교 당국으로부터 면접 일정을 안내받았다. Austin에서 휴스턴까지는 100km

가 좀 넘고, 미국 교통수단으로는 쉽게 갈 수 있는 곳이다. 더구나 휴스턴은 미국 유인 우주비행 관제센터가 소재한 항공우주산업의 중심지이기 때문에 각 나라의 과학기술 책임자들이 찾는 곳이다. 다행히 면접하는 날 강의는 없었다.

휴스턴으로 출발하던 아침, 아내는 면접도 잘하고 무사히 다녀오도록 하나님께 기도하라고 「나갈대」에게 또 강조를 했다. 기왕 입을 닫은 상황에서 거절할 수가 없다. 면접이 잘 이루어지도록 축복해 주시라고 아내는 간절히 기도를 드렸다. 이유야 어떻든, 면접을 잘 받도록 그리고 하나님께서 축복을 내리시도록 「나갈대」도 간절히 기도를 드렸다. 사실, 깨끗하고 정직하게 살면서 복(福)을 구하는 기도여야 한다는 것이 성경적(민 6:22~27)이다. 사실을 왜곡하고 감추면서 하는 기도는 하나님께 빌고 부탁하는 소원(所願) 정도에 불과한 짓이다. 축복과 소원 사이에서 흔들거리는 「나갈대」…. 그래도 하나님의 축복을 원하면서 휴스턴 여정에 나섰다. 그들이 묵고 있는 호텔에 잘 도착했다. 면접을 보려는 사람들과 명함을 주고받았다. 그들 모두 공학박사들이다. 기계, 우주항공, 원자력, 전자전기 등의 분야에 두뇌들이다. 「나갈대」는 세 번째로 면접이 잡혀있었다. 담당 직원이 재단이사장 「이기다(李起多)」, 총장 「모사군(毛土君)」이라고 새겨진 명함을 나누어 주었다. 재단이사장의 이름을 보니, 「이기자」 선생과 남매라는 것을 쉽게 알 수 있었다. 모사군 총장! 아주 특이한 이름이다. 한자로 털 모(毛) 자(字)에 선비 사(士) 자(字)에 임금 군(君) 자(字)…. 최고의 선비를 뜻 하는 이름일 것이다. 그러나 자칫 잘못 발음하면 약은 꾀로 일을 꾸미는 나쁜 의미의 모사꾼(책략가)으로 불릴 수도 있을 것 같았 다. 「나갈대」 차례다. 「이기다」 재단이사장의 외모는 영락없이 아 버지 「이병태」 장로님과 많이 닮아 보였다. 한국에서 그를 한 번 도 본 적은 없다. 아마, 그가 분가해서 살았기 때문일 것이다. 그 는 사적인 말은 전혀 하지 않았다. 「모사군」 총장의 말투는 아주 살살거리는 경상도 사투리였다. 그의 잘난척하는 언행이 예사롭 지 않았다. 두 사람이 「나갈대」에게 여러 질문을 쏟아냈다. 「나갈 대」는 TMK 프로젝트 기술을 부각시켰고, 「모사군」 총장이 그의 기술에 관심을 보였다. 다소, 그의 엉뚱한 질문에 황당하고 긴장 이 되기도 했다. 어쨌든 면접이 잘 끝났다. 「나갈대」는 눈치 도사 라고 자청을 하지만, 이번 면접만으로는 결과를 예측할 수가 없 었다. 집으로 돌아와서 「나갈대」가 아내한테 할 수 있는 말은 면 접을 잘 보았다는 인사성 멘트 외에는 없었다. 아내는 또 하나님 께 기도로 간구하자고 했다. 사실을 감추고 기도해야 하는 「나갈 대」에게 신앙적으로나 도덕적으로 부담스러웠다. 마치, 가면(假面) 으로 자신의 얼굴을 감추고 탈춤소리를 내는 가면극 배우 같기 도 해서 좀… 주저를 했다. 가면극 배우…? 사람이 자기 약점이나 잘못을 숨기는 위장술 배우라는 이야기다. 그러나 가면을 완전히 벗고 믿음 생활을 하는 크리스천이 얼마나 될까…? 그렇게 상상도 해보았다. 아마, 「맹신자」 여사만은 가면이 없을 것이라 확신하면서, 함께 또 기도를 드렸다.

강의 준비와 TMK기술 세미나를 위해서 아침 일찍 연구실에 나왔다. 그 바쁜 중에도 재단이사장과 총장의 면접에 관한 소식을 「이기자」 선생에게도 보냈다. 그리고 가능한 임용이 되도록 도와달라고 부탁도 했다. 「나갈대」가 바닷물 콘크리트 시험현장에 출장하는 횟수도 많아졌다. 학과 교수회의에 참석도 하고, 대학원생들을 지도하는 시간도 늘어났다. 이 모두가 「나갈대」에게 정신적인 부담이 커져가는 일들이다. 그중에서 가장 큰 부담이 역시, 영어 실력의 한계다. 학과 교수회의를 할 때, 그들만큼의 본래 영어를 하기에 거의 불가능을 느끼곤 했다. 부자유스러운 표현도 문제지만, 고급 문장의 구성력이 부족하다는 게 더 큰 문제다. 각종 세미나 발표문, 국내외 학술전문지 게재, 국제학술대회 논문 등이 가져다주는 정신적 부담이 아주 커져갔다. 질(質) 좋은 논문을 어느 학술지에 얼마큼 발표를 했느냐를 기준으로 대학 당국이 교수를 평가한다. 「두요」처럼 유치원에 다닐 때부터 배운 영어가 아니면 그 한계를 극복하기 어렵다는 것이 「나갈대」의 고민이자, 생각이다. 그리고 미국에서 교수라는 직업이 결코 쉬

461

대학생

운 일이 아님을 깨달아 갔다. 재단이사장과 총장 대학을 면담하고 3개월이 지나도록 대학에서 아무런 연락이 없다. 「이기자」 선생에게 편지를 썼다가 찢어버리기도 하고 별생각을 다 해봐도 뾰족한 방법이 떠오르지 않았다. 비록, 신앙인과 종교인 사이에서 갈대처럼 흔들려도, 그래도 신앙인처럼 「나갈대」는 하나님께 기도로 매달리고 싶었다. 그런데 갑자기 '선의의 거짓(White lie)말도 죄(罪)가 될까…?' 그런 생각이 들었다. 아내도 모르게, 「이기자」 선생과 연락을 하는 행위가 좋은 목적으로 했지만, 실제로 거짓말을 하는 것은 사실이 아닌가? 계속 그런 생각이 「나갈대」에게 맴돌았다. 그렇다면 불치병 환자에게 마지막 수단으로 과자를 약처럼 속여서 병세가 호전되는 경우도 있지 않은가. 이른바, 플라시보(심리적) 효과…. 즉, 환자는 의사의 선의에 거짓을 믿기 때문이다. 한국으로 돌아가고 싶은 목적을 달성하기 위해서 아내에게 플라시보 효과를 「나갈대」는 기대하고 있는지도 모른다. 선의에 거짓말? 플라시보 효과? 「나갈대」는 그렇게 고민하는 새 이미 몇 개월이 흘렀다. 그래도 혹시, 오늘 좋은 소식이 있지 않을까? 어쩔 때는 밤새도록 생각을 해도 뚜렷한 답이 없다. 혹시 오늘? 내일? 막연한 기대뿐이다. 노란 새 한 마리가 고운 소리로 지저귀며 자신에게 날아들어 깜짝 놀라서 꿈을 깼다. 책상에 엎드린 채 꿈을 꾸었던 모양이다. 아마, 어젯밤 강의 준비를 하다 그만 깜빡 잠을 잤던 모양이다. 이마에 식은땀이 흥건했다. 우리 조상들은 이런 꿈을 자신이 화려한 모임에 나갈 일이 생기거나 대중의 인기를 얻을 수 있는 길몽(吉夢)이라 했다. 아내에게 노란 새 꿈 이야기를 하자 역시 아내의 반응은 이전과 같았다. 하나님을 믿는 성도들에게 해몽은 미신(迷信)이라고…. 헛된 것을 믿지 말라는 것이다. 그래도 앞으로 좋은 일이 생길 징조의 꿈이라고, 「나갈대」는 그렇게 해몽을 하고 싶었다. 길몽으로 여긴 탓일까? 「나갈대」는 아침부터 기분이 좋아졌다. 첫 시간 강의를 마치고 나오자 전화벨이 요란하게 울렸다. 행정실 전화였다. 한국에서 텔렉스(Telex)가 왔다는 소식이었다. 한국 텔렉스…. 혹시? 좋은 느낌이 들었다. 그 시절에 텔렉스는 공중 교환 전화망처럼 연결을 해서 메시지를 주고받는 세상이다. 거의 숨도 쉬지 않을 듯이 「나갈대」는 행정실로 뛰어갔다. 사무원이 텔렉스 한 장을 주었다. 아…! 마지막 운명의 결정문을 손에 쥐었다. "본 대학에 임용되었음을 축하합니다. 추후에 세부 절차를 발송합니다." 빈손으로 미국에 와서 결국 15년 만에 목적을 이루었다. 「나갈대」 가슴은 뛰고 눈에는 이슬이 맺혀간다. 가슴이 뛰는 게 아니라 그동안 맺힌 서러움이 가슴에서 눈에서 북받쳤다. 오직 하나님의 은혜로 수없이 닥친 절망의 구렁텅이 속에서도 희망을 잃지 않았던 자신을 돌아보며 아내에게 기쁜 소식을 전했다. 꿈 해몽을 믿지 말라던 「맹신자」 여사…! 기뼈서 어쩔 줄 모른다. 아내는 전화로 감사기도를 드린다. 짐작건대, 약 반년 후에는 한국으로 돌아갈 수 있을 것 같았다. 그런데 「두요」 장래가 걸림돌이다. 한국어를 모르는 「두요」를 한국 학교에 데리고 간다? 이것은 「두요」에게 잔인한 짓이다. 한국에 있는 외국인 학교는 엄청난 비용이 든다. 미국에 남는다? 「두요」가 대학생이 될 때까지 엄마와 생이별을 해야 하는 게 문제다. 쉽게 결정을 하지 못하는 두 사람…! 이 문제까지도 하나님께 기도를 드리기로 했다.

내 이름 「나갈대」

'고노모' 모임

    '고노모'에 나오라는 「기동찬」이에 연락을 받고 바삐 서둘렀다. 모임 장소에는 이미 신발들이 수북하게 놓여있었고, 경상도 사내들의 억센 사투리로 시끌벅적했다. 이 친구들은 일찍부터 소주잔 돌리기에 바빴다. 하기야 퇴직한 놈팽이들이 오죽하랴! 슬그머니, 「나갈대」가 문을 열고 들어섰다.

    "야… 흔들이 왔노…? 인제 기어 나왔노…? 한 잔 받아라…."

    육군 별 하나로 옷 벗은 「영근」이가 반겼다. 미국에서 공학박사를 취득하고 텍사스공대 교수로 근무하다가 오래전에 한국스마트대학교로 왔다고 「똥찬」이가 「나갈대」를 근사하게 환영 소개를 했다. 이놈 저놈이 비아냥거렸다.

    "흔들놈…, 뭐가 그리 잘나서 코배기도 안 비추고 이제 나왔노…?"

    「나갈대」의 이름이 특이해서 흔들놈이 정식 이름이 된 지가 고등학교 때부터였다. 흔들놈이든 뭐든, 몇십 년 만에 만나는 친구들에게 악수하느라 정신이 없었다. 악수할 때마다 친구들이 소주잔을 내밀었다. 경상도 사내들은 의리에 산다고 하지 않는가? 권하는 소주잔을 거절하면 의리가 없는 놈이 된다. 마시는 흉내라도 내야 한다. 조금씩 마시다 보니 오히려 더 취했다. 실컷 떠들고, 소리 지르고, 다음은 노래방 코스다. 오랜 세월 불러보지 못했던 「신라의 밤」, 「과거를 묻지 마세요」, 「물새 우는 강 언덕」…. 「나갈대」는 실컷 목청을 높였다. 「나갈대」 혼자 한국에서 살고, 아직 아내와 「두요」는 미국에 남아있다. 친구들과 다음 모임을 약속하고 텅 빈 아파트로 돌아왔다. 한국의 밤늦은 시간이 미국에서는 낮이다. 국제전화를 신청하고 기다리다 그만 잠이 들어버렸다. 술에 취해 잠이 든 「나갈대」가 교환국 전화벨 소리를 어렴풋이 들었다. 비몽사몽 간에 아내와 전화 연결이 되었다. 아내가 「나갈대」에게 술 마셨냐고 물었다. 귀신같이 알아맞춘다. 국제 전화선으로 술 냄새가 전해질 리는 없고…. 하여간 족집게처럼 딱 잡아내는 데는 선수다. '고노모' 모임에서 어쩔 수 없이 소주 좀 마셨다고 해도, 아내의 반응이 좋지 않다. 그럴 때는 그냥 비는 수밖에 없다. 앞으로는 술을 마시지 않겠다는 약속으로 어설프게 마무리는 됐다. 「나갈대」는 매월 '고노모' 모임을 많이 기다린다. 만나봐야 소주잔에 고향 사투리로 떠들고 노래방에 가는 것이 전부이지만, 「나갈대」가 외로움을 달래는 방법 중 하나다. 미국에서는 상상도 못 하는 옛

내 이름 「나갈대」

꼬마 친구들과의 이런 모임이 또 어디에 있을까!

'고노모' 모임

「이기자」 선생

　　　　　　「나갈대」는 미국보다 한국 생활에서 몇십 배의
보람을 느낀다. 교수를 대하는 학생들의 태도, 부담 없는 우리
말, 한국인의 정서, 보폭을 넓힐 수 있는 사회생활, 세미나, 학회
참여…. 모든 것이 한계가 있는 미국 환경보다 자유롭다. 양가 부
모님도 건강하시다. 장모님은 딸과 손자가 미국에 남아있는 것을
안타까워하시지만, 사정을 이해하신다. 그동안 방학을 이용해 아
내와 「두요」는 한국을 두 번 다녀갔다. 「나갈대」는 서해안 시골에
있는 캠퍼스 근처에 월세로 작은 아파트를 얻었다. 서울에 볼 일
이 없으면 학교와 아파트가 그의 생활공간이다. 그래서 동창회
든, 뭐든 거의 접촉하지를 못한다. 시간이 흐를수록 그의 적(敵)은
혼자 사는 외로움이다. 한국에 오자마자 「이기자」 교수에게 전화
로 고맙다는 인사를 했다. 캠퍼스에서 우연히 만나면 서로 인사
는 하며 지낸다. 몇 번이나 식사 제안을 하고 싶었으나 쉬이 하지
못한 몇 가지 이유가 있다. 첫째로는, 「나갈대」가 한국 대학의 교

수로 임용된 것은 그녀의 오빠 배경이고 둘째로는, 그녀가 독신녀라는 것 셋째로는, 같은 대학의 교수이기 때문에 공적인 만남도 엉뚱한 소문으로 이어질 수 있기 때문이고 넷째로는, 두 사람에게 남아있을 묘한 감정! 그중에 네 번째 이유가 가장 걸림돌이다. 뉴욕에서 그녀를 만났을 때, 그녀는 「나갈대」와 중매가 성사되지 못한 것을 아쉬워했다고 농담처럼 말을 했었다. 뼈가 있는 농담으로 들렸다. 그 순간에는 그냥 웃고 넘어가기는 했었다. 그러나 만약, 중매가 불발된 것이 그녀를 독신녀로 만들었다면 그 마음에 큰 상처를 입힌 사람은 「나갈대」가 아니겠는가? 더구나 이유가 어떻든 지금 「나갈대」도 혼자 살고 있다. 두 사람이 개인적으로 만나고 싶은 것도 사실이지만, 자제해야 한다고 서로가 느끼고 있는지도 모른다. 지난번에 아내가 한국에 왔을 때도 그녀에 대해 전혀 말을 꺼내지 않았다. 처음부터 숨긴 얘기를 새삼스럽게 꺼낼 수도 없는 것이 「나갈대」에게는 마음의 짐이다. 그러나 언젠가는 재단이사장이 그녀의 오빠라는 사실과 교수 임용에 그녀의 도움이 절대적이었음을 아내에게 알려야 한다고 생각도 하고, 고민도 하고 있다.

그때가 언제일까…? 「이기자」 교수를 만나보고 싶은 생각이 점점 깊어진다. 그녀의 교수 연구실은 「나갈대」의 교수 연구실과 멀리 떨어져 있다. 그녀의 연구실로 찾아가서 식사 제안을 하려고 문을 두드렸다. 그녀가 문을 열어주며 하는 소리다.

"어머… 웬(?)일이에요…?"

반가워하면서도 거리를 두려는 그녀의 모습으로 느껴졌다. 사실, 교수가 교수 방에 들어가는 것이 이상한 일은 아니지만, 이 경우는 좀 다르다. 어렵사리 그녀에게 저녁을 함께하자고 했더니, 그녀가 마치 기다렸다는 듯 동의를 했다. 「나갈대」가 한국에 들어온 지 일 년 반 만이다. 천안에서 택시로 한 시간 정도 걸리는 대천해수욕장 근처에 분위기 좋은 횟집이 있다. 언젠가는 그녀와 저녁 식사를 하려고 평소에 물색해 둔 곳이다. 두 사람은 특실에 자리를 잡았다. 「나갈대」가 어느새 「맹신자」 여사를 잊으면서 그녀와 대화를 이어간다. 뉴욕에서 만났을 때보다 나이가 좀 더 들어 보였지만, 작달막한 키에 서울 말씨가 여전히 귀엽다. "남자는 에로를 원하고, 여자는 멜로를 원한다." 어느 잡지사의 광고에서 봤던 문구가 생각이 났다. 혼자 사는 「나갈대」가 「이기자」 교수를 에로 대상으로 오해하며 바라보기도 한다. 성경(마태 5:27~30)에서, 남자가 여자를 소유하려는 마음을 품으면 이미 간음이라고 했다. 겉으로는 아닌 척하지만, 자신의 마음속에는 이미 죄를 짓고 있음을 모르는 「나갈대」! 아마 「나갈대」라는 남자의 본능일 것이다.

"이제, 떠날 시간입니다."

예약해 놓은 택시 기사가 얄미웠다. 만난 지 얼마나 되었다고 벌써 가야 하나. 그저 아쉽다. 둘이 나란히 뒷좌석에 앉았다. 기분이 묘했다. 택시가 천안으로 달렸다. 좀 천천히 달려야 몇 분이라도 그녀와 같이 더 있을 수 있을 텐데, 택시는 거침없이 달려 천안에 도착했다. 천안에서 살고 있는 그녀와 악수를 하면서 또, 야릇한 충동이 느껴졌다. 「나갈대」는 캠퍼스 근처에 있는 아파트까지 다른 택시를 타고 가야 했다. 아무도 없는 쓸쓸한 나의 아파트…. 「나갈대」 마음이 복잡했다.

"아버지는 내 이름을 왜(?) 「갈대」라고 지으셨을까? 차라리 꼿꼿한 절개와 늠름한 기상의 소나무처럼 청송(靑松)이라고 지으셨으면 얼마나 좋았을까. 「나청송」…! 얼마나 듣기도 좋은가!" 혼자, 그렇게 중얼거렸다.

바람 부는 갯가에 갈대처럼 이리저리 흔들거리는 「나갈대」 자신이 부끄럽게 느껴졌다. 「나갈대」를 흔들리지 못하도록 꽉 붙잡을 수는 없을까? 갯가에 갈대는 줄기 속에 공기가 채워져서 바람에 흔들린다. 아마 「나갈대」 마음속에 욕심(慾心)이라는 공기가 채워져 있기에, '세상 유혹'이라는 바람에 흔들리고 있다고 생각을 했다. '세상 유혹'이라는 바람…! 이것이 종교인과 신앙인 사이에서 흔들거리는 요인이라는 것이 「나갈대」의 생각이다. 『장발장』의 저자 「빅토르 위고」는 인간의 3대 싸움 중 첫째가 인간 대 자연, 둘째는 인간 대 인간, 셋째가 자기 대 자기라고 했는데, 그중에서 가장 어려운 싸움이 세 번째라 하지 않았나. 또한,「바울」사도(고전 9:7)는 "내 몸을 쳐서 복종케 한다"나…. 곧, 자기라는 존재는 그냥 제멋대로 놔두면 안 된다고 하지 않았나. 인간의 최대 승리는 나를 이기는 것이라고,「플라톤」(그리스 철학자)도 세 번째 싸움이 가장 어렵다고 인정을 했다. 고대 중국의「한비자」(韓非子, 기원전 280년)도, 자기가 자기를 이길 수 없는 확률을 십중팔구로 예측했던 철학자다. 이길 확률은 10~20%, 이길 수 없는 확률은 80~90%라고! 그렇다면「나갈대」는 앞으로도 흔들리는 갈대처럼 살아가지 않을까? 새벽이 되도록 밤잠을 못 이루는「나갈대」마음이 착잡하기만 했다.